높은 성의 사내
The Man In The High Castle

THE MAN IN THE HIGH CASTLE

4
필립 K. 딕 걸작선

높은 성의 사내
The Man In The High Castle

남명성 옮김

폴라북스

◑ 감사의 말

이 소설에서 사용하고 인용한 『주역』 또는 『변화의 책』은 리하르트 빌헬름이 번역한 것을 캐리 F. 베인즈가 영어로 옮긴 것이다(판테온 북스 볼링겐 시리즈19, 볼링겐 재단, 1950, 뉴욕).

요사 부손이 지은 80쪽의 하이쿠는 해롤드 G. 핸더슨이 번역한 것으로 도날드 킨이 편집하고 엮은 『일본 문학 선집 제1권』(그로브 프레스 사, 1955, 뉴욕)에 실렸다.

236쪽에 등장하는 와카는 치요의 작품으로 다이세츠 T. 스즈키가 지은 『선禪 그리고 일본 문화』(판테온 북스 볼링겐 시리즈64, 1959, 뉴욕)에서 직접 번역한 것이다.

나는 또 윌리엄 L. 쉬러가 쓴 『제3제국의 흥망』 『나치 독일의 역사』(사이먼 앤 슈스터 사, 1960, 뉴욕), 앨런 불록의 『히틀러, 독재에 관한 연구』(하퍼 사, 1953, 뉴욕), 루이스 P. 로크너가 번역하고 편집한 『괴벨스 일기 1942-1943』(더블데이 앤 컴퍼니 사, 1960, 뉴욕), W.Y. 에반스-웬츠가 엮고 편집한 『티베트 사자死者의 서書』(옥스포드 유니버시티 프레스 1960, 뉴욕) 폴 카렐이 지은 『사막의 여우들』(E.P. 더튼 앤 컴퍼니 사, 1961, 뉴욕) 등을 많이 이용했다. 그리고 서부시대를 배경삼아 글을 쓰는 작가로 유명한 윌 쿡에게 개인적으로 감사한다. 그가 쓴 유물과 미국 서부 개척 시대에 관한 글은 많은 도움이 되었다.

아내 앤에게 바침.
아내가 침묵을 지키지 않았더라면
나는 결코 이 책을 쓸 수 없었다.

로버트 칠던 | 아메리칸 예술 공예품 상사의 주인

다고미 노부스케 | 태평양연안연방 주재 일본 무역대표부 소속 고위관료

프랭크 프링크 | 유태인 공장노동자

에드 매카시 | 프랭크 프링크의 예전 직장 동료

바이네스 | 스웨덴인 기업가

줄리아나 프링크 | 프랭크 프링크의 전처

조 치나델라 | 트럭 운전수로 일하면서 줄리아나에게 접근하는 사내

야타베 신지로 | 늙고 은퇴한 일본인 사업가

후고 라이스 | 샌프란시스코 주재 독일 영사

크로이츠 폼 메레 | 샌프란시스코 주재 태평양연안연방 보안국 지부장

호손 아벤젠 | 소설 『메뚜기는 무겁게 짓누른다』의 저자

◑ 차례

칠던이 조바심을 내며 우편물을 살펴본 지 일주일째다. 하지만 로키산맥연방에서 올 중요한 물건은 도착하지 않았다. 금요일 아침에 가게 문을 연 그는 우편물 투입구로 들어온 편지들만 바닥에 쌓인 것을 보고 생각했다. 고객이 화를 내겠군.

그는 벽에 걸린 자판기에서 5센트짜리 인스턴트 차를 한 잔 뽑아들고는 빗자루로 바닥을 쓸기 시작했다. '아메리칸 예술 공예품 상사'의 현관은 금세 개점 준비를 마쳤다. 잔돈이 가득한 금전등록기와 갓 꺾은 천수국이 담긴 꽃병에 라디오에서 잔잔하게 흘러나오는 음악까지, 모든 것이 말끔했다. 창밖 보도에서는 회사원들이 몽고메리 가에 줄지어 선 사무실로 발걸음을 재촉했다. 저 멀리 케이블카가 지나갔다. 칠던은 하던 일을 멈추고 기분 좋게 그 모습을 바라보았다. 길고 화려한 실크드레스를 입고 지나가는 여자들의 모습도 놓치지 않았다. 그때 전화가 울렸다. 칠던은 돌아서서 전화를 받았다.

익숙한 목소리였다. 칠던은 가슴이 철렁 내려앉았다.

"다고미입니다. 남북전쟁 모병 포스터는 아직입니까? 기억나시죠? 지난 주 안으로 된다고 했잖습니까."

신경질적이고 사무적인 목소리에, 간신히 예의와 격식을 벗어나지 않는 어투였다.

"그 조건으로 선금까지 치른 것 아닙니까? 알다시피 선물할 물건이오. 얘기했는데, 고객께 드릴 거라고."

"다고미 선생님, 제가 따로 비용을 들여서 여러 군데 문의를 넣어두었습니다."

칠던은 변명을 늘어놓기 시작했다.

"아시다시피 애초에 이 지역에서 나는 물건이 아니고, 그래서……."

다고미가 말을 끊었다.

"그래서 아직 못 구했단 얘기군."

"네, 그렇습니다, 다고미 선생님."

차가운 침묵이 흘렀다.

"더는 기다릴 수 없소."

다고미가 말했다.

"이해합니다."

칠던은 뚱한 표정으로 창밖으로 시선을 돌려 따뜻하고 환한 햇살과 샌프란시스코의 사무실 건물들을 바라보았다.

"대신 다른 거라도 구해야겠군. 뭐가 좋겠소, 칠단 씨?"

다고미는 일부러 이름을 틀리게 발음했다. 그 태도에 실린 모욕을 느끼고 칠던은 귀까지 화끈 달아올랐다. 두 사람의 서로 다른 신분이 주는 끔찍한 치욕. 로버트 칠던의 열망과 두려움, 고통의 감정이 한꺼번에 치밀어 올라 그를 집어삼키고 말문을 막아버렸다. 그는 말을 더듬었고, 수화기를 잡은 손은 끈적였다. 가게 안에는 천수국 향기가 풍겼고 음악은 계속 흘렀지만, 칠던은 마치 어딘가 먼 바다 속으로 빠져드는 것 같았다.

"그럼……."

칠던은 간신히 중얼거리듯 말했다.

"버터 제조용 교반기가 있습니다. 1900년경 만든 아이스크림 기계도 있고요."

머리가 아예 돌아가지 않았다. 멍하니 잊고 있었거나 스스로를 속일 때처럼. 그는 서른여덟 살로 전쟁이 일어나기 전의 나날, 그리 오래되지 않은 지난 시절을 기억할 수 있었다. 프랭클린 D. 루스벨트와 만국박람회. 세상은 그때가 더 좋았다.

"괜찮은 물건 여러 가지를 일하시는 곳으로 가져가 보여드릴까요?"

칠던은 웅얼거리듯 말했다.

약속은 2시로 정했다. 가게를 닫아야겠군. 칠던은 수화기를 내려놓으며 생각했다. 달리 방법이 없다. 이런 손님들은 비위를 맞춰줘야 한다. 가게가 잘되고 안되고는 이런 손님들에게 달렸다.

힘겹게 서 있던 칠턴은 누군가 두어 명쯤 가게에 들어온 것을 알아차렸다. 젊은 남자와 여자, 둘 다 멋지게 생기고 잘 차려입었다. 완벽하군. 칠턴은 마음을 진정시키고 웃음을 지으며 두 사람을 향해 전문가답고도 자연스러운 자세로 다가갔다. 두 사람은 허리를 숙이고 진열장 속 물건들을 열심히 들여다보다가 멋진 재떨이 하나를 꺼내 살펴보고 있었다. 부부인가 보군. 칠턴은 생각했다. 벨몬트가 내려다보이는 스카이라인 지역에 새로 지은 고급 아파트 단지인 '안개에 싸인 도시'에 사는 사람들 같았다.

"어서 오십시오."

인사를 건네고 나니 기분이 나아졌다. 칠턴을 보며 상냥하게 웃는 두 사람의 얼굴에서 교만함이라고는 찾아볼 수 없었다. 진열장 속 물건들—정말 서부해안에서 제일가는 것들이었다—을 보고 살짝 감동한 모양이었다. 그 모습을 보니 고마웠다. 물건 볼 줄 아는군.

"정말 멋진 물건들이군요."

젊은 사내가 말했다.

칠턴은 저절로 고개가 숙여졌다.

두 사람은 인간적인 유대감만이 아니라 예술품들을 보며 서로의 취향과 만족을 함께 즐기는 데서 오는 따뜻함이 담긴 눈길로 그를 빤히 바라보았다. 그들은 이런 물건들을 군이 사지 않더라도 눈으로 보고 직접 손으로 만지며 살펴보게 해준 그에게 고마워하고 있었다. 그래, 이 사람들은 이 가게가 어떤 곳인지 아는 거야. 칠던은 속으로 생각했다. 이들은 이 물건이 쓰레기 같은 기념품도 아니고, '미국 태평양연안연방 마린카운티 뮤어우즈 국립공원'이라는 글씨가 박힌 삼나무 명판도 아니고, 장난스러운 표지판도, 어린 여자애들이나 끼는 반지나 금문교 사진이 들어간 엽서도 아니라는 걸 알고 있었다. 여자의 눈은 유난히 크고 까맸다. 이런 여자라면 나라도 금방 사랑에 빠지겠군, 하고 칠던은 생각했다. 이 여자를 사랑하게 된다면 인생이 얼마나 비참해질까. 칠던은 그의 인생에 더 나빠질 구석이라도 남은 양 몽상에 빠졌다. 여자는 우아한 모양의 검은 머리에 손톱에는 매니큐어를 발랐고 구멍을 뚫은 귓불에는 긴 수제 황동 귀걸이가 매달려 있었다.

"혹시 여기서 구입하신 귀고리인가요?"

칠던이 속삭이듯 물었다.

"아뇨. 고향에서 샀어요."

여자가 말했다.

칠던은 고개를 끄덕였다. 미국에는 현대미술이라는 게 존재하지 않았다. 그저 지난 세월만이 그의 가게 같은 곳에 남아 있을 뿐.

"이곳 샌프란시스코에 오신 지 오래되셨나요?"

칠던이 물었다.

"전 여기 무기한 주재원으로 왔습니다."

사내가 말했다.

"'낙후지역 생활수준 향상위원회'에서 일하죠."

사내의 얼굴에 자부심이 흘렀다. 군인이 아니다. 탐욕스러운 무식쟁이 얼굴로 껌을 씹어대고, 상점가를 어슬렁거리며 음란한 공연이나 외설스러운 영화, 사격 연습장, 중년이 다 된 금발 여인들이 주름진 손가락으로 젖꼭지를 꼬집은 채 추파를 던지는 사진이나 내건 싸구려 나이트클럽을 넋 놓고 바라보는 촌스러운 징집사병도 아니다. 샌프란시스코에서 낮은 건물이 들어선 지역 대부분은 재즈를 연주하는 싸구려 술집들이 차지했다. 철판과 판자로 세워 금방이라도 무너질 것 같은 오두막 술집들은 전쟁의 마지막 폭탄이 떨어지기도 전부터 폐허 속에서 생겨나고 있었다. 젊은 사내는 엘리트였다. 어쩌면 기껏해야 태평양 연안 무역대표부 소속 고위관료인 다고미 씨보다 더 고상하고 학식 있는 사람일 수도 있다. 다고미는 늙은이였고, 전시내각 시절의 사고방식이 몸에 익은 사람이었다.

"미국 전통 민속 예술품을 구해서 선물하시려는 건가요?"

칠던이 물었다.

"아니면 이곳에서 머무실 새 아파트를 꾸미시나요?"

혹시 집을 꾸미는 거라면……. 가슴이 쿵쾅거리며 뛰었다.

"정확히 보셨네요."

여자가 말했다.

"집을 꾸미기 시작했어요. 아직 결정하지 못한 게 좀 있지만요. 혹시 좀 도와주실 수 있을까요?"

"직접 댁에 가서 도와드릴 수도 있습니다."

칠던이 말했다.

"가방 몇 개에 물건들을 챙겨 가서 집에 어울리는 것들로 제안해드릴 수 있습니다. 한가하실 때 말이죠. 이런 거야말로 저희 전문 분야죠."

칠턴은 들뜬 기색을 들키지 않으려고 눈을 내리깔았다. 잘하면 수천 달러짜리 거래가 될 수도 있다.

"뉴잉글랜드식 단풍나무 탁자가 곧 들어옵니다. 못을 하나도 안 쓰고 나무를 짜 맞췄죠. 대단히 아름답고 가치 있는 물건입니다. 그리고 1812년 미영전쟁 때 사용하던 거울도 있습니다. 또 원주민 예술품도 있죠. 채소 즙으로 염색한 염소털 깔개도 여러 가지 있습니다."

"저는 도시에서 나온 작품을 더 좋아합니다."

사내가 말했다.

"그러시군요."

칠턴은 열심히 맞장구를 쳤다.

"이런 것도 있습니다, 선생님. 공공사업진흥국에서 우체국 건물에 벽화를 그리게 하던 시절* 벽걸이 그림 원본입니다. 네 부분으로 된 그림인데 호레이스 그릴리**를 그린 거죠. 가치를 따질 수 없는 수집품입니다."

"아."

사내의 검은 눈이 반짝거렸다.

---

* 1930년대 미국에서 뉴딜정책을 시행하던 시절, 화가들을 위한 공공사업으로 공공건물 벽에 그림을 그리게 했다.
** Horace Greeley(1811~1872). 미국에서 최고의 논설기자로 평가받는 언론인.

"1920년산 축음기 보관용 수납장으로 만든 주류 장식장도 있습니다."

"아."

"그리고 이런 것도 있습니다. 친필 사인이 든 진 할로우* 사진 액자죠."

사내는 눈을 휘둥그레 뜨고 칠던을 바라보았다.

"그럼 약속을 잡아볼까요?"

칠던은 상대의 마음이 흔들리는 순간을 놓치지 않았다. 그는 코트 안주머니에서 펜과 수첩을 꺼냈다.

"두 분 성함과 주소를 적어놓도록 하지요."

남녀가 가게를 나서자 칠던은 일어서서 뒷짐을 지고 거리를 바라보았다. 즐거웠다. 날마다 장사가 이렇게만 된다면……. 하지만 이건 장사 이상, 돈을 많이 버는 것 이상이었다. 젊은 일본인 부부와 사교를 맺을 기회였다. 그것도 그를 양키 또는 잘해봐야 공예품을 파는 장사치로만 알아주는 게 아니라 한 사람의 인간으로 받아들이는 걸 기본으로 하는 관계다. 그래, 이런 젊은 사람들, 떠오르는 세대, 전쟁이 일어나기 전 시절 또는 아예 전쟁 자체를 기억하지 못하는 이들이 세계의 희망이다. 그들에게 신분의 차이는 별로 중요하지 않다.

언젠가는 사라질 거야. 칠던은 생각했다. 언젠가. 사회적 신분이라는 개념 자체가. 지배받는 자와 지배하는 자가 아니라

---

* Jean Harlow(1911~1937). 1930년대 미국 영화계의 섹스 심벌이었던 여배우.

그저 사람들이 있을 뿐.

하지만 칠턴은 젊은 부부의 집을 찾아가 문을 두드리는 자신의 모습을 상상하기만 해도 두려움에 몸이 떨렸다. 수첩에 적은 내용을 살펴보았다. 가소우라 부부. 분명히 차를 내주겠지. 제대로 처신할 수 있을까? 그때그때 적절하게 행동하고 말할 수 있을까? 아니면 한 마리 짐승처럼 형편없는 실례를 저질러 창피를 당하고 말까?

여자의 이름은 베티였다. 아주 총명해 보이는 얼굴에, 점잖고 호의적인 눈빛. 가게에 머문 그 짧은 시간 동안에도, 그녀는 칠턴의 기대와 좌절을 어렴풋이 알아챈 것이 분명했다.

칠턴이 품은 기대…… . 그는 갑자기 어지러웠다. 그가 품은 열망은 자살행위까지는 아니더라도 정신 나간 것이나 마찬가지 아니던가? 비록 대부분 일본인 남자와 양키 여자 사이의 일이긴 하지만, 어쨌든 일본인과 양키들이 육체적 관계를 맺기도 한다고들 했다. 하지만 이건…… . 생각만 해도 몸이 움츠러들었다. 더구나 상대는 유부녀였다. 그는 자기도 모르게 떠오르는 복잡한 생각들을 애써 떨친 다음, 아침에 받은 우편물을 서둘러 뜯기 시작했다.

여전히 두 손이 떨렸다. 그리고 그 순간 오후 2시에 다고미 씨와 약속을 잡았다는 사실이 떠올랐다. 생각이 거기에 이르자, 떨리던 손이 멈추고 긴장은 결의로 바뀌었다. 반드시 제대로 된 물건을 보여줘야 해. 어디서? 어떻게? 뭘? 전화를 하자. 인맥을 동원해. 실력을 발휘해야지. 검은색 천으로 된 지붕까지 달린 완전히 복원한 1929년형 포드를 구해내는 거야. 고객을 영원히 붙들어둘 것들을 싹쓸이해볼까. 앨라배마 주 헛간에서 포장도 뜯지 않은 채 발견된 신품 우편물 수송기라든지. 흐르는 듯한 하얀 머리칼까지 미라로 만든 버펄로 빌*의 머리통을 하나 만드는 거야. 세상을 깜짝 놀라게 할 미국 공예품이지. 일본 본도本島를 포함해 태평양 연안의 일류 수집가들 사이에 내 이름을 날리는 거야.

그는 스스로를 북돋우려고 랜드-오-스마일스 상표가 붙은 고급 마리화나 담배를 한 개비 꺼내 물었다.

헤이스 거리에 있는 자신의 방. 프랭크 프링크는 침대에 누운 채 어떻게 일어날지 고민하고 있었다. 블라인드를 뚫고 들어온 햇빛이 바닥에 잔뜩 쌓인 옷가지를 비추었다. 옆에는 그의 안경도 뒹굴고 있었다. 그냥 밟아버려? 다른 방법으로 화장실까지 가보는 거야. 기거나 굴러서. 머리가 아팠지만 슬프지는 않았다. 뒤돌아보지 않기로 마음먹었다. 몇 시지? 서랍장 위에 놓인 시계를 보았다. 11시 30분! 맙소사. 하지만 그는 여전히 누워 있다.

난 해고야. 그는 생각했다.

그는 어제 공장에서 잘못을 저질렀다. 사장인 윈덤 맷슨 씨를 놓고 해서는 안 될 말을 지껄이고 말았다. 그자는 우묵한 얼굴에

---

* 미국 서부개척시대의 전설적 인물.

코는 소크라테스처럼 뭉툭하고, 다이아몬드 반지에 금으로 된 바지 지퍼를 달고 다니는 사람이다. 달리 말하면 권력자지. 왕좌에 앉은 사람이다. 머릿속에서 생각들이 온통 서로 뒤섞였다.

그래, 이제 놈들은 나를 요주의 인물로 분류하겠지. 내 기술은 아무 쓸모도 없어. 백수가 된 거야. 경력이 15년인데. 모두 끝이야.

이제 그는 업종 변경을 위해 노동자해명위원회에 출석해야만 할 것이다. 프랭크는 윈덤 맷슨이 '꼭두각시'들―새크라멘토에 있는 백인 괴뢰정부―과 어떤 관계인지 전혀 파악하지 못했기에, 자신의 전 고용주가 실세인 일본인들을 얼마나 좌우할 수 있는지 가늠할 길이 없었다. 노동자해명위원회는 꼭두각시들이 운영했다. 그는 위원회에 나가 윈덤 맷슨처럼 포동포동 살찐 중년 백인 네댓 명과 마주할 것이다. 거기서 자신의 해명을 인정받지 못한다면, 그는 도쿄를 제외한 지역을 관할하는 무역대표부 지사 가운데 한 곳을 찾아갈 것이다. 무역대표부는 캘리포니아와 오리건, 워싱턴 그리고 미 태평양연안연방에 속한 네바다 주 일부에 지사를 두고 있다. 하지만 만일 그곳에서도 제대로 해명해내지 못한다면…….

침대에 누워 천장에 매달린 낡은 전등을 바라보는 사이 여러 계획이 머릿속에서 떠올랐다 사라졌다. 예컨대 로키산맥연방으로 넘어가버리는 방법도 있다. 하지만 그쪽도 느슨하나마 미 태평양연안연방과 동맹 관계라 자칫 송환될지도 모른다. 그럼 차라리 남부로 갈까? 몸이 절로 움츠러들었다. 이런, 그건 안

되지. 물론 백인인 그가 차지할 자리는 충분할 것이다. 사실 이 곳 태평양연안연방보다도 많을 것이다. 하지만……. 거기서 얻을 만한 자리는 달갑지 않았다.

더 끔찍한 사실은 남부가 경제, 이념을 포함해 그 밖에 여러 가지 부문에서 제3제국*과 실뜨기 매듭들처럼 연결된다는 점이었다. 그리고 프랭크 프링크는 유태인이다.

그의 원래 이름은 프랭크 핑크였다. 동부해안의 뉴욕에서 태어났고, 1941년 러시아가 무너진 직후 미합중국 군대에 징집되었다. 일본이 하와이를 점령하자 그는 서부해안에 배치되었다. 전쟁이 끝날 때, 그는 군사분계선을 중심으로 일본 쪽에 살았다. 그리고 15년이 지난 지금까지 그 자리에 살고 있다.

1947년 미국이 조건부 항복을 하던 날, 프랭크는 미쳐 날뛰다시피 했다. 일본을 증오하던 그는 복수를 맹세했다. 그는 나중에 동료들과 봉기할 때를 위해 부대에서 사용하던 무기를 기름칠하고 잘 포장해 지하실 바닥 3미터 아래에 파묻었다. 하지만 그가 계산에 넣지 못한 사실이 하나 있었으니, 바로 시간이 모든 걸 치유한다는 것이었다. 피의 대학살로 꼭두각시들과 일본 놈들을 몰아내야 한다던 생각을 지금 다시 떠올려보면, 마치 때 묻은 고등학교 졸업앨범을 뒤적이며 어렸을 적 늘어놓은 포부를 다시 읽는 기분이었다. 그는 졸업앨범에 '금붕어' 프랭크 핑크는 고생물학자가 될 것이며 노마 프라우트와 꼭 결혼하

---

* 나치 치하의 독일을 가리키는 말.

고 말겠다고 썼다. 노마 프라우트는 반에서 가장 예쁜 여학생으로, 프랭크는 진정 그녀와 결혼하기로 맹세했었다. 너무 오래전 일이라 마치 프레드 앨런*이 진행하는 라디오를 듣거나 W. C. 필즈**의 영화를 보는 것 같다. 1957년 이후 프랭크는 60만 명이 넘는 일본인과 만나거나 이야기를 나누어보았다. 처음 몇 달이 지나는 사이, 그들 전부, 그게 안 되면 그중 한 명에게라도 달려들어보겠다는 갈망은 한 번도 구체화되지 못했다. 그러다 보니 그 갈망도 더 이상 의미가 없어졌다.

잠깐. 오무로라는 놈에게는 여전히 복수하고 싶었다. 샌프란시스코 시내에 있는 건물을 여럿 사들여 임대업을 하는 자였는데, 프랭크는 그자의 건물에 세를 들어 산 적이 있다. 어디나 나쁜 놈이 하나쯤 있게 마련이라고 프랭크는 생각했다. 그 사기꾼 같은 녀석은 집 수리는 한 번도 하지 않으면서 방은 쪼개고 또 쪼개가며 세까지 올렸다. 녀석은 50년대 초반 불황이던 시절 가난한 사람들, 특히 일자리도 없어 극빈층에 가까운 퇴역 군인들을 착취했다. 하지만 오무로는 부당이득을 취했다는 혐의로 무역대표부에 체포되어 참수형을 당했다. 그 덕에 요새는 누가 가혹하고 융통성 없지만 공정한 일본 민법을 어겼다는 얘기를 들어본 적이 없다. 모든 게 점령지를 관할하는 일본인 관료들, 특히 전시내각이 무너지고 나서 건너온 사람들이 부패하지 않은 덕택이었다.

---

* Fred Allen(1894~1956). 라디오 쇼를 진행했던 미국 코미디언.
** W. C. Fields(1880~1946). 미국 코미디언이자 영화배우, 작가.

무역대표부의 단호하고 금욕주의적인 공정성을 떠올리자 프랭크는 안심이 되었다. 윈덤 맷슨 같은 녀석쯤이야 시끄러운 파리 내쫓듯 하겠지. WM코퍼레이션의 사장이건 뭐건 말이다. 어쨌든 프랭크는 그렇게 되기를 바랐다. 나도 이른바 태평양공영권동맹인가 뭔가 하는 걸 진심으로 믿게 된 것 같군. 그는 속으로 생각했다. 이상한 일이었다. 오래전에는…… 말도 안 되는 헛소리로 들렸는데. 공허한 선전 활동일 뿐이었는데. 하지만 이제는…….

침대에서 몸을 일으켜 비틀거리며 화장실로 향했다. 몸을 씻고 면도를 하면서 라디오에서 흘러나오는 정오 뉴스를 들었다.

"이런 노력을 비웃지 않도록 합시다."

뜨거운 물을 잠시 잠갔을 때 라디오에서 흘러나온 말이었다.

비웃을 리가 있나. 프랭크는 씁쓸한 생각이 들었다. 라디오에서 어떤 노력을 비웃지 말라는 건지 그는 잘 알았다. 인간이 발을 디뎌본 적 없는 화성의 붉은 모래밭 위, 무뚝뚝한 독일인들이 굼뜬 동작으로 이리저리 돌아다니는 장면을 떠올리니 왠지 웃음이 나왔다. 프랭크는 턱에 거품을 묻히다가 독일어 풍자시를 흥얼거리기 시작했다.

"세상에, 사령관 각하. 강제수용소를 세우기에 정말 좋은 곳 아닙니까? 날씨가 정말 좋군요. 뜨겁긴 하지만 아름다운 날씨입니다."

라디오 소리가 계속 들렸다.

"공영권 시민사회는 잠시 멈춰 서서 생각해야만 합니다. 상

24

호간 의무 및 책임과 보상에 균형 잡힌 형평성을 갖추려는 우리의 노력에……."

지배계급의 뻔한 헛소리군.

"우리는 인간의 삶이 펼쳐질 미래의 무대를 인식하는 데 실패한 적이 없습니다. 게르만 사람이든 일본인 또는 흑인종이든……."

헛소리는 끝없이 이어졌다.

프랭크는 옷을 입으며 즐거운 듯 풍자시를 자꾸 되뇌었다.

"날씨는 좋습니다. 무척 좋아요. 하지만 숨 쉴 공기가 없으니……."

어떻든 그 말은 사실이었다. 태평양연안연방은 다른 행성을 정복하는 데 아무런 노력도 기울이지 않았다. 그들은 남아메리카에 집중했다. 아니, 그보다는 늪에 빠졌다고나 할까. 독일이 우주 너머에서 거대한 로봇 건설 시스템을 만드느라 법석을 떠는 동안 일본은 브라질 오지에서 정글을 불태우고 야만인의 후손들을 위해 8층짜리 점토 아파트를 지었다. 일본이 첫 번째 우주선을 쏘아 올릴 무렵이면 독일은 이미 태양계 전체를 단단히 장악했을 것이다. 고풍스러운 옛날 역사책에 등장하던 시절을 돌이켜보면, 유럽의 다른 나라들이 자기네 식민지 제국에 마무리 손질을 하는 동안 독일은 기회를 잡지 못했다. 하지만 이번에도 독일이 꼴찌가 되지는 않을 것이다. 그들도 배웠을 테니까.

그러다 아프리카대륙이 생각났고, 나치가 그곳에서 진행한다는 실험도 떠올랐다. 온몸 혈관 속 피가 멈췄다가, 망설이더니, 다시 흐르기 시작했다.

그 거대하고 텅 빈 폐허.

"하지만 우리가 세계 모든 사람들의 근본적인 물질적 요구에 역점을 두고 있다는 사실을 자랑스럽게 생각해야 합니다. 사람들의 영적으로 열등한 염원들은 분명히……."

프랭크는 라디오를 꺼버렸다. 그러고는 조금 진정한 뒤 다시 라디오를 켰다.

빌어먹을 놈들. 프랭크는 생각했다. 아프리카. 몰살당한 부족민들의 영혼이 떠도는 곳. 대체 어떤 땅을 만들자고 그들을 모두 쓸어냈단 말인가? 그걸 누가 알겠어? 베를린에서 지시를 내린 놈들도 아무 생각 없었을 거야. 로봇 같은 놈들 한 무더기가 죽어라 건물을 지어 올리고 있을 뿐. 짓는다고? 다 뭉개버리는 거지. 고생물 전시회에서 튀어나온 것 같은 고대 식인괴물들이 적의 두개골로 컵을 만든다. 우선 가족 전체가 달려들어 열심히 내용물, 그러니까 머릿속 골을 날로 퍼먹는다. 그러고는 사람 다리뼈로 유용한 도구를 만든다. 싫어하는 사람들을 먹어치울 뿐 아니라 아예 머릿속에 있는 것까지 파먹다니 알뜰하기도 하지. 최초의 전문기술자들이랄까! 베를린 어딘가에 있는 대학교 연구실에서 소독한 하얀색 가운을 입은 원시인이 다른 사람들의 두개골, 피부, 귀, 지방을 어떻게 이용할지 실험을 한다……. 네, 박사님. 엄지발가락을 사용하는 새로운 방법입니다. 자, 관절을 이용해 성능이 좋은 라이터를 만들 수도 있습니다. 이제 쿠르프 사에서 대량생산에만 성공하면…….

생각만 해도 끔찍했다. 사람을 잡아먹던 고대 원인猿人이 번성해 다시 한 번 세상을 지배하게 되다니. 백만 년 동안 기를 쓰고 놈들로부터 벗어났는데, 다시 놈들이 돌아온 꼴이라고 프랭크는 생각했다. 게다가 이번에는 단순한 적수가 아니라 지배자로 말이다.

"개탄스러운 일입니다."

라디오에서 도쿄의 누런둥이 녀석이 말했다. 맙소사. 프랭크는 생각했다. 어때, 놈들을 원숭이라고 부르기도 하잖아. 세련됐지만 다리가 짧고 흰 이 새우 같은 녀석들은 그래도 가스실을 만들거나 마누라를 녹여서 양초를 만들거나 하지는 않지.

"과거 우리는 여러 차례 애통해한 바 있습니다. 광신적인 분투로 말미암아 수많은 사람들이 사회의 법적 테두리를 벗어남으로써 끔찍한 인명 희생이 일어난 것에 대해서 말입니다."

일본 놈들은 법률에는 아주 강했다.

"모두에게 익숙한 서양 성자의 말을 인용하겠습니다. '목숨을 잃는다면 세상을 얻은들 무슨 소용이 있겠는가?'"

라디오가 잠시 침묵했다. 넥타이를 매던 프랭크도 덩달아 움직임을 멈추었다. 마치 아침기도라도 올리는 것처럼.

프랭크는 어쩔 수 없이 그들과 타협해야 한다는 걸 깨달았다. 요주의 인물이든 아니든, 일본인 점령지를 벗어나 남부나 유럽, 어디든 제3제국이 지배하는 곳에 갔다가는 즉시 사망이었다.

그래, 윈덤 맷슨 영감과 타협하는 수밖에.

프랭크는 미지근한 차를 한 잔 들고 침대에 앉아 주역周易을 꺼내 들었다. 그리고 가죽으로 만든 산통에 넣어둔 산가지 49개를 꺼냈다. 마음을 차분히 가라앉히고 자신이 궁금해하는 내용을 정확히 떠올릴 수 있을 때까지 깊게 생각했다.

프랭크는 큰 소리로 질문을 외쳤다.

"어떻게 해야 윈덤 맷슨과 모양 좋게 담판을 짓겠습니까?"

그는 질문을 종이에 적은 다음 산통을 왼손 오른손으로 옮겨가며 흔들다가 첫 번째 효爻를 냈다. 8이다. 64괘卦 가운데 절반은 이제 나올 수 없다. 그는 남은 산가지를 둘로 나눈 다음 두 번째 효를 얻었다. 이어서 능숙한 솜씨로 육효六爻를 모두 내어 점괘를 얻었다. 점괘가 무엇을 뜻하는지는 책을 들추지 않아도 알았다. 15번 괘. 겸謙. 바로 겸괘謙卦였다. 그렇군. 낮은 곳은 높아지고 높은 곳은 낮아지니 권문세가도 몰락한다. 책을 읽어볼 필요도 없다. 그는 괘사卦辭를 모두 외고 있었다. 좋은 징조로군. 주역은 그에게 좋은 점괘를 내주었다.

한편으로는 약간 실망도 되었다. 15번 괘는 왠지 알맹이가 없어 보이기 때문이다. 너무 뻔하다고 할까. 겸손해야 한다는 건 당연한 말이다. 하지만 뭔가 깊은 뜻이 있을 수도 있다. 어쨌든 프랭크는 윈덤 맷슨 영감에게 전혀 영향력을 행사할 수 없는 처지다. 다시 일자리를 달라고 우길 수도 없다. 그가 할 수 있는 일이라고는 그저 15번 괘에 담긴 뜻을 받아들이는 것뿐. 지금은 간청하는 마음으로 희망을 품고 진심을 다해 기다릴 수밖에 없는, 바로 그런 순간이었다. 기다리면, 하늘은 그에게 옛 일자리를 돌려주거나 더 나은 직업을 찾아줄 것이다.

효를 더 읽을 필요는 없었다. 9나 6이 나오지 않았으니 변효 爻 없이 그걸로 끝이었다. 두 번째 괘는 뽑을 필요가 없었다.

그럼 두 번째 질문이다. 마음을 가다듬고 두 번째 질문을 크게 말했다.

"제가 줄리아나를 다시 볼 수 있을까요?"

줄리아나는 아내였다. 아니, 전처라고 해야 옳았다. 그는 일 년 전 줄리아나와 이혼했으며, 벌써 몇 달째 그녀를 만나지 못했다. 사실 이제는 어디서 사는지도 몰랐다. 샌프란시스코를 떠난 것만은 틀림없었다. 아니, 어쩌면 태평양연안연방을 아예 떠났는지도 몰랐다. 그와 줄리아나를 모두 아는 친구들도 아무 소식도 듣지 못했거나 들었으면서도 그에게 전해주지 않는 낌새였다.

부지런히 산가지를 놀리며 뽑히는 숫자를 뚫어져라 보았다. 이런저런 식으로 줄리아나에 관한 질문을 몇 번이나 했던가. 자, 괘가 나온다. 식물의 줄기로 만든 산가지가 수동적이고 우연한 작용을 거쳐 내놓는 것이다. 무작위지만 그가 살아가는 순간에 뿌리를 둔 결과다. 괘 안에서 그의 인생은 우주 속 다른 모든 생명, 입자들과 하나가 된다. 괘는 이어진 선과 끊어진 선으로 이루어진 하나의 '형세'를 그려낸다. 프랭크 자신과 줄리아나, 그가 일하던 고프 거리에 있는 공장, 연방을 지배하는 일본의 무역대표부, 행성 탐사, 이제는 시체라고도 할 수 없는 꼴로 아프리카 대륙 곳곳에 쌓인 십억 개의 화학적 퇴적물, 샌프란시스코의 토끼장 같은 판잣집에서 사는 수천 명에 이르는 주민들의 염원, 차분한 얼굴로 광적인 계획을 짜는 베를린의 미치광이들. 이 모든 것들이 기원전 3천 년부터 존재해온 책에서 정확히 들어맞는 지혜를 골라내려고 산가지를 흔들어 뽑는 지금 이 순간과 빠짐없이 연결된다. 주역이라는 책은 중국의 성현들이 5천 년도 넘게 잘 가려내고 완성시켜, 유럽이 미처 나눗셈을 배우기도 전에 집대성한 최고의 우주론이자 과학이다.

괘가 나왔다. 가슴이 철렁 내려앉았다. 44번 괘. 姤. 만나는 괘였다. 정신이 번쩍 들었다. '이 아가씨는 기가 너무 세다. 이런 아가씨와 결혼해서는 안 된다.' 줄리아나와 관련해서 이 점괘가 나온 건 두 번째였다.

오, 이런. 프랭크는 몸을 뒤로 기댔다. 그러니까 나랑은 맞지 않는 여자라는 얘긴가. 그야 알고 있었지. 내가 물은 건 그게 아니잖아. 그걸 굳이 떠올리게 해야 하는 이유가 뭐지? 그녀를 만나 사랑했던 일은— 아직도 사랑하고 있지만— 내겐 끔찍한 운명이야.

줄리아나는 그가 결혼했던 여자들 가운데 가장 미인이었다. 스페인인의 피가 섞였다는 건 숯처럼 검은 눈썹과 머리칼뿐 아니라 입술로도 알 수 있었다. 그녀는 아무 소리도 내지 않고 통통 튀듯 걸었고, 고등학교 시절에 신던 닳아빠진 구두를 신었다. 솔직히 말하자면 그녀의 옷은 모두 형편없는 지경이었으며, 대부분 오래돼서 물이 빠진 것들이었다. 두 사람은 오랫동안 가난했고, 줄리아나는 그 아름다운 얼굴을 하고도 지퍼가 달린 천 재킷에 갈색 트위드 치마, 어린애들이나 신는 하얀 양말 차림으로 살아야 했다. 줄리아나는 그런 자신이 테니스를 치고 막 돌아왔거나 심지어는 숲에서 버섯을 캐는 여자처럼 보인다며 프랭크를 증오했다.

하지만 원래 무엇보다 더 그를 사로잡은 건 그녀의 별난 표정이었다. 줄리아나는 아무 이유 없이 처음 보는 사람들에게 유별나게 멍청해 보이는 모나리자 같은 미소로 인사를 대신하곤 했다. 그러면 상대는 인사를 해야 할지 말아야 할지 어쩔 줄을 몰랐다. 그래도 그녀가 워낙 아름다웠기에 상대는 대개 인사를 건네곤 했지만, 그러면 줄리아나는 그냥 스쳐 지나갔다. 처음에 프랭크는 그저 눈이 나빠서 그러려니 했다. 하지만 한참 뒤에 보니 그건 그녀의 마음 깊이 숨겨져 있어서 어쩌면 모르고 지나칠 수도 있었던 우둔함 때문이었다. 그걸 눈치채고 나자, 그녀가 식물처럼 아무 소리도 내지 않고 마치 '아무도 눈치채서는 안 될 임무를 수행하듯' 걷는 모습이 그랬듯, 사람들을 향해 던지는 정체 모를 웃음도 짜증스러워지기 시작했다. 하지만 그 뒤로 두 사람이 수없이 다투며 결혼 생활이 막바지에 이르고 나서도, 프랭크는 줄리아나가 그로서는 평생 가도 모를 이유로 하늘이 내려준 존재라는 생각을 버리지 못했다. 그리고 종교적 직관이나 믿음에 가까운 그런 이유 탓에, 그는 그녀와 헤어졌다는 사실을 도무지 극복할 수가 없었다.

지금도 그녀는 무척 가깝게, 마치 곁에 있는 것처럼 느껴졌다. 프랭크의 삶 속에서 줄리아나의 영혼은 그녀가 추구하던 뭔가를 찾아 여전히 바삐 돌아다니고 있다. 그리고 점을 치려고 주역을 펼칠 때마다 늘 그녀가 마음속에 느껴졌다.

외롭고 어수선한 방 안, 침대에 앉아 외출 준비로 하루를 시작하던 프랭크 프링크는 넓고 복잡한 이 샌프란시스코에서 바로 지금 이 순간 자기 말고 또 누가 주역으로 미래를 점치고 있을지 궁금했다. 그들 모두 자신처럼 우울한 조언을 얻었을까? '순간'의 흐름은 그들에게도 마찬가지로 적대적이었을까?

02

　다고미 노부스케는 자리에 앉아 유교의 오경五經 가운데 하나
이며 도교의 예언서로 '변화의 책'이라고도 부르는 신성한 책,
주역을 읽고 있었다. 조금 전 정오가 되자, 그는 두 시간 뒤면
약속시간에 맞춰 칠던이 자신을 찾아온다는 사실에 왠지 불안
해지기 시작했다.

　테일러 가에 있는 니폰타임스 빌딩 20층에 자리 잡은 그의
호화로운 사무실에서는 샌프란시스코 만灣이 내려다보였다. 한
쪽 벽면 전체를 차지한 유리창 밖으로 금문교 아래를 지나 만
으로 들어오는 배들이 보였다. 지금도 알카트라즈 섬 너머로
화물선 한 척이 지나갔지만 다고미는 신경 쓰지 않았다. 유리
창 앞으로 다가간 그는 대나무 블라인드를 내렸다. 널찍한 본
부 사무실이 어두워졌다. 환한 햇빛 때문에 눈을 가늘게 뜨지

않아도 된다. 그제야 머릿속이 가지런하게 정리되는 것 같았다.

이제 고객을 즐겁게 해주는 건 그의 능력을 벗어난 일이라는 생각이 들었다. 칠던이 어떤 물건을 가져오든 마찬가지였다. 고객이 깊은 인상을 받을 리가 없었다. 어쩔 수 없는 일이라고 생각했다. 하지만 고객을 기쁘게는 못해도 최소한 기분이 상하게 만들지는 않을 수 있다.

시시한 선물로 상대에게 모욕감을 주는 일만은 피할 수 있다.

고객은 이제 곧 독일의 메서슈미트 9-E형 신형 로켓의 일등석에 앉아 샌프란시스코 공항에 도착한다. 다고미는 그런 로켓을 타본 적이 없다. 하지만 바이네스 씨를 만나는 자리에서는 로켓이 아무리 크더라도 그런 것에 아주 익숙한 듯 심드렁해 보이도록 신경 써야 했다. 연습을 좀 해둬야 했다. 다고미는 벽에 붙은 거울 앞에 서서 차분하면서도 살짝 지루해하는 표정을 지은 다음, 혹시 자기 특유의 차가운 표정에서 빈틈이 보이지는 않나 점검했다. 네, 로켓은 아주 시끄럽죠, 바이네스 씨. 도무지 책을 읽을 수가 없어요. 그래도 스톡홀름에서 샌프란시스코까지 45분이면 충분하니까요. 그리고 독일의 기술적 결함에 관해 한마디 던져볼까? 아마 라디오에서 들으셨을 겁니다. 마다가스카르에서 일어난 추락사고 말입니다. 구식 피스톤 비행기가 그래도 어딘가 더 낫지 않나 싶네요.

정치 얘기를 삼가는 건 기본이다. 최근 주요 관심사에 대해 바이네스 씨가 어찌 생각하는지 모르니까. 하지만 정치가 화제에 오를 수도 있다. 바이네스 씨는 스웨덴 사람이니 아마도 중립적인 태도를 취하겠지. 하지만 그는 SAS*가 아니라 루프트한자를 골랐지. 그렇다면 조심스럽게 접근해야겠군…… 바이네스 씨, 보르만 총통께서 상당히 위중하다던데요. 이번 가을 당에서 새 총통을 선출한다면서요. 소문일 뿐인가요? 아, 태평양제국과 제3제국 사이에는 무슨 비밀이 이렇게도 많은지요. 그렇게 해보는 거야.

책상 위 서류철 속에는 바이네스 씨의 최근 연설 내용을 담은《뉴욕타임스》기사가 있다. 다고미는 신문기사를 열심히 들여다보았다. 콘택트렌즈가 초점이 잘 맞지 않아서 허리를 잔뜩 구부려야 했다. 달의 수자원을 조사하기 위해 다시 한 번—98번째던가?—달을 탐사해야 한다는 내용인 것 같았다.

"아직은 그 가슴 아픈 딜레마를 해결할 수 있을지도 모릅니다."

기사 속 연설에서 바이네스가 말했다.

"우리와 가장 가까이 있는 달은 지금껏 군사적 목적 외에는 별 소용이 없었습니다."

시크Sic(그렇지)! 다고미는 상류층이 쓰는 라틴어로 중얼거렸다. 바이네스 씨를 알게 해주는 말이군. 군사적이기만 한 걸 탐탁지 않아 해. 다고미는 머릿속에 단단히 기억해두었다.

다고미는 인터폰 버튼을 누르고 말했다.

"에프레이키언 양, 녹음기 좀 갖고 들어와요."

바깥 사무실로 통하는 문이 스르르 열리더니 에프레이키언이

---

* 스칸디나비아 항공 회사.

모습을 드러냈다. 오늘은 머리를 파란 꽃으로 상쾌하게 꾸몄다.

"라일락이로군."

다고미는 중얼거리듯 말했다. 한때 그는 홋카이도에 있는 고향집에서 전문적으로 화초를 재배했다.

아르메니아계 여성으로 키가 크고 머리칼이 갈색인 에프레이키언이 고개를 숙였다.

"녹음기 가져왔나요?"

다고미가 물었다.

"네, 다고미 씨."

에프레이키언이 배터리로 작동하는 휴대용 녹음기를 준비하고 옆에 앉았다.

다고미는 말하기 시작했다.

"주역으로 점을 쳤다. '제가 칠던 씨와 만나기로 한 일이 도움이 될까요?' 실망스럽게도 불길한 괘인 대과大過가 나오고 말았다. 마룻대가 아래로 처졌다. 가운데에 무게가 너무 많이 실렸다. 모두 불안정하다. 도道를 벗어난 것이 틀림없다."

녹음기가 소리를 내며 돌아갔다.

다고미는 말을 잠시 멈추고 생각에 잠겼다.

에프레이키언은 뭔가 바라는 듯 그를 바라보았다. 녹음기 돌아가는 소리가 그쳤다.

"램지 씨를 잠깐 들어오라고 해주세요."

다고미가 말했다.

"네, 다고미 씨."

에프레이키언은 일어서서 책상에 녹음기를 올려놓더니 또각 거리는 발걸음 소리를 남기며 사무실에서 나갔다.

램지가 선화증권*이 든 커다란 서류철을 옆구리에 낀 채 들어왔다. 그는 젊은 얼굴에 웃음을 띠며 다고미에게 다가왔다. 미국 중서부 대평원 풍의 말쑥한 스트링 타이에 체크무늬 셔츠, 벨트도 없이 딱 붙은 청바지 차림은 최신 유행에 민감한 사람들 가운데서도 상당히 돋보이는 수준이었다.

"안녕하십니까, 다고미 씨. 날씨가 정말 좋군요."

다고미는 고개를 숙여 인사를 했다.

그러자 램지도 돌연 긴장하는 태도로 다고미에게 고개를 숙였다.

"주역을 읽고 있었지."

다고미가 말하는 사이 에프레이키언이 다가와 다시 녹음기 앞에 앉았다.

"자네도 알겠지만 곧 여기 도착할 바이네스 씨는 이른바 동양문화라는 것에 대해 북유럽인 특유의 편견이 있어. 내가 그에게 중국의 진품 두루마리 그림이나 우리의 도쿠가와막부 시대 도자기 같은 작품을 소개해서 이해를 도울 수도 있겠지만……. 우리 일은 사람을 바꾸는 게 아니잖나."

"그렇습니다."

램지가 말했다. 정신을 집중하느라 괴로운지 백인 특유의 얼

---

* 船貨證券. 배에 화물을 선적했음을 인증하는 유가증권. 배로 화물을 운반한 사람은 이 증서를 가진 이에게 화물을 인도한다.

굴이 온통 일그러졌다.

"그래서 대신 그 사람 편견에 맞춰서 아주 귀한 미국 공예품을 선물할까 하네."

"네."

"자네는 미국 혈통이잖아. 번거롭게도 일부러 피부를 그을리기는 했지만 말이야."

다고미는 램지를 뚫어져라 바라보았다.

"인공태양등으로 태웠죠. 그냥 비타민 D를 보충하려고 한 겁니다."

머뭇거리며 말했지만 얼굴에는 수치스러워하는 표정이 역력했다.

"분명히 말씀드릴 수 있는 건, 제가 여전히 진짜 뿌리를 유지하려고……. 그러니까……."

램지는 말을 제대로 잇지 못했다.

"그러니까, 저는 아직 이곳 민족의 정서를 완전히 끊어내지 않았습니다."

다고미는 에프레이키언에게 말했다.

"다시 시작합시다."

녹음기가 다시 소리를 내며 돌아가기 시작했다.

"주역을 통해 28번째 괘인 대과를 얻어낸 다음, 9가 나온 다섯 번째 효사爻辭를 보니 좋지 않았다.

시든 미루나무가 꽃을 피운다.

늙은 여인이 사내를 얻는다.

비난할 일도 칭찬할 일도 아니다.

이건 칠던 씨가 2시에 가져올 물건이 별 가치가 없다는 걸 일러주는 게 틀림없다."

다고미는 잠시 말을 멈추었다.

"솔직해지자. 내게는 미국 공예품을 제대로 알아보는 능력이 없다. 바로 그렇기 때문에……."

다고미는 어떻게 말을 이어갈지 잠시 망설였다.

"그런 이유로 이곳 원주민인 당신, 램지 씨가 필요하지. 우린 어떻게든 최선을 다해야 하니까 말이야."

램지는 아무 대답이 없었다. 하지만 아무리 감추려고 노력해도 그의 표정에는 상처와 분노, 좌절, 그리고 소리 없는 반발이 드러났다.

"자, 그리고 또 다른 점괘도 내봤지. 업무상 비밀이니 질문이 뭐였는지는 자네에게 알려줄 수 없어."

다고미의 말투로 보건대, 달리 말하자면 '너나 네 동료 꼭두각시들은 우리가 다루는 중요한 문제를 공유할 수 없어'라는 얘기였다.

"하지만 더할 나위 없이 자극적인 답을 얻었다는 것만 말해두지. 한참을 곰곰이 생각하게 되더군."

램지와 에프레이키언은 다고미에게서 눈을 떼지 않았다.

"바이네스 씨와 관련된 질문이었지."

다고미가 말했다.

두 사람은 고개를 끄덕였다.

"내가 바이네스 씨에 관해 던진 질문에 도의 신비로운 작용에 따라 46번 괘인 승升이 나왔지. 괜찮은 괘야. 그리고 첫 효가 6에 두 번째 효는 9였어."

다고미가 물은 것은 '제가 바이네스 씨를 제대로 다룰 수 있을까요?'였다. 두 번째 효에서 9가 나오자 그는 일이 잘되겠다는 확신을 품었다. 효사는 이랬다.

진심으로 대한다면,
아무리 작은 선물을 가져다준다 해도
비난받지 않는다.

바이네스 씨는 유력 기관인 무역대표부가 고위관리 다고미를 통해 전달하는 선물이라면 무엇이든 만족할 게 분명했다. 하지만 다고미는 질문을 던지면서 마음 깊은 곳에 다른 의문을 품고 있었는데, 이는 그 자신도 거의 의식하지 못했다. 주역은 점괘를 구하는 사람이 품은 더 근본적인 물음을 인식하고, 겉으로 드러난 질문에 답해주는 한편 알게 모르게 속에 숨은 의문에도 답을 줄 때가 많다.

"알다시피 바이네스 씨는 스웨덴에서 새로 개발한 사출성형 기술에 관해 상세한 정보를 갖고 올 거야. 우리가 그의 회사와 성공리에 계약을 맺는다면, 최근 품귀현상을 보이는 여러 가지금속들을 플라스틱으로 대체할 수 있지."

다고미가 말했다.

태평양연안연방은 꽤 오랫동안 제3제국으로부터 합성화학 분야에 관해 근본적인 도움을 얻으려 애써왔다. 하지만 독일의 거대 화학 카르텔 기업들, 특히 이게파르벤I. G. Farben은 도무지 특허기술을 내놓으려 하지 않았다. 그들은 플라스틱, 특히 폴리에스테르의 개발에 관해서 사실상 세계적으로 독점권을 행사한다. 이 말은 결국 제3제국이 태평양연안연방과의 교역에서 우위에 있으며, 기술적으로 적어도 10년은 앞서간다는 뜻이다. 독일이 지배하는 유럽에서 쏘아 올리는 행성간 로켓은 대개 내열 플라스틱으로 만들었다. 무게가 아주 가볍고, 꽤 큰 운석에 맞아도 견딜 정도로 단단하다. 태평양연안연방은 이런 소재를 개발하지 못했다. 여전히 나무 같은 천연섬유를 사용하며, 물론 무쇠도 여기저기서 쓴다. 그 생각을 하자 다고미는 몸이 움츠러들었다. 그는 무역박람회에서 독일의 첨단 제품을 여럿 보았다. 그중에는 합성화학 물질로만 만든 자동차도 있는데, 이 자동차는 태평양연안연방 돈으로 600달러나 되었다.

그런데 다고미는 무역대표부 사무실 안을 아무 생각 없이 돌아다니는 백인 꼭두각시들에게 절대 밝힐 수 없는 의문을 숨기고 있었다. 바로 도쿄에서 날아온 암호 전문이 암시하는 바이네스의 본래 정체였다. 암호 전문은 자주 오는 편도 아닌데다 대개 통상 문제가 아닌 안보 관련 내용을 담게 마련이다. 암호는 독일제국의 감시를 피하기 위해 시적 은유의 형식을 띤다.

아무리 정교한 방법을 동원한다고 해도 문자 그대로의 뜻이라면 독일이 어떻게든 해독해내고 말기 때문이다. 그러니 암호 전문을 보낸 도쿄 당국이 걱정하는 건 본도의 반역자 무리가 아니라 제3제국임이 분명했다. 중요한 문구는 "탈지우유를 먹는 자"였는데, 그 구절이 가리키는 오페레타 〈군함 피나포〉에는 "보이는 것과 다를 때가 많지. 탈지우유가 마치 크림인 척하니까"라는 구절이 있다. 주역이 보여준 점괘의 내용을 읽은 다고미는 자신의 통찰이 옳았다고 다시금 확신했다. 내용은 이랬다.

여기 강한 사내가 있다고 하자. 지나치게 무뚝뚝하고 아무런 신경도 쓰지 않으므로 주변 환경과 어울리지 않는 건 사실이다. 하지만 그는 올바른 인성을 갖추었으니 응답을 얻을 것이요…….

다고미의 통찰은 간단했다. 바이네스 씨가 자기 정체를 숨기고 있다는 것. 그가 샌프란시스코에 오는 진짜 이유는 사출성형 계약서에 서명하는 게 아니었다. 사실인즉, 바이네스 씨는 스파이다.

하지만 다고미가 아무리 애를 써도 바이네스가 누구를 위해 또는 무엇을 위해 일하는 스파이인지는 알 길이 없었다.

그날 오후 1시 40분, 아메리칸 예술 공예품 상사의 문을 걸어 잠그던 로버트 칠던은 도무지 마음이 내키지 않았다. 그는 무거운 상자들을 길가로 옮겨 놓고 자전거택시를 불러 세운 다음, 중국 놈 운전수에게 니폰타임스 빌딩으로 가자고 말했다.

비쩍 마른 중국 놈 운전수는 땀을 흘리며 고개를 숙이고는 신분에 어울리게 칠던에게 감히 말도 제대로 걸지 못하는 시늉을 해가며 짐을 싣기 시작했다. 그러고는 칠던이 발판에 카펫을 깐 좌석에 앉도록 거든 다음, 미터기를 켜고 운전석에 올라앉아 페달을 밟으며 몽고메리 가를 따라 자동차와 버스들 사이로 달리기 시작했다.

칠던은 다고미 씨가 원하는 물건을 찾느라 하루를 다 보냈다. 옆으로 스쳐 지나가는 건물들을 바라보고 있자니 괴로움과 불안함에 온몸이 짓눌리는 것 같았다. 그럼에도 나의 승리다. 그의 나머지 면과는 별개인 독특한 기술 덕이다. 그는 제대로 된 물건을 찾아냈다. 다고미 씨는 화를 풀 것이고, 누군지 모르지만 그 고객이라는 사람도 무척 기뻐할 것이다. 칠던은 생각했다. 나는 늘 만족을 주지. 내 고객에게는.

그는 기적적으로 거의 새것이나 다름없는《팁탑 코믹스Tip Top Comics》창간호를 구할 수 있었다. 1930년대부터 발행된《팁탑 코믹스》는 더할 나위 없이 미국적인 물건이었다. 이 초창기 만화책은 늘 수집가들의 관심을 끌어왔다. 물론 칠던은 만화책보다 먼저 보여줄 다른 물건도 준비했다. 서서히 만화책 쪽으로 다고미의 관심을 유도할 작정이었다. 만화책은 가장 커다란 가방 한가운데 얇은 포장지 더미에 묻힌 가죽 케이스 속에 담아두었다.

자전거택시의 라디오에서 흘러나오는 유행가 소리가 다른 택시나 자동차, 버스들의 라디오 소리와 경쟁이라도 하듯 울려 댔다. 칠던은 듣지 않았다. 그런 데는 이미 이골이 났다. 마찬가지로 모든 대형건물 전면을 가득 채우다시피 한 거대한 네온사인 간판들도 전혀 눈에 들어오지 않았다. 그의 가게에도 간판이 있다. 밤이면 도시의 다른 모든 광고판과 어울리며 번쩍거린다. 달리 어떻게 광고를 하겠는가? 사람은 현실적이어야 하는 법이다.

솔직히 라디오와 다른 차량들이 내는 소음, 광고판, 길거리 사람들이 어우러진 소란에 칠던은 잔뜩 매료되었다. 가슴속 걱정거리들이 지워지는 것 같았다. 다른 사람이 페달을 밟아 데려다주는 것, 규칙적인 떨림 속에서 중국 놈이 몸에 힘을 주는 것을 느끼는 것도 즐거웠다. 마치 안마의자에 누운 기분이었다. 자전거택시를 직접 끌지 않고, 남이 끄는 자전거택시에 앉은 맛. 그리고 잠깐이긴 하지만 남보다 높은 신분이 된 느낌.

칠던은 죄책감을 느끼며 제정신을 차렸다. 생각해둘 게 많았다. 백일몽에 빠져 있을 시간이 없다. 니폰타임스 빌딩에 들어갈 수 있도록 제대로 차려 입은 게 확실한가? 고속 엘리베이터를 타면 어지러울 수도 있다. 독일제 멀미약을 챙겨 오기는 했지만. 사람들에게 말을 건네는 다양한 화법도……. 누구에게는 친절하게 대해야 하고 누구에게는 무뚝뚝하게 대해야 하는지 그는 잘 알았다. 문지기나 엘리베이터 안내양, 경비원, 안내직원, 청소하는 사람들에게는 퉁명스럽게 대해야 한다. 물론 일본인을 만난다면 수백 번이라도 고개 숙여 인사해야 한다. 하지만 꼭두각시들은 어떻게 대해야 할지 애매하다. 고개는 숙이되 상대가 존재하지 않는 것처럼 그냥 앞만 똑바로 보는 거야. 자, 이 정도면 다 됐나? 외국인 방문객은 어쩌지? 무역대표부에는 중립국 사람들뿐 아니라 독일인도 많다.

그리고 또, 노예와도 마주칠 수 있다.

독일이나 남부의 배들은 늘 샌프란시스코 항에 정박해 있다. 그래서 잠깐이긴 해도 흑인들이 허가를 받고 배에서 내릴 수 있다. 늘 세 명 이하로만 모여 다녀야 하지만. 그리고 해가 진 이후에는 밖에서 돌아다닐 수 없다. 태평양연안연방 법률마저 흑인들의 야간 통행을 금지하기 때문이다. 하지만 부두 아래, 물 위에 지은 오두막에 살면서 배에서 물건 내리는 일을 하는 노예들도 있다. 그런 노예들이 무역대표부에 모습을 드러낼 리는 없지만 혹시 짐을 날라야 하는 상황이라면? 그가 직접 다고미 씨 사무실까지 가방들을 옮겨야 할까? 설마 그럴 리야. 한 시간을 기다리는 한이 있더라도 노예를 찾아내야 할 것이다. 약속시간을 지키지 못하더라도. 만에 하나 노예가 보는 데서 직접 물건을 나르기라도 했다가는 큰일이다. 특별히 조심해야 할 일이다. 그런 실수를 저질렀다가는 대가를 톡톡히 치를 것이다. 그런 꼴을 지켜본 사람한테서는 두 번 다시 제대로 대우받지 못할 것이기 때문이다.

어찌 보면 환한 대낮에 니폰타임스 빌딩 안으로 손수 가방들을 옮기는 것도 재미있지 않을까? 칠던은 생각했다. 엄청나게 눈에 띄는 행동이다. 그렇다고 불법은 아니니 교도소에 가지는 않을 것이다. 그렇게 하면서 내 진짜 감정을 드러낼 수도 있다. 사회생활을 하며 절대 드러내지 않던 한 남자의 다른 면모라고 할까. 하지만…….

할 수 있어. 그는 생각했다. 빌어먹을 깜둥이 노예 놈들이 주변에 숨어 있지만 않다면. 신분이 높은 사람들이 짐을 옮기는 나를 보고 경멸하는 것도 견뎌낼 수 있지. 어차피 그들은 날마다 나를 멸시하고 창피를 주니까 말이야. 하지만 나보다 신분이 낮은 것들이 나를 무시하는 건 참을 수 없지. 지금 앞에서 페달을 밟아대는 이 중국 놈 같은 것들이 말이야. 혹시 내가 자전거택시를 잡아타지 않았더라면, 내가 약속장소까지 '걸어'가려고 하는 걸 이놈이 보기라도 했더라면…….

일이 이렇게 된 건 독일인들 때문이다. 감당하지도 못하면서 달려드는 꼴이라니. 독일은 간신히 전쟁에서 이긴 주제에 곧바로 태양계를 정복하겠다며 나섰고, 세계적으로 여러 가지 정책을 시행했다. 뭐, 적어도 원래 계획은 괜찮았다. 어쨌든 유태인과 집시, 기독교에 빠진 자들은 제대로 처리할 수 있었다. 그리고 슬라브족은 2천 년쯤 뒷걸음질해 아시아의 한가운데로 되돌아갔다. 그들이 유럽에서 싹 사라지자 모두 안심했다. 그들은 예전처럼 야크에 올라타 활과 화살로 사냥을 했다. 뮌헨에서 발행되어 전 세계 여러 도서관과 판매대에 오르는 커다랗고 번질거리는 잡지들을 보면 누구나 전면 컬러사진으로 직접 확인할 수 있다. 세계의 곡창인 드넓은 우크라이나 지역에서 금발에 눈이 푸른 아리아인 정착민들이 열심히 열매를 따서 모으고 밭을 갈며 살아가는 모습을. 그 친구들은 정말 행복해 보였다. 농장과 오두막들은 깨끗했다. 술에 취해 축 늘어진 폴란드 사람의 사진은 이제 볼 수 없다. 지붕이 내려앉을 듯한 현관에 구부정하게 서 있거나 시골 장터에서 다 시든 순무 몇 개를 팔러 다니는 사람들의 사진도 이제는 보이지 않는다. 모든 게 지난 일이다. 장마철이면 진창이 되어버려 여기저기 바퀴 자국이 깊이 패고 짐마차를 꼼짝 못하게 만드는 비포장도로처럼, 모두 지난 일이다.

하지만 아프리카는 달랐다. 그곳에서 나치는 열정만 앞세웠다. 열정만은 높이 사줄 만했지만 누군가 좀 더 깊이 생각하고 조언했더라면, 예를 들어 농지계획이라도 마칠 때까지 기다리자고 말해주었더라면 좋았을 것이다. 농지계획이야말로 나치의 천재성을 보여준, 그들의 예술가 기질이 진정으로 드러난 프로젝트였다. 원자력을 이용해 지중해를 막아 가둔 다음 물을 빼고 경작이 가능한 농토로 만드는 것이다. 얼마나 대담한가? 비난하던 사람들이 결국에는 얼마나 놀랐던지. 이곳 몽고메리가에도 나치를 비웃는 사업가들이 많았다. 그리고 사실 아프리카 프로젝트는 거의 성공할 뻔했다. 하지만 그런 일에서 '거의'라는 말이 들리기 시작하면 그건 불길한 징조였다. 나치당의 로젠베르크가 1958년 발표해 큰 반향을 일으킨 논문에 이런 말이 처음으로 등장했다. "아프리카 문제의 '최종 해결책'"에 관

---

* 나치의 최종 해결책은 인종 말살을 뜻한다.

해 우리는 목적을 거의 이루었다. 하지만 불행하게도……."

어쨌든 미국 원주민을 모두 없애는 데 2백 년이 걸린 데 비해, 독일은 아프리카에서 겨우 15년 만에 같은 일을 거의 해냈다. 그러니 그들을 비판하는 건 적절하지 않다. 사실 칠던은 얼마 전 다른 상인들과 점심을 먹으면서 그 얘기로 설전을 벌이기도 했다. 사람들은 나치가 마술로 세상을 다시 만들어내는 기적이라도 일으켜주기를 바랐던 모양이다. 그게 아니지. 독일은 과학과 기술을 이용했고, 믿을 수 없을 정도로 열심히 일하는 재주를 지녔던 것뿐이다. 그들은 멈추지 않고 전념했다. 그리고 할 일이 생기면 제대로 해냈다.

어쨌든 사람들은 나치의 화성 탐험에 정신이 팔려 그들이 아프리카에서 겪는 고충에는 관심을 기울이지 못했다. 결국 이 모든 것은 칠던이 전에 동료 상인들에게 말했던 것으로 귀착된다. 나치는 우리가 못 가진 걸 가졌다. 바로 고귀함이다. 그들이 열심히 일하는 자세나 높은 능률은 우러러봐야 마땅하다. 하지만 무엇보다 우리 마음을 흔드는 건 그들의 이상이다. 인간은 달을 가장 먼저 정복하고 화성까지 진출했다. 우주정복이 인류의 가장 오래된 꿈은 아니더라도 영광을 향한 가장 고상한 희망인 것은 사실이다. 반면에 일본인들은 어떤지 살펴보자. 나는 그들을 아주 잘 안다. 어쨌거나 그들과 계속 일하니까. 그들은 동양인이다. 인정할 건 인정해야 한다. 황인종이라는 말이다. 백인인 우리는 권력을 가진 그들에게 고개를 숙여야 한다. 하지만 우리는 독일을 지켜보고 있다. 백인이 정복한 곳에서는 어떤 일이 일어나는지를. 그리고 그 결과는 이곳과 아주 다르다.

"니폰타임스 빌딩에 다 왔습니다."

중국 놈 운전수가 말했다. 언덕을 올라오느라 거친 숨을 몰아쉬고 있었다. 자전거가 속도를 늦추었다.

칠던은 속으로 다고미의 고객이 어떤 사람일지 추측해보고 있었다. 특별할 정도로 중요한 사람인 건 분명했다. 다고미의 목소리가 잔뜩 흥분한 걸로 미루어 알 수 있다. 자신의 고객들 가운데 가장 중요한 사람의 얼굴이 문득 떠올랐다. 샌프란시스코 만 주변 지역의 명사들 사이에서 칠던의 이름이 널리 알려지는 데 크게 도움이 된 거래를 해준 사람이다.

4년 전, 칠던은 지금처럼 희귀하거나 가치 있는 물건을 사고팔지 않았다. 그는 기어리 가에서 작고 어두침침한 헌책방을 운영했다. 주변에는 중고가구점이나 철물점, 세탁소들이 있었다. 그리 좋은 동네는 아니었다. 샌프란시스코 경찰이나 더 상위기관인 일본 헌병대가 아무리 애를 써도 밤이면 길거리에서 무장강도 사건이나 강간 사건이 벌어지곤 했다. 모든 가게는 영업시간이 지나면 창문 위에 덧댄 철창을 꼭 닫아 잠갔는데, 이는 불법침입을 막기 위해서였다. 그런 동네에 후모 이토 소좌라는 나이 지긋한 일본인 퇴역군인이 나타났다. 그는 키가 크고 호리호리하고 머리가 하얬으며, 걸을 때는 물론 서 있을 때도 몸이 꼿꼿했다. 후모 소좌는 칠던이 가진 물건들로 어떻게 장사를 할 수 있을지 넌지시 알려주었다.

"나는 물건을 수집합니다."

후모 소좌는 이렇게 말했다. 오후 내내 칠던이 운영하는 헌책방에서 옛날 잡지 더미를 뒤진 뒤였다. 그때 그가 부드러운 목소리로 들려주던 이야기를 칠던은 제대로 알아들을 수가 없었다. 그는 돈 많고 교양 넘치는 많은 일본인들이 미국 대중문화와 관련된 오래된 물건을 제대로 된 골동품으로 여긴다고 했다. 왜 그런지는 그도 모른다고 했다. 그는 특히 미국의 놋쇠 단추와 그걸 다룬 오래된 잡지를 수집하는 일에 푹 빠졌다고 했다. 논리적으로 설명할 도리는 없지만, 동전이나 우표를 모으는 것과 비슷한 취미라고 했다. 그리고 부유한 수집가들은 아주 큰돈을 치른다고도 했다.

"예를 들어 설명해주겠소. '전쟁의 공포' 카드가 뭔 줄 아시오?"

후모 소좌가 욕심이 가득한 눈으로 칠던을 바라보았다.

칠던은 기억을 더듬다가 마침내 기억해냈다. 어렸을 때 풍선껌을 사면 포장지 속에 함께 들었던 카드였다. 하나에 1센트짜리 풍선껌이었다. 카드 그림은 여러 종류였고, 종류마다 각기다른 전쟁의 참상을 표현하고 있었다.

"절친한 친구 하나가 그 카드를 모으죠. 지금은 딱 한 장만 빼고 전부 갖고 있습니다. '침몰하는 전함 파나이 호' 카드가 없죠. 그 카드만 구할 수 있다면 상당한 돈을 쓰겠다고 하더군요."

"딱지 카드 말이군요."

칠던이 불쑥 말했다.

"네?"

"저희는 그걸로 딱지치기를 했거든요. 카드는 앞면과 뒷면이 있습니다."

칠던이 여덟 살 때쯤 일이다.

"모든 아이들이 딱지 카드를 한 상자씩 갖고 있었죠. 두 명이 서로 마주 보고 섭니다. 그리고 카드가 공중에서 뒤집히도록 높이 들었다가 떨어뜨리는 겁니다. 그림이 있는 앞면이 보이게 떨어진 사람이 상대방 카드를 따는 거죠!"

행복했던 어린 시절은 떠올리기만 해도 어찌나 즐거운지.

후모 소좌는 한참 생각하더니 말했다.

"내 친구가 '전쟁의 공포' 카드 이야기는 많이 했어도 그런 식으로 갖고 놀았다는 건 처음 듣습니다. 내 생각이지만 그 친구는 카드가 실제로 어떻게 쓰였는지는 모르는 것 같군요."

결국 후모 소좌의 친구는 몸소 칠던의 가게에 와서 그로부터 역사적 체험담을 들었다. 후모 소좌처럼 퇴역한 육군장교였던 사내는 칠던의 이야기에 푹 빠졌다.

"병뚜껑도 있죠!"

칠던은 느닷없이 소리를 질렀다.

두 일본인은 영문을 모르겠다는 듯 눈만 껌벅거렸다.

"동네 아이들은 우유병 뚜껑도 모았습니다. 애들 장난이죠. 동그란 뚜껑에는 어느 목장에서 온 우유인지 표시가 되어 있었습니다. 미국에는 목장이 수천 개 있었죠. 목장마다 그들만의 뚜껑을 만들었습니다."

퇴역장교의 눈이 본능적으로 번쩍거렸다.

"혹시 예전에 모아둔 게 남아 있습니까?"

당연히 칠던한테는 그런 물건이 없었다. 하지만……. 어쩌면 그냥 쓰고 버리는 종이팩이 아니라 유리병에 우유를 담아 배달하던 전쟁 이전 시대에 만든 오래된 병뚜껑을 구할 수도 있을 것 같았다.

결국 칠던은 몇몇 단계를 거쳐 지금 사업을 하게 되었다. 미국적인 물건에 미친 일본인들이 늘면서 다른 사람들도 비슷한 가게를 열었다. 하지만 칠던이 늘 최고였다.

"요금은 1달러입니다."

중국 놈의 목소리에 칠던은 퍼뜩 정신을 차렸다. 그는 이미 가방을 인도에 내려놓고 기다리고 있었다.

칠던은 멍한 채 돈을 치렀다. 그래, 다고미 씨의 고객이라는 사람은 후모 소좌 같은 사람일 거야. 어쨌든 나한테야 다를 게 없지. 칠던은 신랄하게 생각했다. 그는 여러 일본인과 거래해 왔지만 그들을 따로따로 구별해내기는 어려웠다. 키가 작고 레슬링선수처럼 다부진 사람도 있는 반면에 약국 주인처럼 생긴 사람도 있었다. 나무와 꽃을 가꾸는 정원사 같은 사람도 만났다. 칠던은 나름대로 상대를 여러 범주로 나누어 구별했다. 하지만 젊은 사람들은 전혀 일본인처럼 보이지 않았다. 다고미 씨의 고객은 아마 필리핀산 시가를 피우는 뚱뚱한 사업가일 것이다.

그 순간, 가방 여러 개를 바로 옆 인도에 놓은 채 니폰타임스 빌딩 앞에 선 칠던은 갑자기 떠오른 생각에 소름이 끼쳤다. 혹시 다고미 씨의 고객이 일본인이 아니라면! 가방 속에 든 물건들은 모두 일본인을 떠올리고 그들의 취향을 고려해서 고른 것들인데……

그래도 일본인일 게 분명했다. 원래 다고미 씨가 원했던 건 남북전쟁 당시 모병 포스터였다. 그런 물건에 관심 있는 건 일본 사람들뿐이다. 그들은 사소한 물건에 집착하는 경향이 있다. 특히 문서나 성명서, 광고물에는 율법이라도 따르듯 강렬하게 매료되었다. 시간만 나면 1900년대 신문에 등장한 미국 의약품 광고를 모으던 사람도 있었다.

다른 문제도 있었다. 당장 눈앞에 놓인 문제들. 니폰타임스 빌딩의 거대한 출입문을 통해 사람들이 바삐 드나들고 있었다. 모두 멋지게 차려입었다. 그들의 목소리가 귀에 들어오자 칠던은 얼른 몸을 움직이기 시작했다. 우선 샌프란시스코에서 가장 높은 건물을 올려다보았다. 건물의 벽과 창문. 일본인 건축가의 솜씨가 기막히게 멋지다. 건물 주위로 낮은 상록수들과 바위, 가레산스이* 식 조경, 말라붙은 강이 나무 뿌리들을 지나 단순하면서도 들쭉날쭉하고 납작한 바위들 사이로 굽이치는 모습을 표현한 것이 보였다.

막 짐을 부려놓고 빈손으로 걸어가는 흑인 한 명이 보였다. 칠던은 얼른 큰소리로 불렀다.

"이봐!"

---

* 枯山水. 물을 쓰지 않고 돌과 모래로 산수를 표현하는 양식으로 꾸민 일본식 정원 양식.

흑인이 웃음을 띠고 종종걸음으로 그에게 다가왔다.

"20층 B호야. 빨리 움직여."

칠던은 최대한 냉혹한 목소리로 말하며 가방들을 가리킨 다음 건물 출입구로 향했다. 뒤를 돌아보지 않는 건 말할 것도 없다.

잠시 뒤 그는 사람들이 꽉 들어찬 고속 엘리베이터 안에 서 있었다. 대다수가 일본인이었고, 말끔한 얼굴들이 엘리베이터의 눈부신 조명 아래 은은하게 빛났다. 속이 울렁거릴 정도로 빠르게 솟구치는 엘리베이터 창문 밖으로 건물의 각 층이 휙휙 지나갔다. 칠던은 눈을 감은 채 두 다리에 힘을 주고 버티며 얼른 20층에 도착하기만을 바랐다. 흑인 일꾼은 당연히 화물 엘리베이터를 타고 가방을 옮기고 있을 것이다. 이 엘리베이터에 그를 함께 태운다는 건 이성의 영역을 벗어난 일일 것이다. 잠시 눈을 뜨고 주위를 둘러보았다. 사실 엘리베이터 안에는 백인이 몇 명 되지 않았다.

20층에 내린 칠던은 다고미 씨의 사무실에 들어갈 준비를 하면서 이미 마음속으로 고개를 숙여 인사하고 있었다.

03

줄리아나 프링크는 해질 무렵 활로 쏜 것처럼 밝은 점 하나가 하늘을 가로질러 날아가 서쪽으로 사라지는 모습을 보았다. 나치 로켓이군. 그녀는 속으로 생각했다. 서쪽 해안으로 가네. 대단한 사람들이 가득 탔겠지. 나는 여기 땅바닥에 있는데. 그녀는 손을 흔들었다. 물론 로켓은 이미 사라진 뒤였다.

로키산맥의 그림자가 점점 길어졌다. 푸른 산봉우리들이 밤으로 접어들고 있었다. 멀리 철새 떼가 산맥을 따라 천천히 날고 있었다. 여기저기서 자동차들이 전조등을 켰다. 밝은 점 두개가 나란히 붙어 고속도로를 따라 달리는 게 보였다. 주유소 불빛도, 불을 켠 집들도 보였다.

줄리아나는 콜로라도 주 캐넌시티에서 유도를 가르치며 몇 달째 살고 있다.

그녀는 일과를 마치고 샤워를 하려던 참이었다. 피곤했다. 자신이 일하는 레이 스포츠센터의 회원들이 샤워실을 모두 사용하는 중이라 그녀는 서늘한 바깥에 서서 산속 공기 냄새와 조용한 분위기를 즐기며 기다리는 중이었다. 고속도로에 있는 햄버거 가게에서 사람들이 두런두런 이야기를 나누는 소리가 희미하게 들렸다. 거대한 디젤 트럭 두 대가 주차되어 있고, 어둠 속에서도 가죽 재킷을 걸친 운전수들이 햄버거 가게로 들어서는 모습이 보였다.

줄리아나는 생각했다. 디젤*이 특실 창문에서 몸을 던졌다고 했지? 바다를 건너는 배에서 몸을 던져 자살했다고 했던가? 어쩌면 나도 스스로 목숨을 끊어야 할지 몰라. 하지만 이곳에는 바다가 없지. 그래도 늘 방법은 있게 마련이야. 셰익스피어의 작품처럼. 셔츠 앞섶에 핀을 꽂은 채 프랭크에게 안녕을 고하는 거야. 사막에서 나타난 노숙자의 약탈을 두려워할 필요가 없는 여자. 머리가 희끗희끗하고 군침을 흘리는 적수가 무슨 짓을 할지 몰라 신경이 곤두서는 상황에서도 등을 똑바로 펴고 걷는 거야. 차라리 긴 호스를 구해 고속도로 근처 마을에서 자동차 배기가스를 들이마시고 죽을까.

일본인들에게 배웠지. 줄리아나는 속으로 생각했다. 죽을 운명을 차분히 받아들이는 법, 그리고 유도로 밥벌이를 하는 법도. 사람을 죽이는 법과 죽는 법. 양陽과 음陰. 하지만 모두 지난

---

* Rudolf Diesel(1858~1913). 독일의 기술자로 디젤기관을 발명했다. 배를 타고 런던으로 가던 길에 영국해협에서 바다에 떨어져 사망했다.

일이다. 지금 이곳은 프로테스탄트의 땅이다.

　나치 로켓들이 콜로라도 주 캐넌시티에 그 어떤 관심도 보이지 않은 채 멈추지 않고 하늘 높이 날아가는 건 다행이었다. 그들은 유타건 와이오밍이건 네바다 동부건 황량한 사막이거나 초원인 주에는 아무 관심이 없었다. 우리는 아무 쓸모도 없으니까. 줄리아나는 생각했다. 우리는 별것 아닌 인생을 계속 이어갈 수 있어. 원하기만 한다면 말이야. 그럴 가치가 있다면.

　샤워실 중 한 곳에서 걸쇠 푸는 소리가 났다. 덩치가 커다란 데이비스 양이 샤워를 마치고 옷을 모두 입은 채 핸드백을 옆구리에 끼고 나왔다.

　"아, 기다렸어요, 프링크 부인? 미안해요."

　"괜찮아요."

　줄리아나가 말했다.

　"있잖아요, 프링크 부인. 저는 유도에서 많은 걸 얻은 것 같아요. 선禪보다 훨씬 더요. 말씀드리고 싶었어요."

　"선으로 엉덩이 살을 빼세요. 고통 없는 깨달음을 통해 살을 빼시는 거예요. 아, 죄송해요, 데이비스 양. 제가 딴 생각을 하고 있었네요."

　줄리아나가 말했다.

　"놈들이 많이 괴롭혔나요?"

　데이비스 양이 물었다.

　"누가요?"

　"일본 놈들이요. 직접 호신술을 배우기 전에 말이에요."

"끔찍했어요. 일본 놈들이 있는 서부해안에 가본 적이 없으시군요."

줄리아나가 말했다.

"콜로라도 밖으로 나가본 일이 없어요."

데이비스 양의 겁 많은 목소리가 떨렸다.

"여기서도 같은 일이 벌어질 수 있어요. 놈들이 이 지역마저 점령하려 들면 말이죠."

줄리아나가 말했다.

"이제 와서 그럴 리는 없어요!"

"놈들이 무슨 짓을 할지는 결코 알 수 없어요. 늘 속마음을 숨기는 놈들이니까요."

줄리아나가 말했다.

"놈들이 무슨 짓을 시켰죠?"

데이비스 양은 저녁 어둠 속에서 핸드백을 양팔로 꽉 끌어안으며 가까이 다가섰다.

"별짓 다 해야 했죠."

줄리아나가 말했다.

"맙소사. 저라면 저항했을 거예요."

데이비스 양이 말했다.

줄리아나는 실례하겠다고 말하고는 빈 샤워실로 향했다. 다른 여자 한 명이 팔에 수건을 걸치고 샤워실 쪽으로 다가오고 있었기 때문이다.

한참 뒤 줄리아나는 '멋쟁이 찰리의 구운 햄버거' 가게에 자리를 잡고 앉아 멍하니 메뉴판을 보고 있었다. 주크박스에서는 미국 남부지방의 컨트리음악이 흘러나왔다. 흐느끼는 듯한 스틸기타 소리가 가슴을 울렸다. 실내는 기름기 섞인 연기로 가득했다. 그래도 따뜻하고 환해서 줄리아나는 기분이 좋아졌다. 바에 앉은 트럭 운전수들과 웨이트리스가 보였고, 덩치 큰 아일랜드 출신 요리사가 하얀 가운을 입고 계산대에서 잔돈을 바꿔주고 있었다.

줄리아나를 보더니 주방장 찰리가 직접 주문을 받으러 다가왔다. 웃음을 띠며 느릿하게 말했다.

"차 마실 시간이 되셨나요, 아가씨?"

"커피 줘요."

줄리아나는 주방장의 장난을 참아 넘기며 말했다.

"아, 그러시구만."

찰리는 고개를 끄덕이며 말했다.

"그리고 그레이비소스 핫 스테이크 샌드위치 하나 주세요."

"쥐새끼를 넣고 끓인 수프나 올리브 오일에 튀긴 염소 뇌는 안 드시고?"

바에 앉은 트럭 운전수 두 명이 앉은 채로 의자를 돌리며 그 흰소리를 따라 씩 웃었다. 더불어 줄리아나가 얼마나 매력적인지 알아채고는 즐거워했다. 주방장 찰리가 농담을 하지 않았어도 트럭 운전수들은 어차피 그녀를 샅샅이 훑어봤을 것이다. 오랫동안 유도를 한 결과, 그녀의 몸매는 남달랐다. 줄리아나는 자신이 얼마나 열심히 노력했는지, 그래서 자기 몸이 어떻게 보이는지 잘 알았다.

분명히 내 어깨 근육을 보고 저럴 거야. 그녀는 두 사람의 눈길을 느끼며 생각했다. 댄서들과 비슷한 어깨 모양 때문이야. 근육 크기와는 상관이 없지. 당신들 마누라도 체육관에 보내면 우리가 가르쳐줄 텐데. 그럼 당신들 삶이 훨씬 더 만족스러워질 테니 말이야.

"저 여자 건드리지 말아요."

주방장이 트럭 운전수들에게 윙크를 해 보이며 말했다.

"당신들쯤은 쉽게 던져버릴 수 있을 테니까."

줄리아나가 둘 중 젊은 쪽에게 물었다.

"어디서 왔죠?"

"미주리요."

두 사내가 동시에 대답했다.

"미국 사람들인가요?"

"그렇소. 필라델피아에서 왔지. 아이가 셋 있어요. 큰애가 열한 살이죠."

나이 든 쪽 사내가 말했다.

"저, 필라델피아는 괜찮은 일자리 구하기가 쉬운가요?"

줄리아나가 말했다.

젊은 운전수가 대답했다.

"그럼요. 피부색만 맞으면 되죠."

사내는 검은 곱슬머리에 얼굴빛이 어둡고 우울해 보였다. 그는 이내 괴로운 듯 표정이 굳었다.

"이 친구는 이탈리아 놈이죠."

나이 든 사내가 말했다.

"이탈리아는 전쟁에서 이기지 않았나요?"

줄리아나는 젊은 운전수를 향해 웃으며 말했지만 사내는 그녀를 보고 웃지 않았다. 오히려 우울해 보이는 눈을 번쩍거리며 노려보다가 갑자기 고개를 획 돌렸다.

미안해요. 줄리아나는 속으로 생각했다. 하지만 아무 말도 하지 않았다. 당신이든 다른 사람이든 얼굴이 검은 걸 내가 어떻게 해줄 수는 없네요. 그녀는 프랭크를 떠올렸다. 아직 살아 있는지 궁금하네. 입이라도 잘못 놀리면 끝일 텐데. 그럴 리가 없지. 줄리아나는 생각했다. 어떻게 된 일인지 그이는 일본 놈들을 좋아했어. 어쩌면 프랭크는 못생긴 그놈들한테 동질감을 느끼는지도 몰라. 그녀는 늘 프랭크에게 못생겼다고 말하곤 했다. 그는 땀구멍이 넓고 코는 컸다. 반면에 그녀의 피부는 보기 드물 정도로 아주 고왔다. 그가 나 없이 죽지는 않았을까? 그의 이름 핑크는 영어로 핀치라는 새 이름과 같다. 사람들 말로 새들은 잘 죽는다던데.

"오늘밤 차를 몰고 돌아가나요?"

줄리아나는 젊은 이탈리아인 운전수에게 물었다.

"내일 갑니다."

"미국이 마음에 안 들면 아예 이리로 건너와서 살지 그래요? 로키연방에서 오래 살았는데, 그리 나쁘지 않아요. 나는 서부 샌프란시스코에서도 살았어요. 그곳도 피부색 문제가 있죠."

줄리아나가 말했다.

젊은 이탈리아인이 카운터 앞에 몸을 숙이고 앉은 채 그녀를 힐끗 쳐다보며 말했다.

"아가씨, 이런 마을에서 하루를 보내거나 하룻밤 자는 걸로도 충분히 끔찍해요. 그런데 여기서 살라고? 맙소사. 내가 다른 일자리를 잡을 수만 있으면, 그래서 이따위 가게에서 끼니를 때울 필요만 없다면……."

그는 주방장의 얼굴이 벌게지는 걸 보더니 하던 말을 끊고 커피를 마시기 시작했다.

"조, 자네는 속물이야."

나이 많은 트럭 운전사가 말했다.

"덴버에서 살면 되잖아요. 거긴 여기보다 훨씬 좋으니까요."

줄리아나가 말했다. 동부에 사는 미국인들이 그렇지. 그녀는 속으로 생각했다. 일류만 밝히는 놈들. 거창한 꿈이나 꾸면서. 여기 로키연방쯤은 촌구석으로 보겠지. 이곳은 전쟁 전부터 아무 일도 없던 곳이니까. 은퇴한 늙은이들, 농사꾼, 멍청이, 느림보, 가난뱅이……. 똑똑한 녀석들은 이미 동쪽으로 뉴욕을 향해 떼 지어 떠났고, 합법이든 불법이든 국경을 넘었다. 돈이 있는 곳이니 그렇지. 줄리아나는 생각했다. 거대 산업자본이 있는 곳. 엄청난 성장이었지. 독일의 투자는 정말 대단했다. 미국을 다시 일으키는 데 그리 오래 걸리지 않았다.

주방장 찰리가 화나 난 듯 거친 목소리로 말했다.

"이봐, 나도 유태인을 좋아하지는 않아. 하지만 1949년에 너

62

희들이 살던 미국에서 도망친 유태인들은 좀 봤지. 너희들이 그들을 쫓아내고 미국을 차지했잖아. 미국에 다시 건물이 잔뜩 들어서고 굴러다니는 돈이 많은 건 뉴욕에서 유태인을 몰아낼 때 뺏은 돈이 많아서야. 그 빌어먹을 나치의 뉘른베르크법*덕분이지. 나는 어렸을 때 보스턴에서 살았어. 유태인과 관련해 특별한 경험은 없지만 아무리 전쟁에서 졌다고 해도 미국에서 나치의 인종차별법이 통과되리라고는 상상도 못했어. 미국 군대에 들어가 독일 앞잡이가 돼서 남미의 조그만 공화국에 쳐들어갈 준비나 하고 있어야 할 것들이 왜 여기 앉아 있는지 모르겠군. 그래야 독일이 일본을 조금이나마 밀어낼 수 있을 텐데……."

트럭 운전사 둘은 굳은 얼굴로 자리를 박차고 일어섰다. 나이 든 쪽은 카운터 위에 놓인 케첩 병을 거꾸로 잡고 들어올렸다. 주방장은 두 사람으로부터 눈을 떼지 않은 채 뒤로 손을 뻗어 요리할 때 쓰는 커다란 포크를 찾았다. 그는 포크를 움켜쥐고 앞으로 내밀었다.

"덴버에 루프트한자 로켓이 내릴 수 있는 내열 활주로가 생긴데요."

줄리아나가 말했다.

세 사나이는 움직이지도, 입을 열지도 않았다. 다른 손님들도 아무 말 없이 앉아 있었다.

---

* 나치는 1935년 전당대회에서 유태인을 차별하는 법령을 제정했다.

마침내 주방장이 입을 열었다.

"해질 무렵 한 대가 날아가더군."

"그건 덴버로 간 게 아니에요. 서쪽, 서부해안으로 가는 거였죠."

줄리아나가 말했다.

잠시 뒤 두 운전수가 다시 자리에 앉았다. 나이 든 쪽이 중얼거렸다.

"늘 깜박 잊는단 말이야. 여기 인간들이 살짝 노란 물이 들었다는 걸 말이야."

"일본 놈들은 전쟁 중이든 전쟁이 끝난 뒤에도 유태인을 죽이지는 않았어. 가스실을 만들지도 않았고."

주방장이 말했다.

"만들었으면 좋았을 걸 그랬군."

나이 든 운전수는 말은 그렇게 했지만 커피가 담긴 컵을 들더니 다시 식사를 하기 시작했다.

노란 물이라. 줄리아나는 생각했다. 그래, 맞는 말인 것 같군. 여기 사람들은 일본 놈들을 아주 좋아하니까.

"밤에 어디서 묵을 거죠?"

줄리아나는 조라는 젊은 운전수에게 물었다.

"모르겠어요. 방금 트럭을 세워 놓고 이리로 왔으니까. 이 주는 온통 마음에 안 드는군요. 그냥 트럭에서 잘까 싶어요."

"허니비 모텔도 그냥저냥 괜찮아."

주방장이 말했다.

"그럼 거기서 묵는 것도 괜찮겠군. 이탈리아인이라고 거부하지만 않는다면 말이야."

젊은 운전수가 말했다. 아무리 감추려 해도 이탈리아 억양이 강하게 드러났다.

그를 보며 줄리아나는 생각했다. 이상주의에 빠져 냉소적으로 구는군. 인생에 너무 많은 걸 바라고 있어. 늘 새로운 걸 바라고 가만히 있지 못해 안달이지. 나와 같아. 나도 서부에서 견뎌내지 못했고 결국은 이곳도 참아내지 못할 거야. 옛날 개척 시대 사람들이 이랬을까? 하지만 이제 변경 지역은 이곳이 아니라 다른 행성이야.

그녀는 이런 생각을 했다. 이 사내랑 로켓을 타고 식민지가 건설되는 행성으로 떠날 수도 있어. 하지만 독일인들이 허락하지 않겠지. 이 사람은 얼굴색이 거무스름하고 나는 머리칼이 검은색이니까. 바이에른 훈련소에 있는 창백하고 깡마른 북유럽 게르만인 친위대 호모 자식들. 성은 뭔지 모르지만 조라는 이 사내는 표정부터 틀려먹었어. 차갑지만 어딘지 열정적인 얼굴이어야 하는데. 마치 아무 신앙도 갖고 있지 않지만 어딘가 절대적인 믿음을 지닌 듯한 얼굴 말이야. 그래, 놈들은 그런 모습이야. 그들은 조나 나처럼 이상주의자가 아니지. 놈들은 신념이 완벽한 냉소주의자들이야. 마치 전두엽 절제술을 받아 뇌가 정상이 아닌 놈들 같지. 독일의 정신과의사들이 형편없는 치료 대신 선택하는 방법.

독일 놈들의 문제는 섹스라고 줄리아나는 결론지었다. 그들은 오래전 1930년대부터 역겨운 짓을 해대더니 그 정도가 점점 더 심해졌다. 히틀러는 누구랑 시작했더라? 누이였나? 숙모? 조카? 그의 가족은 이미 근친교배 상태였다. 어머니와 아버지가 사촌 간이었으니까. 그들은 모두 근친상간을 저질렀고, 자기 어머니를 향해 욕정을 품는 원죄를 거듭했다. 그래서 그 똑똑한 친위대의 호모 자식들이 아무것도 모르는 금발 아기처럼 천사 같은 웃음을 짓고 있는 거였다. 놈들은 '어머니'를 위해 스스로 몸을 아끼고 있다. 아니면 서로를 위해서 그러는지도 모른다.

그들에게 '어머니'란 누구일까? 줄리아나는 궁금했다. 죽을 날을 기다리고 있다는 지도자 보르만 총통일까? 아니면 그 '병든 자'?

이제 어느 요양원의 환자 신세라는 늙은 히틀러는 매독으로 온몸이 마비되고 노망까지 든 채 여생을 보내고 있다. 뇌까지 번진 매독은 그가 비엔나에서 길고 검은 코트에 더러운 속옷을 입고 싸구려 간이숙소를 전전하며 부랑자로 살던 시절에 얻은 것이다.

무성영화에나 나올 법한 하느님의 냉소적 복수가 분명했다. 그 지독한 자는 몸속 더러움, 남자의 추악함을 상징하는 역사적인 역병에 쓰러졌다.

끔찍한 건 지금 독일제국이 바로 그자의 머리에서 비롯되었다는 점이다. 그의 두뇌는 처음에는 정당을, 이어서 나라를, 다음에는 세계의 절반을 집어삼켰다. 나치는 그의 머리를 직접 진단하고 확인했다. 약초나 처방하는 돌팔이 모렐 박사는 히틀러에게 '쾨스터 박사의 가스제거제'라는 약을 복용하도록 했다. 모렐은 원래 성병 전문가였다. 온 세상이 그걸 알았지만 '지도자' 히틀러의 헛소리는 여전히 성스럽게 여겨졌으며 아직도 성서나 마찬가지였다. 그의 사상은 이제 사악한 씨앗처럼 온 문명세계를 감염시켰고, 나치의 맹목적인 금발 동성애자들은 이제 지구를 벗어나 다른 행성으로 내달리며 더러움을 퍼뜨리고 있다.

근친상간으로 얻을 수 있는 것들은 광기, 무분별, 죽음이다.

줄리아나는 몸을 부르르 떨었다.

"찰리."

그녀는 주방장을 불렀다.

"내가 시킨 건 안 나와요?"

더할 나위 없이 외로웠다. 그녀는 일어나서 카운터로 가 금전등록기 옆에 자리를 잡고 앉았다.

젊은 이탈리아인 트럭 운전수만이 그녀가 움직이는 걸 눈치챘다. 조의 검은 눈은 그녀에게서 떨어지지 않았다. 그의 이름은 조였다. 성은 뭘까 궁금했다.

가까이에서 보니 조는 그녀가 생각했던 것만큼 젊지는 않았다. 나이를 짐작하기가 어려웠다. 인상이 워낙 강렬해서 판단하기가 어려웠다. 그는 자꾸 손으로 머리를 만지며 단단해 보이고 못생긴 손가락으로 머리카락을 쓸어 넘겼다. 이 남자는 뭔가 특별해. 줄리아나는 생각했다. 죽음을 호흡하고 있어. 바로 그런 점이 거슬리는 동시에 매력적으로 느껴졌다. 나이 든 운전수가 조에게 고개를 기울이더니 뭐라고 속삭였다. 그러고는 두 사내가 줄리아나를 찬찬히 살펴보기 시작했다. 이번에는 남자가 여자를 볼 때 일반적으로 보이는 관심이 아니었다.

"아가씨."

나이 든 운전수가 입을 열었다. 두 사내 모두 상당히 긴장한 모습이었다.

"이게 뭔지 압니까?"

사내는 희고 납작한 상자를 들어보였다. 그리 크지 않았다.

"알아요. 나일론 스타킹. 뉴욕의 거대 카르텔 기업인 이게파르벤에서만 만들 수 있는 합성섬유로 된 거죠. 아주 구하기 어렵고 비싼 물건이네요."

줄리아나가 말했다.

"독일인들은 도무지 당할 수가 없어요. 독점이 그리 나쁜 것만도 아닙니다."

나이 든 운전수는 스타킹을 젊은 운전수에게 건넸다. 젊은 운전수는 팔꿈치로 스타킹을 줄리아나에게 밀었다.

"차 있어요?"

젊은 이탈리아인이 커피를 홀짝이며 그녀에게 물었다.

찰리가 주방에서 그녀가 시킨 음식을 들고 나왔다.

"데려다줄 수도 있잖아요."

젊은 사내의 거칠고 강렬한 눈길은 계속 그녀를 살폈고, 줄리아나는 점점 더 긴장이 되었지만 왠지 꼼짝할 수가 없었다.

"아까 말한 모텔이든 아니면 어디든 내가 하룻밤 지낼 만한 곳으로 말입니다. 안 그래요?"

"그래요. 차는 있어요. 오래된 스튜드베이커죠."

주방장 찰리는 줄리아나와 젊은 트럭 운전수를 번갈아 바라보더니 그녀가 시킨 음식을 카운터에 내려놓았다.

통로 끝에 달린 스피커에서 안내방송이 흘러나왔다.

"신사 숙녀 여러분께 안내해드리겠습니다."

좌석에 앉은 바이네스는 눈을 떴다. 오른쪽 창밖 저 멀리 갈색과 녹색이 섞인 땅과 파란 바다가 내려다보였다. 태평양이다. 로켓이 서서히 하강하기 시작한 모양이었다.

독일어 다음으로 일본어 그리고 영어 순서로, 담배를 피우거나 안전띠를 풀고 좌석을 벗어나서는 안 된다는 안내방송이 이어졌다. 착륙하기까지는 8분이 걸린다고 했다.

역추진로켓이 갑자기 큰소리를 내며 분사를 시작하자 선체가 격렬하게 흔들렸다. 여러 승객이 놀라 숨을 멈추었다. 바이네스가 웃음을 짓자, 통로 건너편에 앉은 금발을 바짝 깎은 젊은 남자 승객도 그를 바라보며 웃었다.

"지 퓌어스튼 다스……."

젊은 사내가 독일어로 말을 걸어오자 바이네스는 얼른 영어로 대답했다.

"미안합니다만, 독일어를 못합니다."

젊은 독일인 사내가 미심쩍은 표정으로 바라보기에, 바이네스는 같은 말을 독일어로 되풀이했다.

"독일 사람이 아니라고요?"

젊은 독일 사내는 깜짝 놀라며 독일어 억양이 드러나는 영어로 되물었다.

"스웨덴 사람입니다."

바이네스가 말했다.

"템펠호프*에서 타셨잖습니까?"

"그랬죠. 사업차 독일에 있었습니다. 일 때문에 여러 나라를 돌아다닙니다."

젊은 독일인 사내는 요즘 세상에서 국제적으로 사업을 하며 최신 루프트한자 로켓을 탈 정도로 부유한 사람이 독일어를 못하거나 못하는 척하는 걸 도무지 믿지 못하는 게 분명했다.

"선생께서는 어느 업계 일을 하십니까?"

"플라스틱. 폴리에스터. 합성수지. 모두 산업용 합성물이죠. 아시겠죠? 일반 소비자용 상품은 없습니다."

"스웨덴에 플라스틱 산업이 있었나요?"

사내는 믿을 수 없다는 표정이었다.

"네, 아주 훌륭한 회사죠. 성함을 알려주시면 회사 소개자료를 우편으로 보내드리겠습니다."

바이네스는 펜과 수첩을 꺼냈다.

"아닙니다. 알아보지도 못할 텐데요, 뭘. 저는 화가이지 사업

---

* 서베를린 남부지역.

가가 아니라서요. 기분 나쁘게 받아들이지 마시기 바랍니다. 유럽에 계실 때 혹시 제 작품을 보셨는지 모르겠군요. 저는 알렉스 로체라고 합니다."

사내는 바이네스의 대답을 기다렸다.

"미안하지만 현대미술에는 별로 관심이 없습니다."

바이네스가 말했다.

"전쟁 전 입체파와 추상파 작품은 좋아합니다. 그저 이상을 표현하는 것보다는 뭔가 의미가 담긴 그림이 마음에 들더군요."

바이네스는 고개를 돌렸다.

"하지만 이상을 표현하는 것이야말로 예술의 과업이죠."

로체가 말했다.

"인간의 감각을 넘어서서 영적 수준을 높여야 합니다. 말씀하신 추상미술은 영적으로 타락한 시대와 영적 혼돈, 사회의 분열, 낡은 금권정치를 상징합니다. 자본주의를 신봉하는 유태인 백만장자들과 공산주의자들은 퇴폐주의 예술을 지지했습니다. 그 시절은 이제 지났죠. 예술은 진화해야 합니다. 한 자리에 머물 수는 없죠."

바이네스는 창밖을 보며 고개를 끄덕였다.

"태평양연안연방에는 예전에 와보셨습니까?"

로체가 물었다.

"여러 번 왔죠."

"저는 처음입니다. 샌프란시스코에서 개인전을 열거든요. 괴벨스 박사께서 이끄는 기관과 일본 당국이 공동으로 주최를 맡았습니다. 상호 이해와 선의를 증진하기 위한 문화 교류죠. 동서 간 긴장의 끈을 늦춰야 하지 않겠습니까? 의사소통이 좀 더 많이 필요하고, 예술이 그 역할을 할 수 있습니다."

바이네스는 고개를 끄덕였다. 로켓이 뿜어내는 둥근 불꽃 아래로 이제 샌프란시스코 시내와 샌프란시스코 만이 잘 보였다.

"샌프란시스코에는 좋은 식당이 어디 있죠?"

로체는 여전히 얘기 중이었다.

"팰리스 호텔에 방을 잡긴 했는데요, 차이나타운 같은 국제지구에 가면 맛있는 음식이 많다고 들었습니다."

"그건 맞아요."

바이네스가 말했다.

"샌프란시스코 물가가 비싼가요? 이번 여행 경비를 대느라 형편이 쪼들리거든요. 주최측도 예산이 충분하지 않은가 봅니다."

로체가 웃으며 말했다.

"유리한 환율로 환전하면 낫겠죠. 국립은행 수표를 가져오셨겠군요. 샘슨 가에 있는 도쿄은행에서 돈을 바꾸시는 게 좋을 겁니다."

"고맙습니다. 그냥 호텔에서 바꿀 뻔했네요."

로체가 말했다.

로켓은 거의 지면에 닿았다. 이착륙장과 격납고, 주차장, 도시로 이어지는 고속도로, 주택들이 보였다. 아주 아름다운 모습이었다. 산과 바다가 보이고, 금문교로 밀려오는 안개도 조금씩 보였다.

"저 아래 보이는 거대한 건축물은 뭐죠?"

로체가 물었다.

"한쪽이 뚫린 걸 보니 아직 완공되지 않은 모양이네요. 우주 공항인가요? 일본에는 아직 우주선이 없을 거라 생각했는데요."

"저건 골든포피 스타디움입니다. 야구장이죠."

바이네스가 웃으며 말했다.

로체가 웃음을 터뜨렸다.

"맞아, 일본인들은 야구 정말 좋아하죠. 믿을 수가 없어요. 시간 낭비나 하는 스포츠 같은 취미를 위해 저렇게 거대한 시설을 짓기 시작하다니……."

바이네스가 말을 끊고 끼어들었다.

"저게 완성된 겁니다. 원래 저렇게 한쪽이 뚫린 모양이에요. 건축 디자인이 참신하죠. 이곳에서는 아주 자랑스러워합니다."

"마치 유태인이 설계한 것 같군요."

로체가 아래를 내려다보며 말했다.

바이네스는 상대를 한참 바라보았다. 그는 잠시나마 이 독일 사내의 정신이 균형을 잃다 못해 정신병자 같은 구석마저 있다는 걸 강하게 느꼈다. 로체는 진심으로 이런 말을 하는 걸까? 진짜 마음에서 우러나서 하는 말일까?

"나중에 샌프란시스코에서 다시 뵙기를 바랍니다."

로켓이 착륙하는 순간 로체가 말했다.

"이야기를 나눌 동포마저 없으면 뭘 해야 할지 모를 겁니다."

"나는 당신네 동포가 아닙니다만."

바이네스가 말했다.

"아, 그렇죠. 맞습니다. 하지만 아주 가까운 민족이죠. 사실상 같은 민족이나 마찬가지니까요."

로체는 단단히 묶었던 안전띠를 풀어내리며 몸을 부산히 움직였다.

내가 이 친구와 가까운 인종이라고? 바이네스는 의아했다. 사실상 같은 민족이나 다름이 없어? 그럼 내게도 정신병자 같은 구석이 있겠군. 우리가 사는 세상은 정신병 환자로 가득해. 미친놈들이 권력을 잡았어. 우리는 언제부터 그걸 알았을까? 언제부터 직시했을까? 얼마나 많은 사람이 제대로 알까? 로체는 모른다. 스스로 미친 걸 안다면 미친 게 아니지. 아니면 마침내 제정신을 차리는 중이거나. 깨어나고 있는 것일지도 모르겠군. 내 생각에 이 모든 사실을 아는 사람은 극소수다. 그나마 여기저기 따로 떨어져 있지. 하지만 일반 대중은…… 어떻게 생각할까? 이곳 샌프란시스코에 사는 수많은 사람들은 이 세상이 제정신이라고 생각할까? 아니면 그들도 슬쩍슬쩍 진실을 의심할까?

하지만 '미쳤다'는 건 무슨 뜻일까? 바이네스는 생각했다. 법적 정의 말이다. 무슨 뜻이지? 느껴지기도 하고 보이기도 하지만, 그게 도대체 뭐지?

그는 생각했다. 그들이 저지르는 짓, 그들의 존재가 미친 것이다. 그들의 무의식. 그들이 다른 이들에 대해 무지한 것. 그들이 다른 이들에게 저지르는 짓을 스스로 인식하지 못하는 것. 그들이 야기했고 야기하는 파괴행위가 미친 짓이다. 아니야. 그는 생각했다. 그렇지 않아. 모르겠어. 나는 그걸 느끼고 직감한다. 하지만 그들은 아무런 목적도 없이 잔인하게 군다. 그래서인가? 아니야. 맙소사, 알 수가 없어. 그는 계속 생각했다. 확실하게 얘기하지 못하겠어. 그들이 일부 현실을 무시한다는 것? 그건 맞다. 하지만 그것 말고도 더 있다. 그들의 계획들 때문이다. 그래, 그들의 계획. 다른 행성들을 정복한다는 계획. 그들이 아프리카를 정복한 것처럼, 아니 그 전에 유럽과 아시아를 정복한 것처럼 뭔가 광적이고 정신 나간 계획.

그들의 관점은 우주적이다. 여기 한 사람, 저기 한 아이, 이런 식이 아니라 추상적인 개념을 가졌다. 인종, 땅, 사람들, 국가, 혈통, 명예. 명예로운 인간이 아니라 명예 자체를 중시한다. 관념이 현실이 되고, 현실은 그들에게 보이지 않는다. 선善은 존재하나 좋은 사람은 없다. 공간과 시간을 보는 관점도 마찬가지다. 그들은 '지금' '이곳'을 관통해 거대하고 깊은 어둠 속 불변의 존재들을 본다. 그리고 그것은 생명에 치명적이다. 왜냐하면 끝내 삶은 존재하지 않게 되기 때문이다. 애초 우주에는 먼지 알갱이와 뜨거운 수소 가스 외에는 아무것도 존재하지 않았다. 그리고 그 상태가 다시 찾아올 것이다. '지금'이라는 건 아무것도 존재하지 않는 상태로 가는 막간이자 순간일 뿐. 바쁘게 진행되는 우주의 변화는 생명을 화강암과 메탄가스로 되돌린다. 변화의 수레바퀴는 모든 생명체의 마지막을 향해 돌아간다. 모든 것은 순간적이다. 그리고 그들, 미친놈들은 화강암, 먼지, 무생물이 되려는 열망에 부응한다. 그들은 '자연' 자체를 거들고 싶어한다.

그리고 나는 그 이유를 알지, 하고 바이네스는 생각했다. 그들은 역사의 희생자가 아니라 행위자가 되려 한다. 스스로 신의 권능을 가졌다고, 신과 같다고 믿는다. 바로 그것이 그들이 지닌 근본적 광기다. 그들은 어떤 전형적인 모습에 짓눌려 있다. 그들의 자아는 정신병자처럼 과대망상에 빠졌기 때문에 어느 지점에서 신성神性이 끝나고 그들 자신이 시작하는지를 모른다. 자만도 아니고 긍지도 아니다. 자아가 극단적으로 부풀어오른 상태다. 숭배하는 자신과 숭배 받는 존재 사이의 혼란이다. 인간이 신을 먹어치운 게 아니라 신이 인간을 먹어치웠다.

그들이 이해하지 못한 건 인간의 무기력함이다. 나는 약하고 작으며, 우주에 전혀 중요하지 않은 존재이다. 우주는 내게 신경 쓰지 않고, 나는 눈에 띄지 않은 채 살아간다. 그게 나쁠 게 뭔가? 오히려 그편이 더 낫지 않나? 신들은 눈에 띄는 존재를 파괴한다. 작아져라. 그러면 위대한 존재의 질투를 피할 수 있으니.

바이네스가 안전띠를 풀며 말했다.

"로체 씨, 아무에게도 말하지 않았던 걸 알려드리죠. 나는 유태인입니다. 무슨 말인지 알겠소?"

로체는 딱하다는 표정으로 바이네스를 바라보았다.

"겉보기에는 전혀 유태인처럼 보이지 않으니 몰랐을 거요. 코를 고쳤고 기름투성이에 늘어난 땀구멍은 작게 줄였고 피부는 화학요법으로 하얗게 만들었고 두개골 모양도 바꾸었지. 간

76

단히 말해서 겉으로 봐서는 들킬 일이 없다는 거요. 나는 나치 고위당원들이 모이는 행사에도 참석할 수 있고 실제로 그런 적도 있소. 아무도 내가 유태인인 걸 알아내지 못할 거요. 그리고……."

바이네스는 말을 멈추고 로체에게 바짝 붙어 서더니 둘에게만 들리도록 나지막한 목소리로 말했다.

"이렇게 사는 사람은 나 말고도 더 있소. 알겠소? 우리는 죽지 않아. 여전히 존재하고 있어. 들키지 않고 살아가지."

잠시 뒤 로체가 더듬더듬 말을 꺼냈다.

"보안경찰이……."

"경찰이 내 기록을 조사할 수도 있지. 당신이 신고할 수도 있고. 하지만 내게는 고위층 인맥이 있어. 그들 중에는 아리안족도 있고, 유태인이면서 베를린에서 높은 자리에 있는 사람도 있지. 당신이 신고해도 별 소용 없을 거야. 그러면 곧, 내가 당신을 신고해주지. 내가 인맥을 동원하면 당신은 바로 수용소행이야."

바이네스는 웃음을 지으며 고개를 끄덕이고는 로체 곁을 떠나 통로를 걸어 다른 승객들이 서 있는 곳으로 향했다.

승객들은 로켓에 연결된 이동 트랩을 거쳐 바람이 부는 추운 착륙장으로 내려섰다. 땅바닥에 내려선 바이네스는 잠시 로체 옆에 서게 되었다.

"사실 당신 생긴 게 별로 마음에 안 듭니다, 로체 씨."

바이네스는 로체와 나란히 걸으며 말했다.

"그래서 그냥 당신을 신고해버릴까 하는 생각도 듭니다."

그는 로체를 뒤에 남겨둔 채 성큼성큼 앞서 걸어갔다.

멀리 착륙장 끝에 보이는 공항 건물 출입구에는 많은 사람이 기다리고 있었다. 승객들의 친척과 친구들이 손을 흔들거나 다가오는 사람들을 유심히 보거나 활짝 웃거나 긴장한 듯 사람들 얼굴을 열심히 훑어보고 있었다. 튼튼해 보이는 중년의 일본인 사내가 영국제 외투를 입고 앞이 뾰족한 신사화를 신고 중산모를 쓰고 다른 사람들보다 조금 앞으로 나와 서 있었다. 젊은 일본인 남자 한 명이 옆에 붙어 서 있었다. 중년 사내는 양복 옷깃에 일본제국 정부의 무역대표부 배지를 달고 있었다. 저 사람이야. 바이네스가 사내를 알아보았다. 다고미 씨가 몸소 나를 영접하러 나왔군.

일본인 사내가 걸어 나오며 인사를 건넸다.

"바이네스 씨, 안녕하십니까."

다고미는 머뭇머뭇 고개를 기울이며 말했다.

"안녕하십니까, 다고미 씨."

바이네스는 다고미의 손을 잡으며 말했다. 두 사람은 악수를 하고 나서 서로 고개를 숙여 인사했다. 젊은 일본인도 환한 미소를 지으며 고개를 숙였다.

"야외 착륙장에 서 있으니 좀 춥군요. 저희 헬리콥터를 이용해 바로 시내로 가실 수 있습니다. 괜찮으십니까? 아니면 우선 화장실에라도 들르시겠습니까?"

다고미는 바이네스의 얼굴을 열심히 살폈다.

"바로 가도 됩니다."

바이네스가 말했다.

"우선 호텔로 가고 싶군요. 하지만 아직 짐이……."

"가방은 고토미치 군이 챙겨서 뒤따라올 겁니다. 아시겠지만 이곳 공항에서 짐을 찾으려면 한 시간 가까이 기다려야 하거든요. 유럽에서 날아오는 시간보다 더 걸리죠."

다고미가 말했다. 고토미치가 맞장구를 치듯 활짝 웃었다.

"좋습니다."

바이네스가 말했다.

"드릴 선물이 있습니다."

다고미가 말했다.

"그게 무슨 말씀이죠?"

바이네스가 말했다.

"우호적인 분위기를 위해 준비했습니다."

다고미는 외투 안주머니에 손을 넣어 작은 상자를 꺼냈다.

"고르고 고른 미국 예술품 가운데 또 고른 겁니다."

다고미가 상자를 내밀었다.

"이런, 감사합니다."

바이네스가 상자를 받았다.

"고위직원들이 모여서 오후 내내 검토했습니다."

다고미가 말했다.

"사라져가는 미국 전통문화 공예품 가운데서도 진품 중 진품인 희귀한 물건으로, 흘러가버린 평온한 시대의 느낌을 간직한 예술품입니다."

바이네스는 상자를 열었다. 안에는 검은 벨벳으로 만든 받침대 위에 미키마우스 손목시계가 놓여 있었다.

장난이라도 치는 걸까? 바이네스는 고개를 들어 다고미의 잔뜩 긴장한 얼굴을 보았다. 전혀 장난스러운 표정이 아니었다.

"정말 감사합니다. 믿을 수가 없군요."

바이네스가 말했다.

"1938년에 생산된 미키마우스 시계 가운데 지금 남은 건 아마 10개 안쪽일 겁니다."

다고미는 상대가 고마워하는 마음을 만끽하며 말했다.

"이걸 가졌다는 수집가는 아직 만나보지 못했습니다."

두 사람은 터미널 건물로 들어가 다시 경사로를 타고 올라가기 시작했다.

두 사람 뒤에서 고토미치가 중얼거리듯 말했다.

"하루사메니 누레츠츠 야네노 테마리카나……."

"무슨 말입니까?"

바이네스가 다고미에게 물었다.

"옛 시입니다. 도쿠가와막부 시대 중기의 시죠."

다고미가 말했다.

고토미치가 다시 소리 내어 시를 읊었다.

"봄비가 떨어지는데, 아이들이 갖고 놀던 공이 비에 젖은 채 지붕 위에 놓여 있네."

04

프랭크 프링크는 자신의 전 고용주가 뒤뚱거리며 복도를 지나 WM코퍼레이션 작업장으로 향하는 모습을 보며 이런 생각을 했다. 윈덤 맷슨이 이상한 건 도대체 공장 사장으로는 보이지 않는다는 거야. 그는 환락가의 건달이나 부랑자를 데려다가 깨끗하게 씻기고 새 옷을 입히고 수염을 깎이고 이발을 시키고 비타민 주사를 맞힌 다음 5달러를 쥐여주고 새로운 삶을 찾으라며 다시 세상에 내놓은 사람처럼 보이지. 맷슨 영감은 늘 약하고 구린 데가 있거나 긴장한 사람처럼 보이다 못해 심지어 상대에게 환심을 사려는 듯한 태도였다. 마치 모든 사람은 자신보다 강한 잠재적 적이기 때문에 비굴하게 비위를 맞추고 잘 달래야 한다고 생각하는 것 같았다.

"누구에게든 잘못 보이면 큰일이야."

온몸으로 이렇게 말하는 것 같았다.

하지만 사실 WM코퍼레이션의 늙은 사장은 무척 힘 있는 사람이었다. WM코퍼레이션 말고도 여러 회사와 투자사업, 부동산에 이해관계를 갖고 영향력을 행사했다.

프랭크는 그의 뒤를 따라 커다란 철제 출입문을 열고 작업장에 들어섰다. 기계들이 돌아가며 내는 커다란 소음은 오랫동안 날마다 듣던 소리였다. 가계마다 사람들이 붙어 있고 여기저기서 불빛이 번쩍거렸으며 먼지가 이리저리 날렸다. 맷슨 영감이 걸어가는 게 보였다. 프랭크는 얼른 그를 따라갔다.

"저, 사장님!"

프랭크가 불렀다.

맷슨 영감은 팔에 털이 잔뜩 난 작업반장 에드 매카시와 이야기를 나누며 서 있었다. 프랭크가 다가가자 둘이 동시에 그를 바라보았다.

윈덤 맷슨은 신경질적으로 입술에 침을 바르며 말했다.

"미안하네, 프랭크. 자네를 다시 부를 수가 없어. 이미 자네 대신 일할 사람을 구해버렸네. 내게 그런 말까지 했으니 돌아올 생각이 없는 줄 알았지."

또 무슨 생각을 하는지 영감의 작은 눈이 반짝거렸다. 프랭크가 보기에 그의 기질은 조상으로부터 물려받아 핏속에 흐르는 게 분명해 보였다.

"내가 쓰던 공구 가지러 왔어요. 다른 용건 없습니다."

프랭크는 자신의 목소리가 단호하고 거칠게 들리는 게 기분이 좋았다.

"그래? 글쎄."

맷슨이 중얼거리는 걸 보니 아마 프랭크가 쓰던 공구를 어떻게 할 건지 미처 마음을 정하지 못한 게 분명했다. 그는 에드 매카시에게 말했다.

"그렇다면 이건 에드, 자네 부서에서 처리해야 할 문제인 것 같군. 프랭크가 원하는 걸 알아서 처리해주게. 나는 다른 일이 있어서 말이야."

맷슨은 손목시계를 내려다보았다.

"이봐, 에드. 그 청구서 문제는 나중에 얘기하지. 난 얼른 좀 가봐야겠어."

그는 에드 매카시의 팔을 툭 치더니 뒤도 돌아보지 않고 종종걸음으로 멀어져갔다.

둘만 남은 에드 매카시와 프랭크는 마주 보고 섰다.

"다시 복직하고 싶어서 왔군."

한참 만에 에드가 말했다.

"그래."

"어제 자네가 한 말을 듣고 뿌듯했어."

"나도 그랬지. 하지만, 젠장. 다른 곳에서 일자리를 잡을 수가 없어. 무슨 말인지 알잖아."

프랭크에겐 아무 희망도 없었다. 패배한 기분이었다. 두 사람은 전부터 서로 어려운 일을 상의하던 사이였다.

"알긴 뭘 알아. 자네는 서부해안 쪽에서 플렉스 케이블 머신을 누구보다도 잘 다루잖아. 5분에 하나 뽑아내는 걸 내가 직접 본 일도 있는데 뭘 그래. 그것도 거친 원자재에서부터 시작해 광택내기까지 말이야. 용접은 빼고 생각해도⋯⋯."

"용접할 줄 안다고 한 적 없어."

프랭크가 말했다.

"직접 사업할 생각은 안 해봤어?"

프랭크는 에드의 질문에 깜짝 놀라 더듬거리며 되물었다.

"무슨 사업?"

"장신구."

"아, 이런 맙소사!"

"대량생산이 아니라 주문을 받아서 하는 거야."

에드는 프랭크를 그나마 조용한 작업장 구석으로 데려갔다.

"2천 달러만 있으면 지하실이나 차고에 조그만 가게를 차릴 수 있어. 왕년에 내가 여자 귀고리하고 목걸이 디자인을 좀 했지. 기억하지? 진짜 요즘 유행하는 모습으로 말이야."

에드는 메모지를 꺼내 굳은 얼굴로 천천히 그림을 그리기 시작했다. 프랭크가 어깨 너머로 보니 에드는 팔찌 디자인을 대충 그려 보이고 있었다.

"시장이 있을까?"

지금까지 프랭크가 본 물건들은 모두 옛날에 만들어 전통적이다 못해 골동품에 가까운 것들뿐이었다.

"현대적인 미국 물건은 아무도 원하지 않아. 전쟁 이후로 그런 물건은 아예 존재하지도 않았다고."

"시장을 만들어야지."

에드는 화가 난 듯 인상을 찡그리며 말했다.

"직접 팔러 다니라고?"

"소매상에 넘기는 거지. 왜, 있잖아. 거기 이름이 뭐였지? 몽고메리 가에 있는 가게. 화려한 공예품들을 파는 큰 가게 말이야."

"아메리칸 예술 공예품 상사."

프랭크가 말했다. 그는 상류층을 대상으로 비싼 물건을 파는 그런 가게에는 단 한 번도 가본 적이 없다. 미국인이라면 대개 그럴 것이다. 그런 곳에서 물건을 살 정도로 돈이 있는 사람은 일본인들뿐이다.

"그런 가게에서 뭘 팔아서 큰돈을 만지는지 알아?"

에드가 말했다.

"뉴멕시코 인디언들이 만든 빌어먹을 은 버클이야. 죄다 비슷비슷한데다, 관광객들한테 파는 쓰레기 같은 것들이지. 추정컨대 향토공예인 셈이야."

프랭크는 한참 동안 에드를 바라보았다. 그러고는 한참 만에 입을 열었다.

"그런 사람들이 또 뭘 파는지 알지. 자네도 알잖아."

"알지."

에드가 말했다.

두 사람은 오랫동안 그 일에 직접 가담했기에 잘 알았다.

WM코퍼레이션이 대외적으로 내건 사업은 연철로 계단이나 난간, 난로를 만들거나 새로 건설하는 아파트에 들어가는 각종 장식품을 표준형 디자인으로 만들어 일괄 납품하는 것이었다. 새로 똑같은 집을 40채 짓는다면 똑같은 물건을 연이어 40벌 만들어야 했다. 겉보기에 WM코퍼레이션은 주철 공장이었다. 하지만 그것 말고도 진짜 이익을 내는 사업은 따로 있었다.

WM코퍼레이션은 다양하고 섬세한 공구와 재료, 기계를 이용해 전쟁 전 미국 공예품을 흉내 낸 위조품을 계속 찍어냈다. 이렇게 생산한 위조품들은 조심스럽고도 전문적인 수법으로 골동품 도매시장에 흘러들어가 전국에서 모인 진품들과 뒤섞였다. 우표와 동전 분야만 봐도, 시중에 유통되는 골동품 가운데 가짜가 얼마나 되는지 제대로 아는 사람은 없었다. 그리고 아무도, 특히 물건을 중개하는 업자나 수집하는 수집가들도 실상을 알고자 하지 않았다.

갑자기 회사를 그만둘 때, 프랭크는 서부개척시대 것으로 보이는 콜트 권총 한 정을 절반쯤 완성한 상태였다. 직접 거푸집을 만들어 주물을 떠낸 다음 열심히 손으로 갈아내던 중이었다. 남북전쟁이나 서부개척시대에 쓰던 작은 무기류에 대한 수요는 끝이 없었다. 프랭크가 만들어내는 물건은 얼마든지 팔려나갔다. 그게 프랭크의 특기였다.

프랭크는 천천히 자신이 일하던 작업대로 다가가 여전히 거칠기 짝이 없는 권총 꽂을대를 집었다. 사흘만 더 일했더라면 권총을 완성할 수 있었다. 그래, 이 정도면 완벽해. 그는 생각했다. 전문가라면 구별해낼 수 있겠지. 하지만 일본인 수집가들은 제대로 된 전문가도 아니었고 달리 감정할 방법도 없었다.

사실 그가 아는 한 일본인 수집가들은 서부해안 상점들마다 이른바 역사적 유물이라며 파는 물건들이 진품인지 전혀 의심하지 않았다. 언젠가 그들이 의심을 품는 날이 올지도 모르는데……. 그러면 거품이 꺼지면서 시장이 무너져 진짜 골동품 가격에도 영향을 미칠 것이다. 그레셤의 법칙이다. 가짜가 진짜의 가치를 무너뜨린다. 그러니 누구도 골동품이 진짜인지 조사해보고 싶은 생각이 들지 않는 게 당연하다. 어쨌든 당장은 모두가 행복하니까. 여러 도시에서 가짜 골동품을 만들어내는 공장들은 돈을 잘 번다. 도매상들은 물건을 유통하고 소매상들은 가게에 진열하고 광고를 한다. 수집가들은 돈을 내고 물건을 사서 행복한 마음으로 집으로 돌아가 동료, 친구, 애인에게 자랑한다.

　전쟁이 끝나면 나도는 위조지폐와 마찬가지로, 누군가 이의를 제기할 때까지는 문제가 없다. 누구도 손해를 보지 않는다. 대가를 치러야 하는 그날이 올 때까지는. 그러다 보면 모두가 공평하게 파멸할 것이다. 하지만 그동안에는 아무도, 심지어 그 위조품을 만들어 먹고사는 사람이라도 그 문제를 입에 담지 않았다. 그들은 스스로 무엇을 만드는지를 억지로 잊고 오로지 기술적 문제 해결에만 매달렸다.

　"마지막으로 새로운 디자인을 가지고 작업해본 게 언제야?"

　에드가 물었다.

　프랭크는 어깨를 으쓱해 보였다.

　"몇 년 됐지. 물건을 보고 베끼는 거야 귀신같이 할 수 있어.

하지만……."

"어떤 생각이 드는지 알아? 자네는 유태인은 새로운 걸 만들어내지 못한다는 나치의 생각에 물든 것 같아. 유태인은 그저 베껴서 파는 것만 할 줄 안다고 생각하는 거야. 중간상인 거지."

에드는 프랭크를 매정한 표정으로 뚫어져라 바라보았다.

"그럴지도 모르지."

프랭크가 말했다.

"해봐. 직접 디자인하는 거야. 아니면 디자인 없이 즉흥적으로 만들어봐도 좋고. 멋대로 해보는 거야. 애들 놀이처럼."

"그건 안 돼."

프랭크가 말했다.

"확신을 못하는군. 스스로 자신감을 완전히 잃었어. 알아? 안됐군. 자네가 할 수 있다는 걸 나는 아는데 말이야."

에드는 말을 마치더니 다른 곳으로 발길을 옮겼다.

유감이군. 프랭크는 생각했다. 하지만 유감스럽기는 해도 사실은 사실이지. 아무리 가져보려고 노력해도 믿음이나 열정이 생기지 않잖아. 결정을 내릴 수가 없어.

에드는 정말 뛰어난 작업반장이야. 사람을 자극해서 최대한 노력을 기울여 최선의 결과를 뽑아내게 하는 재주를 타고났어. 타고난 우두머리야. 잠깐이었지만 거의 넘어갈 뻔했다니까. 하지만 이제 에드는 가버렸어. 나를 설득하려던 시도는 실패한 거지. 주역을 가지고 오지 않은 게 안타깝군. 가져왔다면 점을 쳐봤을 텐데. 5천 년 동안 전해 내려온 지혜로 결정을 내리면

됐겠지. 그 순간 프랭크는 회사 휴게실에 주역이 비치되어 있다는 걸 떠올렸다. 그는 작업장에서 나와 황급히 복도와 사무실을 지나 휴게실로 향했다.

크롬과 플라스틱으로 만든 휴게실 의자에 앉아 봉투 뒷면에 질문을 적어 넣었다.

"방금 이야기한 대로 개인적으로 사업을 해봐도 좋을까요?"

그리고 그는 동전을 던지며 점괘를 내기 시작했다.

초효初爻는 7, 두 번째와 세 번째도 역시 7이 나왔다. 하괘下卦는 건乾이로군. 괜찮은 시작이었다. 건은 창조를 뜻하니까. 제4효는 8이었다. 음陰이다. 5효 역시 8로 음. 세상에. 그는 흥분하기 시작했다. 한 번만 음이 더 나오면 11번 괘인 태泰를 얻을 수 있다. 바로 '평화'를 뜻하는 괘다. 아주 훌륭한 점괘다. 그게 아니면…… 동전을 흔드는 손이 떨렸다. 만일 양陽이 나오면 대축大畜, 즉 큰 힘을 비축한다는 뜻이다. 어느 쪽이든 괜찮은 점괘다. 어쨌든 두 점괘 가운데 하나가 나올 것이다. 프랭크는 동전 3개를 던졌다.

음. 6이다. '평화'가 나왔다.

주역을 펴고 점사占辭를 읽었다.

평화. 작은 것은 떠난다.

큰 것이 다가온다.

좋은 운수. 성공을 이룬다.

그렇다면 나는 에드의 조언대로 해야 한다. 조그맣게 사업을 하는 거야. 자, 마지막에 6이 나온 건 무슨 뜻이었지? 그는 책장을 넘겼다. 기억이 나지 않았다. 점괘 자체가 좋으니 나쁜 뜻은 아닐 터였다. 하늘과 땅이 화합하는 것처럼. 그러나 늘 첫 번째와 마지막 효는 전체 점괘와 다를 가능성을 품고 있다. 그러니 마지막에 나온 6은 어쩌면…….

그는 해당하는 내용을 찾아내 재빨리 읽었다.

성벽이 해자 속으로 무너진다.
지금은 군사를 부리지 말라.
오직 다스리는 지역 안에만 명령이 이르도록 하라.
인내는 굴욕을 부른다.

이건 또 뭐야! 겁이 덜컥 난 프랭크는 한숨을 내쉬었다. 이런 설명이 붙어 있었다.

점괘 중간에 든 변화의 기운이 일어나려 하고 있다. 다스리는 지역을 둘러싼 벽이 그것을 쌓느라 만들어진 해자 속으로 다시 무너진다. 파멸의 순간이 가까웠으니…….

3천 행이 넘는 주역 전체를 통틀어 가장 끔찍한 내용이 틀림없다. 그럼에도 전체 점괘는 길하다고 할 수 있었다.
어떤 쪽을 따라야 할까?

어떻게 이렇게 상반된 점사가 나올 수 있을까? 이렇게 길한 점괘와 흉한 점괘가 섞여서 나온 건 처음이다. 참으로 묘한 운명이었다. 점괘는 마치 통 속에 남은 온갖 어둠의 찌꺼기를 긁어모아 요리를 만들고는 다시 정신 나간 요리사처럼 환한 곳에다 요리를 뒤엎는 꼴이었다. 내가 2개의 단추를 동시에 누른 게 틀림없어. 프랭크는 그렇게 결론 내렸다. 그래서 뭔가 뒤엉키는 바람에 재수 옴 붙은 사람의 눈으로 현실을 보게 된 거야. 다행히도 그건 잠시였을 뿐, 오래가지는 않았어.

빌어먹을. 좋은 건지 나쁜 건지 알 수는 있어야지. 행운과 불운을 동시에 가질 수는 없는 노릇인데 말이야.

아니지…… 혹시 그럴 수도 있나?

장신구 사업은 행운을 가져올 것이다. 점괘는 그렇다. 하지만 빌어먹을 마지막 효가 문제였다. 거기엔 뭔가 더 깊은 의미가 있었다. 어쩌면 장신구 사업과 전혀 상관없는 미래의 재앙을 보여주는지도 몰랐다. 사업을 하든 말든 내게 찾아올 끔찍한 운명일 수도…….

전쟁! 3차 세계대전이야! 빌어먹을 인간들 20억 명이 죽고 문명은 끝장나는 거야. 수소폭탄이 우박처럼 떨어지는 거지.

아, 슬프구나! 무슨 일이 벌어지는 거지? 내가 시작 단추를 누른 걸까? 아니면 다른 누군가가, 내가 알지도 못하는 이가 어설프게 손을 놀리고 있나? 그도 아니면 우리 모두의 잘못인지도 몰라. 이 모든 일은 물리학자들, 그리고 모든 입자들이 서로 연결되어 있다는 '동시성 이론' 탓이다. 한 사람이 방귀만 뀌어도 우주의 균형이 무너지는 법이라고들 했지. 그 덕에 인생은 아무도 대놓고 웃지 못하는 농담이 되어버렸어. 나는 책을 펼치고 신神마저 한번 적어놓고 잊어버릴 미래의 일들에 대한 점괘를 읽는다. 그런데 그런 나는 어떤 사람인가? 뭔가 해낼 만한 인물은 아니다. 그건 확실하다.

불안한 점괘가 섞여서 나오긴 했지만, 에드에게 공구와 모터를 받아서 가게를 열고 조그맣게 사업을 해야 할 것 같았다. 끝까지 창조적으로 일하는 거야. 최대한 열심히, 역동적으로 살아야지. 우리 모두, 인류 전체의 성벽이 해자 속으로 무너지는 날까지. 점괘가 내게 그렇게 말하고 있어. 운명은 결국 어떻게든 우리를 쓰러뜨릴 테지만, 그때까지도 내겐 할 일이 있어. 내 머리와 손을 놀려야 해.

점괘는 나만을 위한 것, 내 일에 관한 내용이다. 하지만 마지막 예언은 우리 모두를 향한 것이다.

나는 하찮은 사람이야. 그는 생각했다. 그저 책에 적힌 내용을 읽고 하늘을 한 번 바라본 다음 고개를 떨어뜨리고 아무것도 보지 못한 것처럼 가던 길을 터벅터벅 걷는 사람일 뿐. 이 예언은 내가 이리저리 거리를 뛰어다니며 울부짖거나 비명을 질러 사람들에게 미리 경고할 거라 기대하지도 않는다.

운명을 바꿀 수 있는 사람이 있나? 그는 속으로 중얼거렸다. 우리 모두가 힘을 합치면……. 아니, 누군가 위대한 인물이 나타난다면……. 아니면 누군가 우연히도 마침 적절하고도 중요한 위치에 있다면……. 기회. 우연. 우리의 삶, 우리 세계는 거기 달려 있다.

프랭크는 책을 덮고 휴게실을 나와 다시 작업장으로 향했다. 에드를 발견한 그는 이야기를 나눌 만한 한쪽 구석으로 데려갔다.

"생각할수록 자네 생각이 마음에 들어."

프랭크가 말했다.

"좋아. 잘 들어. 자네가 해야 할 일이야. 일단 윈덤 맷슨에게서 돈을 뜯어내야 해."

에드는 깜짝 놀란 듯 눈꺼풀을 씰룩거리며 천천히, 그리고 진지하게 윙크를 해보였다.

"내게 방법이 있어. 나도 그만두고 자네와 일할 거야. 내 디자인 좀 봐. 괜찮지 않아? 내가 봐도 훌륭해."

"아무렴."

프랭크는 조금 어지러웠다.

"오늘 밤 퇴근해서 보자고. 우리 집에서. 7시쯤 와서 진과 함께 셋이 식사를 하지. 자네가 우리 애들을 견뎌낼 수만 있다면 말이야."

"좋아."

프랭크가 말했다.

에드는 프랭크의 어깨를 한 번 툭 치더니 가버렸다.

돌이킬 수 없게 되어버렸군. 프랭크는 속으로 생각했다. 겨우 10분 만에. 하지만 불안하지는 않았다. 결정하고 나니 오히려 신이 났다.

정말이지 순식간에 벌어진 일이었어. 프랭크는 자신이 일하던 작업대로 가 공구를 챙기며 생각했다. 그런 일은 이런 식으로 벌어지는 법이지. 기회라는 건…….

나는 평생 이런 기회를 기다려왔어. '뭔가 반드시 이루어진다'는 점괘는 바로 이런 걸 뜻하는 거였어. 정말이지 기가 막힐 정도로 시기가 잘 들어맞는군. 지금은 어떤 시간이지? 이 순간은 무엇일까? 11번 괘의 마지막 효에서 나온 6은 모든 걸 26번 괘인 대축으로 바꾸어 놓는다. 지나친 음이 양으로 변하고, 전혀 다른 점괘를 내놓기 때문이다. 내가 그만 서두느라 그걸 알아차리지도 못했군!

그래서 그렇게 끔찍한 점사가 등장했군. 11번 괘가 26번 괘로 바뀌려면 마지막 효가 6이 나오는 수밖에 없지. 그러니 호들갑 떨 이유는 하나도 없어.

하지만 신이 날 정도로 낙관적이면서도 조금 전에 읽은 점사가 뇌리에서 완전히 떠나지는 않았다.

어쨌든, 나는 엄청난 일을 시도하고 있는 거야. 프랭크는 역설적으로 생각했다. 오늘 저녁 7시가 되면 이런 일이 있었나 싶을 정도로 까맣게 잊을지도 모르지.

분명히 그럴 거야. 그는 생각했다. 왜냐하면 에드와 한데 뭉치는 것이야말로 굉장한 일이니까. 에드의 계획은 실패할 리가 없어. 분명해. 그 계획에서 빠져서는 안 돼.

지금 당장 나는 별것 아니다. 하지만 이번 일만 성공하면, 어쩌면 줄리아나가 돌아올 수도 있어. 그녀가 뭘 원하는지 알지. 그녀는 얼빠진 녀석 말고 쟁쟁한 사람, 사회에서 중요한 사람

과 결혼할 자격이 있어. 옛날 남자들은 남자다웠지. 전쟁 전만
해도 말이야. 하지만 이제 모두 옛날이야기에 지나지 않아.

그녀가 여기저기 이 남자 저 남자 만나며 헤매고 돌아다니는
것도 무리는 아니야. 심지어 그녀는 자신이 방황하는 이유도,
자신이 생물학적으로 뭘 원하는지도 몰라. 하지만 나는 알지.
어떻게 될지는 모르지만, 에드와 함께 큰일을 벌여 줄리아나가
바라는 걸 얻게 해주겠어.

점심시간이 되자 로버트 칠던은 가게 문을 닫았다. 그는 대개
길 건너 커피숍에서 식사를 하곤 했다. 어떤 경우라도 30분 넘
게 가게를 비우지 않았다. 특히 오늘은 20분 만에 돌아왔다. 다
고미 씨와 무역대표부 직원들을 만나서 고생한 탓인지 속이 여
전히 불편했다.

가게로 돌아오면서 이런 생각이 들었다. 앞으로 물건을 들고
방문하는 건 하지 않는 편이 좋겠군. 가게에서만 물건을 사고
파는 거야.

물건 소개하는 데 두 시간이나 걸리다니. 너무 길었어. 다 해
서 거의 네 시간이나 걸렸다. 다시 가게를 열기에도 늦었군. 미
키마우스 시계 하나 파느라 오후를 다 보내고 말았어. 아무리
비싼 물건이라지만……. 그는 자물쇠를 풀고 가게 출입문을 열
고 들어서서 코트를 걸어두러 카운터 뒤쪽으로 들어갔다.

다시 가게로 나오니 손님이 한 명 들어와 있었다. 백인이다.
이런, 놀랍군, 하고 그는 생각했다.

"안녕하십니까, 선생님."

칠던은 가볍게 고개를 숙이며 말했다. 어쩌면 일본인 밑에서 일하는 꼭두각시일지도 모른다. 비쩍 마르고 얼굴이 거무스름했다. 멋지게 차려입었지만 편해 보이지는 않았다. 얼굴이 땀으로 살짝 번질거렸다.

"안녕하시오."

진열대에 놓인 물건들을 살펴보며 돌아다니던 사내가 중얼거리듯 말했다. 그러더니 갑자기 카운터 쪽으로 다가왔다. 사내는 코트 속으로 손을 넣더니 작고 반짝이는 가죽 명함지갑을 꺼내 여러 가지 색으로 섬세하게 인쇄한 명함 한 장을 빼내어 카운터 위에 올려놓았다.

명함에는 일본제국의 문장이 박혀 있다. 군 휘장도 보였다. 해군이다. 하루샤 제독. 로버트 칠던은 감격스러운 듯 명함을 자세히 살펴보았다.

"제독님의 배가 지금 샌프란시스코 항에 정박 중입니다. 바로 항공모함 쇼가쿠 호죠."

사내가 설명했다.

"아, 그렇군요."

칠던이 말했다.

"하루샤 제독은 이곳 서부해안에는 처음 오셨습니다. 여기 계실 때 여러 가지를 하고 싶어하시는데, 그 가운데 하나가 바로 유명한 이 가게를 직접 방문하시는 겁니다. 본도에 계실 때도 아메리칸 예술 공예품 상사의 명성을 자주 들으셨죠."

칠던은 기뻐하며 고개를 숙였다.

"하지만 약속이 너무 많으셔서 명성이 자자한 이곳에 직접 오시지는 못하셨습니다. 대신 비서관인 저를 보내셨죠."

"제독님이 수집가신가 보죠?"

칠던이 말했다. 그의 머리는 최고 속도로 돌아가고 있었다.

"예술품을 사랑하시죠. 감정에는 전문가시지만 수집은 하시지 않습니다. 선물용으로 물건을 구하고 계십니다. 더 정확히 말하자면 항모에서 근무하는 모든 장교들에게 값나가는 역사적 유물을 선물하실 계획입니다. 그러니까 남북전쟁 당시 권총 말입니다."

사내는 잠시 말을 멈추었다가 다시 이었다.

"장교는 모두 열두 명입니다."

남북전쟁 당시 권총 열두 자루라니. 칠던은 속으로 생각했다. 그렇다면 물건 값은 총 1만 달러에 가까웠다. 몸이 부르르 떨렸다. 사내가 말을 이었다.

"잘 알려진 것처럼, 이곳에서는 미국 역사를 장식한, 가치를 매길 수 없는 골동품들을 취급하잖습니까. 모든 것이 빠른 속도로 망각의 늪 속으로 사라지고 있는 게 안타까울 뿐입니다."

칠던은 극도로 말을 조심하며 대답했다. 조그만 실수로 이번 거래를 날려버릴 수는 없으니까.

"네, 맞습니다. 남북전쟁 당시 무기라면 태평양연안연방의 모든 상점 가운데 저희 가게가 최고 수준으로 갖춰놓고 있습니다. 하루샤 제독님께 도움을 드릴 수 있어 기쁩니다. 최상급들만 모아서 쇼가쿠 호로 가져가 보여드릴까요? 오늘 오후라도 괜찮겠습니까?"

"아닙니다. 우선 여기서 제가 미리 확인하고 싶군요."

사내가 말했다.

열두 개라. 칠던은 머릿속으로 헤아려보았다. 그가 가진 권총은 열두 자루가 못 된다. 솔직히 말해 세 자루뿐이다. 하지만 운만 좋다면 열두 자루를 구할 수 있다. 여기저기 일주일 정도 수소문해보면 될 것이다. 동부에서 항공편으로 받을 수도 있다. 그리고 주변 도매상들도 접촉해봐야 한다.

"선생께서는 그런 무기류에 관해 잘 아십니까?"

칠던이 물었다.

"제법 압니다."

사내가 말했다.

"저도 소소하지만 총기류를 수집하고 있습니다. 1840년경 제작한 도미노 모양 소형 비밀 권총도 갖고 있죠."

"보기 드문 걸 소장하셨군요."

칠던은 금고에서 하루샤 제독의 비서관에게 보여줄 권총들을 꺼내며 말했다.

권총을 가지고 돌아와 보니 사내는 수표를 꺼내 서명하고 있었다. 사내가 손을 멈추더니 말했다.

"제독께서는 미리 값을 치르기를 원하셨습니다. 일단 태평양 연안연방 돈으로 1만 5천 달러를 드리겠습니다."

칠던의 눈앞에서 가게 안이 빙빙 돌았다. 하지만 그는 있는 힘을 다해 편안한 목소리를 유지하며 짐짓 아무렇지도 않은 척하며 말했다.

"꼭 그러실 필요는 없지만 원하시면 그러셔도 좋습니다. 그저 거래상 형식적인 절차일 뿐이죠."

칠던은 가죽과 펠트 천으로 만든 상자를 내려놓으며 말했다.

"1860년에 생산한 콜트 44구경으로 아주 희귀한 겁니다."

그가 상자를 열었다.

"흑색화약과 탄환을 이용하죠. 미국 육군에서 지급한 겁니다. 그러니까 남북전쟁 당시 2차 불런 전투에 참가했던 군인들이 사용했을 수도 있죠."

사내는 한참 동안 권총을 들여다보더니 고개를 들며 차분히 말했다.

"선생, 이건 가짜요."

"네?"

칠던은 무슨 말인지 알아듣지 못했다.

"이 물건은 만든 지 6개월이 안 된 겁니다. 선생, 이건 가짜입니다. 마음이 편치 않군요. 하지만 보십시오. 여기 나무 말입니다. 산성 화학약품을 써서 오래 묵은 것처럼 보이게 만들었습니다. 부끄러운 일이군요."

사내는 권총을 내려놓았다.

칠던은 권총을 양손으로 집어 들고 서 있을 뿐 무슨 말을 어떻게 해야 할지 몰랐다. 권총을 이리저리 돌려보다가 겨우 이렇게 말했다.

"그럴 리가 없습니다."

"진짜 골동품 권총을 보고 흉내 내 만든 겁니다. 그 이상 아무 가치도 없습니다. 죄송하지만, 선생도 속으신 것 같군요. 아주 몹쓸 놈이 그랬겠죠. 경찰에 반드시 신고하셔야 합니다."

사내는 고개를 숙여 인사했다.

"안타깝습니다. 어쩌면 이 가게 물건들 가운데 또 모조품이 있을 수도 있겠군요. 그런데 그런 물건을 직접 다루고 소장하면서도 어떻게 가짜를 구분해내지 못하신 거죠?"

칠던은 아무 말도 못했다.

사내는 서명을 하다 만 채로 카운터 위에 놓아둔 수표를 집어 들었다. 수표와 펜을 다시 챙겨 넣은 사내는 고개를 숙였다.

"안타까운 일이지만 아메리칸 예술 공예품 상사와는 도저히 거래할 수가 없겠군요. 하루샤 제독께서도 실망하실 겁니다. 하지만 제 입장을 이해해주시리라 믿습니다."

칠던은 권총을 멍하니 내려다보았다.

"좋은 하루 되십시오, 선생. 외람된 말씀이지만, 전문가를 불러서 갖고 계신 물건들을 조사해보시기 바랍니다. 그래도 명색이……. 무슨 말씀인지 아실 겁니다."

"저, 어떻게 부탁드려야 할지……."

칠던은 머뭇거리며 말했다.

"걱정 마십시오, 선생. 아무에게도 말하지 않겠습니다. 제독께도 말씀드리지 않겠습니다. 마침 오늘은 가게가 문을 닫았더라고 하겠습니다."

사내는 문가에서 나가던 발길을 멈추며 덧붙였다.

"어쨌거나 우리는 모두 백인 아닙니까."

사내는 다시 한 번 고개를 숙이고는 밖으로 사라졌다.

칠던은 혼자 남아 권총을 들고 서 있었다.

그럴 리가 없어. 그는 생각했다.

하지만 가짜인 건 분명해. 이런, 맙소사. 난 망했어. 1만 5천 달러짜리 거래를 망치다니. 게다가 소문이라도 나면 내 평판은 바닥으로 떨어지겠지. 하루샤 제독의 비서관이라는 사내의 입에 모든 게 달렸다.

자살하는 수밖에. 그는 마음을 먹었다. 이렇게 체면이 깎이다니. 이렇게 살 수는 없어. 그거야말로 사실이야.

하지만 그 사내가 틀렸을 수도 있어.

어쩌면 거짓말을 했을지도 몰라.

'미합중국 역사유물 상점'이 나를 망치려고 보낸 거야. 아니면 '서부해안 희귀예술품 상사'거나. 어쨌든 경쟁자가 한 짓이겠지.

이게 가짜일 리가 없어.

어떻게 알아내지? 칠던은 머리를 쥐어짰다. 그래. 캘리포니아 대학교 교도소관리학과에 보내 감정을 받는 거야. 거기 아는 사람이 있어. 지금도 있는지 모르지만. 예전에도 이런 일이 벌어진 적이 있었어. 후장총*을 산 사람이 총이 가짜라고 주장했었지.

_____
* 탄알을 총신 뒤쪽에서 장전하는 총.

칠던은 시로부터 인증받은 배송회사 중 한 곳에 서둘러 전화를 걸어 사람을 보내달라고 했다. 그리고 권총을 포장하고 대학교 연구실에 보낼 편지를 썼다. 권총이 얼마나 오래됐는지 정확히 감정해 결과를 전화로 즉시 알려달라고 썼다. 배달원이 도착했다. 칠던은 그에게 편지와 포장한 권총, 배송지 주소를 건네주고 헬리콥터로 빨리 보내달라고 말했다. 배달원이 떠나자 칠던은 가게 안을 서성거리며 기다렸다. 그것 말고는 할 일이 없었다. 3시가 되자 대학교에서 전화가 왔다.

"칠던 씨, 1860년대에 제조한 육군 콜트 44구경 권총의 진위 여부를 알고 싶다고 하셨죠?"

상대는 잠시 말을 멈추었다. 칠던은 불안한 마음에 수화기를 힘껏 움켜쥐었다.

"결과가 나왔습니다. 이 물건은 호두나무 소재를 빼고는 모두 플라스틱 주형을 이용해 제작한 모조품입니다. 총기 일련번호도 모두 틀립니다. 금속 몸통은 청화법靑化法으로 담금질한 게 아닙니다. 표면이 갈색과 청색인 것은 현대기술로 속성 제조한 겁니다. 전체적으로 오래되어 닳은 물건처럼 보이도록 인공적으로 처리했습니다."

"이걸 어떤 손님이 감정해달라고 가져왔는데……."

칠던의 목에서 쉰 목소리가 났다.

"그분에게 속았다고 전해주십시오."

대학교의 연구원이 말했다.

"그것도 단단히 속았다고 말이죠. 아주 감쪽같습니다. 진짜 전문가의 솜씨예요. 진짜 옛날 권총을 어떻게 만드는지 아실 겁니다. 쇠가 파랗게 보이는 부분 아시죠? 예전에는 가죽 끈으로 단단히 밀봉한 상자에 쇠를 넣고 봉한 다음 시안화가스를 넣고 열을 가했습니다. 요즘은 불편해서 그렇게 안 하죠. 하지만 이 물건은 장비를 아주 잘 갖춘 공장에서 작업한 겁니다. 광을 내거나 마감할 때 쓰는 약품 입자를 여러 가지 찾아냈는데, 흔히 보기 어려운 것도 있었습니다. 입증할 순 없지만, 이런 가짜를 대량으로 생산하는 공장이 있다는 얘기가 사실인 모양이에요. 분명합니다. 가짜가 너무 많아요."

"아닙니다."

칠던이 말했다.

"그건 그저 헛소문이에요. 그런 일은 절대로 있을 수 없습니다."

그의 목소리가 높아지다가 갈라지고 말았다.

"저는 그런 일을 잘 알 만한 사람입니다. 제가 왜 감정을 받으러 물건을 보냈다고 생각하십니까? 오랜 경험으로 가짜라는 걸 알아봤기 때문입니다. 보기 드문 일이어서 이상하다고 생각했습니다. 누군가 장난친 겁니다."

칠던은 말을 끊고 헐떡거리며 숨을 몰아쉬었다.

"어쨌든 확인해주셔서 감사합니다. 청구서를 보내주십시오. 감사합니다."

그는 얼른 전화를 끊었다.

그러고는 곧바로 거래장부를 뒤지기 시작했다. 권총이 어떻게 가게로 왔는지 추적했다. 어디서 샀지? 누구였더라?

칠던이 권총을 구매한 곳은 샌프란시스코에서 가장 큰 도매 상 가운데 하나였다. 반네스 거리에 있는 '레이 캘빈 상회'였다. 바로 전화를 걸었다.

"캘빈 씨 부탁합니다."

칠던의 목소리는 조금 차분해졌다.

곧 걸걸한 목소리가 아주 바쁜 투로 대답했다.

"전화 바꿨습니다."

"봅 칠던입니다. 몽고메리 가에 있는 아메리칸 예술 공예품 상사 말입니다. 레이, 미묘한 문제가 하나 있습니다. 오늘 중으로 다른 사람 눈에 띄지 않게 만나야겠어요. 당신 사무실 근처든 어디든 상관없습니다. 그렇게 해주시는 게 좋을 겁니다."

칠던은 자기도 모르게 수화기에 대고 고함을 지르다시피 하고 있었다.

"좋소."

레이 캘빈이 말했다.

"아무에게도 말하지 마십시오. 절대 비밀로 해야 합니다."

"4시 어떻소?"

"4시로 하죠."

칠던이 말했다.

"사무실로 찾아가겠습니다. 그럼."

수화기를 거칠게 내려놓는 바람에 전화기가 통째로 카운터에서 밀려나 바닥으로 떨어졌다. 그는 무릎을 꿇고 전화기를 주워 제자리로 올려놓았다.

약속시간에 맞춰 나가려면 30분쯤 남았다. 그동안 아무 대책도 없이 서성거리며 기다려야 했다. 뭘 하지? 좋은 생각이 떠올랐다. 칠던은 마켓 가에 있는《도쿄헤럴드》샌프란시스코 지국으로 전화를 걸었다.

"여보세요. 항구에 항공모함 쇼가쿠 호가 들어와 있습니까? 만일 그렇다면 언제 입항했는지요? 명망 있는 신문사이니 잘 알려주시면 고맙겠습니다."

한참을 애태우며 기다렸다. 전화를 받았던 여자가 다시 수화기를 들었다.

"저희 자료실에 물어봤습니다."

여자는 키득거리며 말했다.

"항공모함 쇼가쿠 호는 필리핀 해 바닥에 가라앉아 있습니다. 1945년 미국 잠수함에 격침당했거든요. 혹시 다른 궁금한 점 있으십니까?"

신문사 사람들은 칠던이 속아 넘어간 황당한 장난을 즐기는 게 분명했다.

칠던은 전화를 끊었다. 항공모함 쇼가쿠 호는 17년 전에 이미 사라졌다. 아마 하루샤 제독이라는 자도 없을 것이다. 가게에 왔던 자는 사기꾼이었다. 하지만…….

사내의 말은 옳았다. 44구경 콜트 권총은 가짜였다.

앞뒤가 맞지 않는다.

어쩌면 사내는 투기꾼일지도 모른다. 남북전쟁 시대의 무기류를 모두 사들여 가격을 올리려 했는지도 몰랐다. 전문가. 그러는 와중에 가짜가 눈에 띈 것이다. 전문가 중의 전문가다.

전문가가 아니라면 그렇게 많이 알 리가 없다. 이쪽 계통에서 일하는 자다. 그저 그런 수집가는 아니다.

아주 조금은 안심이 되었다. 그렇다면 이 상황을 눈치챌 사람은 많지 않다. 어쩌면 아무도 모르고 넘어갈 수도 있다. 비밀은 안전하다.

그냥 넘어갈까?

그는 고민했다. 아니야. 조사를 해봐야지. 무엇보다 돈을 돌려받아야 해. 레이 캘빈에게 환불을 요구해야지. 그리고 다른 물건도 모두 대학교 연구실에 보내 감정을 받아야 해.

하지만 가짜 물건이 잔뜩 나오면?

골치 아픈 문제로군.

이 방법밖에 없어. 그는 생각했다. 우울하다 못해 절망적인 기분이었다. 레이 캘빈을 찾아가자. 그와 대면하는 거야. 그자 보고 어찌된 일인지 알아내라고 해야지. 어쩌면 그자도 아무것도 모를 수 있어. 아닐 수도 있고. 어쨌든 더는 가짜를 팔지 말라고 해야지. 안 그러면 다시는 거래하지 않겠다고 말이야.

손해는 그쪽에서 책임져야지. 칠던은 마음을 굳게 먹었다. 내가 아니라. 만일 그자가 받아들이지 않으면 다른 상점에 소문을 내서 다시는 장사를 못 하게 해주겠어. 내가 왜 혼자 망해야해? 뜨거운 감자는 일을 저지른 놈들에게 되돌려주는 거야.

하지만 반드시 아무도 모르게 처리해야 해. 우리 둘 말고는 아무도 몰라야 해.

05

윈덤 맷슨은 레이 캘빈의 전화를 받고 어리둥절했다. 도대체 무슨 말인지 알아들을 수가 없었다. 캘빈이 워낙 다급하게 떠들어대기도 했지만, 전화가 걸려온 밤 11시 30분경 그는 무로마치 호텔의 방에서 여자 손님과 한창 즐거운 시간을 보내던 참이었기 때문이었다.

"이봐, 친구. 그쪽에서 최근에 납품한 물건들은 모두 돌려보낼 거야. 전에 받은 물건도 모두 돌려보내고 싶지만 모두 돈을 치렀으니 어쩔 수 없지. 하지만 마지막 반품 물량은 돈 못 줘. 5월 18일자 계산서 말이야."

윈덤 맷슨이 이유를 알고 싶은 건 당연했다.

"모두 형편없는 가짜잖아."

캘빈이 말했다.

"하지만 당신도 알고 있었잖아."

맷슨은 놀라서 말이 제대로 나오지 않았다.

"그러니까 내 말은, 레이 자네가 지금껏 몰랐던 일이 아니잖아."

방 안을 둘러보았다. 여자는 화장실에라도 갔는지 보이지 않았다.

"가짜인 줄은 나도 알았지. 그 말을 하는 게 아니야. 솜씨가 형편없는 걸 말하는 거야. 당신네 회사에서 보낸 총을 실제로 남북전쟁 때 사용했는지는 아무래도 상관없어. 내게 중요한 건 그 물건이 당신네 상품목록에 적힌 설명처럼 만족스러운 수준 이어야 하는 거지. 규격에는 들어맞아야 할 거 아니야. 이봐, 로버트 칠던이 누군지 아나?"

"알지."

칠던이 누군지 당장은 정확히 떠오르지 않았지만, 어렴풋이 기억이 났다. 누군가 중요한 사람이었는데.

"그 친구가 오늘 여기 왔었어. 사무실에 말이야. 난 지금 집이 아니라 사무실에서 전화를 걸고 있어. 아직도 일이 해결되지 않았다고. 어쨌든 칠던이라는 자가 와서 한참을 떠들고 돌아갔어. 미친놈처럼 화를 내더군. 정신이 나갔더라고. 뭐라더라, 일본인 제독인지 하는 큰손이 왔다지 아마. 그 밑에서 일하는 사람이 왔다던가? 칠던 말로는 2만 달러짜리 계약이었다는데, 아마 허풍이겠지. 어쨌든 확실한 건 이거야. 일본인이 와서 물건을 사고 싶다고 했는데, 당신네가 만든 44구경 콜트 권총을 보더니 단번에 모조품인지 알아차리고는 돈을 바지 주머니에 다시 넣고 가버렸다는 거야. 자, 어쩔 거야?"

뭐라고 할 말이 없었다. 하지만 머릿속에 퍼뜩 떠오르는 게 있었다. 프랭크 프링크와 에드 매카시 짓이군. 놈들이 뭔가 저지르겠다고 했지. 바로 이거였어. 하지만 캘빈이 하는 말로는 도대체 그들이 무슨 짓을 했는지 이해가 되지 않았다.

미신 같은 두려움이 그를 덮쳤다. 그 두 녀석이 어떻게 지난 2월에 만든 물건에 손을 댈 수 있었을까? 놈들이 경찰에 하소연하거나 신문사를 찾아가리라 생각했었다. 혹시 새크라멘토에 있는 연방정부를 찾아갈지 몰라 모두 미리 손을 써둔 상태였다. 섬뜩했다. 캘빈에게 뭐라 해야 할지 알 수가 없었다. 한참 동안 어물거리며 말을 돌리다가 간신히 마무리 짓고 전화를 끊었다.

전화를 끊고 나서 보니 놀랍게도 리타는 이미 화장실에서 나와 그가 하는 이야기를 모두 듣고 있었다. 그녀는 검은색 슬립만 입은 채 방 안을 불안한 듯 서성거렸다. 주근깨가 살짝 박힌 어깨의 맨살 위로 금발이 치렁치렁 흘러내렸다.

"경찰에 신고해요."

그녀가 말했다.

글쎄. 맷슨은 생각했다. 어쩌면 놈들에게 2천 달러 정도 쥐여주는 편이 싸게 먹힐지도 모르지. 그 정도면 귀찮게 굴지 않을 거야. 그걸로 만족할지도 모르지. 변변찮은 놈들은 생각도 작은 법이니까. 놈들한텐 2천 달러도 큰돈일 수 있어. 하지만 그 돈으로 사업을 한대도 한 달 만에 망해 다시 빈털터리가 될 수도 있지.

"아니야."

그는 말했다.

"왜요? 협박은 범죄라고요."

리타에게 설명하기는 어려웠다. 그는 사람들에게 돈을 먹이는 일에 익숙했다. 그런 돈은 공공요금 같은 간접비용에 지나지 않았다. 금액만 적당하다면……. 하지만 리타 말에도 일리는 있다. 그는 곰곰이 생각했다. 놈들에게 2천 달러를 주자. 하지만 아는 경찰하고도 미리 연락을 해둬야겠어. 놈들의 뒤를 캐서 뭔가 쓸 만한 걸 찾아놓아야 하니까. 그래야 놈들이 다시 찾아와 이런 수작을 부릴 때 내 마음대로 다룰 수가 있겠지.

예를 들어 누군가 내게 프랭크 프링크가 유태인이라고 말했다고 하자. 코를 성형하고 이름을 바꿨다고 말이야. 그럼 나는 이곳 독일 영사에게 알리기만 하면 돼. 뻔한 일이지. 독일은 그를 넘겨달라고 요구할 거야. 그리고 그가 군사분계선을 넘어서자마자 가스실로 끌고 가겠지. 뉴욕에는 가스실이 설치되어 있다고 들은 것 같아.

"놀랐어요. 감히 당신처럼 힘 있는 사람을 협박하는 놈들이 있다니."

리타는 맷슨을 보며 말했다.

"내 말을 들어봐. 이 빌어먹을 유물 업계는 모든 게 터무니없어. 일본 놈들은 제정신이 아니거든. 제대로 알려주지."

맷슨은 재빨리 서재에서 라이터 두 개를 가져와 커피테이블에 올려놓았다.

"이걸 봐. 똑같아 보이지? 잘 들어. 이 중 하나만 역사적으로 의미가 있어."

그는 리타를 보며 웃었다.

"만져봐. 얼른. 둘 중 하나는 수집가들 사이에서는 거의 4만 달러에서 5만 달러로 거래가 되곤 하지."

여자는 조심스럽게 라이터들을 집어 서로 비교해보았다.

"못 느끼겠어? 물건에 숨은 역사적 의미를?"

그는 여자를 놀렸다.

"역사적 의미요?"

"어떤 물건 속에 역사가 녹아 있다는 얘기지. 들어봐. 지포라이터 둘 중 하나는 프랭클린 D. 루스벨트가 암살당할 때 주머니에 넣고 있던 거야. 다른 하나는 아니고. 하나에는 역사성이 있지. 그것도 엄청나게. 그 어떤 물건보다도 더. 다른 건 전혀 그렇지 않고. 느낄 수 있겠어?"

그는 리타를 팔꿈치로 슬쩍 찔렀다.

"느낄 수 없겠지. 어느 쪽인지 알 수 있을 리가 없어. '신비로운 기운'이나 '아우라' 같은 건 없다고."

"세상에."

경외감이 담긴 목소리였다.

"그게 정말이에요? 그날 루스벨트가 이 라이터를 가지고 있었어요?"

"정말이고말고. 그리고 나는 어떤 게 진짜인지 알지. 내 말이 무슨 뜻인지 알겠어? 이 모든 게 돈벌이용 산업에 지나지 않는 다 이거야. 서로가 서로를 속이는 거야. 그러니까 예를 들어 어떤 총이 1차 세계대전 당시 프랑스의 뮤즈-아르곤 전투에서 쓰였다고 해도, 정작 그걸 모르는 사람에게는 여느 총과 다를 게 없다는 거지. 그러니까 사실 모든 건 여기 들어 있어."

맷슨은 자신의 머리를 두드려보였다.

"중요한 건 총이 아니라 생각이야. 나도 한때 유물을 수집했어. 실은 그래서 이런 일에 뛰어들게 됐지. 나는 우표를 모았어. 초기 영국 식민지 우표 말이야."

여자는 창가에 서서 팔짱을 낀 채 샌프란시스코 시내의 불빛을 내려다보았다.

"부모님은 늘 루스벨트가 죽지 않았더라면 전쟁에서 지지 않았을 거라고 말씀하시곤 했어요."

여자가 말했다.

"좋아."

윈덤 맷슨이 말을 이었다.

"이렇게 가정해보자고. 작년에 캐나다 정부든 다른 누군가가 됐든 옛날에 우표를 찍어내던 활자판과 잉크를 발견했다고 치자. 그러면 우표를 잔뜩……."

"저 라이터 두 개 가운데 하나가 프랭클린 루스벨트의 것이었다니, 못 믿겠어요."

여자가 말했다.

윈덤 맷슨은 킥킥대며 웃었다.

"내 말이 그 말이야! 뭔가 서류로 진짜라는 걸 증명해야 해. 진품이란 걸 보여주는 서류가 있어야 한다고. 그것마저 모두 가짜라면 그건 과대망상이고. 가치를 입증하는 건 물건 자체가 아니라 증거서류야."

"서류를 보여줘요."

"물론이지."

맷슨은 벌떡 일어나 다시 서재로 향했다. 그리고 벽에 걸린 스미스소니언박물관의 증명서 액자를 떼어냈다. 증명서와 라이터를 사느라 어마어마한 돈이 들었지만 그럴 만한 가치가 있었다. 그 두 가지는 그가 옳다는 걸 증명해주기 때문이다. 바로 '가짜'라는 단어가 실은 아무런 의미도 없으며 마찬가지로 '진짜'라는 말 역시 아무 의미를 갖지 못한다는 것을.

"콜트 44구경은 콜트 44구경일 뿐이야."

그는 서둘러 거실로 돌아오며 말했다.

"중요한 건 구경과 디자인이지 언제 만들었느냐가 아니야. 그러니까……."

여자는 손을 내밀었다. 그는 액자를 건네주었다.

"정말 진품이군요."

한참 만에야 여자가 말했다.

"그래. 이거지."

그는 옆면에 길게 흠이 난 라이터를 집어 들었다.

"이제 가봐야겠어요. 언제 다른 날 밤에 또 봐요."

여자는 액자와 라이터를 내려놓고 옷을 벗어놓은 침실로 향했다.

"왜?"

맷슨은 여자를 따라가며 짜증스러운 듯 소리를 질렀다.

"완벽히 안전하다니까. 마누라는 몇 주 동안 돌아오지 않아. 어떻게 된 일인지 전부 설명해줬잖아. 망막수술을 받으러 갔다니까."

"그래서 그러는 게 아니에요."

"그럼 왜 그래?"

"자전거택시를 불러주세요. 옷 입는 동안."

리타가 말했다.

"차로 데려다줄게."

그는 퉁명스럽게 말했다.

그녀는 옷을 입었다. 그리고 맷슨이 코트를 꺼내러 방으로 들어간 사이 소리 없이 실내를 이리저리 서성거렸다. 수심에 잠긴 듯했고 조금 우울해 보이기도 했다. 과거는 사람들을 슬프게 해. 맷슨은 생각했다. 빌어먹을. 내가 왜 그 이야기를 꺼냈지? 하지만, 젠장. 리타는 어려. 루스벨트라는 이름도 모를 거라 생각했는데…….

리타는 책장 앞에서 무릎을 꿇었다.

"이거 읽었어요?"

그녀는 책을 한 권 빼내며 물었다.

맷슨은 침침한 눈으로 책을 들여다보았다. 표지가 야단스럽다. 소설이다.

"아니. 마누라 책이야. 마누라는 독서광이지."

그가 말했다.

"이 책, 꼭 읽어봐야 해요."

여전히 아쉬워하던 맷슨이 책을 집어 들고 자세히 살펴보았다. 『메뚜기는 무겁게 짓누른다』.

"이거 보스턴에서 금지시킨 책 아닌가?"

맷슨이 물었다.

"미국 전체에서 금지죠. 유럽에서도 당연히 금서고요."

리타는 이미 현관에 서서 기다리고 있었다.

"호손 아벤젠이라는 사람 얘기는 나도 들어봤지."

사실 맷슨은 책을 쓴 사내를 전혀 몰랐다. 그가 이 책에 관해 기억하는 것이라고는……. 뭐였더라? 요새 무척 인기가 좋다는 정도? 흔한 유행. 흔한 대중적 열풍. 맷슨은 허리를 굽혀 책을 다시 책장에 꽂았다.

"인기 소설이나 읽을 정도로 한가하지 않아. 일이 너무 바빠서 말이야."

혼자 사는 여비서들이나 침대에 누워서 이런 쓰레기를 읽지. 그는 모질게 치부해버렸다. 그런 걸 읽고 흥분하는 거야. 진짜 잠자리 대신 말이지. 진짜 사랑은 두려워하지. 물론 진정으로는 갈망하지만 말이야.

"뻔한 사랑 이야기겠지."

맷슨은 뚱한 표정으로 현관문을 열며 말했다.

"아녜요. 전쟁 이야기죠."

엘리베이터를 향해 걸으며 리타가 말했다.

"우리 부모님과 똑같은 이야기를 해요."

"누가? 그 애봇슨이라는 사람이?"

"아벤젠의 가설은 이래요. 만약에 조 장가라*가 암살에 실패했다면 루스벨트는 미국을 대공황에서 구해내고 전쟁에 대비할 수 있었을 거래요."

리타는 말을 멈추었다. 두 사람은 엘리베이터 앞에 도착했고, 주위에는 다른 사람들이 엘리베이터를 기다리고 있었다.

잠시 뒤 두 사람이 맷슨의 벤츠를 타고 밤거리를 달리기 시작하자, 그녀는 이야기를 이어나갔다.

"아벤젠의 가설에 따르면, 루스벨트는 완벽할 정도로 강력한 대통령이었어요. 링컨만큼이나 말이에요. 대통령 재임기간 동안 이룬 업적을 살펴보면 알 수 있죠. 이 책은 허구예요. 소설 형식이란 말이죠. 루스벨트는 마이애미에서 암살당하지 않았어요. 대통령직을 수행하고 1936년 선거에서 재선에 성공했죠. 그래서 전쟁이 벌어지던 1940년에도 여전히 대통령이었어요. 알겠어요? 독일이 영국과 프랑스, 폴란드를 침공할 때 루스벨트가 여전히 대통령 자리에 앉아 있었다고요. 그는 모든 걸 꿰뚫어보는 사람이에요. 미국을 부강하게 만들죠. 가녀는 정말 끔찍한 대통령이었어요. 벌어진 일 대부분이 그의 잘못이죠. 그리고 1940년 브리커 대신 민주당 후보가 대통령에 당선되었

---

* Giuseppe Zangara(1900~1933). 1933년 주제페 장가라는 마이애미에서 당시 대통령 당선자였던 프랭클린 루스벨트를 암살하려 했으나 실패했다.

을……."

"아벨슨이 그렇게 썼다는 거지."

윈덤 맷슨이 끼어들었다. 그는 옆자리에 앉은 여자를 흘끗 보며 생각했다. 맙소사, 여자들은 책 한 권 읽은 걸로 평생을 지껄여대는군.

"그의 가설에 따르면, 1940년 루스벨트의 뒤를 이어 대통령이 된 사람은 고립주의자 브리커가 아니라 렉스포드 터그웰이었어요."

리타의 매끈한 볼이 차들의 불빛을 반사하며 생동감 있게 빛났다. 그녀는 눈을 크게 뜨고 손을 열심히 놀려가며 말을 이어갔다.

"그는 루스벨트가 추진했던 반나치 정책을 아주 적극적으로 펼쳐요. 그래서 겁을 먹은 독일은 1941년에 일본을 돕지 못하는 거예요. 동맹을 지키지 못한 거죠. 알겠어요?"

리타는 좌석에 앉은 채 고개를 돌리더니 그의 어깨를 단단히 잡고 말했다.

"그래서 독일과 일본은 전쟁에서 지고 말아요!"

맷슨은 웃음을 터뜨렸다.

그의 얼굴을 노려보며 뭔가를 찾던—맷슨은 그게 뭔지 알 수 없었고, 그저 고개를 돌려 다른 차들을 바라봐야 했다—리타가 말했다.

"웃어넘길 일이 아니에요. 진짜 그렇게 될 수도 있었어요. 미국이 일본을 해치울 수도 있었어요. 그리고……."

"어떻게?"

맷슨이 그녀의 말을 잘랐다.

"책에 모든 게 적혀 있어요."

리타는 잠시 아무 말이 없었다.

"물론 소설이긴 하지만. 소설이니까 대부분 꾸며낸 이야기 죠. 재미있게 쓰지 않으면 아무도 안 읽을 테니까 말이에요. 흥 미 위주로 쓴 부분도 있어요. 젊은 남녀가 등장해요. 남자는 미 군 소속이에요. 여자는……. 뭐, 어쨌든 터그웰 대통령은 정말 똑똑해요. 그는 일본 놈들이 무슨 짓을 할지 모두 알아요."

그녀는 걱정스러운 표정으로 말했다.

"이런 얘기쯤은 해도 괜찮겠죠. 일본은 태평양연안연방에서 이 소설을 읽는 걸 묵인했어요. 아주 많은 사람들이 이 책을 읽 었대요. 본도에서도 인기래요. 아주 크게 화제가 됐나 봐요."

"그럼 진주만 공습은 어떻게 되었지?"

윈덤 맷슨이 물었다.

"터그웰 대통령은 슬기롭게도 모든 함정을 먼 바다로 미리 내보내요. 그래서 미국 함대가 살아남죠."

"그렇군."

"그러니까 진주만이 공격당하는 일 자체가 없는 거죠. 일본 이 쳐들어왔지만 항구에는 조그만 배들밖에 없었어요."

"책 제목이 '메뚜기 어쩌고'였지?"

"메뚜기는 무겁게 짓누른다. 성경에서 따온 말이에요."

"그러니까 진주만 공습을 성공시키지 못해서 일본이 졌다 이

118

거로군. 들어봐. 어쨌든 일본은 이겼을 거야. 진주만 공습이 성공하지 못했대도 말이야.”

“이 책 내용으로는 미국 함대가 필리핀과 오스트레일리아에서 일본을 막아내요.”

“일본은 어떻게든 두 나라를 집어삼켰을 거야. 일본 해군은 뛰어났으니까. 나는 일본인들을 아주 잘 알아. 그들이 태평양을 지배하는 건 운명이야. 미국은 1차 세계대전 이후로 계속 기울었어. 연합군에 가담한 나라들은 모두 전쟁으로 엉망이 되었으니까. 도덕적으로나 정신적으로 말이지.”

리타는 완강한 어투로 말했다.

“만일 독일이 몰타를 점령하지 못했더라면 처칠은 실각하지 않았을 테고, 결국 영국을 이끌고 승리를 거뒀을 거예요.”

“어떻게? 어디서 이겨?”

“북아프리카죠. 처칠이 결국 롬멜을 쳐부순다고요.”

맷슨은 크게 웃고 말았다.

“영국군이 롬멜을 물리치고 터키를 통과하며 진격해 살아남은 소련군과 합류해 저항하죠. 이 책에서는 러시아로 동진하는 독일군을 볼가 강 근처 어떤 도시에서 저지한다고 나와요. 전혀 들어본 적 없는 곳이었는데, 지도책을 찾아보니 정말 있는 거 있죠.”

“그게 어딘데?”

“스탈린그라드라는 곳이에요. 영국이 바로 그곳에서 전쟁의 흐름을 바꿨어요. 그러니까 이 책에서는 롬멜이 러시아에서 내려온 독일의 파울루스 장군 부대와 합류하는 일 따위는 벌어지지 않아요. 알겠어요? 결국 독일은 중동을 석권해서 석유를 차지하지도, 인도로 진군해서 동맹국인 일본과 합류하지도 못하죠. 그래서……."

"이 세상에 에르빈 롬멜을 이길 전략 따윈 없어. 그 책을 쓴 친구가 꿈꾸는 일은 벌어질 수 없다고. '스탈린그라드'라는 이름은 참 영웅적이긴 하지만, 거기서 방어전을 펼쳤대도 결과는 조금 늦춰졌을 뿐 어차피 똑같았을 거야. 미래가 바뀌지는 않았을 거라고. 들어봐. 나는 실제로 롬멜을 만났어. 1948년 뉴욕에서 사업을 할 때였지."

솔직히 말해 그가 미국 군정사령관인 롬멜과 이야기를 나눠본 적은 없었다. 그저 백악관 만찬에 참석해 먼발치에서 한 번 본 게 다였다.

"대단한 사람이야. 품위가 흐르고 몸가짐이 남달라. 그러니 내가 확신을 갖고 말할 수 있지."

"끔찍한 일이었죠. 롬멜 장군이 물러나자 끔찍한 라머스가 그의 자리를 차지했던 것 말이에요. 실제로 강제수용소가 생기고 학살이 벌어진 게 그때부터니까요."

"그런 일들은 롬멜이 군정사령관일 때도 있었어."

"하지만 공식적이지는 않았죠."

리타가 말했다.

"어쩌면 그때는 깡패 같은 친위대 녀석들이 그런 짓을 저질렀는지도 몰라요. 하지만 어쨌든 롬멜은 다른 자들과는 달랐어요. 옛날 프러시아 사람 같았다고나 할까. 냉혹하고……."

"미국에서 정말 훌륭한 일을 한 사람이 누군지 말해주지."

맷슨이 말했다.

"미국 경제를 다시 살려낸 건 바로 알베르트 슈페어*야. 롬멜도 아니고 '토트Todt 조직**'도 아니야. 북미에서 나치가 내린 인사조치 가운데 최고의 선택이 슈페어였지. 그는 사업과 기업, 공장 등 모든 걸 탈바꿈시켰어. 모든 걸! 더 효율적으로 만들었지. 여기도 그렇게 발전했더라면 좋았겠지. 지금은 모든 분야에서 다섯 개나 되는 회사들이 경쟁하고 있으니 엄청난 낭비지. 경제적으로 경쟁하는 것만큼 멍청한 짓은 없어."

"수용소 같은 공장에서는 못 살아요."

리타가 말했다.

"동부에 있는 공장 기숙사 말이에요. 아는 여자가 거기서 살았죠. 편지도 검열했대요. 그나마도 여기로 다시 이사 오기 전까지는 실상을 밝힐 수도 없었어요. 아침 6시 반이면 밴드 음악에 맞춰 일어나야 한대요."

"익숙해지면 돼. 깨끗한 숙소에 충분한 음식, 취미생활, 의료 서비스도 제공되지. 뭘 더 바라? 최고의 사치라도 바라는 거야?"

샌프란시스코의 차가운 밤안개 사이로 맷슨의 커다란 독일제 승용차가 소리 없이 달렸다.

---

* Albert Speer(1905~1981). 히틀러를 위해 일했던 독일인 건축가.
** 나치 치하에서 건설을 담당한 군민 합동조직으로 프리츠 토트가 창설했다.

다고미는 무릎을 꿇고 바닥에 앉아 있었다. 손잡이가 없는 찻잔에 우롱차를 담아 들고 가끔 후후 불며 바이네스를 향해 웃음을 지어 보였다.

"아주 멋진 곳이군요."

바이네스가 차분하게 말했다.

"여기 태평양 연안은 평화롭습니다. 제가 있던 곳과는 전혀 달라요."

그는 있던 곳이 어딘지는 집어서 말하지 않았다.

"하늘은 만물을 깨우는 것으로 인간에게 말한다."

다고미가 중얼거리듯 말했다.

"네?"

"주역에 나오는 말입니다. 죄송합니다. 양털을 찾다 보니 저도 모르게 튀어나왔군요."

울개더링*이라는 표현을 쓰고 싶었던 모양이군. 바이네스는 생각했다. 속으로 웃음이 나왔다.

"우리는 어리석습니다. 5천 년 전에 만든 책에 의지해 살아가니 말입니다."

다고미가 말했다.

"우리는 그 책을 마치 살아 있는 존재처럼 여기며 질문을 던집니다. 하지만 주역은 실제로 살아 있습니다. 기독교의 성경과 마찬가지입니다. 많은 책들이 실제로 살아 있습니다. 은유적인

---

* woolgathering. 양털을 모으며 부질없는 공상을 한다는 뜻.

표현이 아닙니다. 영혼이 책에 생기를 불어 넣습니다. 아시겠습니까?"

다고미는 바이네스의 얼굴에서 반응을 살폈다.

바이네스는 조심스럽게 말을 고르며 입을 열었다.

"종교는 잘 모릅니다. 제 분야가 아니죠. 저는 자신 있는 분야에 관해 이야기하는 게 더 좋습니다."

무엇보다도 바이네스는 다고미가 무슨 말을 하는지 확실하게 알아들을 수가 없었다. 내가 피곤한가 보군. 바이네스는 생각했다. 저녁에 이곳에 도착한 이후로 뭐랄까, 모든 일이 뭔가에 홀린 것 같았다. 어릿광대들을 보는 것처럼 모든 게 실제보다 작게 보였다. 5천 년 된 책이라니. 뭘까? 미키마우스 시계나 다고미, 그리고 그가 손에 들고 있는 깨질 것 같은 찻잔……. 바이네스의 맞은편 벽에는 거대한 들소 머리가 흉측하고 위협적인 모습으로 걸려 있다.

"저 머리는 뭡니까?"

바이네스가 갑자기 물었다.

"지난 시절 원주민들을 먹고살게 해줬던 짐승에 지나지 않습니다."

다고미가 말했다.

"그렇군요."

"들소 사냥 기술을 직접 보여드릴까요?"

다고미는 탁자에 찻잔을 내려놓더니 벌떡 일어섰다. 밤이 되어 자기 집에 돌아온 다고미는 실크 가운에 슬리퍼, 하얀 남성용 스카프 차림이었다.

"이렇게 말에 올라탑니다."

그는 허공에 올라타는 자세를 취했다.

"무릎에는 제가 수집한 총들 가운데 가장 믿음직한 1866년형 윈체스터 사냥총을 놓습니다."

그는 미심쩍은 표정으로 바이네스를 바라보았다.

"여행으로 지치셨군요."

"그런 것 같습니다. 사실 모든 게 좀 벅차군요. 사업상 걱정도 많고……."

그리고 다른 걱정거리도 있지. 바이네스는 속으로 중얼거렸다. 머리가 아팠다. 혹시 태평양연안연방에서도 이게파르벤이 생산하는 효과 좋은 진통제를 구할 수 있는지 궁금했다. 그는 두통이 잦아 진통제를 달고 살았다.

"우리 모두는 뭔가 믿음을 가져야 합니다. 우리는 대답을 알 수 없습니다. 스스로 앞을 내다보지 못하죠."

다고미가 말했다.

바이네스는 고개를 끄덕였다.

"집사람한테 두통약이 있을지도 모릅니다."

바이네스가 안경을 벗고 미간을 문지르는 것을 보고 다고미가 말했다.

"눈 주위 근육이 두통을 일으키죠. 잠시 실례하겠습니다."

다고미는 고개를 숙여 보이고 방에서 나갔다.

잠을 자야겠어. 바이네스는 생각했다. 하룻밤 푹 쉬는 거야.

아니, 혹시 내가 상황을 회피하려고 하는 걸까? 너무 어려운 일이라 몸이 움츠러드는 거야.

다고미가 물 한 컵과 알약을 가지고 돌아오자 바이네스가 말했다.

"오늘밤은 이만 인사를 드리고 호텔로 돌아가야 할 것 같습니다. 하지만 먼저 한 가지 알아볼 게 있습니다. 불편하시면 내일 논의해도 좋을 내용이긴 합니다만. 우리 협상에 제3자가 참석할 거라는 얘기를 들어보셨습니까?"

다고미의 얼굴에 순간적으로 놀라는 빛이 스쳤다. 하지만 이내 아무 상관 없다는 듯한 표정으로 돌아왔다.

"그런 이야기는 전혀 들은 바가 없습니다. 하지만 흥미롭기는 하군요."

"본도에서 온답니다."

"아, 그래요?"

다고미가 말했다. 이번에는 놀라는 기색이 전혀 없었다. 감정을 잘 제어하고 있었다.

"나이가 많고 은퇴한 사업가랍니다. 배로 온다고 하고, 이제 출발한 지 2주째라더군요. 비행기 여행을 꺼리는 사람이라고 합니다."

바이네스가 말했다.

"특이한 노인이로군요."

다고미가 말했다.

"본도의 시장 상황에 이해관계가 있어 늘 정보를 수집한다고 합니다. 우리에게도 정보를 제공할 수 있겠죠. 어쨌든 이곳 샌프란시스코에 휴가차 방문한다고 합니다. 중요한 일은 아니라고 하고요. 하지만 그가 참석한다면 우리 이야기가 좀 더 정확해질 수 있겠죠."

"그렇습니다. 본도 시장에 관한 오해를 바로잡아 줄 수 있을 테니까요. 저도 본도를 떠난 지 벌써 2년째입니다."

"제게 주시려던 약인가요?"

다고미는 깜짝 놀라 아래를 내려다보고는 자기가 여전히 물과 알약을 손에 들고 있는 걸 알아차렸다.

"죄송합니다. 이 약은 아주 잘 듣습니다. 자라카인이라는 약이죠. 중국 지구 제약사에서 만들었습니다. 중독성도 없고요."

다고미는 알약을 내밀며 말했다.

"그 노인 말입니다."

바이네스는 알약을 삼킬 준비를 하며 말했다.

"아마 직접 무역대표부 사무실로 연락할 겁니다. 혹시 직원들이 실수하지 않도록 제가 그분 이름을 적어드리겠습니다. 만나본 적은 없지만 귀가 조금 어둡고 괴짜랍니다. 그가 공연히⋯⋯ 짜증낼 만한 일은 안 벌어지는 게 좋겠죠."

다고미는 무슨 말인지 이해하는 것 같았다.

"그리고 철쭉을 매우 좋아한답니다. 미리 누군가 준비시켜 두었다가 우리가 회의를 준비하는 동안 30분에서 한 시간 정도 철쭉에 관해 이야기를 나누게 해주면 좋아할 겁니다. 그 사람 이름을 제가 적어드리죠."

바이네스는 약을 먹은 다음 펜을 꺼내 이름을 적었다.

"야타베 신지로 씨군요."

다고미는 메모지를 건네받아 조심스럽게 접어서 지갑에 넣었다.

"한 가지 더 있습니다."

다고미는 찻잔을 어루만지며 귀를 기울였다.

"사소하지만 미묘한 이야기입니다. 그 노신사는, 조금 난처한 얘기지만 거의 여든 살이 다 되었다고 합니다. 게다가 가장 마지막으로 진행했던 사업은 결과가 그리 좋지 못했다더군요. 무슨 말인지 아시겠습니까?"

"형편이 별로 넉넉하지 않다는 말이군요. 그래도 연금은 받고 살겠죠."

다고미가 말했다.

"바로 그겁니다. 그 연금이 아주 쥐꼬리만 하답니다. 그래서 아마 여기저기서 조금씩 도움을 받나 봅니다."

"소소하게 규칙을 어긴다는 얘기군요."

다고미가 말했다.

"본국 정부와 관료주의 때문이겠죠. 무슨 상황인지 알겠습니다. 노신사는 우리에게 도움을 준 대가로 돈을 받겠군요. 하지만 그는 돈을 받았다는 사실을 연금위원회에 보고하지 않겠죠. 그러니 그가 우리를 찾아온 걸 비밀로 해야겠고요. 위원회에서는 그가 이곳에 휴가를 즐기러 왔다고 알고 있어야겠죠."

"아주 세련미가 넘치시는군요."

바이네스가 말했다.

"전에도 이런 경우가 있었죠. 우리 사회에서는 아직 노인 문제가 해결되지 않고 있습니다. 의학이 발달하면서 노인 인구는 꾸준히 증가하지만 말이죠. 중국은 우리에게 노인을 제대로 공경하는 법을 가르쳐주었습니다. 하지만 독일 사람들을 보면 노인을 방치하는 게 제대로 된 생각인 것처럼 느껴지기도 합니다. 독일에서는 노인을 그냥 죽인다고 들었습니다."

다고미가 말했다.

"독일인들은 말이죠……."

바이네스는 중얼거리며 다시 이마를 문질렀다. 약이 효과가 있나? 살짝 졸렸다.

"스칸디나비아 반도에서 오신 분이니 분명 독일 점령지에서 겪은 것도 많으시겠죠. 로켓도 템펠호프에서 타셨잖습니까. 어떻게 사람들이 그런 식으로 행동할 수 있죠? 선생께서는 중립국 사람이니 괜찮으시면 의견을 말씀해주십시오."

"그런 식으로 행동한다니 무슨 말씀인지 모르겠군요."

바이네스가 말했다.

"늙은이, 환자, 저능아, 정신병자 등 온갖 쓸모없는 사람들 말입니다. '새로 태어난 아기가 무슨 소용이 있는가?' 소문으로는 어떤 앵글로색슨 철학자가 이렇게 말했다더군요. 그 말을 머릿속에 잘 넣어두고 여러 번 곱씹으며 생각해봤습니다. 정말이지 아무 소용이 없더군요. 일반적으로는 말입니다."

바이네스가 뭐라고 중얼거리는 것 같았다. 내용은 그냥 이도

저도 아닌 정중한 말치레에 지나지 않았다.

"인간은 누구라도 다른 사람의 필요를 충족하는 도구가 되어서는 안 되잖습니까?"

다고미는 갑자기 몸을 앞으로 숙이며 말했다.

"중립지역인 스칸디나비아 반도의 의견을 좀 주십시오."

"모르겠습니다."

바이네스가 말했다.

"전쟁 중에 저는 중국 지구에서 미미한 자리를 맡고 있었습니다."

다고미가 말했다.

"상하이였죠. 그곳 홍커우라는 지역에 유태인 주거지가 있었습니다. 임시로 일본 군대가 그들을 억류하고 있었죠. 그들은 미국의 유태인 단체가 보내는 구호품으로 겨우 살았습니다. 상하이에 있던 나치 공사가 우리에게 유태인들을 학살하라고 요구했습니다. 상관들의 대답을 기억합니다. '인도주의에 부합하지 않는다'였습니다. 야만적인 요청을 거부한 겁니다. 감동적이었죠."

"그렇군요."

바이네스가 중얼거렸다. 나를 떠보는 걸까? 그는 속으로 물었다. 경계심이 일었다. 정신이 제대로 돌아오는 것 같았다.

"나치는 늘 유태인이 백인이 아니라 아시아 인종이라고 했습니다, 선생."

다고미가 말했다.

"일본 사람들은 그 말에 담긴 뜻을 놓치지 않았습니다. 전시 내각에 속한 이들도 마찬가지죠. 저는 지금까지 만났던 독일 제국 시민과 단 한 번도 이런 이야기를 터놓고 해본 적이 없지만……."

바이네스가 끼어들었다.

"글쎄요, 저는 독일인이 아니니 독일 입장에서 말할 수가 없군요."

그는 일어서서 문 쪽으로 움직였다.

"내일 이어서 말씀 나누시죠. 죄송하지만 이제 가봐야 할 것 같습니다. 머리가 제대로 돌아가지 않는군요."

말은 그렇게 했지만 그의 머리는 완벽하게 맑았다. 얼른 이 자리를 빠져 나가야 해. 그는 속으로 생각했다. 이 친구가 나를 너무 밀어붙이는군.

"어리석게 너무 열을 올려 죄송합니다."

다고미는 얼른 문을 열러 움직이며 말했다.

"철학적인 이야기에 열중하다 보니 제가 그만 선생께서 진짜 인간적으로 힘든 상황이신 걸 눈치채지 못했군요. 자, 이쪽으로."

다고미가 일본어로 뭔가 말하자 현관문이 열렸다. 젊은 일본인 하나가 나타나 고개를 살짝 숙여 보이고는 바이네스를 바라보았다.

운전기사로군. 바이네스는 생각했다.

어쩌면 로켓에서 내가 엉뚱한 말을 하는 바람에 이러는지도 몰라. 바이네스는 갑자기 그런 생각이 들었다. 그 친구 이름이 뭐더라? 로체. 그자가 이곳 일본인들에게 신고한 거야. 뭔가 연줄이 있었겠지.

로체에게 그런 말을 하지 말걸. 후회가 되는군. 하지만 이미 늦었지.

나는 이런 일에 적합한 사람이 아니야. 전혀 안 맞아.

하지만 그때 이런 생각이 떠올랐다. 스웨덴 사람이라면 로체에게 그런 말을 할 수도 있어. 괜찮아. 잘못된 일은 없어. 내가 필요 이상으로 예민한 거야. 예전 상황을 버릇처럼 이번 일에 끌어다 붙이는 것뿐이야. 사실 나는 아무 얘기나 마구 떠들어도 괜찮은 사람이야. 그 사실을 받아들여야 해.

하지만 그의 몸은 여전히 생각과는 반대였다. 혈관을 흐르는 피와 뼈, 장기가 모두 말을 듣지 않았다. 입을 열어. 그는 속으로 생각했다. 뭐라도. 무슨 말이든. 아무 의견이나 말해. 그래야 해. 그래야 성공할 수 있어.

바이네스는 입을 열었다.

"어쩌면 그들은 잠재의식 속 본디 모습에 조종당하는지도 모릅니다. 융Jung적인 의미로 말하는 겁니다."

다고미는 고개를 끄덕였다.

"저도 융을 읽었습니다. 무슨 말씀인지 압니다."

두 사람은 악수를 했다.

"내일 아침 전화 드리겠습니다. 안녕히 계십시오."

바이네스가 고개를 숙이자 다고미도 인사를 했다.

웃음을 지으며 섰던 젊은 일본인 사내가 앞으로 나서며 바이네스에게 뭔가 알아들을 수 없는 말을 건넸다.

"네?"

코트를 챙겨 현관 밖으로 나서던 바이네스가 되물었다.

"이 친구가 스웨덴어로 말한 겁니다. 도쿄대학교에서 '30년 전쟁'이라는 교육 코스를 수료하고 와서 스웨덴의 영웅 구스타프 아돌프에 푹 빠져 있거든요."

다고미는 동정이 간다는 표정으로 웃어 보였다.

"하지만 그토록 낯선 언어를 완벽히 배워보려던 노력은 수포로 돌아간 것 같군요. 당연히 녹음기를 이용해 배웠을 겁니다. 아직 학생이거든요. 녹음기 어학코스는 비용이 저렴해서 학생들에게 인기가 높습니다."

젊은 일본인 사내는 영어를 못하는지 고개를 숙이며 웃기만 했다.

"알겠습니다. 건투를 빌어줘야겠군요."

바이네스는 중얼거리듯 말했다. 지금 언어 문제로 괴로운 사람은 오히려 나인걸. 그는 속으로 중얼거렸다.

맙소사, 어쩐다. 일본인 젊은이는 차로 호텔까지 가는 내내 스웨덴어로 대화를 나누려 들 게 뻔했다. 바이네스는 스웨덴어를 간신히 이해하는 수준이었다. 그나마도 상대가 아주 정확하게 격식을 차려 말해야 했다. 녹음기로 공부해보려 애쓴 젊은 일본인의 말이라면 못 알아들을 게 당연하다.

절대로 내가 알아듣게 말하지 못할 거야. 바이네스는 생각했다. 그래도 계속 말을 걸려고 하겠지. 연습할 수 있는 기회라고 생각하고 말이야. 어쩌면 앞으로 다시는 스웨덴 사람을 만나지 못할 수도 있으니까. 바이네스는 속으로 혀를 찼다. 두 사람 모두에게 얼마나 괴로운 시간이 되겠는가.

06

이른 아침, 줄리아나 프링크는 상쾌하고 밝은 햇빛을 즐기며 식료품 쇼핑을 마쳤다. 그녀는 물건들을 갈색 종이봉투 두 개에 담아 들고 인도를 따라 걸었다. 스쳐 지나는 상점마다 멈춰 서서 진열장 안을 들여다보기도 했다. 줄리아나는 느긋하게 시간을 보내고 있었다.

잡화점에 들러 살 게 있었나? 그녀는 일단 가게로 들어섰다. 오늘 유도 강습은 정오에 시작하기 때문에 지금은 자유시간이었다. 그녀는 장 본 종이봉투를 내려놓고 카운터 앞 의자에 앉아 이런저런 잡지를 뒤적거렸다.

《라이프》 최신호에 '유럽의 텔레비전—미래를 보다'라는 기사가 대문짝만 하게 실려 있었다. 기사를 찾아 펼쳤더니 어떤 독일 가족이 거실에서 텔레비전을 시청하는 사진이 보였다. 기사 내용에 따르면 베를린에서는 이미 하루 네 시간 동안 텔레비전 방송이 시행된다고 했다. 언젠가 유럽의 주요 도시마다 텔레비전 방송국이 생길 거란다. 그리고 1970년이 되기 전에 뉴욕에도 방송국이 생길 예정이라고 했다.

독일 기술자들이 뉴욕에서 현지인들에게 기술을 전수하는 모습도 보였다. 누가 독일인인지는 쉽게 구별할 수 있었다. 그들은 건강하고 깔끔하고 힘과 자신감이 넘쳤다. 반면에 미국인들은 그냥 평범해 보였다. 어디서나 볼 수 있는 그런 사람들.

독일 기술자 한 사람이 손으로 어딘가를 가리키고 미국인들은 그가 무엇을 가리키는지 알아내려 애쓰고 있었다. 독일인들이 우리보다 시력이 좋은가 보군. 줄리아나는 그렇게 생각했다. 지난 20년 동안 우리보다 훨씬 잘 먹고 살았으니 그렇겠지. 가끔 듣는 소문대로 독일인들은 웬만한 사람들이 못 보는 걸 볼 수 있나 보다. 비타민 A 덕분인가?

집 거실에 앉아 작은 회색 유리관으로 온 세상을 본다면 기분이 어떨지 궁금하네. 나치가 지구와 화성을 오갈 수 있다면서 도대체 텔레비전 방송은 왜 이렇게 더딘 거지? 나라면 텔레비전으로 화성 위를 걸어 다니는 사람을 보기보다는 봅 호프와 지미 듀랜트가 실제로 어떻게 생겼나 확인하는 쪽을 택하겠어.

그래서인지도 몰라. 줄리아나는 잡지를 도로 꽂으며 생각했다. 나치는 유머감각이라고는 없어. 그러니 텔레비전이 왜 필요하겠어? 어쨌든 나치는 진정으로 위대한 코미디언들 대다수를 죽였지. 그들이 거의 유태인이었기 때문이야. 사실 연예산업 전체를 말살하다시피 했지. 줄리아나는 생각했다. 봅 호프는 그런 말을 하고도 살아남았으니 묘한 일이야. 물론 캐나다에서 방송하는 신세가 되었지만. 그나마 그곳은 조금 더 자유로우니까. 어쨌든 호프는 제대로 된 말을 하지. 그 괴링에 관한 농담처럼……. 괴링이 로마 전체를 사들인 다음 자신의 산속 별장으로 보내 다시 세우고는, 할 일 없는 애완 사자들을 위해 기독교를 부활시킨다는 내용이었다.

"그 잡지 살 건가, 아가씨?"

쭈글쭈글한 잡화점 주인 영감이 미심쩍다는 듯 물었다.

그녀는 멋쩍어하며 막 뒤적거리기 시작하던 《리더스 다이제스트》를 내려놓았다.

다시 종이봉투를 들고 길을 걸으며 줄리아나는 생각했다. 보르만이 죽으면 괴링이 새 총통이 될 수도 있어. 그는 다른 자들과는 어딘가 달라 보여. 보르만이 앞서서 총통 자리를 차지할 수 있었던 건, 히틀러가 망가지기 시작하고 상황이 급속도로 악화될 거라는 사실을 최측근들만이 알고 있을 때 교활하게 행동했기 때문이었다. 늙은 괴링은 당시 산속 성채에 은둔하고 있었다. 히틀러 다음 총통은 괴링이어야 했다. 영국 레이더 기지들을 초토화하고 영국 공군을 끝장낸 건 그가 지휘하는 독일 공군이었으니까. 히틀러였다면 로테르담을 폭격했던 것처럼 런던에도 폭격을 가했을 것이다.

하지만 아마 괴벨스가 총통 자리를 차지할 거야. 줄리아나는 생각했다. 모두 그렇게 말하니까. 그 끔찍한 하이드리히가 아니면 다행이지. 그 자식은 정말 미쳤어.

내가 좋아하는 건 발두어 폰 시라흐지. 그녀는 생각했다. 어 쨌든 정상으로 보이는 건 그 사람 하나야. 하지만 그에게는 기 회조차 없겠지.

그녀는 몸을 돌려 자신이 사는 오래된 목조건물에 딸린 계단 을 올라갔다.

아파트 문을 열자 조 치나델라는 그녀가 집을 나설 때와 마 찬가지로 침대 한가운데에 엎드린 채 양팔을 늘어뜨리고 있었 다. 여전히 잠들어 있었다.

아니야, 아직 여기 있을 리가 없어. 그녀는 생각했다. 트럭은 이미 가버렸는데. 트럭을 놓쳤나? 그랬나 보네.

그녀는 주방으로 들어가 식탁 위에 놓인 아침식사 그릇들을 옆으로 밀고 식료품 봉투를 올려놓았다.

일부러 트럭에 타지 않았나? 그녀는 속으로 물었다. 그게 궁 금한걸.

정말 이상한 사람이네. 그는 거의 밤을 새다시피 하며 그녀 의 몸에 매달렸다. 하지만 마치 전혀 다른 곳에 있는 양, 그녀에 게는 신경도 쓰지 않는 듯했다. 뭔가 다른 생각을 하는 건지도 몰랐다.

그녀는 늘 하던 대로 식료품을 오래된 제너럴일렉트릭 냉장 고에 넣었다. 그리고 식탁 위를 치우기 시작했다.

여러 번 하다 보니 그랬는지도 몰라. 그녀는 생각했다. 버릇 이 되어버린 거지. 몸만 움직이는 거야. 접시를 싱크대로 옮기는 지금의 나처럼. 뇌의 5분의 3이 사라져도 똑같이 움직일 수 있을 거야. 생물시간에 잘라냈던 개구리 다리처럼.

"이봐요. 일어나요."

줄리아나는 큰소리로 조를 깨웠다.

조는 침대에 누운 채 뒤척이면서도 여전히 코를 골았다.

"요전날 밤에 밥 호프 쇼 들었어요? 진짜 재밌는 농담을 했는데. 어떤 독일군 소령이 화성인들을 신문했어요. 그런데 화성인들은 그들의 조부모가 모두 아리아인이라는 증명서를 제출하지 못했어요. 그래서 독일군 소령이 화성에 유태인이 살고 있다고 베를린에 보고했다는 거예요."

줄리아나는 조가 침대에 누워 있는 거실로 나오며 말했다.

"그런데 그 화성인은 키가 30센티미터고 머리는 두 개였다나. 밥 호프가 어떤 식인지 알죠?"

조는 눈을 뜨고 있었다. 그는 아무 말 없이 눈 한번 깜박이지 않고 그녀를 바라보았다. 수염이 까칠하게 자라 시커먼 턱, 고통에 찬 검은 눈동자……. 줄리아나도 입을 다물었다.

"왜 그래요?"

한참 만에 줄리아나가 말했다.

"두려운 거예요?"

그건 아니야. 그녀는 생각했다. 두려워하던 사람은 프랭크였어. 이 사람은, 전혀 모르겠어.

"트럭이 가버렸어."

조가 일어나 앉으며 말했다.

"어쩔 거예요?"

줄리아나는 젖은 팔과 손을 행주로 닦으며 침대 <u>끄</u>트머리에 걸터앉았다.

"돌아올 때 잡아타야지. 그는 아무한테도 얘기하지 하지 않을 거야. 나라도 그를 위해 그러리라는 걸 아니까."

"전에도 이런 적 있어요?"

그녀가 물었다.

조는 대답하지 않았다. 트럭을 일부러 안 탔군. 줄리아나는 속으로 생각했다. 분명해. 단번에 알 수 있지.

"혹시 트럭이 다른 길로 돌아가면?"

"그는 늘 50번 도로를 타. 40번으로는 절대 안 가지. 전에 거기서 사고를 당한 적이 있거든. 말들이 도로에 나타나는 바람에 들이받았어. 로키 산맥에서."

조는 의자에 걸쳐둔 옷을 입기 시작했다.

"몇 살이죠, 조?"

줄리아나는 조의 벗은 몸을 찬찬히 보며 물었다.

"서른넷."

그럼 당연히 참전했겠군. 줄리아나는 속으로 말했다. 뚜렷하게 보이는 신체적 결함은 없었다. 사실 날씬하고 다리가 길어서 꽤 보기 좋았다. 조는 줄리아나가 빤히 그를 보는 모습을 째려보더니 돌아섰다.

"보면 안 돼?"

이해할 수가 없었다. 밤새 끌어안던 사이에 갑자기 무슨 체면을 차리나.

"우리가 무슨 벌레야? 환한 낮에는 서로 차마 바라보지도 못하고 벽 틈에 숨어야 해?"

조는 불쾌한 듯 툴툴대더니 속옷과 양말 바람으로 턱을 쓰다듬으며 화장실로 향했다. 여긴 내 집이야. 줄리아나는 생각했다. 내가 잠자리를 주었잖아. 그런데 보지도 못하게 하는군. 그럼 그냥 가버리지 그랬어? 그녀를 조를 따라 화장실로 갔다. 그는 면도를 하려는지 세면대에 뜨거운 물을 틀어놓고 있었다.

팔뚝에 파란색으로 C자 문신이 새겨져 있었다.

"그건 뭐야. 부인 이름? 코니? 코린?"

줄리아나가 물었다.

조는 얼굴을 씻으며 말했다.

"카이로."

이국적인 이름이네. 줄리아나는 부럽다는 생각이 들었다. 하지만 곧바로 얼굴이 붉어지는 걸 느꼈다.

"내가 정말 바보였네."

그녀가 말했다. 이탈리아인으로 서른네 살이고 나치 점령지에서 온 그였다. 그래, 그는 전쟁에 나갔지. 좋아. 하지만 추축국* 소속이었어. 그리고 카이로에서 싸운 거야. 문신은 그곳에서 싸웠던 독일과 이탈리아 군인들의 유대감을 나타낸다. 그곳에서 고트 장군 휘하의 영국 오스트레일리아 연합군은 롬멜이

---

* 제2차 세계대전 당시 독일, 이탈리아, 일본 연합을 일컫는 말.

140

이끄는 아프리카 군단에게 패배했다.

줄리아나는 거실로 돌아와 침대를 정리하기 시작했다. 손놀림이 나는 것처럼 빨랐다. 의자 위에는 조의 물건들이 가지런히 쌓여 있었다. 옷가지와 작은 옷가방, 개인 소지품들. 벨벳으로 싼 안경집 같은 물건이 눈에 띄었다. 줄리아나는 물건을 들고 뚜껑을 열어 안을 들여다보았다.

정말 카이로에서 싸웠군. 그녀는 2등 철십자 훈장에 새겨진 문구와 날짜를 들여다보았다. 1945년 6월 10일. 이런 건 아무나 받는 게 아니야. 용맹을 떨친 사람만 받을 수 있지. 무슨 일을 해냈는지 궁금하네. 그땐 고작해야 열일곱 살이었을 텐데.

줄리아나가 훈장을 벨벳 상자에서 꺼내는 순간 조가 화장실에서 나왔다. 그녀는 죄라도 지은 것처럼 벌떡 일어섰다. 하지만 그는 화난 것 같지 않았다.

"그냥 보고 있었어. 한 번도 본 적이 없는 물건이라서. 롬멜이 직접 가슴에 달아준 거야?"

"바이엘라인 장군에게 받았지. 롬멜은 전쟁을 마무리하러 이미 영국으로 간 뒤였으니까."

그의 목소리는 차분했다. 하지만 손으로 쉴 새 없이 이마를 어루만지며 손가락으로 빗질하듯 머리를 쓸어 올리는 모습은 꼭 만성 신경과민증이라도 있는 것 같았다.

"그때 얘기 좀 해줄래?"

줄리아나는 화장실로 돌아가 면도를 시작한 조에게 말했다. 조 치나델라는 면도를 마치고 뜨거운 물로 오랫동안 샤워를 하고 나서야 그녀에게 이야기를 조금 들려주었다. 하지만 그녀가 듣고 싶어한 이야기와는 전혀 딴판이었다. 두 형이 에티오피아 전투에 참여했을 때, 열세 살이던 그는 고향인 밀라노의 파시스트 소년단에 소속되어 있었다. 시간이 흘러 형들은 리카르도 파르디 소령이 이끄는 포병부대에 배속되었고, 제2차 세계대전이 터지자 조 역시 형들이 근무하는 부대에 합류할 수 있었다. 그들은 그라치아니 장군 밑에서 싸웠다. 그들이 보유한 장비, 특히 전차는 끔찍한 수준이었다. 영국군은 그들을 토끼 사냥하듯 쏘아댔다. 경험 많은 장교들도 속수무책으로 당했다. 전투 중에 전차의 해치가 열리지 않도록 모래주머니로 고정해둬야 할 정도였다. 파르디 소령은 버려진 포탄을 회수해 잘 닦고 기름칠한 다음 사용했다. 그가 지휘하는 부대는 1943년 웨이블 장군이 이끄는 전차부대의 엄청난 공격을 막아냈다.

"형들은 아직 살아 있어?"

줄리아나가 물었다.

형들은 1944년 영국군 특공대에 철사로 목이 졸려 죽었다. '사막 장거리 전투부대'라는 이름의 영국 특공대는 추축국 후방에 침투해 싸웠는데, 연합국이 승리할 가망이 사라진 전쟁 말미에 특히 광적으로 활약했다.

"지금은 영국인을 어떻게 생각해?"

줄리아나가 머뭇거리며 물었다.

"나치가 아프리카에 한 짓을 영국에도 똑같이 해줬으면 좋겠어."

말투가 단호했다.

“하지만 18년이나 지났잖아. 영국인들이 특히 끔찍한 짓을 저지른 건 알지만······.”

“영국 놈들은 나치가 유태인에게 무슨 짓을 했는지 떠들지만, 정작 그놈들은 더했어. 런던 전투에서 말이야.”

조는 잠시 아무 말도 안했다.

“인과 기름을 섞어 쓰는 화염방사기. 나중에 살아남은 독일군을 몇 명 봤어. 상륙정이 모두 재가 됐지. 바다 밑으로 깔아둔 파이프 때문에 그야말로 불바다였어. 게다가 마지막 순간에 처칠이 어떻게든 전쟁에서 이겨보겠다며 민간인들에게까지 불폭탄을 퍼부어댔어. 함부르크와 에센을 끔찍하게 공격해대고······.”

“그 얘기는 그만 해.”

줄리아나가 말했다. 그녀는 부엌에서 베이컨을 굽기 시작했다. 그리고 프랭크가 그녀 생일에 선물한 작고 하얀 플라스틱 에머슨 라디오를 켰다.

“먹을 걸 좀 만들어줄게.”

그녀는 뭔가 가볍고 즐거운 음악을 들으려고 이리저리 다이얼을 돌렸다.

“이걸 봐.”

조가 말했다. 그는 거실 침대에 걸터앉아서 조그만 옷가방을 열더니 닳고 닳아 너덜너덜해진 책을 한 권 꺼냈다. 그는 줄리아나를 보며 씩 웃었다.

“이리 와. 사람들이 뭐라는 줄 알아? 이 사람 말이야.”

그는 책을 가리켰다.

"이 사람 아주 재밌어. 앉아봐."

조는 줄리아나의 팔을 잡고는 옆에 앉혔다.

"이걸 읽어주고 싶군. 만일 그들이 이겼다면? 과연 어땠을까? 머리 복잡할 것 없어. 이 친구가 우리 대신 모든 걸 생각해서 책을 썼거든."

조는 책을 펼치더니 천천히 책장을 넘기기 시작했다.

"대영제국은 유럽 전체를 장악하지. 지중해 주변도. 이탈리아는 아예 없어. 독일도 없고. 영국 경찰관들과 높은 털모자를 쓴 작달막한 병정들을 이끄는 왕의 세력이 볼가 강까지 몰려오는 거야."

나지막한 목소리로 줄리아나가 말했다.

"그러면 아주 끔찍할까?"

"이거 읽었어?"

"아니."

줄리아나는 책 표지를 보며 말했다. 들어보긴 했다. 워낙 많이들 읽은 책이니까.

"하지만 전남편 프랭크와 나는 전에도 가끔씩 연합군이 전쟁에서 이겼더라면 세상이 어떻게 되었을까 이야기를 나누곤 했거든."

조는 그녀 말을 귀 기울여 듣는 것 같지 않았다. 그는 『메뚜기는 무겁게 짓누른다』라는 책의 표지를 멍하니 내려다보고만 있었다.

"이 책에서 영국이 어떻게 이기는지 들어봤어? 추축국을 상대로 어떻게 승리를 거두는지?"

줄리아나는 고개를 저었다. 곁에 앉은 조가 긴장하는 게 느껴졌다. 그는 이제 턱을 부들부들 떨면서 자꾸 입술에 침을 바르고 머리를 쓸어 넘겼다. 입을 열자 쉰 목소리가 나왔다.

"이탈리아가 동맹을 깨뜨렸다는 거야."

조가 말했다.

"그래?"

"이탈리아가 연합군 쪽으로 넘어가. 앵글로색슨과 손잡고 이른바 유럽의 '급소'를 열어주는 거야. 뭐, 그렇게 생각하는 것도 무리는 아니지. 겁쟁이 이탈리아 군대가 영국군을 만날 때마다 도망가기 바빴다는 건 우리 모두 봤으니까. 와인이나 마시는 태평스러운 놈들. 전쟁에는 맞지 않아. 이 친구……."

조는 책을 덮더니 뒤집어서 뒤표지를 살펴보았다.

"아벤젠. 이 친구를 비난하는 게 아니야. 이 친구는 만일 추축국이 졌다면 세상은 어떻게 변했을지 상상해서 소설로 썼어. 이탈리아가 배반자가 되지 않고서는 추축국이 도저히 질 수가 없었겠지."

그의 목소리가 거슬렸다.

"무솔리니는 광대였어. 우리 모두 그걸 알았지."

"베이컨 뒤집어야 해."

줄리아나는 조의 곁을 빠져나가 재빨리 부엌으로 향했다.

조는 책을 손에 든 채 그녀를 따라가며 계속 말을 이었다.

"그리고 미국이 참전하지. 일본 놈들을 해치운 다음에. 전쟁이 끝난 뒤 미국과 영국이 세계를 분할해 차지하는 거야. 독일과 일본이 현실에서 그랬던 것처럼."

"독일, 일본, 이탈리아겠지."

줄리아나가 말했다. 조는 그녀를 쏘아보았다.

"이탈리아를 빼먹었잖아."

줄리아나는 차분한 눈으로 조를 바라보았다. 당신도 잊은 거야? 그녀는 속으로 생각했다. 다른 모든 사람처럼 잊었어? 중동의 작은 제국……. 희가극에 등장하는 신로마제국.

그녀는 곧 조에게 베이컨과 달걀, 토스트, 잼, 커피를 차려주었다. 그는 기다렸다는 듯 먹기 시작했다.

"북아프리카에서는 뭘 먹었어?"

줄리아나도 앉으며 물었다.

"죽은 당나귀."

"끔찍하네."

조가 얼굴을 일그러뜨리며 웃더니 말했다.

"아시노 모르테*야. 쇠고기 캔 뚜껑에 AM이라는 글씨가 찍혀 나와서 그냥 그렇게 부른 거야. 독일군들은 알터 만.** 늙은이라고 불렀지."

조는 다시 허겁지겁 식사하기 시작했다.

읽어보고 싶군. 줄리아나는 조가 옆구리에 끼고 있는 책에 손

---

* Asino Morte. 이탈리아어로 죽은 당나귀라는 뜻.
** Alter Mann. 독일어로 노인이라는 뜻.

을 뻗으며 속으로 생각했다. 이 책을 읽을 만큼 오래 조가 머물까? 책은 기름투성이에 책장이 찢어진 곳도 있었다. 여기저기 온통 손자국이 보였다. 먼 길을 오가는 트럭 운전사들이 읽은 모양이었다. 늦은 밤 식당에 앉아서…… 당신이 책을 빨리 읽는 사람은 아닐 거야. 그녀는 생각했다. 몇 달까지는 아니더라도 분명히 몇 주 동안 꼼꼼히 읽었겠지.

줄리아나는 아무 곳이나 펼쳐 읽기 시작했다.

이제 나이가 든 그는, 고대인들이 갈망했지만 온전히 알지는 못했던 영토, 크리미아 반도에서 마드리드까지 배가 오가고, 제국 전체가 모두 같은 돈과 말, 깃발을 사용하는 평온한 모습을 바라보았다. 위대하고 유서 깊은 유니언잭은 해 뜨는 곳부터 해 지는 곳까지 펄럭이고 있다. 태양과 깃발에 바라던 바가 마침내 이루어졌다.

"내가 갖고 있는 유일한 책은 사실 책이 아니야. 주역이라는 역서지. 프랭크 때문에 빠져들었는데 지금은 무엇이든 결정할 때마다 사용해. 늘 눈에 보이는 곳에 둬, 꼭."

줄리아나는 책을 덮으며 덧붙였다.

"볼래? 한번 해보고 싶지 않아?"

"싫어."

조가 말했다.

그녀는 탁자 위에서 양손을 맞잡아 턱을 받친 채 곁눈으로 그를 보며 말했다.

"아예 내 집에 눌러앉은 거야? 어쩔 생각인데?"

모욕과 비방을 곱씹고 있겠지. 당신이 삶을 증오하는 걸 보면 무서울 지경이야. 하지만 당신에겐 뭔가가 있어. 마치 작은 동물 같아. 중요하지 않지만 영리해. 조의 시커멓고 영민해 보이는 얼굴을 찬찬히 훑어보며 그녀는 생각했다. 어떻게 당신이 나보다 더 어릴 거라고 생각했지? 하지만 그건 맞는 말이기도 해. 당신은 유치하거든. 당신은 여전히 막내 동생으로 두 형과 파르디 소령, 롬멜 장군을 숭배하고, 헐떡거리고 땀을 뻘뻘 흘리며 떨치고 일어나 영국군을 해치우고 싶어하잖아. 영국군이 정말 당신 형들을 철사로 목 졸라 죽였을까? 전쟁 중에 그런 잔혹한 일이 있었다는 소문은 다들 들었고 전쟁 뒤에 사진도 나돌곤 했지만……. 줄리아나는 몸을 부르르 떨었다. 그러나 영국군 특공대원들은 이미 오래전에 재판에 회부되어 처벌을 받았다.

라디오에서 흘러나오던 음악이 멈췄다. 뉴스 시간이 된 것 같았다. 유럽에서 전해오는 단파방송이었다. 목소리가 작아지더니 잘 알아들을 수 없다. 한참 동안 라디오에서 아무 소리도 들리지 않았다. 그저 침묵뿐. 그러더니 덴버의 아나운서 목소리가 아주 깨끗하고 가깝게 들렸다. 그녀는 손을 뻗어 다이얼을 돌리려고 했지만, 조가 그녀의 손을 막았다.

"어제 보르만 총통의 죽음이 확인되자 독일은 온통 충격에 빠졌으며……."

줄리아나와 조는 놀라 벌떡 일어났다.

"제3제국의 모든 방송국은 진행 중이던 프로그램을 중단했으며, 모든 청취자는 친위대 사단이 엄숙하게 합창하는 나치당가 '호르스트 베셀의 노래'를 들었습니다. 이후 드레스덴에서 열린 회의에는 임시 당서기와 보안국 수뇌부가 참석했습니다."

조가 소리를 키웠다.

"보안국은 고인이 된 친위대 사령관 히블러와 알베르트 슈페어 등이 진행한 정부 조직개편에서 친위대를 대신해 비밀경찰 역할을 맡은 바 있습니다. 회의 결과, 2주의 공식 애도기간이 선포되었고 이미 많은 상점과 회사가 휴업에 들어갔다는 소식입니다. 제3제국의 공식 의회인 '제국의회'가 열린다는 소식은 아직 입수되지 않았습니다. 총통의 자리를 승계하려면 제국의회의 승인이……"

"하이드리히가 될 거야."

조가 말했다.

"나는 키가 크고 금발인 시라흐라는 사람이 되면 좋겠어. 세상에, 결국 죽고 말았네. 시라흐가 될 가능성이 있을 것 같아?"

"없어."

조가 무뚝뚝하게 말했다.

"내란이 일어날 수도 있겠네. 하지만 이제 모두 너무 늦었어. 괴링이나 괴벨스, 오래전부터 나치당을 이끌던 자들 말이야."

라디오는 계속 시끄럽게 떠들었다.

"브레너 근처 알프스 산맥에 은거하고 있는 그에게도 소식이 전해져……"

"뚱보 헤르만 얘기군."

조가 말했다.

"그는 군인이자 애국자, 충실한 당의 지도자인 동시에, 그가 거듭 말했듯이 가까운 친구의 죽음으로 그저 비탄에 빠졌을 뿐이라고 밝혔습니다. 그리고 전쟁이 끝난 직후 야기된 지도자 공백 상황에서 보르만 총통이 최고지도자의 자리에 오르기 어려웠을 때에도 자신은 그를 지지했다는 사실을 누구나 기억할 것이라면서……."

줄리아나는 라디오를 꺼버렸다.

"되는대로 지껄이네. 왜 저런 식으로 얘기하는 거지? 끔찍한 살인자들이 제 스스로 우리 같은 평범한 사람이라도 된 것처럼 말을 하네."

"우리랑 다를 게 없지."

조가 말했다. 그는 다시 자리에 앉아 먹기 시작했다.

"우리도 그들과 같은 처지였다면 그들이 저지른 짓을 그대로 했을 거야. 그들은 공산주의로부터 세계를 구했어. 독일이 없었다면 우리는 빨갱이 세상에서 살았겠지. 지금보다 더 끔찍했을 거야."

"아무렇게나 말하네. 라디오처럼, 횡설수설."

줄리아나가 말했다.

"나는 나치 치하에서 살았어. 그게 어떤 건지 안다고. 12년 넘게 그렇게 살았는데, 아니지 더 길지. 거의 15년을 그렇게 살았는데 아무렇게나 말한다고? 나는 토트 조직에도 들어갔었어.

1947년부터 북아프리카와 미국에서 일했지. 들어봐."

조는 손가락으로 줄리아나를 가리키며 말을 이었다.

"내가 토목에 대해서는 이탈리아인 특유의 천재적 소질이 있거든. 토트 조직이 아주 후하게 대우해줬지. 고속도로 현장에서 삽으로 아스팔트를 퍼내거나 콘크리트 섞는 일 따위는 하지 않았어. 설계를 도왔지. 엔지니어 역할을 한 거야. 하루는 토트 박사가 오더니 우리 그룹이 해낸 일을 자세히 보더군. 그러고는 내게 말했어. '솜씨가 좋군.' 그건 대단한 기회였어, 줄리아나. 바로 노동의 존엄성이지. 그들은 그냥 말로만 떠들지 않아. 나치가 권력을 잡기 전에는 모두 노동을 무시했어. 나도 그랬고. 귀족적인 척했지. '노동전선'이 그런 생각을 끝장냈어. 나는 처음으로 내 손을 봤지."

조는 빨리 말하면서 억양이 더욱 강해졌다. 무슨 얘긴지 제대로 이해하기 어려웠다.

"우리는 뉴욕 주 북부지방 숲속에서 형제처럼 어울리며 살았어. 노래도 부르고. 일터로 행진하는 거야. 전투에 나가는 기분이었지. 전쟁처럼 부수는 게 아니라 반대로 건설하는 거였지만. 전쟁이 끝나고 재건하던 그 시절이 정말 최고였어. 멋지고 깨끗하고 오래가는 공공건물이 구역마다 줄지어 서서 뉴욕과 볼티모어의 도심을 채웠지. 지금이야 물론 모두 지나간 일이지만. 지금이야 '뉴저지 크루프'처럼 큰 카르텔들이 판을 치고 있지. 그런 회사들은 나치가 아니야. 예전부터 존재하던 유럽 재벌일 뿐이지. 그놈들은 더 나빠. 롬멜이나 토트 같은 나치들은 크루프나 은행가들 같은 프러시아 사업가들보다 백만 배는 더 나아. 정작 가스실에 보내야 할 건 그놈들이야. 조끼를 갖춰 입고 신사입네 하는 놈들."

하지만 조끼를 입은 신사들은 결코 사라지지 않아. 줄리아나는 속으로 말했다. 그리고 당신이 떠받드는 롬멜과 토트 박사는 전쟁이 끝나자마자 나타나 잔해를 치우고 고속도로를 건설하고 산업을 활발하게 일으켰어. 심지어 놀랍게도 유태인을 살리기도 했지. 유태인들이 파괴된 경제를 복구하는 데 힘을 보태도록 사면령을 내렸어. 어쨌든 1949년까지는 그랬지. 그 뒤로 바로 토트와 롬멜은 안녕을 고하고 은퇴해서 시골로 떠났고.

내가 모른다고? 줄리아나는 생각했다. 모두 프랭크로부터 들은 얘기 아닌가? 누구도 나치 치하에서의 삶에 관해 내게 설교할 수는 없어. 내 남편이었던, 아니 내 남편은 유태인이라고. 토트 박사가 역사상 가장 점잖고 겸손한 사람이라는 건 나도 알아. 그가 바랐던 건 전쟁이 끝난 뒤 절망에 빠져 암울한 눈빛으로 폐허를 뒤지며 돌아다니는 미국 남녀에게 직장을, 자랑스럽고 진정한 일자리를 제공하는 것뿐이었다는 것도 알아. 그가 바랐던 건 어떤 인종이든 의료보험과 휴양지에서의 휴가를 누리고 모두가 쓸 만한 주택을 제공받는 세상이었지. 그는 탁상공론만 하는 사람이 아니라 건설하는 사람이었어. 그리고 대부분의 경우, 그는 자신이 바라던 걸 만들어냈지. 실제로 이루었어. 하지만……

깊은 곳에서 마음을 사로잡던 생각이 선명하게 떠올랐다.

"조, 이 메뚜기라는 책 말이야. 동부에서는 금지된 책 아니야?"

그는 고개를 끄덕였다.

"그런데 어떻게 읽을 수 있었어?"

왠지 걱정스러웠다.

"금서를 읽으면 여전히 총살시킨다고⋯⋯."

"어떤 인종인가에 달렸지. 예전에 어느 집단에 속했는지에 따라 다르고."

그건 그랬다. 무엇을 읽거나 하거나 들을 때 가장 많은 제약을 받는 건 슬라브족과 폴란드인, 푸에르토리코인이다. 앵글로색슨은 훨씬 낫다. 그들은 아이들을 공립학교에 보낼 수 있고 도서관이나 박물관, 연주회에도 갈 수 있다. 하지만 아무리 그렇다고 해도⋯⋯. 메뚜기 책은 그저 등급을 매겨둔 게 아니라 모두에게 금지된 책이다.

"화장실에서 읽었지. 베개 속에 숨겨두고. 사실은 금서라서 읽었어."

조가 말했다.

"아주 용감하네."

"비꼬는 거야?"

미심쩍다는 듯 조가 물었다.

"아니."

조는 긴장을 조금 풀었다.

"여기 사람들이야 편하지. 안전한데다 아무 목적도 없이 살면서 아무것도 안 하고 아무 걱정도 없으니. 세상의 흐름에서 밀려난 과거의 찌꺼기일 뿐. 맞지?"

그녀를 놀리는 눈빛이었다.

"냉소주의에 빠져 스스로를 죽이고 있군. 우상들을 하나씩 뺏기는 바람에 이젠 사랑을 바칠 대상이 한 명도 남지 않은 꼴이야."

줄리아나는 조의 포크를 그에게 내밀었다. 그는 포크를 받아 들었다. 먹기나 해요. 그녀는 속으로 중얼거렸다. 아니면 생물학적 행동마저 포기하든지.

조는 식사를 하며 책을 향해 고갯짓을 하고는 말했다.

"표지에 쓴 걸 보면 책을 쓴 아벤젠이 이 근처에 산다더군. 샤이엔에. 그런 안전한 곳에서 세상을 관망하듯 보고 있는 거지. 그렇게 생각하지 않아? 표지 좀 읽어봐. 소리 내서."

책을 받아든 줄리아나는 뒤표지를 소리 내 읽었다.

"지은이는 전직 군인이다. 미국 해병대원으로 제2차 세계대전에 참전했고, 영국에서 나치의 타이거 전차에 부상을 입었다. 병장으로 제대. 글을 쓰며 지내는 곳은 여기저기 총이 설치되어 있어 요새나 다름없대."

책을 내려놓으며 줄리아나가 말했다.

"그리고 여기에는 그런 말이 없지만, 누군가 그러던데 이 사람 편집증이 좀 있대. 산꼭대기에 있는 집 주위에 전기철조망을 치고 산대. 접근하기 힘들댔어."

"그렇게 사는 게 잘하는 건지도 몰라. 그런 책을 썼으니까. 독일의 높은 사람들이 그가 쓴 책을 읽으면 펄쩍 뛰겠지."

"전에도 그렇게 해놓고 살았대. 거기서 책을 썼고. 자기 집을 뭐라고 부른다더라?"

줄리아나는 책 표지를 다시 살펴보았다.

"'높은 성'이래. 직접 지은 별칭이라나."

"못 잡겠군. 그렇게 조심하고 있다니 말이야. 똑똑한걸."

조가 음식을 급히 씹으며 말했다.

"이런 책을 쓰려면 용기가 많이 필요했을 거야. 만일 전쟁에서 추축국이 졌다면 우리는 뭐든 원하는 대로 말하고 쓸 수 있었을 거야. 예전처럼 말이야. 여전히 한 나라로 공평한 법제도를 갖추고 있었겠지. 국민 모두가 동등하게 대접받는 그런 나라 말이야."

조가 옳다는 듯 고개를 끄덕이는 모습에 줄리아나는 깜짝 놀랐다.

"이해할 수가 없네. 무슨 생각이야? 뭘 원하는 거지? 당신은 그 괴물들을 지켜냈잖아. 유태인을 학살한 그 미치광이들을 돕더니 이제 와서……."

줄리아나는 절망한 표정이 되더니 조의 양쪽 귀를 잡았다. 그녀가 귀를 잡고 몸을 벌떡 일으키자 조는 깜짝 놀란 채 아파서 눈을 껌뻑거렸다. 두 사람은 마주보며 씩씩대기만 할 뿐 아무 말도 하지 않았다.

"식사를 마저 끝내게 해줘."

한참 만에 조가 말했다.

"말 안 해? 안 해줄 거야? 당신은 알잖아. 뻔히 아는 사람이,

내가 무슨 말을 하는지 도통 모르겠다는 듯이 먹고만 있잖아.”

줄리아나가 조의 귀를 놓아주었다. 한참 동안 뒤틀려 있던 양쪽 귀가 빨갛게 달아올라 있었다.

“쓸데없는 얘기야. 아무 소용 없어. 라디오에서 떠드는 것과 같지. 당신이 아까 말한 것처럼. 나치 당원들 사이에 오래전부터 내려오는 이야기로 철학이 어쩌고저쩌고 떠드는 사람을 뭐라는지 알아? ‘아이어코프’라고 해. 달걀 대가리라는 거지. 길바닥에서 싸움이라도 나면 텅 빈 지식인의 대가리는 너무 쉽게 깨져.”

“내가 그렇게 보이는데 왜 떠나지 않지? 뭐 하러 여기 눌러앉는 거야?”

줄리아나가 말했다.

조의 수수께끼 같은 미소를 보고 줄리아나는 소름이 돋았다.

데려오지 말걸 그랬어. 그녀는 생각했다. 하지만 이제 너무 늦었지. 쫓아낼 수도 없어. 그러기엔 상대가 너무 강해.

뭔가 끔찍한 일이 일어날 거야. 그녀는 생각했다. 왠지 그럴 분위기야. 그리고 나도 일이 그렇게 되도록 만드는 것 같아.

“뭐가 문제야?”

조는 손을 내밀어 줄리아나의 턱 아래와 목을 어루만지더니 손가락을 셔츠 속으로 넣어 애정이 담긴 손길로 어깨를 주물렀다.

“분위기 안 좋군. 당신 고민이 뭔지 무료로 분석해주지.”

“사람들이 유태인 분석가라고 하겠네.”

줄리아나는 살짝 웃으며 말했다.

"가스실로 끌려가고 싶어?"

"남자를 두려워하는군. 맞지?"

"모르겠어."

"어젯밤에 이미 알고 있었어. 왜냐하면……."

조는 잠시 말을 끊었다.

"왜냐하면 나는 당신이 뭘 원하는지 특별히 신경을 쓰고 있었으니까."

"여러 여자와 잠자리를 경험한 덕분이겠지. 그 얘기지?"

줄리아나가 말했다.

"어쨌든 내 말은 맞아. 들어봐. 나는 당신을 해치지 않아, 줄리아나. 돌아가신 어머니를 걸고 맹세하지. 특별히 조심할게. 그리고 만일 내 과거를 문제 삼고 싶으면, 마음대로 해도 돼. 그러면 성질이 좀 누그러지겠지. 당신을 편안하게, 더 기분 좋게 만들어줄 수 있어. 시간도 많이 걸리지 않아. 이제껏 당신은 운이 나빴을 뿐이야."

줄리아나는 기분이 조금 나아져 고개를 끄덕였다. 하지만 여전히 춥고 슬펐다. 왜 그런지는 도무지 알 수 없었다.

하루를 시작하며 다고미 노부스케는 잠시 혼자만의 시간을 가졌다. 그는 니폰타임스 빌딩 사무실에 앉아 깊은 생각에 잠겼다.

집에서 나와 사무실에 도착하기도 전에 그는 이미 이토가 바이네스에 관해 제출한 보고서를 받았다. 젊은 학생인 이토의 생각은 분명했다. 바이네스 씨는 스웨덴인이 아니었다. 그의 국적은 독일이 분명하다고 했다.

하지만 이토의 독일어 실력은 무역대표부나 일본의 비밀경찰인 특고과에서 전혀 인정받지 못하는 수준이었다. 바보 녀석이 보고할 거리를 전혀 찾아내지 못했는지도 모르지. 다고미는 속으로 생각했다. 어설픈 열정과 몽상적인 신조가 만나면 이런 식이지. 언제나 의심을 늦추지 말고 염탐하라.

어쨌든 바이네스, 그리고 본도에서 온다는 노인과 함께하는 회의가 곧 시작된다. 바이네스가 어느 나라 사람인지는 상관없었다. 그리고 다고미는 바이네스가 마음에 들었다. 그런 능력은 자신처럼 고위직이라면 갖춰야 할 기본적인 것이라는 생각이 들었다. 좋은 사람을 알아보는 것. 타인에 대한 직관력. 형식과 겉모습을 배제하고 마음을 꿰뚫어보는 능력.

음陰을 상징하는 두 개의 선 속에 갇힌 검은 열정. 가끔은 숨이 막히기도 하지만, 그럴 때에도 그 한가운데에는 양陽의 빛이 반짝인다. 마음에 드는 사람이야. 다고미는 속으로 생각했다. 독일인이든 스웨덴인이든. 자라카인을 먹고 두통이 가라앉았으면 좋을 텐데. 만나자마자 잊지 말고 물어봐야지.

책상 위 인터폰이 울렸다.

"안 돼."

그는 퉁명스럽게 내뱉었다.

"방해하지 마. 지금은 내면을 성찰하는 시간이란 말이야."

조그만 스피커에서 램지의 목소리가 흘러나왔다.

"하지만 통신사에서 막 뉴스가 들어왔습니다. 독일제국 총통인 마르틴 보르만이 사망했다고 합니다."

램지의 목소리가 뚝 끊겼다. 침묵.

오늘은 모든 일정을 취소해야겠군. 그는 의자에서 일어서서 양손을 맞잡고 재빠른 발걸음으로 사무실 안을 오가며 생각했다. 어디 보자. 즉시 독일 영사에게 위로 전문을 보내야겠군. 그건 별일 아니니까 아래에서 알아서 하겠지. 깊은 슬픔 어쩌고 해서 보내면 돼. 일본 전체가 독일 국민들과 함께 슬픈 순간을 함께 한다고 하지, 뭐. 그런 다음엔? 뭐든 정보를 수집해야지. 자리를 지키면서 도쿄에서 날아오는 소식을 즉시 파악해야 해.

그는 인터폰 버튼을 누르고 말했다.

"램지, 도쿄와 연락이 원활하게 유지되도록 만전을 기하게. 교환대 여직원들에게 정신 차리라고 해. 하나라도 놓쳐선 안 돼."

"네, 알겠습니다."

"지금부터 계속 사무실에 있겠네. 일상적인 일정은 모두 취소해. 특별한 경우가 아니면 손님도 모두 돌려보내고."

"네?"

"급박한 상황에서 즉시 움직일 수 있게 해두는 거야."

"네, 알겠습니다."

30분 뒤 9시가 되자 서부해안에 있는 제국정부의 최고위층인 주 미국 태평양연안연방 일본 대사 L. B. 카엘레마쿨레 남작으로부터 전갈이 도착했다. 외무성이 서터 가에 있는 대사관 건물에서 긴급 모임을 소집했으니, 각 지역 무역대표부에서는 고위급 인사를 보내기 바란다는 내용이었다. 이 경우에 고위급 이란 바로 다고미 자신을 뜻했다.

옷을 갈아입을 시간이 없었다. 다고미는 서둘러 고속 엘리베이터를 타고 1층으로 내려갔고, 잠시 뒤 대표부 소속 리무진을 타고 달리고 있었다. 1940년대에 생산된 검은 캐딜락은 정복을 갖춰 입은 노련한 중국인 기사가 운전했다.

대사관 건물에 도착하니 다른 고위관리들의 자동차들이 열두 대나 줄지어 서 있었다. 회의에 참석한 명사들 중에는 아는 사람도 있고 아예 처음 보는 이들도 있었다. 그들은 넓은 계단을 따라 올라가 건물 안으로 들어가고 있었다. 운전기사가 문을 열어주자 다고미는 서류가방을 들고 재빨리 내려섰다. 가져갈 서류가 하나도 없었기 때문에 가방은 텅 비었지만, 그렇다고 그저 구경꾼처럼 보일 수는 없는 노릇이었다. 그는 마치 지금 상황에서 중요한 위치에 있기라도 한 것처럼 빠른 걸음으로 계단을 올라갔다. 하지만 사실 그는 이번 회의의 목적이 무엇인지도 전혀 듣지 못한 상태였다.

사람들이 로비에 삼삼오오 모여서 중얼중얼 의견을 나누고 있었다. 다고미는 아는 얼굴 대여섯이 모인 무리에 끼어들어 고개를 끄덕여 인사를 대신한 다음 침통한 표정을 지었다.

곧 대사관 직원이 나타나더니 넓은 회의실로 안내했다. 접이 의자들이 놓여 있었다. 모두가 들어와 자리를 잡고 앉았다. 기침 소리와 발소리밖에 들리지 않았다. 입을 여는 사람은 없었다.

두 손에 서류 뭉치를 한가득 든 사내 한 명이 앞쪽으로 나오더니 조금 높은 곳에 놓인 책상으로 다가갔다. 줄무늬 바지 차림으로 보아 외무성 대표인 듯했다.

조금은 당혹스러운 분위기였다. 낮은 목소리로 두런거리던 다른 관리들이 고개를 숙여 인사를 했다.

"여러분, 아시다시피 독일 총통의 사망이 확인되었습니다."

외무성 대표는 목소리가 큰 것이 마치 명령을 내리는 듯했다. 모든 이의 눈이 그를 향했다.

"베를린으로부터 공식 발표가 있었습니다. 이 회의는 오래 걸리지 않을 겁니다. 여러분은 곧 각자 사무실로 돌아갈 수 있습니다. 여러분께 독일의 정치계에서 서로 겨루는 여러 당파에 관해 저희 평가를 전달해드리는 게 이번 회의의 목적입니다. 이제 그들은 전면에 나서서 보르만 총통이 물러난 자리를 차지하기 위해 수단과 방법을 가리지 않고 싸울 것입니다.

주목할 만한 인물을 간단히 정리해보겠습니다. 가장 선두에 있다고 볼 수 있는 헤르만 괴링입니다. 뻔히 아는 사실이지만 참고 들어주시기 바랍니다.

몸매 때문에 '뚱보'라고 불리는 괴링은 원래 용감한 공군 조종사로 1차 세계대전에서 공을 세웠고 게슈타포를 창설했으며 당시 권력이 막강했던 프로이센 주정부에서 주요 직책을 차지했습니다. 가장 잔인한 초기 나치 가운데 한 사람으로, 나중에 지나치게 쾌락을 밝히는 바람에 술에 빠져 지내는 자라는 잘못된 인상을 심어주었지만, 우리 정부는 그런 생각을 버려야 한

다고 보고 있습니다. 건강이 좋지 않다고 알려졌고 심지어 병적으로 먹는 것에 집착한다고도 합니다만, 어떻게 보면 나이를 먹어갈수록 힘이 줄기는커녕 오히려 정력적으로 변해가는 고대 로마의 지도자들과 닮았다고 할 수 있습니다. 이자가 토가를 입고 애완 사자들을 거느린 모습으로 전리품과 예술품이 가득한 성에서 산다는 끔찍한 상상이 정확하다고 보면 될 것입니다. 전시에도 화물열차가 군사물자보다는 약탈한 보물들을 싣고 그의 개인 소유지로 먼저 향했다고 합니다. 우리의 평가는 이렇습니다. 거대한 권력을 갈망하며 그것을 쟁취할 능력을 지녔다. 모든 나치 가운데 가장 방종한 자로, 적은 급료로 가난하게 살았으며 이미 사망한 H. 히믈러와는 정반대인 인물입니다. 괴링은 쓰레기 같은 정신을 가진 대표적인 자로 권력을 자신의 사욕을 채우는 데 이용합니다. 성격은 단순하다 못해 저속하지만 상당히 똑똑한데, 어쩌면 모든 나치 지도자 가운데 가장 머리가 좋을지도 모릅니다. 그가 품은 인생 목표는 고대 황제처럼 스스로 찬양받는 존재가 되는 것입니다.

다음은 J. 괴벨스입니다. 어려서 소아마비를 앓았습니다. 원래는 가톨릭신자였습니다. 뛰어난 웅변가이고 글을 잘 쓰며 유연하고 광적인 기질을 지녔습니다. 기지가 넘치고 세련된 세계주의자입니다. 여자관계가 복잡합니다. 우아하고 교양이 넘칩니다. 능력도 뛰어나고 일도 열심히 합니다. 미친 사람처럼 부하들을 몰아붙입니다. 절대로 쉬는 법이 없다고 합니다. 무척 존경받는 인물입니다. 매력적으로 보이기는 하지만, 나치 지도

자들 가운데 비교할 대상이 없을 정도로 극단적이기도 합니다. 이념적 성향은 중세 예수회의 관점이 독일의 후기 낭만주의적 허무주의로 말미암아 더 격해진 것처럼 보입니다. 나치당에서 유일한 진짜 지식인이라고 평가받고 있습니다. 젊어서는 극작가가 되기를 바랐습니다. 친구도 별로 없었죠. 부하들로부터 지지를 받지는 못하지만 그럼에도 유럽 문화의 다양하고 멋진 요소로 잘 다듬어진 인물입니다. 스스로 만족하기 위해서라기보다는 순수하게 권력의 사용 그 자체를 지향하는 야심을 가졌습니다. 과거 프로이센 왕국에 걸맞은 조직적 자세를 지녔다고 볼 수 있습니다.

자, R. 하이드리히입니다."

외무성 관리는 잠시 말을 멈추더니 사람들을 한 번 둘러보고는 다시 설명을 이어나갔다.

"지금까지 설명한 인물들보다 훨씬 어린 자로 1932년 혁명에 일조했습니다. 친위대 엘리트로 경력을 쌓았습니다. H. 히믈러의 부하였으며, 어쩌면 1948년 석연치 않은 히믈러의 죽음에도 뭔가 역할을 맡지 않았나 의심을 받고 있습니다. A. 아이히만이나 W. 슐렌베르크와 같은 경찰기구 내 다른 정적들을 공식적으로 제거한 상태입니다. 나치당의 많은 사람들이 이자를 두려워한다고 합니다. 경찰과 군 사이에 벌어졌던 유명한 대립 사건이 마무리된 뒤, 그로 인해 재정비된 정보 관련기관을 새롭게 떠오르는 나치당의 승자로서 모두 관리하게 되었습니다. 처음부터 끝까지 M. 보르만을 지지했습니다. 엘리트 교육의 결과물인 사람이지만, 이른바 '친위대 요새' 체제 이전의 인물입니다. 전통적인 의미의 감정이라고는 전혀 없는 사람이라고 합니다. 어떤 야욕을 가졌는지 도무지 알 수 없는 자입니다. 어쩌면 인간의 투쟁이란 계속 이어지는 게임이라는 관점으로 사회를 보는지도 모르겠습니다. 특정 기술 분야에서는 특유의 유사과학적인 초연함을 보여주기도 합니다. 이념 분쟁에는 전혀 관심이 없습니다. 요약하자면, 가장 현대적인 정신 상태를 지녔습니다. 후기계몽주의 유형의 인간으로, 신을 믿는 종교처럼 이른바 불가피한 환상은 전혀 없다는 얘기입니다. 이 말은 이른바 현실적이라는 그의 정신 상태는 도쿄의 사회과학자들조차 가늠하기 어렵다는 뜻이며, 결국 이자는 물음표 자체로 남겨둘 수밖에 없다는 겁니다. 하지만 정신분열증을 앓는 사람처럼 감정이 흔들리는 기색이 있다는 사실은 알아둬야 할 것이라고 생각합니다."

다고미는 이야기를 들으며 왠지 속이 편치 않았다.

"다음은 발두어 폰 시라흐입니다. 히틀러 청년단의 수장이었습니다. 이상주의자로 평가받고 있습니다. 외모는 매력적이지만 경험이 풍부하거나 능력이 뛰어나지는 않다고 합니다. 당의 목표를 진정으로 믿는 사람입니다. 지중해의 물을 빼내 간척지로 만들고 거대한 규모의 농장을 만드는 계획의 책임자였습니다. 그리고 1950년대 초반 슬라브족 거주지에서 벌어진 악랄한 인종청소 정책을 완화하기도 했습니다. 살아남은 슬라브족 사람들이 살 만한 보호구역을 할애하게 해달라며 독일 국민들에게 직접 호소하기도 했습니다. 안락사와 인체실험을 중단해야 한다고 주장하다가 실패하기도 했습니다.

다음은 자이스인크바르트 박사입니다. 오스트리아 출신 나치로 지금은 독일제국의 점령지를 맡아 식민지 정책을 책임지고 있습니다. 어쩌면 독일 영토 내에서 가장 미움받는 자일 것입니다. 점령지 국민들을 억압하는 정책은 대부분 그가 만들어 냈다고 합니다. 이념적 승리를 위해 로젠베르크와 협력해 무서우리만큼 거창한 계획을 세우기도 했습니다. 이를테면 전쟁이 끝나고 살아남은 러시아 국민 전체에게 불임수술을 강제로 시행하려고 하기도 했습니다. 확실한 증거는 없지만, 아프리카 대륙에서 벌어진 흑인 대학살을 책임져야 할 사람들 가운데 한 명입니다. 초대 총통인 A. 히틀러와 성격이 가장 비슷한 사람일 수도 있습니다."

외무성 관리는 느리고 단조로운 설명을 멈췄다.

이러다 미쳐버리겠군. 다고미는 속으로 생각했다.

여기서 빠져나가야겠어. 심장이 멈춰버리겠어. 속이 뒤집히고 토할 것 같아. 이러다 죽겠어. 다고미는 벌떡 일어서서 의자에 앉은 사람들 틈으로 내달렸다. 앞이 제대로 보이지도 않았다. 화장실로 가야 해. 그는 의자들 사이로 달렸다.

몇 사람이 고개를 돌려 그를 바라보았다. 수치스럽다. 중요한 회의에서 탈이 나다니. 체면이 구겨졌다. 그는 계속 달려서 대사관 직원이 열어주는 문을 지나 밖으로 나왔다.

회의실을 벗어나자마자 몸은 괜찮아졌다. 울렁거리던 주변 모습도 정상으로 돌아왔다. 그는 다시 한 번 주위를 둘러보았다. 바닥과 벽이 더는 흔들리지 않았다.

현기증이 몰려왔다. 중이中耳에 이상이 생긴 게 틀림없다.

그는 생각했다. 나이를 너무 먹어서 간뇌間腦가 제 기능을 못하고 있어.

장기가 순간적으로 고장이 난 거야.

뭔가 안심할 수 있는 것을 생각해야 해. 세상의 이치를 떠올려. 뭘 생각하고 의지하지? 종교? '자, 이제 차분하게 가보트야. 둘 다 아주 잘하는군. 아주 훌륭해. 정확히 그렇게 하는 거야.' 인식할 수 있는 세상의 축소판. 바로 길버트와 설리반이 만든 희가극 〈곤돌라 사공〉이었다. 그는 눈을 감고 전쟁 뒤 세계를 돌며 공연을 펼치던 '도일 가극단'을 머리에 떠올렸다. 작고 한정된 세상.

대사관 직원 하나가 그의 팔을 잡으며 말했다.

"도와드릴까요?"

다고미는 고개를 숙였다.

"이제 괜찮소."

상대는 차분하고 남을 배려하는 표정을 하고 있었다. 조롱하는 기미는 없었다. 혹시 모두 나를 비웃을까? 다고미는 생각했다. 속으로라도?

악惡은 존재한다! 시멘트처럼 실재하는 것이다.

믿을 수가 없군. 견딜 수가 없어. 악은 하나의 사고방식이 아니다. 다고미는 서터 가를 오가는 차 소리를 들으며 로비를 서

성였다. 외무성 관리의 설명이 계속되고 있었다. 우리의 종교는 모두 틀렸다. 나는 어떻게 하지? 스스로에게 물었다. 출입문으로 향했다. 직원이 문을 열어주자 다고미는 계단을 따라 길가로 내려왔다. 차들이 길게 늘어서 있었다. 그의 차도 보였다. 운전기사들이 서서 기다리고 있었다.

악은 우리들의 일부다. 세상을 이루는 요소. 우리들 위로 쏟아져 몸과 마음, 가슴, 도로 속으로 스며든다.

왜?

우리는 눈먼 두더지들이다. 흙을 뚫고 기어 다니며 주둥이로 더듬거린다. 우리는 아무것도 모른다. 이를 알게 된 나는……. 나는 이제 어디로 가야 할지 모르겠다. 그저 두려움으로 비명을 지를 뿐. 달아날 뿐이다.

딱하군.

그래, 웃어라. 자동차로 다가가는 동안 운전기사들의 시선을 느끼며 다고미는 생각했다. 서류가방을 잊었군. 의자에 그냥 두고 왔어. 운전기사를 보며 고개를 끄덕이는 그의 모습에 모든 이의 눈길이 쏠렸다. 차 문이 열렸다. 그는 안으로 기어 들어갔다.

병원에 가야지. 다고미는 생각했다. 아니, 사무실로 가야 해.

"니폰타임스 빌딩. 천천히 운전해."

그는 큰소리로 말했다. 그는 도시와 자동차들, 상점들, 높은 건물을 내다보았다. 모두 현대적인 모습이다. 사람들. 수많은 남녀들이 각자 발걸음을 바삐 옮겼다.

사무실에 도착한 다고미는 램지를 시켜 다른 무역대표부 가운데 하나인 비철금속대표부에 연락해서, 그곳 대표로 외무성 회의에 참석한 사람이 돌아오면 연락을 달라고 해뒀다.

정오가 되기 직전에 연락이 왔다.

"알고 계실지 모르지만 회의 도중에 제가 몸이 좀 좋지 않았습니다."

다고미는 수화기에 대고 말했다.

"서둘러 회의장에서 나왔으니 모두 잘 아시겠지요."

"저는 아무것도 보지 못했습니다."

비철금속대표부 관리가 말했다.

"하지만 회의가 끝난 뒤에 보이시질 않아서 어떻게 된 일인가 했습니다."

"재치가 넘치시는군요."

다고미는 궁색하게 말했다.

"별말씀을요. 모두가 외무성의 설명에 몰두해서 다른 건 전혀 신경 쓰지 못했을 게 분명합니다. 선생께서 떠난 뒤에 무슨 이야기가 더 있었는지 말씀드리죠. 권력을 다투는 자들에 관한 설명은 모두 들으셨습니까? 그걸 먼저 알아야겠군요."

"자이스인크바르트 박사까지는 들었습니다."

"그 뒤로 외무성 사람이 그곳 경제 상황까지 이야기를 넓혔습니다. 본도에서는 유럽과 북아시아에 사는 사람들을 노예 상태로 전락시키고, 모든 지식인, 중산층, 애국 청년 등등까지 몰살하려는 독일의 계획이 경제적 재앙이었다고 보고 있습니다. 독일은 과학과 산업의 놀라운 기술적 성과가 아니었다면 멸망했을 겁니다. 말하자면 기적의 무기인 셈이죠."

"네."

다고미는 책상 앞에 앉아 한 손으로 수화기를 들고 찻잔에 뜨거운 차를 따랐다.

"전쟁 중에 개발한 V1과 V2 로켓, 제트 전투기가 그들을 구한 것처럼 말이죠."

"눈속임입니다."

비철금속대표부 사내가 말했다.

"그들이 무너지지 않은 주된 이유는 원자력 에너지를 사용할 수 있기 때문입니다. 그리고 서커스 같은 화성 여행, 금성 여행으로 눈길을 돌리는 거죠. 외무성 관리에 따르면, 그런 우주여행은 그토록 가슴 뛰는 의미를 품고 있으면서도 경제적 가치를 전혀 만들어내지 못했다고 합니다."

"하지만 극적으로 보이긴 하죠."

다고미가 말했다.

"외무성의 예측은 비관적이었습니다. 그가 보기에 나치의 고위층 대다수는 자신들이 경제적 곤경에 빠졌다는 사실을 직시하지 않으려 드는 것 같다더군요. 그러다 보니 그들은 전반적으로 점점 더 크고 아슬아슬한 모험으로, 가능성이 적다고 예측됨에도 더 불안정한 방향으로 치닫는다고 했습니다. 미처 날뛰다가 두려움에 빠지면 당에서 절망적인 해결책을 내놓는 일이 되풀이되죠. 뭐, 외무성에서 말하려는 것은 이런 모든 상황 때문에 가장 무책임하고 무모한 사람이 우두머리 자리를 차지

169

하게 된다는 겁니다."

다고미는 고개를 끄덕였다.

"그러니 우리는 최선보다는 최악의 선택을 예상해야 합니다. 이런 경쟁 상황에서는 제정신에 책임감 있는 사람이 패할 테니까요."

"누가 최악이라고 하던가요?"

다고미가 말했다.

"R. 하이드리히, 자이스인크바르트 박사, H. 괴링입니다. 일본제국 정부의 의견입니다."

"그럼 최선은요?"

"아마도 B. 폰 시라흐와 괴벨스 박사겠죠. 하지만 확실하게 말하지는 않더군요."

"다른 얘기는 없었습니까?"

"다른 어느 때보다 더 천황폐하와 내각을 믿고 따라야 한다고 했습니다. 자신감을 갖고 황궁을 바라볼 수 있도록 말입니다."

"경건한 묵념의 시간도 가졌습니까?"

"네."

다고미는 비철금속대표부 관리에게 고맙다고 말하고 전화를 끊었다.

자리에 앉아 차를 마시는데 인터폰이 울렸다. 에프레이키언의 목소리였다.

"독일 영사에게 위로 전문을 보내시겠다고 하셨죠. 지금 내용을 불러주시겠습니까?"

그렇군. 다고미는 그제야 기억이 났다. 잊고 있었군.

"사무실로 들어와요."

곧 에프레이키언이 웃음을 띤 채 들어섰다.

"괜찮아지셨어요?"

"좀 낫군. 비타민 주사가 도움이 된 것 같아."

그는 잠시 생각에 잠겼다.

"생각이 안 나는군. 독일 영사 이름이 뭐더라?"

"네, 후고 라이스 남작입니다."

다고미는 구술을 시작했다.

"남작 각하, 귀국의 지도자이신 마르틴 보르만 각하가 세상을 떠나셨다는 비보를 들었습니다. 이 편지를 쓰는 동안에도 눈물이 흘러나옵니다. 돌이켜 생각건대, 보르만 각하는 국내외의 적들로부터 독일 국민을 구원하기 위해 용감하게 움직이셨고, 또한 인류 전체의 우주에 대한 이상을 배반하려는 게으름뱅이들과 반역자들에게 정신이 번쩍 들 정도로 준엄한 조치를 취하셨으며, 그럼으로써 이제 금발에 푸른 눈을 가진 게르만인종은 오랜 시간을 버티고 견뎌낸 뒤⋯⋯."

에프레이키언은 녹음기를 멈추고 기다렸다.

"위대한 시대로다."

다고미가 말했다.

"지금 하신 말씀도 녹음할까요? 전문에 포함할 내용인가요?"

에프레이키언은 머뭇거리며 녹음기 버튼을 눌렀다.

"자네한테 한 말이야."

다고미가 말했다.

에프레이키언은 웃음을 지었다.

"지금까지 녹음한 걸 들어봅시다."

다고미가 말했다.

그녀는 테이프를 앞으로 되감았다. 2인치 크기의 스피커에서 다고미의 금속성 목소리가 조그맣게 흘러나왔다.

"보르만 각하는 국내외의 적들로부터……."

다고미는 벌레가 찍찍거리듯 흘러나오는 소리에 귀를 기울였다. 대뇌피질이 뒤집히고 깎여나가는 것 같군.

"마무리를 지어야겠어."

다고미는 테이프가 멈추자 말했다.

"스스로 희생하겠다고 마음먹음으로써 역사 속에서 꼭 맞는 역할을 찾아냈습니다. 이제 어떤 상황이 벌어지더라도, 그 누구도 그들을 뿌리칠 수 없습니다."

그는 잠시 말을 멈추었다.

"우리는 모두 벌레에 지나지 않아."

그는 에프레이키언에게 말했다.

"뭔가 끔찍한 것, 신성한 것을 찾아 더듬거리지. 그렇게 생각하지 않나?"

다고미는 고개를 숙여 보였다. 녹음기를 들고 앉은 에프레이키언도 살짝 고개를 숙였다.

"그걸로 보내요."

다고미가 말했다.

"내 서명도 하고. 필요하면 문장을 좀 고쳐서 말이 되도록 해도 되고 말이야."

사무실에서 나가는 그녀에게 다고미가 덧붙였다.

"아니면 아무 의미도 없도록 만들든지. 어느 쪽이든 하고 싶은 대로 해요."

에프레이키언이 의아해하는 눈길로 그를 바라보고는 사무실에서 나갔다.

다고미는 늘 하던 업무들을 처리하기 시작했다. 그러나 곧 인터폰에서 램지의 목소리가 흘러나왔다.

"바이네스 씨 전화입니다."

좋아. 다고미는 생각했다. 이제 중요한 의논을 시작할 수 있겠군.

"연결해."

그는 수화기를 들었다.

"다고미 선생."

바이네스의 목소리가 들렸다.

"안녕하십니까? 보르만 총통의 서거 소식에 오전에는 갑작스럽게 사무실을 비웠습니다. 하지만……."

"혹시 야타베 씨로부터 연락이 있었습니까?"

"아직 없습니다."

다고미가 말했다.

"부하 직원들에게 야타베 씨가 연락해올지도 모른다고 일러두셨습니까?"

바이네스는 당황한 것 같았다.

"네. 도착하시는 대로 정중히 모시라고 했습니다."

다고미는 잊지 말고 램지에게 일러야겠다고 생각했다. 아직 말해두지 않았으니 말이다. 그럼 그 노신사가 나타나기 전에는 논의를 시작할 수 없다는 건가? 실망스러웠다.

"선생, 저는 빨리 논의를 시작하고픈 마음입니다. 저희에게 사출성형 기술을 전수해주시기로 하지 않았습니까? 오늘 상황이 좀 복잡하기는 하지만……"

"상황이 좀 바뀌었습니다."

바이네스가 말했다.

"일단 야타베 씨를 기다립시다. 아직 오지 않은 게 확실한가요? 그분이 전화를 걸어오는 즉시 제게 알려주겠다고 약속해주시면 좋겠습니다. 애써주십시오, 다고미 선생."

바이네스의 목소리가 긴장한 듯 다급했다.

"약속드리겠습니다."

이제 다고미도 불안해졌다. 보르만의 죽음 때문에 상황이 뭔가 달라졌다.

"그건 그렇고, 오늘 점심이라도 함께 했으면 좋겠습니다."

다고미는 급하게 덧붙였다.

"제가 아직 점심을 먹지 못했습니다."

다고미는 즉석에서 떠오르는 대로 말을 이었다.

"상세한 건 나중에 해결하더라도, 전반적인 세계정세에 관해 의견을 나누면 어떨까요. 특히……"

"그건 안 되겠습니다."

바이네스가 말했다.

안 된다고? 다고미는 속으로 물었다.

"선생, 저는 오늘 기분이 좋지 않습니다. 괴로운 사고가 있었거든요. 그 이야기를 좀 들어주셨으면 하는 바람입니다."

"죄송합니다. 나중에 다시 전화 드리죠."

딸칵 소리가 났다. 바이네스가 급히 전화를 끊은 것이다.

나 때문에 기분이 상했군. 다고미는 생각했다. 내가 부하들에게 노신사에 관해 미리 일러두지 않은 걸 눈치챈 게 분명해. 하지만 별일 아냐. 다고미는 인터폰 버튼을 누르고 말했다.

"램지, 잠깐 들어오게."

그야 즉시 해결할 수 있는 문제니까. 뭔가 더 큰 게 있어. 보르만의 죽음이 그를 흔들어놓은 거야.

사소한 일이었지. 그런데 내가 어리석고 무책임한 태도를 내보이고 말았어. 다고미는 죄책감을 느꼈다. 오늘은 운이 좋지 않군. 미리 점을 쳐서 일진이 어떤지 봐뒀어야 했는데. 내가 오늘은 도道에서 멀리 밀려나고 만 게 분명해.

나는 64가지 점괘 가운데 어느 것 아래서 괴로워하고 있는 걸까? 다고미는 서랍을 열고 주역을 꺼내 책상 위에 올려놓았다. 현자에게 물을 게 무척 많았다. 마음속에 질문이 너무 많아 모두 표현할 수가 없었다.

램지가 사무실에 들어왔을 때 다고미는 이미 점괘를 뽑아낸 상태였다.

"이거 봐, 램지."

그는 램지에게 책을 보여주었다.

47번 점괘. 고난, 탈진을 뜻한다.

"대개 흉조로 보는 점괘로군요. 여쭤도 될지 모르겠지만, 무슨 질문을 하셨습니까?"

램지가 말했다.

"지금 국면이 어떤가 물었지. 우리 모두의 운세를 본 거지. 변효는 없어. 안정된 괘야."

다고미는 책을 덮었다.

그날 오후 3시, 프랭크 프링크는 동업자와 함께 윈덤 맷슨이 돈을 줄지 결정하기를 기다리다가 점괘를 내보기로 했다. 일이 어떻게 될까요? 그렇게 묻고 동전을 던졌다.

47번 점괘. 변효는 하나로 5번 효에 9였다.

코와 발이 잘려나간다.

자주색 천으로 무릎을 가린 사내 손에 압박을 받는다.

기쁨은 부드럽게 다가온다.

공물供物과 술을 더 바치게 한다.

프랭크는 한참 동안, 못해도 30분쯤 점괘와 점사를 살펴보며 무슨 뜻인지 알아내려 애썼다. 점괘 가운데서도 특히 변효가 마음에 걸렸다. 결국 내키지는 않지만 돈을 얻어낼 수 없다는 쪽으로 결론을 내렸다.

"자네, 그 책에 너무 매달리는 것 같아."

에드 매카시가 말했다.

오후 4시, WM코퍼레이션에서 보낸 사람이 나타나 프랭크와 에드에게 종이봉투 하나를 내밀었다. 열어보니 안에는 2천 달러짜리 수표가 들어 있었다.

"자네 점이 틀렸군."

에드가 말했다.

프랭크의 생각은 달랐다. 그렇다면 내 점괘는 앞으로 벌어질 다른 일을 예언하는 거로군. 바로 이게 문제야. 결국 나중에 일이 벌어진 다음에야 되돌아보고 점괘가 정확히 무엇을 뜻했는지 알 수 있으니. 하지만 지금은······.

"이제 공장을 차릴 수 있겠어."

에드가 말했다.

"오늘? 지금 당장?"

프랭크는 걱정이 앞섰다.

"안 될 게 뭐 있어? 재료 주문서는 이미 만들었잖아. 우편으로 부치기만 하면 돼. 빠를수록 좋지. 근처에서 구할 수 있는 건 직접 다니면서 사면 돼."

에드는 재킷을 걸치더니 방문으로 향했다.

두 사람은 프랭크의 집주인에게 말해서 건물 지하실을 빌리기로 해뒀다. 지금은 창고로 사용하는 공간이다. 지금 있는 상자들을 들어내면 작업대를 들여놓고 전기배선을 깔고 조명과 모터, 작업 벨트를 설치할 수 있다. 두 사람은 이미 설계와 부품 목록 작성을 다 마쳐둔 상태였다. 그러니 사실상 일은 이미 시작했다고 볼 수 있었다.

프랭크는 사업을 시작한 게 실감 났다. 두 사람은 벌써 회사 이름까지 정해두었다.

에드 프랭크 맞춤 귀금속

"오늘 할 수 있는 일은 작업대를 만들 목재를 사는 거야. 어쩌면 전기부품도 살 수 있지. 하지만 물건 만들 재료는 못 사."

프랭크가 말했다.

두 사람은 샌프란시스코 남부에 있는 목재시장에 갔다. 한 시간 뒤 그들은 목재를 구했다.

"왜 그래?"

에드가 기계류 도매상에 들어서며 물었다.

"돈 때문에. 기분이 영 안 좋군. 그런 식으로 돈을 구했으니 말이야."

"맷슨 영감이 눈치는 빨라."

에드가 말했다.

그래. 프랭크는 생각했다. 그래서 기분이 안 좋은 거야. 우리도 이제 이 바닥에 들어섰다고. 우리도 그자와 같아. 그걸 기뻐해야 하나?

"돌아보지 말자고. 앞을 봐. 사업에만 집중해."

에드가 말했다.

앞만 보고 있어. 프랭크는 생각했다. 머릿속에 점괘가 떠올랐다. 내가 어떤 공물과 술을, 누구에게 바칠 수 있을까?

07

일전에 로버트 칠던의 가게를 방문했던 젊고 잘생긴 가소우라 부부가 주말이 되기 바로 전에 전화를 걸어와 자신들이 사는 아파트로 저녁 초대를 했다. 그렇지 않아도 연락이 없어 기다리던 참이라 칠던은 무척 기뻤다.

조금 일찍 아메리칸 예술 공예품 상사의 문을 닫고 자전거택시를 이용해 가소우라 부부가 사는 특별주거지역으로 향했다. 백인은 살지 않지만 칠던도 잘 아는 동네였다. 자전거택시가 잔디밭과 버드나무 사이로 구불거리며 난 도로를 따라 달리는 동안, 칠던은 현대적으로 디자인한 아파트 건물을 멍하니 올려다보며 우아한 모습에 경탄했다. 철제 발코니, 웅장하지만 디자인은 현대적인 기둥들, 파스텔 빛깔, 다양한 자재를 이용한 조화……. 전체적으로 하나의 예술작품 같았다. 칠던은 이곳 주변이 온통 전쟁이 남긴 폐허이던 시절의 모습을 기억했다.

밖에서 놀던 일본인 어린애들이 아무 말 없이 그를 지켜보다가 이내 다시 축구와 야구에 집중했다. 어른들은 반응이 다르겠지. 칠던은 속으로 생각했다. 잘 차려입은 젊은 일본인들이 차를 주차하거나 아파트 건물로 들어가려다 말고 관심 어린 눈으로 그를 보았다. 여기 사는 사람인가? 그렇게 생각하는 것 같았다. 직장에서 귀가하는 젊은 일본인 사업가들…… 그리고 심지어 무역대표부의 고위관료들도 이곳에 살았다. 주차장에 캐딜락들이 서 있었다. 자전거택시가 목적지에 다가갈수록 칠던은 점점 더 긴장했다.

어느새 칠던은 가소우라 부부의 아파트로 들어가는 계단을 오르고 있었다. 도착했군. 그는 생각했다. 나는 영업을 하러 온 게 아니라 저녁 초대를 받아 손님으로 온 거야. 물론 옷차림에는 세심하게 신경을 썼다. 적어도 외모에 관해서라면 자신이 있었다. 내 외모. 그는 생각했다. 맞아, 그거야. 내가 어떤 모습으로 보일까? 내가 이곳 사람이 아니라는 건 누가 봐도 한눈에 아는 사실이지. 이곳은 백인들이 개척해 세운 가장 아름다운 도시들 가운데 하나인데. 내 조국에서 내가 아웃사이더 신세라니.

칠던은 카펫이 깔린 복도를 지나 가소우라 댁 현관문 앞에 서서 벨을 눌렀다. 금방 문이 열렸다. 현관 안쪽에는 가소우라 부인이 실크 기모노를 입고 웃으며 서 있었다. 그녀의 길고 검은 머리칼이 목 언저리에서 반짝이며 찰랑거렸다. 조금 더 안쪽 거실에는 그녀의 남편이 음료수를 손에 들고 고개를 끄덕이며 서 있었다.

"칠던 씨. 들어오세요."

칠던은 고개를 숙이며 안으로 들어섰다.

실내는 꾸밈새가 아주 고상하면서도 금욕적인 면이 보였다.
가구는 몇 가지 보이지 않았다. 전등과 탁자, 책장, 벽에 걸린
그림 하나가 전부였다. 믿기 힘들 정도로 간결한 일본인 특유
의 감각이었다. 영어로는 제대로 표현하기도 어려웠다. 그들은
간단한 물건에서 정교하거나 화려한 것을 넘어선 아름다움을
찾아내는 능력이 있다. 사물의 배치와 관련이 있는 것 같았다.

"마실 것 좀 드릴까요? 스카치와 소다수가 있습니다."

가소우라가 말했다.

"가소우라 씨……."

칠던이 입을 열었다.

"폴입니다."

젊은 일본인이 말했다. 그러더니 부인을 가리켰다.

"집사람은 베티라고 합니다. 선생은 성함이?"

칠던은 머뭇거리며 대답했다.

"로버트입니다."

세 사람은 부드러운 카펫 위에 앉아 음료수를 마시며, 하프와
비슷한 일본의 13줄짜리 현악기 '고토'로 연주한 음악을 들었
다. 최근 일본의 HMV 레코드에서 나온 음반으로 상당히 인기
가 좋았다. 칠던은 전축이 전혀 보이지 않도록 숨겨져 있다는
걸 알아차렸다. 스피커조차 보이지 않았다. 어디서 소리가 흘러

나오는지 도무지 알 수가 없었다.

"뭘 좋아하실지 몰라 그냥 무난하게 준비했어요."

베티가 말했다.

"부엌 전기오븐에서 티본스테이크를 익히고 있어요. 그리고 구운 감자에 사우어크림과 차이브를 곁들여봤어요. 처음 모시는 손님께 스테이크를 대접하면 실패할 일이 없다는 말이 있죠."

"감사합니다. 스테이크를 아주 좋아합니다."

칠던이 말했다. 정말 그랬다. 스테이크를 먹을 기회가 거의 없었다. 중서부지방의 대규모 가축사육장에서는 이제 서부지방으로 고기를 많이 보내주지 않았다. 마지막으로 맛좋은 스테이크를 먹은 게 언제였는지 기억조차 할 수 없었다.

이제 손님으로서 가져온 선물을 내놓을 순간이었다.

칠던은 코트 주머니에서 깨끗한 종이로 싼 작은 꾸러미를 꺼내서는 조심스럽게 낮은 탁자 위에 올려놓았다. 젊은 부부가 즉시 알아차렸기에 바로 설명해야 했다.

"별것 아닙니다. 초대받아 즐겁고 편안하게 보내는 시간에 대한 작은 정성일 뿐입니다."

칠던은 직접 종이를 벗겨 선물을 보여주었다. 백여 년 전 뉴잉글랜드의 고래잡이배 선원들이 상아 조각에 그림을 새긴 것으로, 스크림쇼라고 부르는 작고 화려한 예술품이었다. 늙은 선원들이 시간이 남을 때 만들곤 했다는 공예품을 알아보고 두 사람은 얼굴이 환해졌다. 오래전의 미국 문화가 이보다 더 집약된 물건도 없을 것이다.

잠시 침묵이 흘렀다.

"감사합니다."

폴이 말했다.

로버트 칠던은 고개를 숙였다.

잠시나마 마음이 평화로웠다. 이게 바로 주역에서 말하던 공물이었다. 이제야 할 일을 마친 것 같았다. 최근 들어 그를 짓누르던 긴장이 어느 정도 가신 느낌이었다.

칠던은 레이 캘빈으로부터 콜트 44구경 건에 대한 보상과 더불어 다시는 같은 일이 일어나지 않도록 하겠다는 각서를 받아 두었다. 하지만 마음은 여전히 편하지 않았다. 지금 이 순간, 가짜 총과는 아무런 관련도 없는 이 상황에서야 그는 모든 일이 끊임없이 잘못 풀려간다는 느낌을 잠시나마 지울 수 있었다. 간결하고 조화를 이룬 주변 모습……. 바로 이거야. 그는 생각했다. 비율. 균형. 이 두 사람, 일본인 부부는 도道에 무척 가깝다. 그래서 내가 이들에게 끌린 것이다. 나는 이 두 사람으로부터 도를 느꼈어. 나도 도를 언뜻 봤을지 몰라.

진정으로 도를 안다는 건 어떤 걸까? 그는 궁금했다. 도라는 건 먼저 빛이 존재하다가 어둠이 오는 것. 근본적인 두 힘이 서로 영향을 미칠 때, 세상에는 늘 새로움이 생겨난다. 그런 방식을 통해 만물은 스러짐을 피할 수 있다. 우주는 결코 소멸하지 않을 것이다. 어둠이 모든 걸 짓누른 것 같은 순간에도, 모든 걸 초월해 깊고 깊은 곳에서 새로운 빛의 씨앗이 다시 태어나기 때문이다. 바로 그것이 도라는 것이다. 씨앗은 땅에, 흙 속에 떨어진다. 그리고 눈에 보이지 않는 깊은 곳에서 생명이 된다.

"오르되브르예요."

베티는 무릎을 꿇더니 치즈를 올린 작은 크래커가 담긴 접시를 내밀었다. 칠던은 고마워하며 두 개를 집었다.

"요즘은 국제뉴스를 크게 다루더군요."

폴이 음료를 마시며 말했다.

"오늘 저녁에 차를 몰고 집에 오는데 뮌헨에서 진행되는 국장國葬을 무슨 대단한 구경거리라도 되는 양 생중계하더군요. 5만 명이나 되는 사람이 깃발을 들고 몰려들었답니다. '내게는 전우가 있었다'라는 노래를 부르고 또 부르더라고요. 지금도 시신을 추종자들이 모두 볼 수 있도록 모셔두었다고 합니다."

"네, 비통한 소식이죠. 정말이지 갑작스런 뉴스였습니다."

로버트 칠던이 말했다.

"오늘자 《니폰타임스》 석간을 보니 믿을 만한 소식통이 B. 폰 시라흐가 가택연금 상태라고 했답니다. 보안국 지시로 말이죠."

베티가 말했다.

"안됐군."

폴이 고개를 흔들었다.

"정부에서 질서를 유지하려는 거겠죠."

칠던이 말했다.

"폰 시라흐는 성급하고 고집불통인데다 행동이 섣부르기로 유명하죠. 예전 R. 헤스와 상당히 비슷합니다. 예전에 그 사람이 미친 사람처럼 영국으로 비행기를 몰고 간 일 기억하실 겁니다."

"신문에 다른 얘기는 없었나?"

폴이 아내에게 물었다.

"혼란스럽고 흥미진진하게 돌아간다더군요. 부대들이 이리저리 움직인대요. 휴가도 취소되고요. 국경 쪽 기차역들은 폐쇄되었고, 의회가 열려 모두가 연설하고 있대요."

"그 얘기를 들으니 괴벨스 박사가 했던 멋진 연설이 생각나는군요."

로버트 칠던이 말했다.

"일 년 전인가 라디오에서였습니다. 재치 넘치는 독설이 가득했죠. 늘 그렇듯 청중을 완전히 장악했습니다. 감정을 온통 흔들어놓더군요. 아돌프 히틀러를 제외하고 생각한다면 괴벨스 박사가 나치 연설가들 가운데 최고라는 건 의심할 여지가 없습니다."

"맞아요."

폴과 베티는 맞장구를 치며 고개를 끄덕였다.

"괴벨스 박사는 멋진 부인과 자녀들도 있습니다. 모두 훌륭한 사람들이죠."

칠던이 말했다.

"맞아요."

폴과 베티도 생각이 같았다.

"성적 습관이 의심스러웠던 다른 여러 실력자들과는 다르게 가정적이죠."

폴이 말했다.

"저라면 뜬소문은 신경 쓰지 않겠습니다."

칠던이 말했다.

"E. 룀 얘기하시는 거죠? 옛날이야기입니다. 기억에서 사라진 지 오래죠."

"오히려 H. 괴링이 더한 것 같은데요."

폴은 음료를 조금씩 천천히 홀짝이고는 그 맛을 음미하면서 말했다.

"옛날 로마에서나 볼 수 있었던 갖가지 기상천외한 잔치들 말입니다. 말만 들어도 살갗 위로 뭐가 기어가는 것 같군요."

"모두 거짓말입니다."

칠던이 말했다.

"자, 의견을 나눌 가치도 없는 얘기들은 이제 그만하시죠."

베티가 두 사람을 한 차례 흘긋 바라보며 재치 있게 말했다.

음료수가 떨어진 걸 보고 베티는 부엌으로 갔다.

"어디서든 정치 이야기를 하자면 피가 끓어오르는 법이죠. 냉정을 잃지 않는 게 중요합니다."

폴이 말했다.

"맞습니다. 마음을 차분하게 해야죠. 그러면 모든 게 다시 안정됩니다."

칠던도 맞장구를 쳤다.

"전체주의 사회에서는 지도자가 죽은 뒤가 아주 중요하죠. 전통과 중산층 계급이 없는 상황이 한데 겹치면……."

폴이 이야기하다 갑자기 멈추었다.

"정치 이야기는 그만두는 편이 낫겠군요. 오래전 학창시절이 떠오릅니다."

그는 웃음을 지었다.

로버트 칠던은 얼굴이 벌게지는 기분이었다. 그는 베티가 새로 가져온 음료수를 받아들고 주인 부부의 눈길을 피해 고개를 숙였다. 시작부터 끔찍한 짓을 저지르고 말았다. 멍청하고 천박한 태도로 정치 이야기를 꺼내고 만 것이다. 게다가 무례하게도 전혀 다른 의견을 내세우다가 그나마 노련한 집주인 덕택에 간신히 그럭저럭 넘어갔다. 얼마나 더 배워야 할지. 칠던은 생각했다. 이 부부는 우아하고 친절하다. 그리고…… 나는 백인 야만인이다. 그게 사실이다.

칠던은 한참 동안 음료수를 홀짝거리며 억지로 즐거운 표정을 지었다. 무조건 주인 부부가 하는 대로 따르는 거야. 그는 속으로 말했다. 쭉 맞장구를 쳐야 해.

칠던은 여전히 당황한 가운데 이렇게 생각했다. 술 때문에 머리가 제대로 안 돌아가는군. 게다가 지치고 긴장까지 했어. 내가 해낼 수 있을까? 어쨌든 다시는 초대받지 못하겠군. 이미 너무 늦었어. 칠던은 참담한 심정이었다.

부엌에서 돌아온 베티가 다시 카펫 위에 앉았다. 정말 매력적이군. 칠던은 다시금 그런 생각을 했다. 매끈한 몸매. 일본 여자들의 몸매는 정말 훌륭하다. 뚱뚱하기는커녕 군살이라고는 조금도 보이지 않아. 브래지어나 거들이 필요 없을 정도라니까.

이런 감정은 무슨 수를 써서라도 감춰야 해. 하지만 그는 자꾸 그녀를 훔쳐보지 않을 수가 없다. 매력적으로 거무스름한 피부와 머리칼, 눈동자까지. 일본 사람에 비하면 우리는 굽다 말고 꺼내놓은 모습이야. 제대로 색이 나오기도 전에 가마에서 튀어나온 꼴이지. 오래전 원주민의 신화 속 이야기처럼. 그게 사실이었어.

다른 생각을 해야 해. 뭐든 사교적인 주제를 찾아내. 칠던은 다른 화젯거리를 찾아 이리저리 눈을 굴렸다. 침묵이 그를 무겁게 짓누르자 긴장이 극도에 달했다. 견딜 수가 없었다. 뭐라고 말하지? 뭔가 안전한 것이어야 해. 그의 눈에 나지막한 검은색 책장에 꽂힌 책 한 권이 보였다.

"『메뚜기는 무겁게 짓누른다』라는 책을 읽으시는군요."

칠던이 말했다.

"여러 사람이 저 책 얘기를 하던데, 저는 워낙 일이 바빠 직접 읽지는 못했습니다."

칠던은 일어나 책장으로 다가가며 두 사람의 표정을 조심스럽게 살폈다. 두 사람 다 그의 행동을 사교적 제스처로 받아들이는 것 같아 계속 이야기를 이어갔다.

"미스터리인가요? 지나치게 무식한 걸 용서하십시오."

칠던은 책장을 넘겨보았다.

"미스터리는 아닙니다. 반대죠. 과학소설 범주에 포함시킬 수도 있는 흥미로운 형태의 소설입니다."

폴이 말했다.

"이런, 아니에요."

베티는 의견이 달랐다.

"과학적인 내용은 없어요. 그렇다고 미래 이야기도 아니죠. 과학소설은 미래를 다루죠. 과학이 지금보다 훨씬 발달한 특정한 시대 이야기들이잖아요. 그 책은 과학이나 미래와는 상관이 없어요."

"하지만 전혀 다른 현재를 다루잖아."

폴이 말했다.

"유명한 과학소설 가운데 그런 형식을 띠는 작품들이 많다고."

그가 칠던에게 설명해주었다.

"우기는 것 같아 죄송하지만, 집사람도 잘 알다시피 저는 오랫동안 과학소설에 푹 빠져 보냈습니다. 아주 어려서부터 취미로 삼았죠. 겨우 열두 살 때부터였으니까요. 전쟁 초기였을 겁니다."

"그렇군요."

로버트 칠던이 정중하게 말했다.

"그 책 빌려 가시겠습니까?"

폴이 물었다.

"저희는 거의 다 읽었습니다. 하루나 이틀이면 끝나요. 시내에 있는 제 사무실이 선생의 훌륭한 가게에서 그리 멀지 않으니, 점심시간에 기꺼이 가져다드리겠습니다."

폴은 잠시 아무 말도 안 했다. 그러더니―칠던이 보기에는―부인을 보고 뭔가 눈치를 챈 듯 다시 말을 이었다.

"그러지 말고 아예 저랑 점심식사를 같이 하시죠, 로버트."

"감사합니다."

칠던은 그렇게 말할 수밖에 없었다. 점심이라. 그것도 시내 중심가에 있는, 사업가들이 주로 찾는 멋진 식당에서, 이렇게 세련되고 신분 높은 일본인 젊은이와 식사를 한다. 과분한 일이다. 눈앞이 흐려지는 듯했다. 하지만 그는 아무렇지도 않은 척 책을 들여다보며 고개를 끄덕였다.

"그러죠. 책이 아주 재미있어 보이는군요. 정말 꼭 읽어보고 싶습니다. 저도 요새 사람들이 어떤 화제에 관심을 보이는지 따라가려고 애쓰는 편입니다."

제대로 말한 건가? 유행하는 책이라 관심이 있다는 걸 인정해버리고 말았다. 경박하게 보였을지도 모른다. 확실하지는 않지만 그렇게 느낀 건 분명하다.

"물론 많이 팔리는 책이 좋은 건 아니죠. 누구나 그건 압니다. 베스트셀러는 대다수가 쓰레기니까요. 하지만 이건……."

칠던은 더듬거렸다.

그러자 베티가 이어 말했다.

"그럼요. 대중의 입맛이란 정말이지 개탄스럽다니까요."

"음악도 그렇습니다."

폴이 말했다.

"예를 들어, 진짜 미국 전통 재즈에는 아무도 관심이 없어요. 로버트, 벙크 존슨이나 키드 오리 좋아합니까? 초기 딕시랜드 재즈는요? 그런 쪽 오래된 음악 레코드를 많이 갖고 있습니다.

191

'제닛 레코딩'에서 발매한 원본들이죠."

"저는 흑인음악은 별로 아는 게 없습니다."

칠턴이 말했다. 두 사람은 그의 반응이 딱히 달갑지는 않은 듯했다.

"저는 클래식 음악을 더 좋아합니다. 바흐와 베토벤 말입니다."

이정도면 무난하게 받아들일 게 확실했다. 칠턴은 조금 분하다는 생각이 들었다. 유럽음악의 대가들, 그리고 시대를 초월한 클래식보다 흑인들이 득실거리는 싸구려 술집이나 식당에서 듣는 뉴올리언스의 재즈를 더 좋아해야 한단 말인가?

"괜찮으시면 제가 '뉴올리언스 리듬킹스'의 연주를 들려드리죠."

일어서서 어디론가 향하는 폴에게 베티가 눈짓을 해보였다. 그러자 그는 머뭇거리다가 어깨를 으쓱해 보였다.

"저녁 준비가 다 됐어요."

베티가 말했다.

다시 돌아온 폴이 자리에 앉았다. 폴이 조금 골이 난 것처럼 중얼거리듯 말했다.

"뉴올리언스 재즈는 진정한 진짜 미국 전통음악입니다. 이 땅에서 생겨난 음악이죠. 다른 음악은 모두 유럽에서 건너왔습니다. 진부한 영국식 발라드처럼 말입니다."

"저희는 늘 이런 논쟁을 벌이곤 한답니다."

베티가 칠턴을 보고 웃으며 말했다.

"저는 이이처럼 정통 재즈를 좋아하지 않거든요."

칠턴은 여전히 『메뚜기는 무겁게 짓누른다』를 손에 든 채 말했다.

"이 책에서 묘사하는 다른 현실은 어떤 겁니까?"

베티는 잠시 멈칫하더니 입을 열었다.

"독일과 일본이 전쟁에서 진 현실이죠."

세 사람 모두 아무 말도 하지 않았다.

"저녁 먹을 시간이에요."

베티가 미끄러지듯 일어섰다.

"얼른 오세요. 굶주린 두 신사 사업가분들."

그녀는 칠던과 폴을 식탁으로 안내했다. 하얀 식탁보 위에는 이미 은제 식기와 도자기, 커다랗고 거친 천 냅킨들이 놓여 있었다. 칠던은 뼈를 깎아 만든 냅킨꽂이가 미국 초창기 작품인 것을 알아봤다. 식기들도 모두 미국산 순은 제품이었다. 짙은 파란색과 노란색이 어울린 컵과 컵받침은 로열 앨버트 제품이었다. 정말 귀한 것들인데. 칠던은 직업이 직업이다 보니 감탄하는 시선으로 흘깃거릴 수밖에 없었다.

큰 접시들은 미국 제품이 아니었다. 일본 제품들 같았다. 그가 아는 분야가 아니라 확신할 수는 없었다.

"이건 아리타 지방의 이마리 도자기입니다."

칠던이 관심을 보이는 걸 눈치챘는지 폴이 말했다.

"일본에서 최고로 치는 물건입니다."

모두 자리를 잡고 앉았다.

"커피 드릴까요?"

베티가 칠던에게 물었다.

"네, 감사합니다."

"식사 끝날 때 드릴게요."

베티가 음식을 나르는 수레를 가지러 가며 말했다.

세 사람은 곧 식사를 시작했다. 음식은 칠던의 입맛에 잘 맞았다. 베티는 음식 솜씨가 상당히 뛰어났다. 특히 샐러드는 아주 맛이 좋았다. 아보카도와 아티초크, 뭔지 모를 블루치즈 드레싱까지. 일본식 식사가 나오지 않아 얼마나 다행스러운지 몰랐다. 채소와 고기를 뒤섞은 그 음식들은 전쟁이 끝난 뒤 물리도록 먹었으니까.

그리고 끝없이 나오는 해산물도 마찬가지다. 너무 많이 먹어서 이제 새우나 조개 종류라면 더는 참지 못할 지경이었다.

"독일과 일본이 전쟁에 진 세상을 어떻게 표현했는지 알고 싶군요."

칠던이 말했다.

한참 동안 폴도 베티도 아무 말이 없었다. 그러다 폴이 겨우 입을 열었다.

"아주 복잡한 차이가 있죠. 책을 읽어보시는 편이 나을 겁니다. 미리 알면 아마 재미가 줄겠죠."

"그 문제에 관해서라면 저는 확신이 있습니다."

칠던이 말했다.

"그런 상황을 자주 생각해봤거든요. 만약 그런 상황이라면 세상은 훨씬 나빠졌을 겁니다."

자신의 목소리가 단호하다 못해 귀에 거슬리게 들렸다.

"훨씬 말입니다."

부부는 깜짝 놀란 듯했다. 아마 말투 때문이었을 것이다.

"공산주의가 세상 전체를 지배했겠죠."

칠던이 말했다.

폴이 고개를 끄덕였다.

"지은이인 H. 아벤젠 역시 그 점을 고려했습니다. 소련이 된 러시아의 세력 확장을 도무지 막을 수가 없었다는 거죠. 하지만 1차 세계대전 때와 마찬가지로 승전국이 된 마당에도 농사꾼이 우글거리는 이등 국가 러시아는 자연스럽게 굴욕적인 실패를 겪습니다. 러일전쟁이 떠오를 정도로 웃음거리가 되어서……."

"우리는 그 대가를 지불하느라 고통을 겪어야 했죠."

칠던이 말했다.

"하지만 그럴 이유는 충분했습니다. 슬라브족이 세계를 정복하는 걸 막아야 했으니까요."

그러자 베티가 나지막한 목소리로 말했다.

"개인적으로 저는 슬라브족이든 중국이나 일본이든 세계를 정복하려 든다는 식의 말도 안 되는 얘기는 믿지 않아요."

그녀는 차분하게 칠던을 바라보았다. 완벽하게 자신을 통제하며 자제력을 잃지 않는 모습이었지만 자신의 감정을 표현하고 싶어했다. 양쪽 뺨이 짙은 붉은색으로 물들었다.

세 사람은 한참 동안 아무 말 없이 식사만 했다.

또 실수했군. 로버트 칠던은 속으로 생각했다. 도무지 같은 화제를 피할 수가 없어. 우연히 뽑아든 책이나 레코드, 뼈로 만든 냅킨꽂이에서도 볼 수 있다. 정복자들이 쌓아 올린 전리품들. 모두 우리가 강탈당한 것들이야.

현실을 직시하자. 나는 이 일본인들과 닮은 척하려고 애쓰고 있어. 하지만 봐. 내가 일본이 전쟁에서 이기고 내 나라가 진 걸 떨 듯이 고마워할 때조차 우리는 서로 공감하지 못하잖아. 내게 언어가 가진 의미는 그들에겐 정반대가 되어버리는 거야. 저들은 뇌 구조 자체가 달라. 영혼 역시 마찬가지지. 저들이 영국제 도자기 컵으로 차를 마시고 미국 은식기에 담은 음식을 먹고 흑인음악을 즐기는 걸 봐. 모두 껍데기야. 돈과 권력이 있으니 가능한 일일 뿐, 모두 모조품에 지나지 않지.

저들이 우리에게 강요한 주역도 마찬가지야. 그건 원래 중국 책이지. 아주 오랜 옛날에 일본이 들여왔을 뿐. 저들은 누구를 속이는 걸까? 저들 스스로를? 여기저기서 풍습을 훔쳐다가 입고, 먹고, 말하고, 걷는 거야. 이를테면 감자를 구워 사우어크림과 차이브를 곁들여 입맛을 다시며 먹는 식이지. 오래전부터 미국에서 전해 내려온 음식이지만 이제 저들에게 빼앗겼어. 하지만 아무도 속아 넘어가지 않았어. 그건 확실해. 특히나 나는.

백인종만이 창의력을 갖고 태어났어. 칠던은 생각했다. 그런데도 백인의 피를 가진 내가 이 두 사람을 위해 바닥에 머리를 조아려야 하다니. 만일 우리가 이겼을 경우를 생각해봐! 저들은 지구상에 존재하지도 못했을 거야. 일본은 사라지고 미합중국은 세계를 통틀어 유일한 초강대국으로 빛나겠지.

칠던은 생각했다. 반드시 이 메뚜기 책을 읽어야겠어. 제목부터가 무슨 애국적 의무라도 되는 것 같군.

베티가 부드럽게 말을 건넸다.

"로버트, 왜 잘 안 드세요? 음식이 맞지 않나요?"

칠던은 포크를 놀려 얼른 샐러드를 집었다.

"아닙니다. 정말 몇 년 만에 가장 맛있는 음식을 먹어보는 것 같습니다."

"고마워요."

베티는 무척 즐거워했다.

"진짜 미국 요리를 해보려고 최선을 다했어요. 그러니까, 미션 가에 늘어선 작은 미국 상점들에서 고르고 골라 장을 봤어요. 거기가 진짜라는 말을 들었거든요."

당신은 미국 전통 음식을 완벽하게 만드는군. 로버트 칠던은 생각했다. 사람들 말이 옳아. 당신들의 모방하는 능력은 어마어마해. 애플파이, 코카콜라, 영화를 본 후 산책하기, 글렌 밀러······. 당신들은 깡통을 오려서 얇은 종이와 이리저리 붙이는 것만으로도 완벽한 가짜 미국을 만들어낼 수 있을 거야. 부엌에는 종이로 만든 엄마가 있고 종이로 만든 아버지는 신문을 읽지. 발치에는 종이로 만든 강아지가 있고. 뭐든 다 있어.

폴은 아무 말 없이 그를 바라보았다. 불현듯 상대의 시선을 알아챈 로버트 칠던은 상념을 떨치고 열심히 음식을 먹기 시작했다. 폴이 내 마음을 읽을 수 있을까? 칠던은 궁금했다. 내가 진짜 무슨 생각을 하는지 알까? 절대로 속마음을 내보인 적이 없다는 건 내가 잘 안다. 표정을 흐트러뜨린 적도 없다. 도저히 알 수 없을 거야.

"로버트."

폴이 말했다.

"당신은 여기서 태어나고 자라며 영어를 사용했으니 혹시 제가 책 읽는 걸 좀 도와줄 수 있을까요? 조금 까다로운 책이라 어렵네요. 1930년대에 미국 작가가 쓴 소설입니다."

로버트는 살짝 고개를 끄덕였다.

"상당히 귀한 책인데 어쩌다 구하게 됐습니다. 나다니엘 웨스트 작품이죠. 제목은 『미스 론리하츠』입니다. 재밌게 읽었지만 지은이가 뜻하는 바를 완벽히 이해하지는 못했습니다."

폴은 기대에 차서 칠던을 바라보았다.

칠던은 얼른 말했다.

"죄송하지만 제가 읽어보지 못한 책이네요."

읽기는커녕 들어보지도 못했군. 그는 생각했다.

폴은 실망한 표정이 역력했다.

"유감입니다. 얇은 책인데요. 신문에 칼럼을 쓰는 남자에 관한 이야기입니다. 마음에 상처를 입은 사람들을 위해 오랫동안 상담을 해주다 보니 그만 머리가 이상해져서 자신이 예수라는 환상에 빠지고 말죠. 기억나십니까? 혹시 오래전에라도 읽어보시지 않았을까요?"

"기억나지 않습니다."

칠던이 말했다.

"고통에 관해 독특한 관점을 보여줍니다."

폴이 말했다.

"아주 근본적인 고통부터 아무 이유 없는 고통까지 꿰뚫어 보고 있죠. 종교라면 모두 다루는 문제입니다. 기독교 같은 종교에서는 고통을 죄악과 연결해 설명하곤 합니다. N. 웨스트는 오래전부터 내려오는 관념보다 훨씬 흥미로운 견해를 보여줍니다. 어쩌면 그가 유태인이기 때문에 아무 이유 없는 고통을 이해할 수 있었는지도 모릅니다."

"만일 독일과 일본이 전쟁에서 졌다면, 유태인들이 세상을 장악했을 겁니다. 모스크바에서 월스트리트까지 말입니다."

칠던이 말했다.

일본인 부부는 충격에 몸이 움츠러드는 듯했다. 그들은 기분이 가라앉은 듯 침울해지더니 이내 깊은 생각에 잠기는 것 같았다. 분위기가 온통 싸늘해졌다. 칠던은 혼자가 된 느낌이었다. 함께 어울리는 게 아니라 혼자 식사하는 기분이었다. 이번에는 내가 무슨 짓을 한 거지? 두 사람은 뭘 오해한 걸까? 이들은 이방인의 언어, 서양의 사고를 이해하는 능력이라고는 도무지 없군. 이해하지 못하니 화를 내는 거야. 이 무슨 비극이란 말인가. 칠던은 음식을 먹으며 생각했다. 그나저나 어쩌면 좋지?

조금 전 깔끔했던 기분을 어떻게든 다시 이끌어내야 해. 전력을 다하고는 있지만 아직 찾아내지 못한 느낌. 칠던은 금세 기분이 나아지기 시작했다. 터무니없는 꿈이 머릿속에서 사라지기 시작했기 때문이다. 나는 여기 올 때 상당히 기대를 품었어,

하고 그는 생각했다. 계단을 오를 때쯤에는 어린 시절에나 보던 몽상적인 아지랑이에 정신을 잃을 지경이었지. 하지만 현실을 무시할 수는 없어. 우리는 어른이 되어야 해.

바로 이것이 이 순간의 사실이다. '이자들은 진정한 인간이 아니다.' 옷을 입고 있지만, 서커스에 내보내려고 옷을 입힌 원숭이에 불과해. 똑똑하고 배울 줄 알지만, 그게 다야.

내가 왜 이것들한테 알랑거려야 하나? 단지 이들이 전쟁에서 이겼기 때문에?

이번 만남에서 내 성격에 큰 흠이 있는 게 드러나고 말았어. 하지만 어쩔 수 없는 일이야. 나는 한심하게도, 뭐랄까, 나쁜 것이 두 가지 있으면 틀림없이 그중 더 쉬운 쪽을 고르는 경향이 있지. 여물통을 발견한 소처럼 생각 따위는 하지 않은 채 전속력으로 질주하는 거야.

지금까지 나는 겉으로 드러나는 움직임을 따랐어. 더 안전하기 때문이지. 어쨌거나 이것들은 승자니까……. 명령하는 건 이들이다. 그리고 아마도 나는 지금까지처럼 계속 해나갈 것이다. 왜냐고? 내가 불행을 자초할 필요가 있나? 이들은 미국 책을 읽으며 내게 설명해달라고 부탁한다. 이들은 백인인 내가 대답을 주리라 기대한다. 그렇다면 해봐야지! 하지만 이 경우에는 할 수가 없다. 하지만 내가 책을 읽었더라면 틀림없이 할 수 있었을 것이다.

"『미스 론리하츠』라는 책은 나중에 읽어보겠습니다. 그리고 그 의미에 관해 일러드리죠."

그는 폴에게 말했다.

폴이 살짝 고개를 끄덕였다.

"하지만 지금 당장은 일이 너무 바쁩니다. 나중에 시간이 될 때……. 분명히 오래 걸리지는 않을 겁니다."

"그렇죠. 아주 짧은 책이니까요."

폴이 머뭇거리며 말했다. 칠던은 폴과 베티 두 사람이 모두 슬퍼 보인다고 생각했다. 그는 이 부부도 그들과 칠던 사이에 건널 수 없는 간극이 있다는 걸 알아차렸을지 궁금했다. 그랬으면 좋겠군. 그는 생각했다. 그래야 마땅하지. 불쌍하군. 책 속에 담긴 의미는 스스로 찾아내야지.

칠던은 더 즐거운 마음으로 식사를 했다.

그날 저녁, 민망한 일은 더 벌어지지 않았다. 밤 10시가 되어 가소우라 부부의 아파트를 빠져나오는 로버트 칠던은 저녁식사를 하는 동안 자신을 사로잡은 자신감에 여전히 빠져 있었다.

가끔 공중목욕탕을 오가는 동네 일본인들이 그를 발견하고 한참 바라봤을지도 모르지만, 칠던은 전혀 신경 쓰지 않고 아파트 단지에서 빠져나왔다. 어두컴컴한 도로변까지 걸어 나온 그는 손을 흔들어 지나는 자전거택시를 잡아탔다. 그리고 바로 집으로 돌아왔다.

고객과 사교적인 관계로 만나면 어떨까 늘 궁금했지. 뭐, 그리 나쁘지 않군. 이런 경험을 쌓아두면 사업에도 도움이 될 거야. 칠던은 생각했다.

두렵던 상대와 직접 맞부딪히면 문제를 해결할 수도 있어. 실제로 그들이 어떤지 확인하는 거지. 그러면 두려움은 사라져 버려.

그렇게 생각하는 사이, 칠던은 자기 동네로 접어들어 마침내 집 문 앞에 다다랐다. 중국 놈 운전수에게 돈을 치르고 익숙한 계단을 따라 올라갔다.

그런데 그의 집 거실에 모르는 사내가 앉아 있었다. 백인 한 명이 외투를 입은 채 소파에 앉아 신문을 읽고 있었다. 칠던이 깜짝 놀라 문가에서 멈추자 사내는 신문을 내려놓고 느긋하게 일어나 웃옷 안주머니로 손을 넣었다. 그러고는 지갑을 꺼내 칠던에게 보여주었다.

"헌병대에서 왔소."

꼭두각시였다. 새크라멘토에 있는 정부에 일본점령군이 설치한 경찰이다. 무서운 놈들!

"당신이 R. 칠던이오?"

"네, 그렇습니다."

가슴이 쿵쿵 뛰었다.

"최근 어떤 백인 사내가 스스로 일본제국 해군의 관리라면서 찾아왔을 겁니다."

경찰관 사내는 소파 위 가방에서 서류철을 꺼내 들여다보며 말했다.

"조사해보니 거짓말이더군요. 그런 관리는 있지도 않아요. 그자가 말한 배도 없고."

사내는 칠던을 바라보았다.

"맞습니다."

칠던이 말했다.

"샌프란시스코 만 주변에 사기꾼이 돌아다닌다는 신고를 받았소. 지금 말한 자와 관련이 있는 것 같더군. 그자가 어떻게 생겼죠?"

"키가 작고 피부가 거무스름했습니다."

칠던이 말했다.

"유태인인가?"

"맞아요!"

칠던이 말했다.

"이제 보니 그런 것 같군요. 그때는 미처 몰랐습니다."

"여기 사진이 있소."

헌병대 사내가 사진을 건네주었다.

"바로 이잡니다."

또렷하게 생각나는 얼굴이었다. 그는 헌병대의 수사 능력에 간담이 서늘해졌다.

"어떻게 찾으셨죠? 저는 신고도 안 했는데요. 그냥 거래처인 레이 캘빈에게 전화를 해서……."

경찰관 사내는 입을 다물라는 듯 손을 내저었다.

"서류를 줄 테니 서명만 해요. 그럼 끝입니다. 법정에 나올 필요는 없어요. 처리에 필요한 형식적 절차만 끝내면 이번 사건과 아무 상관도 없는 겁니다."

사내는 칠던에게 서류와 펜을 내밀었다.

"여기 보면 이 사내가 당신에게 접근해서 가짜 신분으로 사기를 치려고 했다, 뭐 그런 내용이 있소. 읽어보시오."

칠던이 서류를 읽는 사이 경찰관 사내는 소매를 걷고는 시계를 들여다보았다.

"대체로 맞는 것 같소?"

그랬다. 대부분 맞았다. 서류를 자세히 읽을 수 있을 정도로 시간이 많지도 않았지만, 그날 정확히 무슨 일이 있었는지 약간 헷갈리기도 했다. 하지만 그날 본 사내가 자신을 속인 것만은 확실했다. 뭔가 사기를 치려고 했던 것이다. 그리고 헌병대 사내가 말한 것처럼 그자는 유태인이었다. 로버트 칠던은 사내의 사진 아래 적힌 이름을 살펴보았다. 프랭크 프링크. 본명은 프랭크 핑크. 그래, 틀림없이 유태인이야. 이름이 핑크라면 누구나 알 수 있지. 그래서 이름을 바꾼 거야.

칠던은 서류에 서명했다.

"고맙소."

경찰관이 말했다. 그는 물건을 챙기더니 모자에 손을 갖다 대며 칠던에게 인사를 건네고 사라졌다. 모든 게 한순간에 벌어진 일이었다.

놈을 잡았나 보군. 칠던은 생각했다. 무슨 짓을 저지르려고 했는지는 몰라도 말이야.

정말 안심이야. 헌병대는 일처리가 정말 빨라.

우리는 법과 질서가 유지되는 사회에서 살아. 유태인들이 선

량한 사람들을 상대로 교묘한 짓을 벌일 수 없는 사회. 우리는 보호받고 있어.

유태인이라는 걸 왜 몰랐는지 모르겠군. 내가 너무 쉽게 속아 넘어가긴 하지.

칠던은 생각했다. 나야말로 남을 속이지 못하는 사람이야. 그래서 이렇게 속수무책인 거지. 법이 없다면 나는 그놈들 처분만 기다리는 신세일 거야. 무슨 말을 해도 금방 넘어갈 테니 말이야. 최면이나 다름없을걸. 그런 놈들이 사회 전체를 좌지우지하겠지.

내일은 나가서 그 메뚜기인가 뭔가 하는 책을 사야겠어. 칠던은 생각했다. 제3제국이 폐허가 되고 일본은 러시아의 속국이 되어버린 상황에서 유태인과 공산주의자들이 판치는 세상을 어떻게 묘사했는지 보면 정말 재미있을 거야. 러시아는 분명히 대서양에서 태평양까지 세력을 뻗고 있겠지. 혹시 그 작가가, 이름이 뭔지도 기억이 안 난다만, 러시아와 미합중국 간의 전쟁도 얘기했을까? 흥미로운 책이야. 그는 생각했다. 누군가가 먼저 그런 책을 쓰지 않았다는 게 놀라울 정도군.

그 책은 분명히 우리가 얼마나 행운을 누리며 사는지 깨닫게 해줄 거야. 칠던은 생각했다. 물론 확실히 나쁜 점도 있긴 하지만…… 어쩌면 훨씬 더 나쁜 상황이 되었을지도 모르지. 그 책은 아주 중요한 도덕적 교훈을 지적하고 있어. 이곳에서는 일본 놈들이 권력을 잡았고 우리는 패전국이야. 하지만 앞날을 봐야지. 우리는 건설해야 해. 그러다 보면 다른 행성들을 식민지로 만드는 것 같은 대단한 일도 이루게 될 거야.

지금쯤이면 뉴스가 나오겠군. 칠던은 자리에 앉아 라디오를 켰다. 어쩌면 새 독일 총통이 뽑혔는지도 몰랐다. 기대감과 흥분이 밀려왔다. 내가 보기에는 자이스인크바르트가 총통이 되면 재미있을 것 같아. 그야말로 대담한 정책을 실행에 옮길 가능성이 가장 크니까.

독일에 있었으면 좋았을걸. 그는 생각했다. 언젠가 돈을 많이 벌어 유럽까지 여행하게 되면 모든 걸 볼 수 있겠지. 당장 보지 못해 유감이야. 아무 일도 벌어지지 않는 이곳 서부에 처박혀 살아가야 한다니. 역사는 우리 곁을 스쳐 지나고 있어.

08

    아침 8시, 샌프란시스코 주재 독일 영사인 후고 라이스 남작은 벤츠 220E 승용차에서 내려 영사관 건물 계단을 힘차게 올라갔다. 젊은 외무성 직원 두 명이 그 뒤를 따랐다. 그는 부하직원이 열어준 문을 지나 건물로 들어서서 교환수 아가씨 두 명과 프랑크 부영사에게 한쪽 손을 들어 인사를 건넸다. 그러고는 안쪽 사무실에 들어가 비서인 페르데후프와도 인사를 나누었다.

    "남작 각하, 조금 전에 베를린에서 암호 통신문이 와 있습니다. 1번 통신문입니다."

    페르데후프가 말했다. 그 얘기는 통신문이 긴급한 내용이라는 뜻이었다.

    "고맙네."

라이스는 외투를 벗어 페르데후프에게 건넸다.

"10분 전에 크로이츠 폼 메레 지부장께서 전화하셨습니다. 전화를 달라고 하시더군요."

"고맙네."

라이스가 말했다. 그는 유리창 옆에 있는 작은 탁자 곁에 앉았다. 탁자 위에 덮인 천을 걷어내자 아침식사로 차려둔 빵과 달걀 프라이, 소시지가 보였다. 은주전자에 든 뜨거운 블랙커피를 한 잔 따르고 조간신문부터 펼쳤다.

전화를 했다는 크로이츠 폼 메레는 태평양연안연방의 보안국 지부를 지휘하는 인물이다. 보안국 지부는 전혀 다른 명칭으로 위장한 채 공항에 자리잡고 있다. 라이스와 크로이츠 폼 메레의 사이는 그리 원만하지 못했다. 양쪽의 관할구역이 겹치는 분야가 한둘이 아니었는데, 그런 상황은 베를린에 있는 고위층들이 일부러 만든 게 분명했다. 라이스는 명예직이긴 하지만 친위대 소령 계급장을 달고 있으니, 정확히 말하자면 크로이츠 폼 메레는 그보다 상급자였다. 소령 계급을 받은 것은 몇 년 전 일이었는데, 그 당시 라이스는 이미 그런 상황 뒤에 감춰진 의도를 파악하고 있었다. 하지만 어떻게 해볼 도리가 없었다. 지금 생각해도 열불이 치밀었다.

루프트한자 로켓 편으로 새벽 6시에 날아온 신문은《프랑크푸르트 차이퉁》이었다. 라이스는 1면을 꼼꼼히 읽었다. 폰 시라흐는 가택연금 상태였으니 지금쯤은 죽었겠군. 유감이야. 괴링은 공군 훈련기지에서 지내며 노련한 참전용사들에게 둘러

싸여 있었다. 모두 '뚱보' 괴링에게 충성을 바치는 자들이다. 그 누구도 괴링에게 몰래 다가갈 수 없을 것이다. 보안국이 보낸 암살자도. 그런데 괴벨스 박사는 어디 갔지?

아마 베를린 한복판에 있겠지. 언제나 그렇듯 자신의 재치를, 어떤 상황에서도 혀를 놀려 빠져나오는 능력을 믿고 있을 것이다. 만일 하이드리히가 그를 노리고 1개 분대를 보낸다고 해도 그 키 작은 박사는 군인들을 설득해 위기에서 벗어나는 것은 물론 오히려 그들까지 자기편으로 끌어들일지도 몰랐다. 그리고 그들을 자신이 지휘하는 선전교화부서에서 일하게 만들 것이라고 라이스는 생각했다.

라이스가 생각하기에 괴벨스 박사는 지금 이 순간 눈이 번쩍 뜨일 정도로 아름다운 여배우가 사는 아파트 창가에 앉아 저 아래 길바닥에서 쿵쿵대며 돌아다니는 군인들을 무시하는 눈길로 내려다보고 있을 것이다. 그 '사내'를 두렵게 하는 존재는 없다. 괴벨스는 냉소를 머금은 채, 왼손으로는 쉴 새 없이 아름다운 여배우의 젖가슴을 주무르고 다른 손으로는 당 기관지에 보낼 원고를 쓰면서…….

비서가 문을 두드리는 바람에 라이스는 상념에서 깨어났다.

"죄송합니다. 크로이츠 폼 메레 지부장으로부터 다시 전화가 와 있습니다."

라이스는 몸을 일으켜 책상으로 다가가 수화기를 들었다.

"라이스입니다."

보안국 지부장의 말투에는 억센 바이에른 지방 억양이 섞여 있었다.

"군 방첩국 인물에 관한 소식은 없소?"

어리둥절해진 라이스는 상대의 말이 무슨 뜻인지 먼저 알아야 했다.

"흠, 제가 알기로는 현재 태평양연안연방에 방첩국 요원이 서너 명 있는 걸로 압니다."

라이스가 머뭇거리며 말했다.

"지난주에 루프트한자를 타고 새로 온 자 말이오."

"아, 그자라면 저희와는 아무 접촉도 없었습니다."

라이스는 수화기를 어깨와 귀 사이에 끼고 담뱃갑을 꺼냈다.

"그자가 뭘 하는 거지?"

"맙소사, 제가 압니까. 카나리스* 제독에게 물어보셔야죠."

"당신이 외무성에 전화를 해서 그들로 하여금 누구든 해군 본부에 접촉할 수 있는 사람에게 이런 말을 전해달라고 했으면 좋겠소. 방첩국 요원들을 다시 데려가든지, 아니면 왜 그들이 여기 있는지 우리에게 알려달라고 말이오."

"직접 하실 수는 없나요?"

"온통 뒤죽박죽인 상태라 그렇소."

방첩국 사람을 완전히 놓쳐버린 게로군, 하고 라이스는 생각했다. 이곳 지역 보안국이 하이드리히의 참모 가운데 누군가로부터 방첩국 사람을 감시하라고 지시를 받았는데 그 꼬리를 놓

---

* Wilhelm Franz Canaris(1887~1945). 제2차 세계대전 중 독일군 방첩국장을 지낸 인물.

210

치고 만 거야. 그런데 지금 와서 나더러 그들을 찾아내라고?

"만일 그자가 여기 나타나면 누구든 시켜서 따라붙게 하겠습니다. 믿으셔도 좋습니다."

물론 그자가 영사관에 나타날 가능성은 거의 없다. 그리고 두 사람 모두 그 사실을 잘 안다.

"분명히 가명을 쓰고 있을 거요."

크로이츠 폼 메레는 이야기를 늘어놓기 시작했다.

"가명은 당연히 모르고. 귀족적인 풍모를 지녔다는군. 나이는 마흔쯤. 계급은 대위. 본명은 루돌프 베게너. 동프로이센의 군주제를 지지하는 오래된 가문 출신. 아마 바이마르공화국 시절에는 폰 파펜을 지지했겠지."

라이스는 편안한 자세로 책상에 앉아 크로이츠 폼 메레가 중얼거리듯 말하는 걸 들었다.

"내 생각에 공연히 먹을 것 없나 어슬렁거리는 군주제 지지자 녀석들을 처치하려면 해군에 대한 지원을 줄여서……."

라이스는 한참 뒤에야 전화를 끊을 수 있었다. 탁자로 돌아오니 빵은 이미 식어 있었다. 하지만 커피는 여전히 따뜻했다. 그는 커피를 마시고 다시 신문을 읽기 시작했다.

끝이 없군. 그는 생각했다. 보안국 녀석들은 밤새 돌아가며 근무하나 봐. 새벽 3시에 전화를 걸 수도 있겠어.

비서인 페르데후프가 사무실 안으로 머리를 디밀고 그가 통화중이 아닌 걸 확인하더니 말했다.

"새크라멘토 당국에서 방금 상당히 당황한 것처럼 전화가 걸려 왔습니다. 유태인 하나가 샌프란시스코 시내를 돌아다닌다는 신고가 있었답니다."

두 사람은 서로 보며 웃었다.

"좋아. 수선 떨지 말고 늘 하던 대로 서류를 꾸며서 보내라고 해. 다른 건?"

라이스가 말했다.

"위로 전문은 보셨죠?"

"더 왔나?"

"몇 통 더 왔습니다. 제 책상에 두었으니 필요하면 말씀하십시오. 답신은 이미 보냈습니다."

"오늘 모임에서 연설을 해야 해. 오후 1시야. 사업가들 모임 말이야."

"잊지 않으시도록 미리 알려드리겠습니다."

페르데후프가 말했다.

라이스는 의자에 등을 기대고 앉았다.

"내기하겠나?"

"당의 결정을 예상하는 거라면 사양하겠습니다."

"'집행자' 하이드리히가 총통이 될 거야."

페르데후프가 머뭇거리며 말했다.

"하이드리히는 너무 극단적입니다. 사람들은 모두 그를 두려워하기 때문에 그가 당을 좌지우지하게 두지 않을 겁니다. 그런 생각만 해도 당 고위층 인사들은 경기를 일으킬 겁니다. 보안국에서 차량이 움직였다는 소식만 들리면 25분 만에 나머지 사람들이 연합전선을 형성하겠죠. 크루프나 티센과 같은 재벌들도 그들과 한패이기 때문에……."

페르데후프는 갑자기 입을 다물었다. 암호 해독을 맡은 부서의 직원이 그에게 봉투를 가져왔기 때문이다.

라이스가 손을 내밀자 비서가 봉투를 건네주었다.

봉투 안에 든 통신문은 암호로 전달된 것을 해독해 타자로 친 것이었다.

통신문을 모두 읽은 라이스는 페르데후프가 지시를 들으려고 기다리는 모습을 보았다. 라이스는 통신문이 적힌 종이를 구겨서 책상 위 커다란 도자기 재떨이에 넣고 라이터로 불을 붙였다.

"일본인 장군 하나가 신분을 숨긴 채 이리로 오고 있다는군. 데데키라는 사람이야. 공공도서관에 가서 일본 군사잡지를 뒤져서 이자의 얼굴을 알아내. 물론 조심스럽게 진행해야지. 우리 쪽에는 그에 관한 자료가 없을 거야."

라이스는 잠가둔 캐비닛을 향해 가다가 생각을 바꾸었다.

"자료를 있는 대로 모아봐. 통계자료 같은 거. 도서관에 가면 다 구할 수 있겠지. 이 데데키 장군이라는 자는 몇 년 전에 참모총장이었다는군. 혹시 기억나는 것 있나?"

"조금 있습니다."

페르데후프가 말했다.

"성미가 꽤나 급한 사람이죠. 이제 나이가 거의 여든은 되었을 겁니다. 제가 기억하기로는 일본이 신속하게 우주에 진출해야 한다는 비상계획 같은 것을 공개 지지하기도 했습니다."

"그건 실패했지."

라이스가 말했다.

"어쩌면 치료를 받으러 병원에 오는지도 모릅니다. 일본군 출신 노인들이 이곳의 대형 캘리포니아대학교 병원을 이용하려고 꽤 많이 와 있다고 합니다. 일본 본도에서는 접할 수 없는 독일 외과기술의 도움을 받을 수 있으니까요. 당연히 비밀리에 옵니다. 애국심을 의심받을 테니까요. 그러니까 만일 베를린에서 그자를 감시하라고 한다면, 캘리포니아대학병원에 사람을 보내 살펴보는 것도 좋은 방법입니다."

라이스는 고개를 끄덕였다. 그게 아니라면 늙은 장군이 개인적인 투자를 위해 오는 것일 수도 있다. 샌프란시스코는 온갖 투기사업의 중심지이기 때문이다. 현역에 있을 때 맺어둔 인맥을 퇴역한 뒤 써먹을 일이 생겼는지도 모른다. 그런데 퇴역하기는 했나? 통신문에는 퇴역 장군이 아니라 장군이라고 쓰여 있었다.

"사진을 찾아내면 즉시 복사해서 공항과 항구에 있는 요원들에게 배포해. 이미 입국했을지도 모르지. 이런 통신문이 여기까지 오려면 얼마나 오래 걸리는지 알지?"

그리고 만일 그 장군이 이미 샌프란시스코에 들어와 있다면 베를린은 태평양연안연방 주재 영사관에 화를 낼 게 뻔하다. 영사관에서 미리 그를 찾아냈어야 한다면서 말이다. 하지만 베를린에서 통신문이 오기도 전에 어떻게 그런 일을 해낼 수 있겠는가?

"베를린에서 보내온 암호 통신문에 받은 날짜를 찍어두겠습니다."

페르데후프가 말했다.

"그러면 혹시 나중에 문제가 되더라도 언제 연락을 받았는지 보여줄 수 있습니다. 시간까지 말이죠."

"고맙네."

라이스가 말했다. 베를린 사람들은 책임을 떠넘기는 데 명수다. 번번이 당하는 것도 이제 지겨웠다. 그런 일들이 너무 잦았다.

"신중을 기하는 게 좋겠어."

라이스가 말했다.

"내 생각에는 자네가 그 통신문에 답신을 보내는 게 좋겠군. 이를테면 '보내주신 지시는 심하게 늦었음. 해당 인물이 이미 이곳에 출현했다는 보고가 있음. 현 단계에서 성공적인 추적은 요원함'이라고 말이야. 그런 식으로 하되 좀 다듬어서 보내줘. 적절하지만 모호한 내용으로 말이야. 알잖아."

페르데후프가 고개를 끄덕였다.

"바로 보내겠습니다. 그리고 보낸 시각을 정확히 기록해두겠습니다."

그는 문을 닫고 나갔다.

조심해야 해. 라이스는 생각했다. 멍하니 있다가는 어느새 흑인들만 사는 남아프리카 해안 섬나라 영사로 가게 될지 몰라. 그러면 갑자기 흑인 여자를 정부로 두게 되고 아빠라고 부르며 매달리는 조그만 깜둥이 아이들이 열댓 명 붙는단 말이지.

다시 아침 식탁에 앉은 라이스는 이집트산 사이먼아츠 70번 담배에 불을 붙이고 철제 담뱃갑을 조심스럽게 닫았다.

이제 한참 동안은 방해받을 일이 없을 것 같았다. 라이스는 가방에서 요즘 읽는 책을 꺼내 표시해둔 곳을 펼쳤다. 그리고 자세를 편하게 잡은 다음 지난번에 읽다 만 곳부터 읽어나가기 시작했다.

아득히 먼 곳, 자동차들이 조용히 오가는 거리와 티어가르텐 공원의 평화로운 일요일 아침. 그는 정녕 그곳을 걸었던가? 또 다른 삶. 아이스크림, 도저히 존재할 수 없는 맛. 이제 사람들은 쐐기풀을 끓인 물도 감지덕지 마시고 있다. 하느님. 그는 울부짖었다. 끝은 없습니까? 거대한 영국 전차들이 다가왔다. 또 다른 건물. 예전에 아파트였거나 상점 또는 학교, 사무실이었을 것이다. 알 수 없었다. 폐허가 된 건물이 쓰러져서 산산조각이 났다. 그나마 살아 있던 사람들 몇 명이 또 아무 소리도 내지 못한 채 돌무더기에 깔려 죽었다. 죽음은 모든 곳에 공평하게 퍼지고 있다. 살아 있는 사람들, 다친 사람들, 켜켜이 쌓인 채 이미 냄새를 풍기기 시작한 시체들을 가리지 않는다. 냄새를 풍기며 떨고 있는 베를린의 송장은 눈도 안 달린 포탑을 여전히 내민 채 저항도 하지 못하고 이 건물처럼, 한때는 누군가 자부심으로 지어 올렸을 이 이름 없는 건물처럼 사라지고 있다.

216

소년은 자신의 양팔이 회색 재로 얇게 덮인 걸 보았다. 재의 일부는 무기물이고 또 일부는 생명이 타고 마지막으로 남은 걸 걸러낸 물질이다. 지금은 모두 서로 섞였지. 소년은 그렇게 생각하며 몸에서 재를 떨어냈다. 더는 깊이 생각하지 않았다. 비명 속에서 높게 쌓인 잔해들을 보면서도 뭔가 생각해야만 했다면, 뭔가 마음을 사로잡을 만한 다른 생각을 했을 것이다. 배가 고팠다. 소년은 엿새 동안 쐐기풀밖에 먹지 못했다. 이제 그나마도 없다. 잡초가 우거진 풀밭은 거대한 구덩이 속으로 사라져버렸다. 소년처럼 수척한 사람들이 구덩이 주변에 나타나 아무 말 없이 서 있다가 사라지는 모습이 흐릿하게 보였다. 하얗게 센 머리에 스카프를 두른 늙은 여자는 텅 빈 바구니를 팔에 걸치고 있다. 팔이 하나밖에 없는 사내의 눈은 바구니처럼 텅 비었다. 소녀 하나. 모두 사라진 자리, 뭉개진 나무들 사이에 몸을 숨긴 에릭만 남았다.

적들은 여전히 몰려오고 있다.

끝은 없는 걸까? 소년은 물었다. 누구에게 묻는 건지 알 수 없었다. 끝난다면, 그다음에는? 저들이 배를 채우고 나면……

"남작 각하."

페르데후프의 목소리였다.

"방해해서 죄송합니다. 잠깐이면 됩니다."

라이스는 벌떡 일어서며 책을 덮었다.

"괜찮아."

글을 정말 잘 쓰는군. 라이스는 생각했다. 완전히 푹 빠지게 하니 말이야. 영국군에 함락되는 베를린이라. 진짜 벌어진 일처럼 생생하군. 그는 몸을 부르르 떨었다.

상상을 불러내는 소설의 힘은 위대한 거야. 아무리 싸구려 인기소설이라도 말이지. 독일 점령지에서 금서가 된 것도 놀랍지 않아. 나라도 금지시키겠어. 아예 시작을 말았어야 했어. 이미 늦었지만. 이제 끝까지 읽는 수밖에.

비서가 말했다.

"독일 배에서 내린 선원들이 몇 명 왔습니다. 여기 오면 각하께 보고해야 합니다."

"그래."

라이스가 말했다. 그는 재빨리 문을 열고 바깥 사무실로 나갔다. 두꺼운 회색 스웨터 차림의 선원 세 명이 보였다. 모두 숱이 많은 금발에 강인한 얼굴로 조금 긴장한 모습이었다. 라이스는 오른손을 치켜들며 인사를 건넸다.

"하일 히틀러!"

그러고는 선원들에게 살짝 친근한 웃음을 지어 보였다.

"하일 히틀러!"

선원들은 중얼거리듯 말하고는 가져온 서류를 내밀었다.

서류에 서명을 마친 라이스는 서둘러 다시 안쪽 개인 사무실로 돌아왔다.

다시 혼자가 된 라이스는 『메뚜기는 무겁게 짓누른다』를 펼쳤다.

마침 펼친 부분에 등장하는 내용은 히틀러에 관한 것이었다. 도저히 그냥 지나칠 수가 없었다. 원래 읽던 곳과 상관없이 읽어 내려갔다. 목 뒤가 후끈 달아올랐다.

히틀러가 재판을 받는군. 전쟁이 끝난 뒤야. 히틀러가 연합국에 붙잡힌 거야. 맙소사. 괴벨스도 마찬가지야. 괴링도. 모두 사로잡혔어. 뮌헨에서. 히틀러가 미국 검사에게 답변하는 장면이군.

검게 타오르던 노인의 영혼이 순간적으로 다시 한 번 불붙는 것 같았다. 꾸물대는 듯 덜덜 떨기만 하던 그는 갑자기 몸을 쭉 펴고 고개를 들었다. 끊임없이 침을 흘리던 입술에서 푸념인지 속삭임인지 모를 소리가 들렸다.

"독일이여, 여기 내가 있다."

귀를 기울이며 지켜보던 이들은 부르르 몸을 떨었다. 사람들은 귀에 꽂은 이어폰을 꼭 눌렀고, 러시아인이나 미국인, 영국인, 독일인 가릴 것 없이 얼굴이 굳었다. 그래, 칼은 생각했다. 그는 다시 여기 서 있다. 우리는 저들에게 패배했어. 하지만 그게 다가 아니야. 저들은 이 '초인'을 발가벗겨 여기에 던져놓았어. 단지…….

"남작 각하."

비서가 사무실 안에 들어와 있었다.

"지금 바빠."

라이스는 화를 내며 말하고는 거칠게 책을 덮었다.

"책 좀 읽을 수 없나, 젠장!"

어쩔 도리가 없었다. 라이스도 잘 알았다.

"베를린에서 또 암호 통신문이 왔습니다. 암호 해독하는 걸 흘깃 봤습니다. 정치적 상황에 관한 내용입니다."

"무슨 일인데?"

라이스는 손가락으로 이마를 문지르며 중얼거리듯 물었다.

"괴벨스 박사가 느닷없이 라디오에 출연해서 중요한 연설을 했다고 합니다."

비서는 상당히 흥분해 있었다.

"아마 연설 내용이 들어올 겁니다. 암호문이 아닌 형태인 걸로 봐서는 이곳 언론에 실으려는 것 같습니다."

"알았네. 알았어."

라이스가 말했다.

비서는 밖으로 나가자 라이스는 다시 책을 폈다. 그래, 한 번만 더 보고……. 그는 읽던 부분을 찾아냈다.

칼은 아무 말 없이 깃발로 덮인 관을 바라보았다. 그는 여기 누워 있다. 이제 그는 영원히 떠났다. 악마의 힘을 빌린다고 해도 그를 다시 되살릴 수는 없다. 그는 결국 진짜 '초인'이었을까? 칼은 그를 맹목적으로 따르고 숭배했다. 무덤에 들어가기 직전인 지금까지도. 아돌프 히틀러는 세상을 떠났지만 칼은 아직 목숨을 부지하고 있다. 그를 따라가지는 않겠어. 칼은 마음속으로 속삭였다. 계속 살아가는 거야. 그리고 다시 세우는 거지. 우리는 모든 걸 다시 세울 거야. 반드시.

지도자 히틀러의 마법이 그를 얼마나 지독하게 멀리까지 데려온 것인지. 그 믿을 수 없는 기록에 마지막 마침표까지 찍은 지금, 오스트리아의 외딴 시골 마을에서 시작해 비엔나의 썩은 내 나는 가난을 거쳐 참호 속 끔찍한 악몽과 정치적인 음모를 뚫고 창당에 이른 다음 총통 자리에 올라 순식간에 세계 제패 직전까지 다가갔던 여정은 대체 무엇이었나? 칼은 알았다. 허세. 아돌프 히틀러는 사람들에게 거짓말을 했다. 허황된 말로 그들을 이끌었다.

아직 늦지 않았어. 우리는 당신의 허세를 알아차렸어, 아돌프 히틀러. 그리고 우리는 마침내 당신 정체를 알게 되었지. 그리고 나치당, 끔찍한 살인과 과대망상으로 물든 환상의 시대가 무엇이고 어땠는지도.

칼은 몸을 돌려 아무 말도 없는 관으로부터 멀어져갔다…….

라이스는 책을 덮고 한참 동안 앉아 있었다. 자기도 모르게 화가 치밀었다. 일본 놈들을 더 세게 압박해서 이 책을 금지시켰어야 해. 그는 속으로 생각했다. 사실 일본이 고의적으로 구는 게 틀림없었다. 그들이라면 이 책을 쓴 작가를 체포할 수도 있었을 것이다. 이름이 뭐였지? 그래, 아벤젠. 일본이 미국 중서부지역에 행사하는 영향력은 막강했다.

라이스가 화나는 건 이 부분이었다. 아벤젠이 쓴 책에 묘사된 아돌프 히틀러의 죽음, 히틀러와 나치당, 독일의 패배와 파멸. 그 모든 것이 왠지 더 웅장한데다 현존하는 실제 세계, 그러니까 독일이 패권을 차지한 지금 상황보다 옛 정신과 더 맞아 떨어지는 것 같았다.

어떻게 그럴 수가 있지? 라이스는 스스로에게 물었다. 단지 작가가 글을 워낙 잘 썼기 때문일까?

소설가들은 수없이 많은 속임수를 안다. 괴벨스 박사만 봐도 그렇다. 그도 시작은 같았다. 그도 소설을 썼다. 겉보기에 아무리 존경받을 만한 사람이라 해도 누구나 내면에 숨은 욕망이 있다. 소설은 그 근본적인 욕망에 호소한다. 그래, 소설가들은 인간을 잘 알아. 인간이 얼마나 무가치한 존재이고 성적 본능에 지배당하며 겁을 집어먹은 채 흔들리고 욕망을 위해서라면 무엇이든 내던지는지 잘 알지. 소설가는 그저 북을 울리기만 하면 돼. 그럼 저절로 반응이 일어나지. 그러면 웃으면서 얻은 것만 챙기면 되는 거야.

녀석이 내 마음에 장난친 걸 봐. 라이스는 생각했다. 머리가 아니라 마음을 노리는 거야. 그리고 놈은 당연히 대가를 얻었겠지. 돈이 걸려 있는 거야. 뭘 쓸지 가르쳐가며 부추긴 자도 분명히 있겠지. 돈만 벌 수 있다면 뭐든 써내는 게 소설가야. 거짓

말을 잔뜩 늘어놓으면 대중은 냄새를 풍기는 음식을 진지하게 받아 들지. 이거 어디서 찍어낸 책이지? 라이스는 책 표지를 살폈다. 네브래스카 주 오마하. 전쟁 전 금권정치 국가이던 미국에서 출판업의 마지막 중심지였던 곳. 그보다 더 옛날에 출판업은 뉴욕의 중심가에서 유태인들과 공산주의자들의 자금으로 굴러갔었다.

어쩌면 이 아벤젠이라는 자도 유태인인지 모른다.

유태인들은 여전히 우리를 물들이려 하고 있어. 이 유태인의 책. 라이스는 책 표지를 거칠게 덮었다. 실제 이름은 아벤트슈타인일 것이다. 지금쯤이면 보안국에서 당연히 조사했겠지.

누군가 로키산맥연방으로 보내서 아벤트슈타인 선생을 만나게 해야 한다는 사실은 의심할 여지가 없다. 크로이츠 폼 메레가 이미 그런 명령을 받았는지도 몰라. 베를린에서 난리가 났으니 아직 명령을 받지는 못했겠군. 모두 국내 문제로 정신이 없을 테니.

하지만 이 책은 위험해. 라이스는 생각했다.

만일 아벤트슈타인이 어느 멋진 아침, 천장에 목을 맨 채 발견된다면 이 책을 읽고 영향을 받았을지도 모를 사람들에게 명확하게 경고가 될 거야. 우리가 책의 마지막을 장식할 수도 있겠지. 후기를 쓰는 셈이야.

물론 그 일은 백인이 맡아야 해. 스코르체니가 요새 무슨 일을 하는지 궁금하군.

라이스는 책 표지를 거듭 읽으며 생각에 깊이 잠겼다. 이 유태인 놈은 집을 요새처럼 꾸몄다. 이른바 '높은 성'이라는 곳에. 영리한 놈이다. 누구든 침투해서 놈을 처치한다고 해도 빠져나오기가 쉽지 않을 것이다.

어리석은 짓일 수도 있다. 어차피 책은 시중에 나와 있으니까. 지금은 너무 늦었다. 게다가 그곳은 일본이 점령했던 지역이다. 아마 키 작은 황인종 놈들이 난리를 피우겠지.

그렇기는 하지만, 방법만 있다면……. 제대로 해낼 수만 있다면…….

후고 라이스 남작은 수첩에 메모를 했다. 친위대의 오토 스코르체니 장군에게 이 이야기를 꺼내봐야지. 아니, 국가보안본부 제3국의 오토 올렌도르프가 나을지도 몰라. 올렌도르프는 유태인 제거 특임부대도 맡은 적 있지 않나?

그 순간, 느닷없이 라이스는 속이 뒤집힐 정도로 분노가 치밀었다. 이미 끝난 일인 줄 알았는데, 하고 그는 생각했다. 영원히 이 짓을 해야 하나? 전쟁은 이미 오래전에 끝났다. 우리는 그때 전쟁과 함께 모든 게 끝났다고 생각했다. 하지만 아프리카에서 낭패를 봤다. 로젠베르크의 계획을 자이스인크바르트, 그 미친 놈이 실행에 옮겼더랬다.

봅 호프의 말이 옳아. 그는 생각했다. 화성인을 만난 독일군에 관한 농담. 화성에 유태인이 산다고 했지. 우리는 화성에서도 유태인을 보게 될 거야. 머리가 둘 달리고 다리가 하나인 모습이라고 해도 말이지.

난 다른 할 일이 많아. 그는 결심했다. 특수부대를 보내 아벤젠을 잡겠다는 경솔한 계획이나 세우고 있을 시간이 없어. 독일에서 온 선원들을 맞이하거나 암호 통신문에 답신 보내는 것만도 바빠. 암살계획 따위는 더 높은 사람이 알아서 하라지. 그건 그들 일이니까.

어쨌든 만일 내가 그런 작전을 부추겼다가 역효과라도 나는 날이면 무슨 꼴을 당할지는 뻔해. 가스실에 갇혀 지클론 B 시안화수소 가스를 마시지는 않더라도 최소한 동부종합정부 구치소 신세겠지.

그는 손을 뻗어 수첩에 쓴 내용을 꼼꼼히 지우고는 뜯어내서 도자기 재떨이에 넣고 불로 태워버렸다.

노크 소리가 나더니 출입문이 열렸다. 비서가 커다란 서류 뭉치를 들고 들어왔다.

"괴벨스 박사의 연설입니다. 처음부터 끝까지 모두 있습니다." 페르데후프는 서류 뭉치를 책상 위에 내려놓았다.

"꼭 읽어보셔야 합니다. 대단합니다. 지금까지 한 연설 가운데 최고입니다."

라이스는 담배 한 개비를 다시 꺼내 물고 괴벨스 박사의 연설문을 읽기 시작했다.

    쉬지 않고 거의 2주 동안 일한 끝에 '에드 프랭크 맞춤 귀금속'은 첫 번째 완성품들을 생산했다. 상품들은 검은색 벨벳으로 덮은 두 개의 판자 위에 가지런히 진열한 다음 다시 커다란 일본제 버들고리 바구니 속에 담았다. 에드 매카시와 프랭크 프링크는 명함도 만들었다. 단단한 지우개에 이름을 새겨 빨간색으로 찍은 다음 아이들이 쓰는 장난감 인쇄 롤러로 명함을 장식했다. 고급 크리스마스카드 용지를 사용했더니 놀라울 정도로 멋진 명함이 되었다.

    그들의 사업은 모든 면에서 전문가다웠다. 상품이나 명함, 진열 등 어떤 걸 보더라도 초보자 솜씨로는 보이지 않았다. 그럴 이유가 없잖아? 프랭크는 생각했다. 우리 둘 다 전문가니까. 주로 귀금속 제작이 아니라 기계류를 전문적으로 다루긴 했지만.

진열대 위 상품은 다양했다. 놋쇠와 청동, 구리에다 고열로 철을 녹여 만든 두툼한 팔찌. 목걸이는 대개 놋쇠로 만들었고 작은 은장식을 달았다. 은으로 만든 귀고리. 은이나 청동으로 만든 핀. 은을 쓰느라 돈이 많이 들었다. 은랍 비용도 만만치 않았다. 핀에 장식으로 쓸 준보석도 조금 구매했다. 동그랗지 않고 조금 일그러진 바로크 진주와 스피넬, 비취, 붉은 오팔 조각. 일이 잘 풀리면 금이나 아주 조그만 다이아몬드까지도 써볼 작정이었다.

금으로 상품을 만들어야 이익을 키울 수 있었다. 그들은 이미 예술적 가치가 없는 골동품을 녹일 때 나온 재생 금을 모아 파는 곳을 찾고 있었다. 그쪽이 새로 나온 금보다 가격이 쌌다. 하지만 그래도 금은 여전히 비쌌다. 그렇지만 금으로 만든 핀 하나를 팔면 그 이익이 놋쇠 핀 40개 판 것보다 컸다. 디자인이 정말 좋고 잘 만든 금제품이라면 부르는 게 값이었다. 물론 그건 프랭크가 지적했듯이 물건이 잘 팔리는 경우에나 생각할 일이었다.

지금까지는 물건을 팔아보려고 애써보지 않았다. 기본적인 기술 문제들만 해결한 상태였다. 작업대를 설치하고 모터를 달았고 플렉스 케이블 머신을 설치하고 연마용 숫돌을 끼워 돌릴 때 필요한 축도 구했다. 마감에 쓸 공구도 완벽하게 구비했다. 광택을 내는 거친 와이어 브러시부터 놋쇠 브러시에다 크레이텍스 연마기까지 갖추었다. 연마용 자재도 면부터 리넨, 가죽, 섀미 등 여러 가지였고, 연마제도 금강사부터 아주 고운 철단까지 고루 준비했다. 그리고 당연히 산소용접기 세트와 탱크, 계량기, 호스, 공구, 마스크도 구입했다.

그리고 보석세공에 필요한 고급 장비도 구했다. 독일과 프랑스에서 만든 펜치, 마이크로미터, 다이아몬드드릴, 톱, 부젓가락, 핀셋, 중고 납땜 도구, 바이스, 광택 천, 전단기, 손으로 만든 작은 망치들……. 수없이 많은 정밀기기들. 여러 가지 굵기의 땜납 막대, 철판, 옷핀 재료, 사슬, 귀고리 재료. 2천 달러 가운데 이미 절반 이상을 썼다. 두 사람이 에드 프랭크라는 이름으로 개설한 은행 계좌에는 이제 겨우 250달러밖에 남지 않았다. 하지만 그들은 이제 합법적으로 법인 설립을 마친 상태였다. 태평양연안연방 허가까지 얻었다. 이제 상품을 파는 일만 남았다.

그 어떤 소매상도 우리처럼 꼼꼼하게 점검할 수는 없을 거야. 프랭크는 진열해둔 상품을 보며 생각했다. 두 사람은 특별히 골라낸 상품을 놓고 혹시라도 용접이 잘못된 곳은 없는지, 거칠거나 너무 날카로운 곳은 없는지, 열 때문에 생긴 얼룩이 없는지 공들여 살피고 또 살폈다. 그들의 품질관리는 무척 훌륭했다. 아주 조금이라도 마감이 덜 되거나 연마기 자국이 보이기만 해도 반품의 원인이 될 수 있다. 마무리를 제대로 마치지 않거나 대충 작업해서는 안 되었다. 은목걸이에 묻은 검은 얼룩 하나라도 못 보고 지나치는 날이면 끝장이었다.

그들이 작성한 목록에 로버트 칠던의 가게가 첫 번째로 적혀 있었다. 하지만 그곳에는 에드가 가야만 했다. 칠던은 분명히 프랭크를 기억하고 있을 것이다.

"실제 판매는 자네가 대부분 맡아야 해."

에드가 말했다. 하지만 칠던의 가게는 그가 직접 방문할 수밖에 없다는 걸 잘 알았다. 그는 제대로 된 모습을 보여주기 위해 고급 양복에 새 넥타이, 하얀색 셔츠까지 사뒀다. 그럼에도 왠지 거북해 보였다.

"저희는 솜씨가 훌륭합니다. 하지만……. 제기랄."

에드는 이미 수백 번도 넘게 연습을 했다.

상품은 대개 추상적인 모양으로 고리나 와이어가 소용돌이치는 모습이었다. 금속이 녹아내린 모습을 어느 정도 그대로 반영한 디자인이었다. 어떤 것들은 거미줄처럼 섬세하고 가벼워 보였지만 또 어떤 물건은 덩치가 크고 힘이 넘치다 못해 야만적이라고 해도 될 정도로 무게감이 느껴지기도 했다. 진열대에 그리 많지 않은 상품을 진열한 걸 감안하면 상품 디자인은 놀라울 정도로 다양한 셈이었다. 하지만 우리가 만든 다양한 물건을 모두 구입할 수 있는 상점은 단 한 군데도 없지. 프랭크는 잘 알고 있었다. 한 번 방문해 판매에 실패한 상점을 다시 찾아갈 이유는 없어. 하지만 판매에 일단 성공한다면, 우리 물건을 받아서 팔기 시작한 가게에 평생 물건을 공급해주며 사업을 하면 된다.

두 사람은 상품을 진열한 벨벳 진열대를 버들고리 바구니에 집어 넣었다. 최악의 경우라도 금속 재료비 일부는 회수할 수 있겠지, 하고 프랭크는 생각했다. 공구와 장비는 다시 팔면 된다. 그러면 손해를 보더라도 어느 정도는 돈을 만들 수 있다.

이제 주역에 점괘를 물어볼 시간이다. 에드가 처음으로 영업을 하러 가는데, 결과가 어떨까요? 이렇게 물어보는 거야. 하지만 프랭크는 너무 긴장해 점을 칠 수가 없었다. 나쁜 점괘가 나올지도 모르는데, 그러면 도저히 감당하지 못할 것 같았다. 앞일이 어떻게 되든 주사위는 이미 던져졌다. 상품도 만들었고 작업장도 모두 꾸몄다. 이제는 주역이 뭐라고 떠들든 아무 상관 없다.

주역이 우리 대신 상품을 팔아줄 건 아니니까……. 우리에게 행운을 주지도 못해.

"칠던의 가게를 먼저 찾아가겠어. 신경 쓰이니까 얼른 먼저 끝내야지. 그러고 나서 자네가 몇 군데 방문해봐. 같이 갈 거지? 트럭에서 기다려. 좀 떨어진 곳에 주차할 테니까."

함께 버들고리 바구니를 들고 픽업트럭에 올라타면서 프랭크는 이런 생각이 들었다. 에드나 내가 영업에 재능이 있을지는 아무도 모를 일이야. 칠던이 물건을 살 수도 있어. 하지만 우선 사람들이 말하는 '상품 소개'를 잘 해야겠지.

줄리아나가 있었더라면. 프랭크는 생각했다. 그녀라면 눈썹하나 까딱하지 않고 가게로 성큼성큼 들어갈 텐데. 그녀는 예쁘고 상대가 누구든 쉽게 말을 붙이는 성격인데다 여자다. 어쨌거나 우리 상품은 여자 장신구니까. 줄리아나라면 가게 안에서 직접 몸에 걸쳐볼 수도 있어. 프랭크는 눈을 감고 그들이 만든 팔찌 하나를 손목에 낀 줄리아나의 모습을 머리에 떠올리려 애썼다. 아니면 커다란 은목걸이도 좋다. 검은 머리칼과 하얀 피부, 애절하게 뭔가를 찾는 눈빛……. 살짝 몸에 붙는 회색 스웨터를 입은 그녀의 맨살 위로 은색 목걸이가 늘어진 채 그녀가 숨을 쉴 때마다 오르락내리락…….

맙소사. 그녀는 지금도 그의 마음속에 생생하게 남아 있었다. 그녀는 두 사람이 만든 상품을 가늘지만 단단한 손가락으로 집어 올려 자세히 살펴본다. 머리를 뒤로 젖히며 물건을 높이 들어서 보기도 한다. 줄리아나는 그가 무슨 일을 하든 늘 증인 노릇을 해주었다.

프랭크는 그녀에게 가장 잘 어울리는 건 귀고리라고 생각했다. 밝게 빛나며 달랑거리는, 특히 놋쇠로 만든 것들. 머리칼을 뒤로 묶거나 짧게 잘라서 목과 귀가 모두 드러나야 한다. 그러면 그녀의 사진을 찍어서 광고에도 사용하고 진열장에 걸어둬도 된다. 프랭크와 에드는 카탈로그를 만들까 의논도 했다. 카탈로그가 있으면 세계 각국의 상점에 보내 우편으로 주문을 받을 수도 있다. 사진 속 줄리아나는 멋질 텐데……. 매끈하고 건강하기 그지없는 피부. 워낙 색이 곱기도 하지만 처지거나 주름진 곳도 전혀 없다. 어디 사는지 찾아내 부탁하면 한다고 할까? 나를 어떻게 생각하는지는 아무 상관 없다. 개인적인 관계와는 연관 지을 필요도 없다. 이건 단지 사업 문제일 뿐이다.

빌어먹을. 사진을 내가 찍어서도 안 되겠군. 전문 사진가를 불러야 한다. 그러면 줄리아나도 좋아할 것이다. 허영심은 여전히 대단하겠지. 그녀는 늘 사람들이 자기를 떠받들어주는 걸 좋아했다. 그게 누구든 상관없었다. 모르긴 몰라도 여자들은 모두 그런 것 같다. 늘 관심을 갈망한다. 그런 면으로는 애들이나 마찬가지다.

줄리아나는 절대로 혼자인 걸 참지 못해. 프랭크는 생각했다. 늘 내가 주위에서 칭찬해줘야 했지. 그럴 때는 애 같다니까. 아이들은 부모가 지켜보고 있지 않으면 자기가 하는 일을 현실로 느끼지 못하니까. 분명히 지금도 자기만을 바라볼 어떤 남자를 구했을 거야. 그녀가 얼마나 예쁜지 말해줄 남자. 다리, 매끈하고 날씬한 허리를 칭찬해줄 남자.

"왜 그래? 불안해?"

에드가 프랭크를 보며 말했다.

"아니야."

"들어가서 그냥 멍하니 서 있지는 않겠어."

에드가 말했다.

"몇 가지 생각해둔 게 있어. 그리고 또 해줄 말이 있어. 나는 두렵지 않아. 고급 가게에 간다고 고급 양복을 빼입은 것 때문에 겁이 나거나 하지는 않아. 잘 차려입는 걸 좋아하지는 않지. 불편한 건 인정해. 하지만 그건 전혀 문제가 되지 않아. 가게에 들어가서 그 멍청이에게 본때를 보여주고 오겠어."

좋아. 프랭크는 생각했다.

"젠장, 자네는 저기 들어가서 일본 놈 제독이 보낸 사람이니 뭐니 떠들어댔잖아. 나야 거짓말을 하지는 않아도 되니까. 그냥 가서 이 물건은 정말 독창적인 디자인으로 직접 만든 장신구라서……."

"수제품이라고 해."

프랭크가 말했다.

"그래, 수제품. 진짜야. 들어가서 저자가 만족하기 전까지는 안 나올 거야. 녀석은 이 물건을 살 수밖에 없어. 진짜 바보가 아니라면 말이야. 이미 다 둘러보았어. 우리 물건 같은 건 어디서도 팔지 않아. 맙소사, 이걸 보고 사지 않겠다고 말하는 걸 상상만 해도……. 머리가 돌아서 놈을 패버릴 것 같군."

"색을 입힌 게 아니라고 잊지 말고 얘기해."

프랭크가 말했다.

"구리는 모두 구리고 놋쇠도 통째로 놋쇠라고 말하라고."

"내가 알아서 하게 두라고. 정말 좋은 아이디어가 있다니까."

프랭크는 생각했다. 이렇게 하면 되겠군. 물건을 두어 개 빼내 포장한 다음 줄리아나에게 보내는 거야. 그 정도는 에드도 신경 쓰지 않겠지. 물건을 받아보면 줄리아나도 내가 뭘 하는지 알게 될 거야. 내가 아는 그녀의 마지막 주소로 보내면 우체국에서 지금 사는 곳을 찾아내겠지. 그녀가 상자를 열어보고 뭐라고 할까? 내가 직접 만든 거라고 설명하는 편지 정도는 써서 넣어야지. 귀금속을 직접 만들어서 파는 사업을 조그맣게나마 시작했다고 말이야. 상상력을 자극해서 그녀가 좀 더 알고 싶어하게, 흥미를 느끼게 만드는 거야. 보석과 귀금속을 다룬다고 해야지. 그리고 아주 고급 상점들과 거래한다고…….

"거의 다 온 것 아닌가?"

233

에드가 트럭의 속도를 늦추며 말했다. 시내를 오가는 차량이 많았다. 건물들이 하늘을 온통 가리고 있었다.

"주차하는 게 좋겠어."

"다섯 구역은 더 가야 해."

프랭크가 말했다.

"마리화나 담배 있어? 지금 하나 피우면 차분해질 것 같은데."

에드가 말했다.

프랭크는 WM코퍼레이션에서 일할 때부터 피우게 된, '천상의 음악'이라는 상표가 붙은 마리화나 담뱃갑을 내밀었다.

다른 남자와 살겠지. 프랭크는 속으로 생각했다. 잠자리도 하고. 마치 그놈 마누라라도 되는 것처럼. 줄리아나는 내가 잘 알지. 다른 방식으로는 못 살 여자야. 저녁이 되면 그녀가 어떻게 변하는지 알지. 춥고 어두워져 모든 사람이 거실에 둘러앉아 있을 때 말이야. 그녀는 혼자 살 수 없게 태어났어. 프랭크는 자신도 마찬가지라는 걸 깨달았다.

어쩌면 정말 좋은 남자를 만났을지도 몰라. 수줍음 타는 학생일 수도 있지. 여자에게 용기를 내 접근해본 적도 없는 젊은이라면 줄리아나는 아주 좋은 상대지. 대하기 어렵지도 않고 빈정대지도 않으니까. 남자에게는 큰 도움이 되는 상대야. 제발 늙은이랑은 어울리지 않았으면 좋겠군. 그건 도저히 참을 수 없어. 노련하고 야비한 녀석이 입에 이쑤시개를 삐쭉 물고 줄리아나를 을러대는 모습.

프랭크는 자신의 숨소리가 거칠어진 걸 알아차렸다. 살찌고

털이 잔뜩 난 어떤 사내가 줄리아나를 괴롭히며 인생을 비참하게 만드는 모습……. 그러면 그녀는 결국 자살하고 말거야. 제대로 된 남자를 찾지 못하면 충분히 일어날 수 있는 일이지. 정말 점잖고 감성적이고 친절한 학생 같은 남자, 그녀의 모든 생각에 공감할 수 있는 남자가 없다면.

나는 너무 거칠었어. 그렇다고 아주 형편없지는 않았지. 나보다 못한 녀석들이야 널렸으니까. 나는 줄리아나가 무슨 생각을 하는지, 뭘 원하는지, 언제 외롭고 기분이 나쁘고 속이 상한지 제법 잘 알아차렸지. 그녀를 걱정하고 그녀에게 관심을 쏟으며 많은 시간을 보냈어. 충분하지는 않았지만. 그녀는 더 많은 걸 누릴 자격이 있어. 훨씬 더.

"여기 주차해야겠어."

에드는 차를 세울 곳을 찾아낸 뒤를 돌아보며 트럭을 후진시켰다.

"저, 집사람한테 몇 개 보내줘도 될까?"

프랭크가 말했다.

"자네 결혼한 줄 몰랐어."

에드가 주차에 온통 신경을 쏟다가 반사적으로 말했다.

"되다마다. 은제품만 아니면 마음대로 해."

에드는 시동을 껐다.

"자, 왔군."

에드는 마리화나 담배를 빨고 나서 계기판에 대고 문질러 끄더니 꽁초를 운전석 바닥에 버렸다.

"행운을 빌어달라고."

"행운을 빌어."

프랭크가 말했다.

"이봐, 여기 담뱃갑 뒤에 일본 놈 시 같은 게 적혀 있군."

에드는 차들이 내는 소음 속에서도 들리도록 큰 소리로 시를 읽었다.

뻐꾸기 울음을 듣고는

그쪽을 바라보았다

소리가 나는 쪽에서

나는 무엇을 보았나?

동 트는 하늘 위에는 창백한 달뿐

그는 담뱃갑을 프랭크에게 돌려주었다.

"마압소사!"

에드는 소리를 지르고는 프랭크의 등을 툭 치고 문을 열더니 버들고리 바구니를 들고 차에서 내렸다.

"주차기에 돈은 자네가 넣으라고."

그는 인도를 따라 걸어갔다.

에드의 모습은 어느새 사람들 사이로 사라져 보이지 않았다.

줄리아나. 프랭크는 생각했다. 당신도 나만큼 외로워?

그는 트럭에서 내려 주차요금 징수기에 동전 하나를 넣었다.

두렵군. 이 귀금속 사업. 망하면 어쩌지? 망하면 어째? 주역

점괘에는 이렇게 나와 있다. 항아리를 두드리며 눈물을 흘리고 울부짖는다.

인간은 자기 삶의 어두운 그림자와 대면한다. 무덤으로 향하는 길. 그녀가 옆에 있다면 그리 나쁘지는 않을 텐데. 전혀 나쁘지 않지.

프랭크는 자신이 두려워한다는 걸 깨달았다. 에드가 하나도 못 팔면? 사람들이 우리를 비웃으면?

그때는 어쩌지?

줄리아나는 아파트 거실 바닥에 깐 시트 위에서 조 치나델라를 끌어안고 있었다. 쏟아지는 오후 햇살 때문에 실내는 덥고 답답했다. 그녀와 그녀가 안은 남자의 몸은 땀에 잔뜩 젖어 있었다. 조의 이마에서 땀 한 방울이 흘러내려 광대뼈에 잠시 매달렸다가 그녀의 목에 떨어졌다.

"당신, 아직도 땀이 나."

줄리아나가 중얼거렸다.

조는 아무 말도 없었다. 천천히 규칙적으로 숨을 길게 내쉬기만 했다. 바다 같아. 그녀는 생각했다. 우리 몸속에는 물밖에 없어.

"어땠어?"

그녀가 물었다.

조는 괜찮았다는 듯 중얼거렸다.

좋았을 거야, 하고 줄리아나는 생각했다. 분명해. 이제 둘 다

일어나서 정신을 차려야 해. 그러자고 하면 기분이 나빠할까? 나도 모르게 못마땅해하는 것처럼 보일까?

조가 몸을 움직였다.

"일어나는 거야?"

그녀는 조를 양팔로 꼭 안았다.

"일어나지 마. 조금만."

"체육관에 가야 하지 않아?"

체육관에는 안 가. 줄리아나는 속으로 말했다. 그걸 모르겠어? 둘이 어디 다른 곳으로 가자. 여기서 너무 오래 머물지 말아. 한 번도 가보지 못한 곳으로 가자. 시간이 됐어.

조가 몸을 뒤로 빼더니 무릎을 짚고 몸을 일으켰다. 줄리아나의 양손이 축축하게 젖은 그의 등에서 미끄러졌다. 조가 맨발로 바닥을 디디며 걸어가는 소리가 들렸다. 화장실에 가는 게 분명했다. 샤워를 하러.

끝났어. 줄리아나는 생각했다. 할 수 없지. 그녀는 한숨을 내쉬었다.

"다 들려."

조가 화장실에서 말했다.

"한숨 쉬는 거. 당신은 늘 풀이 죽어 있어. 안 그래? 걱정, 두려움, 의심. 나와 세상 모든 것에 관해서 말이야."

그는 비눗물을 떨어뜨리며 잠시 화장실에서 나와 환하게 웃었다.

"여행을 떠나면 어때?"

그녀는 맥박이 빨라졌다.

"어디로?"

"어디 큰 도시로. 북쪽, 덴버가 어때? 내가 데리고 다녀주지. 쇼도 구경하고 좋은 식당도 가고 택시도 타고. 좋은 드레스나 필요한 게 있으면 사줄게. 어때?"

도저히 믿기지 않는 말이었다. 하지만 믿고 싶었다. 믿으려고 애썼다.

"당신 차로 거기까지 갈 수 있을까?"

조가 큰소리로 말했다.

"그럼."

"우리 좋은 옷도 사서 입자고. 즐겨보는 거야. 태어나서 처음일지도 모르지. 그러지 않으면 당신은 무너지고 말거야."

"돈은 어디서 구해?"

"돈 있어. 내 가방 속을 봐."

조는 화장실 문을 닫았다. 물이 떨어지는 소리가 시끄러워 다른 말은 들리지 않았다.

줄리아나는 옷장 속에 넣어둔 조의 작은 여행가방을 꺼냈다. 여기저기 흠집이 나고 얼룩이 묻었다. 가방 구석에서 찾아낸 봉투 속에는 독일 국립은행 지폐 다발이 들었다. 가치가 높고 어디서나 통용되는 돈이다. 정말 갈 수 있구나, 하고 그녀는 생각했다. 어쩌면 조는 진심인지도 몰라. 그의 마음속에 들어가 무슨 생각을 하는지 볼 수 있으면 좋겠어. 줄리아나는 돈을 세며 생각했다.

그녀는 돈 봉투 아래서 커다란 만년필을 발견했다. 만년필처럼 생긴 다른 물건인지, 뭔지 모를 클립이 붙어 있었다. 그런데 무게가 꽤 무거웠다. 조심조심 꺼내 뚜껑을 열어보았다. 그래, 금으로 된 펜촉도 달렸잖아. 그런데…….

"이건 뭐야?"

샤워를 마치고 나온 조에게 물었다.

조는 그 물건을 받아들더니 다시 여행가방에 넣었다. 그가 물건을 어찌나 조심스럽게 다루는지, 그것을 알아챈 줄리아나는 도리어 어리둥절해서 생각에 잠겼다.

"또 우울해졌어?"

조가 물었다. 그는 처음 만난 이후로 그 어느 때보다 마음이 가벼워 보였다. 신이 난 사람처럼 소리를 지르고는 줄리아나의 허리를 끌어안더니 그녀를 들어올려 앞뒤로 흔들고 얼굴을 들여다보았다. 그리고 그녀가 비명을 내지를 때까지 뜨거운 숨을 내뿜으며 그녀를 힘껏 껴안았다.

"아니야. 그냥, 변하는 게 느린 거야."

아직은 당신이 조금 두려워. 그녀는 생각했다. 너무 무서워서 말로 표현할 수가 없어.

"창밖으로 뛰어내린다."

조는 그녀를 안은 채 소리를 지르며 방을 가로질렀다.

"간다."

"하지 마."

"장난이야. 들어봐. 우리는 무솔리니가 로마로 진군하듯 행진하는 거야. 로마 진군 알지? 총통이 사람들을 이끌었잖아. 카를로 삼촌도 참여했었지. 이제 우리도 그렇게 행진하는 거야. 중요하지도 않고 역사책에는 실리지도 않겠지만 말이야. 알겠어?"

조는 고개를 숙여 그녀에게 입을 맞추었다. 어찌나 거친지 이가 서로 부딪힐 정도였다.

"새 옷을 입으면 우리 둘 다 아주 멋져 보일 거야. 당신은 내게 말하는 법과 올바로 처신하는 법을 가르쳐줄 수 있어. 그렇지? 예절을 가르쳐주는 거야. 알았지?"

"당신 말투 괜찮아. 나보다 나은걸."

줄리아나가 말했다.

"아니야."

조는 갑자기 침울해졌다.

"형편없어. 누가 봐도 이탈리아 놈인걸. 식당에서 처음 만났을 때 알아차리지 못했어?"

"그런 것 같기는 하네."

줄리아나에게 그런 건 별로 중요하지 않은 것 같았다.

"예절은 여자들이 제대로 알지."

조는 그녀를 안아 올려 무서울 정도로 거칠게 침대에 내려놓았다.

"여자가 없다면 남자들은 그저 자동차 경주나 경마 이야기만 하고 지저분한 농담이나 떠들어대겠지. 문명사회 따위는 없어."

당신, 좀 이상해. 줄리아나는 생각했다. 여행 가기로 하기 전까지는 불안하고 우울해하더니 갑자기 신이 났어. 정말 나를 원해? 나를 버려도 괜찮아. 나를 두고 떠나. 전에도 겪어본 일이야. 당신이 떠나야 한다면 나도 당신을 버릴 거야.

"월급을 모은 거야?"

줄리아나는 옷을 입는 그에게 물었다. 그렇게 보기에는 너무 큰 돈이다. 물론 동부에서는 돈을 많이 벌 수 있다.

"지금까지 만나본 트럭 운전수들은 그렇게 많은 돈을……."

"내가 트럭 운전수라고?"

조가 끼어들었다.

"내가 트럭을 타는 건 운전하기 위해서가 아니고 강도들을 쫓기 위해서야. 운전수처럼 보이려고 차 안에서 조는 거지."

조는 구석에 있는 의자에 털썩 앉아 몸을 뒤로 젖히더니 입을 벌리고 몸을 늘어뜨린 채 잠든 척을 해보였다.

"봤어?"

처음에 줄리아나는 눈치채지 못했다. 한참만에야 조가 꼬치 요리용 꼬챙이처럼 가느다란 칼을 손에 쥔 걸 알아차렸다. 맙소사. 칼이 어디서 났지? 소매 속에서 나온 것 같았다. 그야말로 난데없이.

"바로 이런 것 때문에 폴크스바겐 회사 사람들이 나를 고용하는 거야. 군대 경험이지. 우리는 하셀든이 이끄는 영국 특공대에 맞서 목숨을 지켜냈으니까."

조의 검은 눈이 번쩍거렸다. 그는 줄리아나를 곁눈질하며 웃음을 지었다.

"놈들 지휘관인 대령을 마지막에 누가 잡았는지 알아? 카이

242

로 전투가 끝나고 몇 달 뒤 나일 강에서 적 지휘관과 그가 이끄는 사막 장거리 전투 부대원 넷을 붙잡았어. 어느 날 밤 놈들이 휘발유를 노리고 우리를 습격했지. 내가 보초를 서고 있었어. 몰래 다가온 하셀든은 얼굴과 몸, 그리고 손까지 까맣게 칠했더군. 그때는 철사를 사용하지 않았어. 수류탄과 기관단총으로 무장했더라고. 모두 너무 시끄러운 무기들이지. 하셀든이 내 목을 꺾으려고 했어. 그런데 오히려 내가 놈을 잡았지."

조는 의자에서 벌떡 일어나며 웃었다.

"짐을 싸자고. 체육관에 전화해서 며칠 쉬겠다고 해."

조가 늘어놓은 말은 별로 믿기지 않았다. 어쩌면 그는 북아프리카에 아예 가본 적조차 없고 애초에 추축국 소속으로 싸우지 않았거나 전쟁에 참여하지 않았을 수도 있다. 강도를 막는다고? 왠지 의심스러웠다. 동부에서 출발해 캐넌시티를 지나는 트럭에 무장한 퇴역군인이 타서 전문 경호를 맡는다는 이야기는 들어본 적이 없다. 어쩌면 미국에서 살아본 경험이라고는 아예 없는 사람이 처음부터 모든 걸 꾸며냈는지도 모른다. 그녀에게 올가미를 걸고 흥미를 끌어 낭만적으로 보이게 하려고 말이다.

아니면 정신이 돌아버렸는지도 모르지. 그녀는 생각했다. 웃기는 일이야……. 어쩌면 나는 지금까지 여러 번 해본 척했던 일을 실제로 하게 될지도 몰라. 유도로 내 몸을 지키는 거지. 뭘 지키지? 순결? 아니, 내 목숨. 그녀는 생각했다. 하지만 조는 위험한 사람이라기보다는 자신의 지난날이 영광스러웠다는 망상에 빠진 불쌍한 이탈리아 하층민 출신 게으름뱅이 노동자일 가능성이 더 높아. 한바탕 흥청망청 놀면서 신나게 돈을 쓰고 싶은 거야. 그러고는 다시 단조로운 생활로 돌아가겠지. 그리고 그 일을 함께 할 여자가 필요한 거야.

"좋아. 체육관에 전화할게."

전화를 걸기 위해 복도로 나가면서 줄리아나는 생각했다. 조는 내게 비싼 옷을 사주고 아주 근사한 호텔에 데려갈 거야. 남자라면 죽기 전에 한 번쯤은 정말 멋지게 차려입은 여자를 만나고 싶어하는 법이지. 옷을 직접 사줘야 한대도 말이야. 어쩌면 이 사치스러운 여행은 조 치나델라가 평생 꿈꿔온 소망일 수도 있어. 그리고 그는 사람을 볼 줄 알아. 나에 관해서도 제대로 분석한 게 분명해. 나는 남자에 대해 병적으로 불안해하지. 프랭크도 그걸 알았어. 우리는 그래서 깨졌지. 그래서 내가 지금도 이렇게 불안해하며 조를 믿지 못하는 거고.

공중전화로 연락을 하고 돌아오니 조는 또 『메뚜기는 무겁게 짓누른다』를 열심히 들여다보고 있었다. 얼굴을 찌푸린 채 다른 건 아무것도 의식하지 못하는 듯했다.

"나 읽으라고 하지 않았어?"

"내가 운전할 때 읽어."

조는 고개도 들지 않고 말했다.

"당신이 운전한다고? 내 차인데!"

조는 아무 말 없이 책만 들여다보았다.

로버트 칠던이 계산대에 서서 손님으로부터 돈을 받다가 고개를 드는 순간, 깡마르고 키가 크고 머리칼이 검은 사내가 가게로 들어서는 게 보였다. 사내는 조금 철지난 양복을 입고 커다란 버들고리 바구니를 들었다. 판매원이군. 그런데 표정이 별로 밝지 않았다. 오히려 딱딱한 표정이 엄숙하고 시무룩해 보였다. 얼굴만 봐서는 배관공이나 전기공 같군, 하고 로버트 칠던은 생각했다.

칠던은 계산을 끝내고 사내에게 말을 건넸다.

"무슨 일로 오셨죠?"

"에드 프랭크 맞춤 귀금속에서 왔습니다."

사내는 머뭇거리며 대답했다. 그리고 바구니를 카운터 위에 올려놓았다.

"처음 듣는군요."

칠던은 서툰 손놀림으로 바구니 뚜껑을 여는 사내 쪽으로 다가갔다.

"수제품입니다. 모두 디자인이 달라요. 전부 창작품입니다. 놋쇠, 구리, 은. 철을 고온으로 녹여 만든 제품도 있습니다."

칠던은 바구니 안을 흘깃 들여다보았다. 검은 벨벳 위에 놓인 금속 제품들 모습이 특이했다.

"고맙지만 안 되겠군요. 저희 가게에서 팔지 않는 물건입니다."

"미국 예술을 보여주는 제품들입니다. 감각이 현대적이죠."

칠던은 고개를 가로저으며 다시 계산대 쪽으로 향했다.

사내는 한참 동안 머뭇거리며 벨벳 위에 놓인 제품과 바구니를 만지작거렸다. 진열 판자를 바구니에서 꺼내지도 않았고, 그렇다고 바구니 뚜껑을 닫지도 않았다. 어떻게 해야 할지 모르는 것 같았다. 칠던은 팔짱을 낀 채 오늘 벌어질 여러 가지 일을 곰곰이 생각했다. 2시에는 골동품 컵들을 챙겨서 고객에게 보여주러 가야 했다. 그리고 3시에는 대학 연구소에 보냈던 여러 물건이 진품 확인을 마치고 가게로 돌아올 예정이었다. 지난 몇 주 동안 그는 여러 점의 물건을 보내 감정을 의뢰했다. 콜트 44구경 권총을 두고 벌어진 끔찍한 사건 때문이었다.

"도금한 물건이 아닙니다."

사내가 바구니 옆에 선 채 팔찌 하나를 들어 보이며 말했다.

"전체가 구리로 되어 있죠."

칠던은 아무 말 없이 고개를 끄덕였다. 사내는 견본 제품을 뒤적이며 잠시 머뭇거리겠지만 결국은 다른 곳으로 갈 것이다.

전화가 울렸다. 칠던이 수화기를 들었다. 아주 비싸고 오래된 흔들의자 수리를 부탁한 손님의 전화였다. 아직 작업이 끝나지 않았기 때문에 적당히 둘러대야 했다. 가게 창문 밖으로 지나는 오후의 차량 행렬을 바라보며, 칠던은 손님을 달래고 안심시켰다. 마침내 손님이 어느 정도 화를 가라앉히고 전화를 끊었다.

역시 그랬어. 칠던은 전화를 끊으며 생각했다. 콜트 44구경 권총 일로 그는 몹시 흔들렸다. 이제 예전처럼 자부심을 갖고 자신이 파는 물건들을 볼 수 없었다. 그런 생각은 원래 마음속에서 오래가는 법이다. 어린 시절, 피할 수 없는 인생의 현실을 깨닫던 것과 흡사했다. 마치 오래전 시절과 연결된 뭔가를 보여주는 것 같군. 칠던은 곰곰이 생각했다. 미국 역사나 그런 게 아니라 우리 각자의 개인적 경험 속 일들. 마치 자기 출생증명서의 진위에 의문을 품는 것처럼. 아버지에 관한 기억을 다시 떠올리는 것처럼.

예를 들어 어쩌면 나는 프랭클린 루스벨트를 실제로 기억하지 못하는지도 모른다. 내가 들은 여러 가지 이야기에서 뽑아내 합성한 이미지. 뇌세포 속에 미묘하게 뿌리내린 신화. 헤플화이트*의 신화와 비슷하다는 생각이 들었다. 치펀데일**의 신화도 마찬가지다. 아니면 '에이브러햄 링컨이 이곳에서 식사했음'이라고 쓴 글을 보는 것과 같다. 이 오래된 나이프와 포크, 수저를 사용했음. 직접 볼 수는 없지만, 사실은 사라지지 않고 남는다.

조금 떨어진 카운터에서 물건을 팔러 온 사내가 여전히 버들고리 바구니를 만지작거리며 말했다.

"주문제작도 합니다. 맞춤이죠. 혹시 손님들 가운데 직접 디자인을 하고 싶은 분이 있다면 말입니다."

사내는 목소리도 제대로 내지 못했다. 그는 목청을 가다듬더니 칠던을 바라보다가 고개를 숙여 손에 든 장신구를 내려다보았다. 어떻게 정리하고 떠나야 할지 모르는 게 분명했다.

---

* George Hepplewhite(?~1786). 18세기 영국의 대표 가구 디자이너. 실제로 남은 가구는 없는 것으로 알려짐.
** Thomas Chippendale(1718~1779). 18세기 유명한 영국의 가구 디자이너.

칠던은 웃기만 하고 아무 말도 하지 않았다.

내 잘못이 아니야. 이 상황에서 빠져나가는 거야 저 친구가 알아서 해야지. 체면이 깎이거나 말거나.

힘들고 어려운 일이지. 그러게 누가 판매원이 되라고 했나? 누구나 먹고사는 건 괴로운 법이야. 날 봐. 온종일 다고미 같은 일본 놈들을 견뎌내잖아. 상대가 억양만 살짝 비틀어도 짜증과 비참함을 느끼면서.

그러다 갑자기 좋은 생각이 났다. 사내는 경험이 전혀 없는 게 분명했다. 뻔하지. 어쩌면 물건을 팔아달라며 맡기고 가게 할 수도 있겠군. 시도해볼 만해.

"이봐요."

칠던이 말했다.

사내가 고개를 홱 들어 칠던을 바라보았다.

칠던은 여전히 팔짱을 낀 채 사내에게 다가가며 말했다.

"마침 손님이 별로 없네요. 약속은 할 수 없지만 물건들을 한 번 꺼내보세요. 거기 넥타이 걸이는 한쪽으로 치우시고."

칠던은 손으로 카운터 위쪽을 가리켰다.

사내는 고개를 끄덕이더니 카운터 위를 치우기 시작했다. 그리고 바구니를 다시 열고 벨벳 진열대 위를 더듬거렸다.

전부 꺼내놓겠지, 하고 칠던은 생각했다. 한 시간 동안 공들여 물건을 늘어놓을 거야. 준비가 다 될 때까지 안절부절못하고 주물럭거리겠지. 기대하고 기도하면서. 안 보는 척 계속 나를 곁눈질하겠지. 내가 혹시라도 관심을 보이나 하면서. 조금이라도.

"언제든 준비가 다 되고 제가 바쁘지만 않으면 한번 살펴보기는 하겠습니다."

사내는 마치 뭔가에 쏘인 사람처럼 열심히 손을 놀렸다.

그때 손님 몇 명이 가게에 들어와 칠던은 그들을 맞이했다. 칠던은 손님들이 뭘 찾는지 신경 쓰느라 영업을 하러 온 사내가 고생스럽게 물건을 꺼내 진열하고 있다는 사실은 아예 잊어버렸다. 상황을 알아차린 사내는 눈에 띄지 않도록 조심스럽게 움직였다. 칠던은 면도용 컵을 하나 팔았고 손으로 짠 깔개도 거의 팔 뻔했다. 그리고 숄을 구해달라는 부탁과 함께 선금도 받았다. 시간이 흘렀다. 마침내 손님들이 돌아갔다. 다시 가게 안에는 칠던과 판매원 사내만 남았다.

사내가 물건을 모두 진열했다. 카운터 위에 올려놓은 벨벳 진열대 위에 장신구가 전부 놓여 있었다.

로버트 칠던은 담배 한 개비를 꺼내 불을 붙이고 사내가 있는 쪽으로 향했다. 느긋한 걸음걸이에 나지막이 콧노래까지 흥얼거리며 몸을 앞뒤로 흔들었다. 판매원 사내는 아무 말 없이 서 있기만 했다. 두 사람 모두 말이 없었다.

마침내 장신구 앞에 선 칠던이 손을 내밀어 핀 하나를 가리켰다.

"요거 마음에 드네요."

판매원 사내는 재빨리 설명을 늘어놓았다.

"좋은 물건이죠. 와이어 브러시로 마감해서 흠집 하나 없습니다. 모두 철단으로 마감했습니다. 변색도 안 됩니다. 플라스틱 래커를 칠했기 때문에 몇 년은 견딜 수 있습니다. 지금으로서는 최고의 공업용 래커죠."

칠던은 가볍게 고개를 끄덕였다.

"저희는 이미 검증된 산업기술을 장신구 제작에 적용했습니다. 제가 아는 한 지금까지 이런 시도는 없었죠. 금형으로 뽑아내는 게 아닙니다. 순전히 금속들만 가지고 가공하는 겁니다. 용접과 납땜으로요."

사내가 잠시 멈추었다가 덧붙였다.

"뒤에 붙인 것들도 손으로 납땜한 겁니다."

칠던은 팔찌 두 개를 집어들었다. 그리고 핀 하나. 그리고 핀 하나 더. 그는 물건들을 잠시 들고 있다가 옆으로 따로 내려놓았다.

판매원 사내의 얼굴이 씰룩거렸다. 희망이 생긴 것이다.

칠던은 목걸이에 붙은 가격표를 보고 물었다.

"이건……."

"소매가격이죠. 매입가격은 절반으로 보시면 됩니다. 그리고 100달러어치 정도 사시면 2퍼센트 더 깎아드립니다."

칠던은 물건을 몇 개 더 옆으로 골라냈다. 칠던이 골라내는 물건이 하나씩 늘 때마다 판매원 사내는 점점 더 불안해했다. 말이 점점 빨라지다가 한 말을 또 하거나 심지어는 멍청하게 앞뒤가 맞지 않는 말을 하기도 했다. 목소리가 작고 급했다. 정말 물건을 팔 수 있다고 생각하는군. 칠던은 생각했다. 칠던은 겉으로 아무 감정도 드러내지 않았다. 그저 아무 표정 없이 계속 장신구들을 골라냈다.

"그건 특별히 좋은 물건입니다."

칠던이 큰 펜던트를 골라내고 손을 멈추자 판매원 사내는 또 장황하게 늘어놓기 시작했다.

"가장 좋은 상품들만 고르셨군요. 모두 말입니다."

사내가 웃었다.

"정말 훌륭한 취향이십니다."

사내는 칠던을 뚫어져라 바라보았다. 마음속으로는 칠던이 고른 물건들 값을 더하고 있었다. 판매 총액을 뽑는 것이다.

"저희는 처음 파는 물건은 위탁판매로 하고 있습니다."

칠던이 말했다.

몇 초 동안 판매원 사내는 그 말이 무슨 뜻인지 알아듣지 못했다. 그는 아무 말도 못하고 멍하니 칠던을 바라보기만 했다.

칠던은 웃어 보였다.

"위탁판매로군요."

한참 만에야 판매원 사내가 말했다.

"그냥 모두 갖고 가시겠습니까?"

칠던이 말했다.

머뭇거리던 판매원 사내가 한참 만에 말했다.

"그러니까 물건을 두고 가면 나중에 돈을……. 그러면……."

"매출액의 3분의 2를 드립니다. 물건이 팔리면 말이죠. 그 방식이 이익이 더 커요. 물론 시간이 걸리죠. 하지만……."

칠던은 어깨를 으쓱하고는 말을 이었다.

"마음대로 하세요. 어쩌면 상점 밖에서 볼 수 있게 진열대에 놓아드릴 수도 있어요. 그리고 거래를 하다 보면, 그러니까 한 달쯤 뒤 다음번 물건을 들여올 때는 어쩌면 일부를 현금으로 매입할 수도 있을 겁니다."

칠던은 판매원 사내가 물건을 소개하는 데 이미 한 시간 이상 걸렸다는 걸 잘 알았다. 그는 가져온 상품 모두를 꺼내 보였다. 잘 정리해둔 물건이 흐트러지고 뒤섞였다. 다시 정리해 다른 곳으로 가지고 가려면 또 한 시간은 걸릴 것이다. 침묵이 흘렀다. 두 사람은 아무 말도 안 했다.

"옆으로 골라내신 물건들을 두고 가라는 거죠?"

판매원 사내가 낮은 목소리로 말했다.

"네. 이것들을 모두 두고 가셨으면 합니다."

칠던은 가게 안쪽에 있는 사무실 쪽으로 걸어갔다.

"보관증을 한 장 써드리죠. 나중에 여기 두고 간 물건들을 확인할 수 있을 겁니다."

칠던은 보관증 양식을 가지고 돌아오면서 덧붙였다.

"상품을 위탁판매 방식으로 맡긴 경우, 혹시 도난이나 손상이 발생한다고 해도 판매처에 책임을 물을 수 없다는 건 아실 겁니다."

칠던은 판매원 사내에게 등사기로 찍어낸 양식 한 장을 내밀어 서명을 받았다. 그가 두고 가는 물건에 관해 상점은 아무런 책임이 없다는 서류였다. 팔리지 않은 물건을 돌려줄 때 보이지 않는 것들은 누가 훔쳐간 게 틀림없다고 칠던은 생각했다. 가게라면 도난 사고는 늘 있으니까. 장신구처럼 작은 물건들은 특히 더 심하지.

로버트 칠던으로서는 잃을 게 없는 거래였다. 그는 사내에게 물건값을 치를 필요가 없었다. 가게에 보유한 물건은 늘지만 돈은 전혀 투자하지 않아도 된다. 만일 한 개라도 팔리면 이익을 볼 것이고 팔리지 않으면 돌려주면 그만이다. 그것도 언제가 될지 모르는 미래의 어느 날에 가게에서 찾아낼 수 있는 만큼만 돌려주면 되었다.

칠던은 보관증에 상품 목록을 적었다. 그는 서명을 하고 한 장을 판매원에게 건네주었다.

"한 달쯤 있다가 전화해주세요. 그때 어떻게 되었나 봐서 결정합시다."

칠던은 판매원 사내가 남은 상품을 정리하는 동안 자기가 골라낸 장신구들을 들고 가게 안쪽으로 들어갔다.

설마 받아들일 줄은 몰랐네. 칠던은 생각했다. 모르는 일이야. 그러니까 일단 시도는 해봐야 한다니까.

다시 나와 고개를 들어보니 판매원 사내는 물건을 모두 정리한 상태였다. 카운터 위는 깨끗하게 치웠고 바구니를 옆구리에 끼고 있었다. 그는 뭔가를 손에 들고 칠던을 향해 다가오고 있었다.

"뭐죠?"

칠던이 말했다. 그는 편지를 살펴보던 참이었다.

253

"명함을 두고 가겠습니다."

판매원 사내는 칠던이 사용하는 탁자 위에 작은 네모꼴 종이에 회색과 붉은색이 섞여 괴상해 보이는 명함을 내려놓았다.

"에드 프랭크 맞춤 귀금속입니다. 주소와 전화번호가 있으니 혹시 연락하실 일이 있으면 참고하세요."

칠던은 아무 말 없이 웃으며 고개를 끄덕인 다음 다시 하던 일에 열중했다.

다시 고개를 들어보니 가게 안에는 아무도 보이지 않았다. 판매원 사내는 이미 떠난 뒤였다.

칠던은 벽걸이 자판기에 동전을 넣어 뜨거운 인스턴트 차를 한 잔 뽑아 깊은 생각에 잠긴 채 조금씩 마셨다.

잘 팔릴지 모르겠군. 아마 잘 안 팔릴 거야. 하지만 아주 잘 만든 물건들이긴 해. 지금까지 한 번도 보지 못한 것들이야. 그는 핀을 하나 들고 잘 살폈다. 놀라운 디자인인걸. 초보자들이 만든 게 아니야.

가격표를 바꾸어야겠어. 훨씬 비싸게 팔아야지. 수제품이라는 걸 강조하는 거야. 독특한 디자인도. 주문해 만들어 하나밖에 없는 물건. 작은 조각품. 예술품을 몸에 지니세요. 옷깃과 손목에 혼자만의 작품을.

로버트 칠던의 마음속에서는 전혀 다른 생각이 빙빙 돌다가 크게 자라나고 있었다. 이런 물건이라면 진품 여부는 문제가 되지 않아. 그 문제는 언젠가 미국 골동품 시장을 무너뜨리고 말거야. 당장 오늘내일은 아니더라도 말이지. 하지만 언제가 될지는 아무도 몰라.

위험은 분산시키는 게 좋아. 그 유태인 사기꾼 녀석이 찾아온 일. 그건 어쩌면 일이 벌어지려는 조짐일 수도 있어. 골동품이 아니라 역사적 진위 여부가 상관없는 현대 공예품의 비중을 서서히 늘리면 다른 경쟁자들보다 우위를 지킬 수 있을 거야. 게다가 그렇게 하면서 비용이 전혀 들지 않는다면…….

칠던은 의자를 벽에 닿을 정도로 뒤로 젖히고 차를 마시며 깊은 생각에 잠겼다.

상황은 변하는 법. 사람은 변화에 대비해야 한다. 그렇지 않으면 먹고살 길이 막막해진다. 적응하라.

생존의 법칙이야. 칠던은 생각했다. 주변 돌아가는 모습에서 눈을 떼면 안 돼. 무엇이 필요한지 알아내서 그걸 주는 거지. 적절한 순간에 적절한 행동을 해내야 해.

음陰이 될 것. 동양 세계가 이해하는. 지혜롭고 검은 음의 눈동자…….

갑자기 좋은 생각이 떠올랐다. 칠던은 어느새 몸을 똑바로 세우고 앉았다. 일석이조다. 그래. 그는 흥분한 나머지 벌떡 일어섰다. 장신구 가운데 가장 좋은 걸 잘 포장하는 거야(물론 가격표는 떼어내야지). 핀이나 펜던트나 팔찌. 어쨌든 멋진 놈으로 말이지. 그리고 약속 때문에 2시에는 가게 문을 닫고 나가야 하니까 느긋하게 걸어서 가소우라 씨네 아파트에 가는 거야. 가소우라 씨, 폴은 회사에 가고 없겠지. 하지만 가소우라 부인, 베티는 아마 집에 있을 거야.

255

선물입니다. 독창적인 디자인으로 새롭게 나온 미국 공예품입니다. 개인적으로 증정하는 겁니다. 고귀하신 분들 반응을 보려고요. 보통 새 상품이 나오면 이렇게 하죠. 아름답지 않습니까? 가게에 다른 물건도 많습니다. 한번 들르세요. 어쩌고저쩌고. 이건 당신을 위한 겁니다, 베티.

몸에 전율이 흘렀다. 한낮에 그녀와 단 둘이 한 아파트에 있는 거야. 남편은 일하러 나간 사이에. 모든 게 잘 굴러갈 것이다. 핑계도 확실하다.

완벽해!

작은 상자와 포장지, 리본이 필요해. 로버트 칠던은 가소우라 부인에게 줄 선물을 준비하기 시작했다. 가무잡잡하고 매력적인 여인. 동양의 실크 드레스를 입은 호리호리한 몸매에 하이힐……. 아니면 혹시 오늘은 편하게 입을 수 있는 파란색 면 잠옷을 입었을까. 아주 가볍고 편안하고 격식에 얽매이지 않는 복장. 아. 칠던은 한숨이 나왔다.

너무 대담한 계획인가? 남편인 폴은 짜증스러워하겠지. 눈치를 채고 심하게 반응할지도 몰라. 천천히 할까? 차라리 폴의 사무실로 선물을 가져갈까? 똑같은 방식이지만 남편한테 주는 거야. 그래서 남편이 베티에게 선물하게 하는 거지. 의심받을 일도 없어. 그리고 나서 내일이나 모레쯤 베티에게 전화를 걸어 반응을 떠보는 거야.

더 확실해!

프랭크 프링크는 멀리서 다가오는 동업자의 모습을 보고 일이 제대로 되지 않았다는 걸 알 수 있었다.

"어떻게 된 거야?"

그는 에드로부터 바구니를 받아 차에 실으면서 물었다.

"맙소사, 한 시간 반이나 걸렸어. 거절당하는 데 그렇게 오래 걸린 거야?"

"거절당하지 않았어."

에드는 피곤한 표정으로 트럭에 올라가 앉았다.

"그럼 뭐라고 했는데?"

바구니를 열어본 프링크는 제법 많은 제품이 보이지 않는다는 걸 알아차렸다. 그것도 훌륭한 것들로만.

"많이 팔았군. 그럼 뭐가 문제야?"

"위탁판매야."

에드가 말했다.

"그걸 받아들였어?"

프링크는 믿을 수가 없었다.

"그런 식으로는 안 하기로……."

"어쩌다 이렇게 됐는지 모르겠어."

"세상에!"

"미안해. 마치 사려는 것처럼 굴었어. 잔뜩 고르더라고. 돈 내고 살 줄 알았지."

두 사람은 아무 말 없이 한참 동안 트럭에 함께 앉아 있었다.

10

바이네스에게는 끔찍한 2주였다. 그는 날마다 정오가 되면 호텔 방에서 무역대표부로 전화를 걸어 노신사가 모습을 드러냈는지 묻곤 했다. 대답은 한결같이 '아니오'였다. 다고미의 목소리는 날이 갈수록 더 차갑고 형식적이 되어갔다. 조만간 외출했다면서 바꿔주지도 않겠군. 바이네스는 열여섯 번째로 전화 걸 준비를 하며 생각했다. 그렇다면 내 전화를 받지 않겠다는 뜻이 되고, 그걸로 끝이다.

도대체 어떻게 된 거지? 야타베 씨는 어디 있는 거야?

어느 정도 짐작은 갔다. 마르틴 보르만이 사망한 뒤 도쿄는 금세 난리가 났을 것이다. 원래 야타베 씨는 하루 정도만 더 있으면 샌프란시스코에 도착할 예정이었다. 그때 새로운 지시를 받았을 것이다. 본도로 돌아와 협의할 것.

바이네스는 운이 없었다고 생각했다. 치명적일 수도 있어.

하지만 그는 지금 있는 곳, 샌프란시스코에 머물 수밖에 없다. 여전히 자신이 참석하려던 회의를 열려고 애쓰는 중이다. 루프트한자 로켓을 타고 45분 만에 여기까지 왔는데 이 꼴이라니. 우리는 참으로 기묘한 시대에 사는군. 우리는 원하는 곳이라면 어디든, 심지어 다른 별에라도 갈 수 있다. 하지만 뭘 위해서지? 멍하니 앉아 하루하루 희망과 의욕을 억누를 뿐. 끝없이 이어지는 권태 속으로 떨어져간다. 그러는 사이 다른 이들은 바쁘게 움직인다. 그들은 앉아서 대책 없이 기다리지 않는다.

바이네스는 《니폰타임스》 조간을 펼쳐 머리기사를 다시 한 번 읽었다.

제국 총통으로 괴벨스 박사 지명.
지도자 후계에 관한 당 위원회의 놀라운 결정. 라디오 연설
이 결정적. 베를린 시민들 환호. 성명 발표할 듯. 괴링은 하
이드리히를 누르고 경찰기관 수장에 임명될 듯.

그는 기사 전체를 다시 한 번 읽고는 신문을 치우고 수화기를 들어 무역대표부에 전화를 걸었다.

"바이네스입니다. 다고미 씨와 통화할 수 있을까요?"

"잠시 기다리십시오."

한참 동안 아무 소리도 나지 않았다.

"다고미입니다."

바이네스는 깊은 한숨을 내쉬고는 말했다.

"우리 모두가 이렇게 불편한 상황에 처하게 되어 유감입니다."

"아. 바이네스 선생."

"선생의 호의를 더 바랄 수가 없을 지경이군요. 그 노신사가 나타나지 않으면 회의를 진행할 수 없는 이유를 언젠가 이해하시리라……."

"죄송하게도 아직 나타나지 않았습니다."

바이네스는 눈을 감았다.

"혹시 어제 통화한 이후에라도……."

"그러지 않았습니다."

예의를 간신히 유지하는 말투였다.

"죄송하지만 업무가 좀 바쁩니다, 바이네스 씨."

"알겠습니다."

전화가 딸칵 끊어졌다. 오늘 다고미는 인사도 하지 않고 전화를 끊었다. 바이네스는 천천히 수화기를 내려놓았다.

뭔가 행동을 취해야 해. 더는 기다릴 수 없어.

그는 상사들로부터 어떤 상황에서도 방첩국과 접촉해서는 안 된다고 지시를 받은 상태였다. 일본의 군부 대표와 접촉할 수 있을 때까지 그저 기다릴 수밖에 없다. 일본인과 회의를 마치고 베를린으로 돌아가야 했다. 하지만 보르만이 하필이면 이 순간에 죽을 줄 누가 알았겠는가. 그러니…….

지시를 어기는 수밖에 없다. 좀 더 실질적인 조언을 듣고 따라야지. 이번 경우에는 상의할 사람이 없으니 스스로 판단해야 한다.

태평양연안연방에는 방첩국 요원이 적어도 열 명쯤 활동하고 있다. 그 가운데 일부―어쩌면 모두―는 이 지역 보안국과 유능하기로 소문난 보안국 지부장 브루노 크로이츠 폼 메레에게 신분이 노출되어 있을 것이다. 몇 년 전 바이네스는 당 모임에서 브루노를 잠깐 만난 적이 있다. 그는 당시 경찰기관들 사이에서 이름을 떨치고 있었다. 1943년 영국과 체코가 세운 라인하르트 하이드리히 암살 계획을 적발해 결국 '집행자' 하이드리히를 죽음에서 구해냈기 때문이다. 그게 아니더라도 브루노 크로이츠 폼 메레는 이미 보안국 내에서 출세가도를 달리고 있었다. 그는 단순한 경찰관료가 아니었다.

사실 그는 상당히 위험한 자였다.

아무리 베를린의 방첩국과 도쿄의 경시청 특고과에서 조심한다고 해도 샌프란시스코 무역대표부에서 열릴 회의를 독일 보안국에서 눈치챘을 가능성은 여전히 있었다. 하지만 어쨌든 이곳은 일본이 관할권을 행사하는 지역이다. 보안국은 공식적으로 회의를 방해할 권한이 없다. 보안국은 독일 측 당사자―이 경우에는 바이네스―가 제3제국 영토에 발을 내딛는 즉시 체포하는 수밖에 없다. 하지만 일본 측 당사자를 체포하거나 회의 자체를 방해할 방법은 없다.

바이네스는 자신의 생각이 옳기를 바랐다.

혹시 보안국에서 일본인 노신사를 중간에서 납치해 구금했을 가능성은 없을까? 도쿄에서 샌프란시스코까지는 멀다. 더구나 나이가 너무 많고 체력이 약해서 비행기로 여행하지 못하는 사람에게라면 더욱 그렇다.

바이네스는 어떻게 해서든 상사에게 연락해 야타베 씨가 샌프란시스코로 오는 중인지 알아내야 한다고 생각했다. 윗사람들은 알고 있을 것이다. 혹시 그가 보안국에 억류되었거나 도쿄 정부로부터 돌아오라는 지시를 받았다면 바이네스의 상사들이 상황을 파악했을 것이다.

그리고 만일 보안국이 노신사를 붙잡았다면 분명히 나도 잡으러 올 것이다.

하지만 그런 상황이라고 해서 희망이 전혀 없는 것은 아니다. 아비라티 호텔 방에서 하루하루를 보내던 바이네스는 좋은 생각을 떠올렸다.

빈손으로 베를린에 돌아가는 것보다는 내가 가진 정보를 다고미에게 전하는 게 나을지도 몰라. 그렇게 하면 결국 적절한 사람에게 정보가 전달될 가능성이 적더라도 아예 없지는 않을 것 같았다. 그러나 다고미는 바이네스의 말을 들어주는 것밖에는 할 수 있는 일이 없다. 그 점이 바이네스가 떠올린 아이디어의 맹점이었다. 최선의 결과라고 해봐야 다고미가 잘 듣고 기억해둔 상태로 될 수 있는 한 빨리 출장 일정을 잡아 본도에 돌아가는 일정도다. 그에 비해 야타베 씨는 정책에 영향을 미칠 수 있는 수준의 인물이다. 그는 이야기를 듣고 즉시 전달할 수도 있다.

그래도 아무 행동도 안 하는 것보다는 낫다. 남은 시간은 점점 줄고 있다. 모든 일을 몇 달 동안 공들여 조심스럽게 계획한 다음 독일의 한 정파와 일본의 한 정파가 조심스럽게 접촉을 진행한다는 건…….

다고미가 소스라치게 놀라겠지. 바이네스는 속으로 생각했다. 갑자기 감당하기 어려운 정보를 어깨에 짊어지게 생겼으니 말이다. 사출성형 기술과는 참으로 거리가 멀지…….

신경쇠약에 걸릴지도 몰라. 주변 누군가에게 정보를 불쑥 누설하거나 아니면 혼자 틀어박힌 채 그런 말은 들은 적이 없다고 부인할 수도 있지. 그냥 내 말을 안 믿을 수도 있어. 내가 말을 꺼내자마자 일어서서 고개 숙여 인사하고는 떠나버릴 수도 있지.

사람 곤란하게 한다고 생각할지도 모른다. 그런 이야기를 들어서는 안 되는 처지일 수도 있다.

쉽게 사는군. 바이네스는 생각했다. 다고미는 간단하게 빠져나갈 길이 있었다. 나도 좀 그랬으면 좋겠군. 바이네스는 생각했다.

하지만 곰곰이 다시 생각해보니 다고미도 쉽게 빠져나갈 수는 없었다. 우리는 다를 게 없어. 그는 내가 전해주는 말을 못들은 척 귀를 닫을 수 있어. 하지만 나중이 문제지. 말만으로는 끝내지 못할 상황이 벌어질 수도 있으니까. 지금 그걸 확실하게 다고미에게 인식시킬 수 있다면 좋을 텐데. 아니면 누구든 내가 최종적으로 이야기할 상대에게…….

방을 나온 바이네스는 엘리베이터를 타고 로비로 내려갔다. 호텔 밖으로 나온 그는 도어맨에게 자전거택시를 불러달라고 했다. 잠시 뒤 그는 중국인 운전수가 힘차게 페달을 밟는 자전거택시를 타고 마켓 가를 달리고 있었다.

"됐습니다. 여기 세워주시오."

그는 찾던 간판을 발견하고는 운전수에게 말했다.

자전거택시는 소화전 옆에 멈췄다. 요금을 치르자 자전거택시는 떠났다. 뒤를 밟는 사람은 없는 것 같았다. 바이네스는 인도를 따라 걸었다. 잠시 뒤 그는 여러 사람 틈에 섞여 시내에 있는 푸가 백화점으로 들어갔다.

백화점 안은 사람들로 붐볐다. 계산대가 줄지어 있었다. 대개 백인인 판매원 아가씨들 사이로 일본인 관리자들이 드문드문 섞여 있었다. 소음이 대단했다.

바이네스는 한참을 헤매다가 남성복 매장을 찾아냈다. 그는 바지들을 살펴보기 시작했다. 금세 젊은 백인 직원이 다가와 인사를 건넸다.

"어제 살펴보던 짙은 갈색 바지 때문에 다시 왔습니다."

바이네스는 직원 사내의 눈을 똑바로 보고 덧붙였다.

"어제 만난 직원이 아니군요. 그분은 키가 더 컸습니다. 빨간 콧수염이 났고요. 좀 더 마른 체격이었죠. 옷에 붙인 명찰에 '래리'라고 쓰여 있었습니다."

"지금은 점심 먹으러 갔습니다. 곧 돌아올 겁니다."

"그럼 탈의실에서 이걸 입어보겠습니다."

바이네스는 진열대에서 바지를 한 벌 꺼내며 말했다.

"그러시죠, 손님."

직원은 빈 탈의실을 가리켜 보이고는 원래 자리로 돌아갔다.

바이네스는 탈의실에 들어가 문을 닫았다. 그리고 의자 두 개

가운데 하나에 앉아 기다렸다.

몇 분이 지나자 누군가 문을 두드렸다. 탈의실 문이 열리더니 키가 작고 중년으로 보이는 일본인 사내가 들어왔다.

"먼 곳에서 오셨나요?"

사내는 바이네스에게 말했다.

"신용 확인을 좀 해야겠습니다. 신분증을 보여주십시오."

사내는 탈의실 문을 안쪽에서 닫았다.

바이네스는 지갑을 꺼냈다. 일본인 사내는 지갑을 받아서 의자에 앉아 내용물을 뒤지기 시작했다. 그는 어린 여자 사진이 나오자 손놀림을 멈췄다.

"아주 예쁘군요."

"딸 마사입니다."

"저도 마사라는 딸이 있습니다. 지금은 시카고에서 피아노를 전공합니다."

일본인 사내가 말했다.

"제 딸은 곧 결혼할 예정입니다."

바이네스가 말했다.

일본인 사내는 지갑을 돌려주더니 말해보라는 듯 가만히 기다렸다.

"여기 온 지 2주가 지났는데 야타베 씨가 아직 나타나지 않았습니다. 그분이 아직 오고 계시는지 알고 싶습니다. 그리고 그렇지 않다면 제가 어찌해야 하는지도 궁금합니다."

바이네스가 말했다.

"내일 오후에 다시 오십시오."

일본인 사내는 말을 마치고 일어섰다. 바이네스도 일어섰다.

"좋은 하루 보내십시오."

"감사합니다."

바이네스가 말했다. 그는 탈의실에서 나와 바지를 다시 걸어 놓고 푸가 백화점에서 빠져나왔다.

별로 오래 걸리지도 않았군. 그는 북적대는 사람들 사이로 시내를 걸으며 생각했다. 내일까지 정보를 확인할 수 있을까? 베를린에 연락해서 내가 물어본 말을 전하고 암호로 전문을 만들고 해독하고……. 그걸 모두 할 수 있나?

가능하겠지.

일찌감치 요원과 접촉할 걸 그랬군. 그랬더라면 걱정만 잔뜩 하거나 마음이 괴롭지도 않았을 텐데. 게다가 해보니 별로 위험한 일도 아니잖아. 무척이나 자연스러워 보였어. 고작 5~6분 이나 걸렸을까?

바이네스는 상점 진열장을 둘러보며 돌아다녔다. 기분이 훨씬 나아졌다. 잠시 뒤 그는 싸구려 카바레 광고판을 들여다보고 있었다. 파리똥이 지저분하게 묻은 백인 누드사진. 젖가슴이 반쯤 바람 빠진 배구공처럼 매달려 있었다. 그 모습을 보고 즐거워진 바이네스는 마켓 가를 제각기 바삐 오가는 사람들 사이로 어슬렁거리며 돌아다녔다.

마침내, 그는 어쨌든 뭔가를 해냈다.

얼마나 다행인지.

줄리아나는 차 문에 편안하게 기댄 채 책을 읽었다. 옆자리에 앉은 조는 한쪽 팔을 창틀에 걸치고 한손으로 가볍게 운전대를 잡은 채 담배를 물고 있었다. 조의 운전 솜씨가 꽤 좋은 덕분에 이미 두 사람은 캐넌시티에서 꽤 멀리까지 왔다.

자동차 라디오에서는 맥줏집에나 어울릴 법하게 감상이 뚝뚝 묻어나는 음악이 흘러나왔다. 아코디언 밴드가 폴카인지 스코틀랜드 민속음악인지 모를 곡을 연주했다. 줄리아나는 두 가지 음악을 구별할 줄 몰랐다.

"천박하군."

음악이 끝나자 조가 말했다.

"내가 음악에 대해선 꽤 알지. 누가 위대한 지휘자인지 말해 줄게. 당신은 기억 못하는 사람일 거야. 아르투로 토스카니니."

"모르겠는데."

줄리아나는 여전히 책을 읽고 있었다.

"이탈리아 사람이야. 하지만 나치는 전쟁이 끝나자 그의 정치관을 이유로 들어 지휘를 못하게 했어. 지금은 죽었지. 뉴욕 필하모닉의 상임지휘자인 폰 카라얀은 마음에 안 들어. 건설 현장에서 일할 때 그 사람 공연에 단체로 가야 했지. 이탈리아인으로써 내가 좋아하는 쪽은……. 뻔히 알겠지?"

조는 줄리아나를 바라보았다.

"그 책 재밌어?"

"푹 빠져들어."

"나는 베르디하고 푸치니를 좋아해. 뉴욕에서 들을 수 있는 건 무겁고 독일 느낌이 나고 과장된 바그너와 오르프뿐이야. 우리는 매주 미국 나치당이 메디슨스퀘어가든에서 여는 화려하지만 진부한 행사에 참석해야 했어. 깃발과 드럼, 트럼펫 소리가 시끄럽게 울리고 불꽃이 번쩍거렸지. 고트족의 역사 같은 걸 교육이랍시고 떠들어대고, 이야기를 하는 대신 구호를 외치면서 그런 걸 '예술'이라고 하더라고. 전쟁 전 뉴욕을 본 적 있어?"

"응."

줄리아나는 책에 집중하려 애쓰고 있었다.

"예전에는 쇼를 하는 뉴욕 극장들이 북적거리지 않았나? 내가 듣기로는 그랬다던데. 지금 영화관처럼 말이야. 죄다 베를린에 본사를 둔 카르텔 소속이지만. 뉴욕에서 13년이나 지내는 동안 괜찮은 신작 뮤지컬이나 연극이 무대에 오르는 걸 한 번도 못 봤어. 그저……."

"책 좀 읽게 그냥 둬."

줄리아나가 말했다.

"출판업도 마찬가지야."

조는 흔들리지 않고 말했다.

"모두 뮌헨에 있는 카르텔이 좌지우지하는 거야. 뉴욕에서는 인쇄만 하지. 그저 큰 인쇄소에 지나지 않아. 전쟁 전에는 뉴욕이 세계 출판업의 중심지였다고 하더군."

줄리아나는 손가락으로 귀를 막아 조의 목소리를 차단하고 무릎 위에 펼쳐놓은 책에 집중했다. 기막히게 멋진 텔레비전 얘기가 무척 흥미로웠다. 특히 아프리카와 아시아의 후진국 사

268

람들을 위해 만든 저렴한 텔레비전 수상기가 그랬다.

그런 일은 양키의 노하우와 대량생산 방식—디트로이트, 시카고, 클리블랜드. 마법과도 같은 곳들!—만으로만 가능했다. 싸구려 1달러짜리(무역통화인 중국달러) 텔레비전 수상기가 동양의 모든 마을, 후미진 곳까지 끝없이 물밀듯 밀려들었다. 수상기가 마을에 도착하면 비쩍 마르고 열성 넘치는 젊은이, 관대한 미국인들이 내미는 기회에 목말라 하던 이들이 나서서 그것을 설치했고, 그러고 나면 그 깡통 같은 작은 기계, 구슬만 한 자체 전원공급 장치를 지닌 텔레비전이 화면을 수신하기 시작했다. 무슨 방송이 나왔느냐고? 화면 앞에 웅크리고 앉은 마을 젊은이들—가끔 노인들도 함께했다—은 말씀을 보았다. 교육이었다. 처음에는 읽는 법. 그다음에는 나머지 배울 것들. 우물을 더 깊게 파는 방법. 고랑을 더 깊게 파는 법. 물을 깨끗하게 정화하고 병을 고치는 방법. 하늘 위에서는 미국의 인공위성이 날면서 신호를 쏘아 전 세계에 방송을 내보냈다. 애타게 기다리는 동방의 열정적인 대중들에게.

"단숨에 읽는 거야, 아니면 대충 훑어보는 거야?"
조가 물었다.
"정말 대단한 책이야. 우리가 수백 만 명이나 되는 아시아 사람들에게 음식을 보내고 교육을 시켜줬대."

"세계적인 규모로 복지사업을 벌인 거지."

"맞아. 터그웰 대통령이 뉴딜정책을 실시했어. 그래서 사람들 생활수준이 올라갔어. 들어봐."

줄리아나는 조에게 큰소리로 책을 읽어주었다.

중국은 어쩌고 있었느냐고? 여러 민족이 뒤섞인 채 가난에 빠진 중국은 열망을 품고 서방세계를 바라보고 있었다. 오랜 전쟁 동안 중국 국민을 이끈 위대한 민주대통령 장제스는 평화의 시대를 맞아 국가재건 10년 계획을 시작했다. 하지만 중국은 재건할 처지가 아니었다. 믿지 못할 정도로 광활하고 평평한 국토는 단 한 번도 건설되지 못한 채 아주 오래된 꿈에 빠져 잠들어 있었기 때문이다. 깨어남. 그렇다. 거대한 존재 중국은 마침내 정신을 차려야 할 때를 맞았다. 그들은 제트기, 원자력, 고속도로, 공장, 의약품이 있는 현대 세계에 눈떠야 했다. 거인을 잠에서 깨울 벼락 소리는 어디서 들려올 것인가? 장제스는 일본과 맞서 싸우는 동안 답을 이미 알아냈다. 미국이었다. 그리고 1950년까지 미국인 기능공과 기술자, 교사, 의사, 농학자들이 마치 새로운 생명체라도 되는 것처럼 무리를 지어 중국 각지 그리고……

조가 또 끼어들었다.

"작가 녀석이 무슨 짓을 했는지 알겠지? 나치즘의 가장 좋은 것만 떼어냈어. 사회주의적인 면 말이야. 토트 조직과 슈페어를 거쳐 이룩한 경제적 발전. 그런데 그 공을 누구에게 돌리고 있어? 뉴딜정책이야. 그리고 나쁜 부분은 쏙 빼버린 거야. 친위대랑 인종 말살, 격리정책 말이야. 유토피아지! 연합군이 승리했다면 책에 적힌 것처럼 뉴딜정책으로 경제가 되살아나고 사회주의적으로 복지가 증진되었을 거라고 생각해? 젠장, 그건 아니야. 그 친구는 생디칼리슴*에 기반을 둔 국가를 얘기하고 있어. 우리 이탈리아가 무솔리니 총통의 지도 아래 발전시켰던 '기업국가' 비슷한 거지. 이렇게 말하는 거야. 좋은 건 모두 갖게 될 것이고 나쁜 건 전혀……."

"책 좀 읽게 놔둬."

줄리아나는 쏘아붙이듯 말했다.

조는 어깨를 으쓱했다. 하지만 여전히 입은 다물지 않았다. 줄리아나는 소리 없이 책을 다시 읽기 시작했다.

그리고 이 시장, 중국의 수없이 많은 소비자들 덕분에 디트로이트와 시카고의 공장들은 쉴 새 없이 돌아가게 되었다. 중국의 거대한 입은 도저히 가득 채울 수 없었고, 중국 사람들 모두에게 충분히 돌아갈 만큼 트럭이나 벽돌, 강철, 의류, 타이프라이터, 콩 통조림, 시계, 라디오, 코감기약을 생산하려면 백 년으로도 모자랄 것 같았다. 1960년이 되자 미국 노동자들은 세계 최고의 생활수준을 누렸는데, 그

---

* 20세기 초 프랑스와 이탈리아에서 유행한 무정부주의적인 노동조합 지상주의.

건 그들이 우아하게 '최혜국조항'이라고 부르는 조항 때문이었다. 이 조항은 미국이 동양과 맺는 모든 상거래에 빠지지 않고 포함되었다. 미국은 일본에 대한 직접적 지배를 이미 중단했고, 중국은 애초에 점령한 적이 없었다. 그럼에도 현실은 부정할 수 없었다. 광저우와 도쿄, 상하이는 영국이 아니라 미국으로부터 물품을 수입했다. 그리고 거래가 일어날 때마다 볼티모어와 로스앤젤레스, 애틀랜타의 노동자들은 조금씩 더 살림이 나아졌다.

이런 상황에서 미래를 그리며 계획을 수립하던 백악관 사람들은 자신들의 목표를 거의 달성했다는 생각을 품기에 이르렀다. 곧 탐사로켓이 인류의 오랜 괴로움인 기아와 질병, 전쟁, 무지에 마침표를 찍은 지구를 벗어나 조심스레 우주로 향할 예정이었다. 대영제국에서도 같은 수준으로 사회 및 경제 발전이 이루어졌고 그로 인해 인도, 버마, 아프리카, 중동의 사람들이 비슷한 도움을 받았다. 루르*와 맨체스터, 자르**의 공장들 그리고 바쿠***의 석유가 함께 움직였고, 복잡하지만 효과적으로 조화를 이루며 상호작용했다. 유럽 사람들이 향유한 것은 겉으로 보기에는……

"그들이 세상을 지배해야 했어."

---

* 독일 서부의 공업지대.
** 독일 남서부의 주.
*** 아제르바이잔의 수도.

줄리아나는 잠시 책읽기를 멈추고 말했다.

"늘 최고였잖아. 영국인들 말이야."

기다렸지만 조는 아무 말이 없었다. 결국 그녀는 다시 책을 읽기 시작했다.

나폴레옹이 품었던 이상, 바로 로마가 멸망한 뒤 작은 나라들로 쪼개져 옥신각신하던 다양한 민족들 사이의 긴장이 합리적으로 풀리는 상황이 실현되었다. 샤를마뉴 대제의 이상 역시 실현되었다. 바로 그 자체로 평화로울 뿐만 아니라 세계 전체와도 조화를 이루는 통합된 기독교 국가였다. 하지만 여전히 욱신거리는 상처처럼 남은 곳도 한 군데 있었다. 싱가포르였다.

말레이연방에는 화교가 대단히 많았다. 그들은 대개 기업가 계층이었는데 이 부지런하고 검소한 부르주아들은 미국이 운영하는 중국 정부가 이른바 '원주민'들을 훨씬 공평하게 대우한다는 걸 알아차렸다. 영국이 지배하는 국가에서는 백인이 아닌 사람들은 컨트리클럽이나 호텔, 고급 식당에 들어가지 못했고 기차나 버스를 타도 아주 오래전 옛날처럼 특정 구역을 벗어나지 못했다. 최악의 대접은 도시마다 따로 정해진 지역에서만 거주해야 한다는 점이었다. '원주민'들은 서로 이야기를 나누거나 신문을 읽다가 미국은 이미 1950년 이전에 인종문제를 해결했다는 사실을 알았다. 백인과 흑인들은 남부 시골에서조차 어깨를 나란히

한 채 일을 하고 식사를 했다. 제2차 세계대전으로 인종차
별은 끝났다……

"문제가 생겨?"

줄리아나는 조에게 물었다.

조는 도로 전방에서 눈을 떼지 않은 채 투덜거렸다.

"무슨 일이 벌어지는지 말해줘. 어차피 다 읽지도 못할 것 같
은데. 곧 덴버에 도착하잖아. 미국하고 영국하고 전쟁을 벌여서
한쪽이 세계를 독차지하게 되는 거야?"

"어떤 면에서 보면 잘 쓴 책이야. 모든 걸 자세히 잘 묘사했
어. 미국은 태평양을 차지했지. 지금 태평양공영권동맹처럼 말
이야. 미국과 영국은 러시아를 나누어 가졌어. 10년 정도는 그
상황을 유지하지. 그러다가 난리가 나는 거야. 당연한 거지만."

"왜 당연한 건데?"

"인간 본성이니까. 국가의 속성이야. 의심, 두려움, 탐욕. 처
칠은 미국이 수많은 화교들을 자극해서 남아시아에 대한 영
국의 지배권을 흔든다고 생각했어. 화교들은 장제스의 영향
으로 자연스럽게 친미 성향을 띨 수밖에 없었거든. 결국 영국
은……."

조는 줄리아나를 향해 살짝 웃어보였다.

"영국은 '억류구역'이라는 걸 만들기 시작했어. 달리 말하면
강제수용소지. 혹시 영국에게 등을 돌릴지도 모르는 화교들을
가두려고 만든 거야. 그들의 죄명은 사보타주와 선동이었어. 처

칠은 지나칠 정도로……."

"그 사람이 계속 권력을 잡았어? 나이가 아흔은 되었을 텐데?"

"영국 제도 가운데 미국보다 더 좋은 게 바로 그거였어. 미국
은 아무리 뛰어난 지도자라도 8년마다 갈아치워야 했지. 하지만
처칠은 계속 그 자리를 차지했어. 미국은 터그웰 이후로 처칠
같은 지도자가 없었지. 보잘것없는 녀석들뿐이었어. 하지만 그
는 나이를 먹어갈수록 독재자가 돼서 융통성을 발휘하지 못했
어. 처칠 말이야. 1960년이 될 때까지 처칠은 꼭 중앙아시아의
늙은 군벌 지도자 같았지. 아무도 그를 거역하지 못했어. 20년이
나 집권했지."

"맙소사."

줄리아나는 조가 한 말을 확인하기라도 할 것처럼 책 마지막
부분을 뒤적거렸다.

"영국이 전쟁을 치르는 동안에 처칠이 훌륭한 지도자였다는
주장에는 나도 동의해. 그가 계속 자리를 지켰다면 영국은 훨
씬 나아졌겠지. 잘 들어. 국가는 국가를 이끄는 지도자보다 더
나을 수가 없어. 나치가 말하는 이른바 '지도자 원리'*이지. 그
들이 옳아. 심지어 작가인 아벤젠도 그 점은 외면하지 못했어.
물론 미국은 전쟁에서 일본에 승리한 뒤 경제적으로 엄청나게
발전했어. 일본으로부터 아시아라는 거대한 시장을 빼앗았기
때문이지. 하지만 그것만으로는 부족해. 혼이 깃들어 있지 않다

---

* 나치스 독일 정치 체제의 조직 원리. 최고 두뇌를 가진 지도자가 결정하면 대중
  은 따라야 한다는 것.

고나 할까? 영국이라고 다를 건 없어. 두 나라 모두 돈이 지배하는 금권정치 국가니까. 혹시 전쟁에서 이겼대도 그들은 그저 어떻게 하면 돈을 더 벌 수 있을까 하는 데만 관심을 기울였을 거야. 상류층의 돈 말이야. 아벤젠은 틀렸어. 사회개혁은 일어나지 않을 거야. 대중을 위한 복지계획 따위도 없어. 앵글로색슨 금권 정치가들이 허락하지 않을 테니까."

열렬한 파시스트처럼 말하는군, 하고 줄리아나는 생각했다.

조는 줄리아나의 표정을 보고 그녀가 무슨 생각을 하는지 눈치챈 것이 틀림없었다. 그는 그녀를 향해 몸을 돌리더니 차 속도를 늦추고 한쪽 눈으로는 그녀를, 다른 눈으로는 전방 도로를 살폈다.

"잘 들어. 나는 지식인은 아니야. 파시즘은 지식인 아니어도 괜찮아. 필요한 건 행동이야. 행동에서 이론이 생겨나지. '기업 국가'가 우리에게 요구하는 건 사회적 힘과 역사에 대한 이해야. 알겠어? 잘 들어. 난 알고 있어, 줄리아나."

말투가 어찌나 진지한지 마치 애원하는 것 같았다.

"영국과 프랑스, 미국은 늙고 부패한 데다 돈이 지배하는 제국이야. 게다가 사실 미국은 사생아처럼 생겨난 곁가지 신세지. 놈들은 정확히 말해 제국이 아니라 돈만 보고 사는 나라에 불과해. 영혼이 없으니 당연히 미래도 없어. 발전도 없지. 나치는 무리지어 다니는 길거리 불량배야. 나도 인정해. 당신도 인정하지? 그렇지?"

줄리아나는 웃음을 지을 수밖에 없었다. 운전하는 동시에 일장 연설을 하는 모습에서 이탈리아인 기질이 강하게 드러났다.

"아벤젠은 마지막에 미국과 영국 가운데 누가 이기는지가 대단한 결말이라도 되는 것처럼 떠들고 있어. 헛소리야! 아무 가치도 역사성도 없지. 거기서 거기야. 무솔리니 총통이 쓴 글 읽어본 적 있어? 영감이 넘쳐. 멋진 사람이야. 문장도 훌륭해. 모든 사건의 근원이 되는 현상을 잘 설명하지. 전쟁의 진정한 쟁점은 바로 오래된 것과 새것의 대결이야. 돈, 그리고 나치가 게마인샤프트라고 부르던 '공동사회' 간의 대결. 그래서 나치는 실수로 유태인 문제를 끌고 들어갔지만 말이야. 소련도 마찬가지야. 공동체를 추구했지. 알겠어? 단지 공산주의자들은 표트르대제와 같은 범슬라브적 야망까지 함께 품었던 게 달랐지. 제국주의적 야망을 위해 사회개혁을 수단으로 이용한 거야."

무솔리니도 그랬지. 정확히 똑같아. 줄리아나는 생각했다.

"나치의 살인행위는 비극이야."

조는 천천히 달리는 트럭을 추월하며 중얼거리듯 말했다.

"하지만 원래 변화라는 건 패자에게 가혹한 법이지. 새삼스러울 것 없어. 과거 프랑스 대혁명을 생각해봐. 아니면 크롬웰과 아일랜드의 관계라든가. 게르만인의 기질에는 철학이 지나치게 많아. 연극적 요소도 강하고. 툭하면 집회잖아. 진정한 파시스트는 입으로 떠드는 법이 없어. 행동하지. 나처럼 말이야. 알았어?"

"맙소사, 정말 쉴 새 없이 떠드는구나."

줄리아나는 웃으며 말했다.

"파시스트의 행동원리를 설명하는 거잖아!"

흥분한 듯 그가 소리쳤다.

줄리아나는 너무 웃긴 나머지 대답을 할 수가 없었다.

하지만 옆자리에 앉은 조는 재미있다고 생각하지 않는 모양이었다. 얼굴이 벌게진 채 그녀를 노려보았다. 조는 이마의 핏줄이 부풀어 오르기 시작하더니 고개를 가로젓기 시작했다. 그리고 손가락으로 머리칼을 연방 쓸어 넘기며 아무 말 없이 그녀를 노려보기만 했다.

"내게 화내지 말아."

줄리아나는 순간적으로 그가 때리려는 건 아닐까 생각했다. 팔을 뒤로 젖혔다가……. 하지만 조는 툴툴거리며 손을 뻗어 라디오를 켰다.

그들이 탄 차는 계속 달렸다. 라디오에서는 변함없이 밴드 음악이 흘러나왔다. 줄리아나는 다시 책에 집중했다.

"당신이 옳아."

한참 뒤에 조가 말했다.

"뭐가?"

"별 볼 일 없는 제국. 광대 같은 지도자. 전쟁으로 아무 소득도 얻지 못한 게 당연해."

줄리아나는 조의 팔을 살며시 두드려주었다.

"줄리아나, 우리는 어둠 속에 있어. 진실하거나 확실한 건 하나도 없어. 그렇지?"

"그럴지도 모르지."

줄리아나는 책에 집중한 채 건성으로 대답했다.

"영국이 이겨."

조가 책을 가리키며 말했다.

"괜히 고생스럽게 읽을 것 없어. 미국은 점점 줄어들고, 영국은 여기저기 찔러보고 팽창하면서 유리한 고지를 차지하지. 그러니까 책은 치워버려."

"덴버에서 재밌게 지냈으면 좋겠어."

줄리아나는 책을 덮으며 말했다.

"당신 너무 긴장하고 있어. 좀 진정해."

그러지 않으면 산산이 부서져 날아가버릴 것 같아. 그녀는 속으로 생각했다. 마치 튕겨 오르는 스프링처럼. 그러면 나는 어떻게 해? 어떻게 돌아가지? 그리고…… 당신을 그냥 그렇게 보내야 해?

당신이 약속한 것처럼 즐거운 시간을 보내고 싶어. 속아 넘어가는 건 싫어. 지금까지 살면서 너무 많은 사람들로부터 너무 여러 번 속았거든.

"재미있을 거야. 들어봐."

조는 묘한 표정으로 그녀를 뚫어져라 보았다.

"그 책이 정말 마음에 드나 보군. 이런 생각이 들어. 이런 베스트셀러를 쓰는 사람이라면……. 아벤젠 같은 작가라면 사람들로부터 편지가 많이 오겠지? 많은 사람들이 편지로 책에 대해 칭찬을 늘어놓을 것 같지 않아? 어쩌면 집으로 찾아올지도 모르지."

줄리아나는 무슨 말인지 단번에 알아차렸다.

"그래. 겨우 150킬로미터밖에 안 떨어졌잖아!"

조의 눈이 빛났다. 다시 행복해진 그는 줄리아나를 보며 웃었다. 얼굴을 붉히거나 짜증스러워하지 않았다.

"갈 수 있어! 당신 운전 솜씨도 좋으니까, 아벤젠이 사는 곳까지 충분히 갈 수 있어. 그렇지 않아?"

조는 천천히 말했다.

"유명한 사람이라 무작정 찾아오는 사람을 받아줄지 모르겠어. 엄청나게 많이 찾아올 텐데 말이야."

"가보면 알지 않겠어?"

줄리아나는 흥분한 듯 조의 어깨를 꼭 잡았다.

"우리를 쫓아내기밖에 더하겠어? 제발."

조는 한참을 곰곰이 생각하더니 말했다.

"일단 쇼핑을 해서 새 옷을 사고 잘 꾸며 입은 다음……. 좋은 인상을 주는 게 중요해. 그리고 샤이엔에서 새 차를 빌릴 수도 있지. 그럴 수 있을 거야."

"그래요. 그리고 당신은 머리를 깎아야 해. 옷은 내가 골라줄게. 제발 그렇게 해줘, 조. 나는 프랭크 옷도 골라주곤 했어. 남자들은 스스로 옷을 못 고른다니까."

"당신은 옷 고르는 취향이 훌륭해."

조는 다시 고개를 돌려 앞을 보며 심각한 표정을 지었다.

"다른 취향도 훌륭하지만. 당신이 전화를 하는 게 좋겠어. 당신이 연락해."

"미장원에 가서 머리부터 해야 해."

"좋아."

"전혀 겁먹지 않고 걸어가서 벨을 누를 수 있어. 한 번 죽지 두 번 죽나, 뭐. 겁먹을 필요가 뭐가 있겠어? 아벤젠도 우리와 다를 것 없는 사람이야. 책을 재밌게 읽었다는 말을 하려고 멀리서 차를 타고 왔다면 좋아할지도 모르지. 표지 안쪽에다 사인을 받을 수도 있어. 그렇지 않아? 책을 새로 한 권 사야겠어. 이 책은 너무 지저분하잖아. 보기 좋지 않을 거야."

"모두 원하는 대로 해. 뭐든 당신이 결정하게 해줄게. 당신이라면 할 수 있을 거야. 예쁜 여자는 누구나 환영하니까. 당신이 얼마나 멋진지 보고 나면 문을 활짝 열어주겠지. 하지만 이건 알아둬. 바보 같은 짓은 하면 안 돼."

"무슨 말이야?"

"우리가 부부라고 하란 말이야. 당신이 그 친구랑 엮이는 게 싫어. 무슨 말인지 알지? 그렇게 되면 끔찍할 거야. 우리 모두의 삶이 엉망이 되겠지. 손님을 받아들인 대가가 그런 거라니 어이가 없겠지. 그러니 조심하라고, 줄리아나."

"아벤젠하고 토론을 해봐. 이탈리아가 동맹을 배신해서 전쟁에 지는 부분 말이야. 내게 한 이야기를 해줘."

조는 고개를 끄덕였다.

"맞아. 책 내용 전체를 놓고 이야기할 수 있겠지."

자동차를 속도를 내며 달렸다.

태평양연안연방 시간으로 다음날 아침 7시, 침대에서 일어난 다고미 노부스케는 욕실로 향하다가 마음을 바꾸어 먹고 곧바로 주역을 앞에 놓고 앉았다.

그는 거실 바닥에 책상다리를 하고 앉아 49개의 산가지로 점괘를 뽑기 시작했다. 다른 어떤 때보다 마음이 급한 그는 허겁지겁 여섯 효를 냈다.

진震! 51번 괘!

신이 깨우침의 상징 안에 나타난다. 천둥과 번개. 벼락 소리. 그는 자기도 모르게 양손으로 귀를 막았다. 하하! 허허! 그는 큰 소리에 움찔하며 눈을 깜박였다. 도마뱀이 종종걸음을 치고 호랑이가 으르렁거리더니 신이 직접 모습을 드러낸다!

이게 도대체 무슨 뜻일까? 그는 거실을 이리저리 살펴보았다. 뭐가 도착했다는 걸까? 그는 벌떡 일어서서 헐떡거리며 기다렸다.

아무 일도 벌어지지 않았다. 가슴이 뛰었다. 호흡, 그리고 위기가 닥쳤을 때 간뇌가 관장하는 모든 자율반응을 포함한 신체 작용들. 아드레날린, 심박 증가, 맥박, 침, 땀, 목구멍 마비, 멍하니 한 곳만 보는 눈, 설사 등. 메스꺼움과 성욕 감퇴.

하지만 아무것도 보이지 않고 아무것도 할 게 없다. 달아나? 놀라 달아날 준비는 다 되어 있다. 하지만 어디로, 왜 달아난단 말인가? 다고미는 자문했다. 도무지 알 수가 없었다. 그러니 달아날 수가 없다. 문명화된 인간의 딜레마. 몸은 어디든 갈 수 있지만 위험이 뭔지 모른다.

그는 욕실로 가서 면도를 하려고 얼굴에 거품을 바르기 시작했다.

전화가 울렸다.

"진."

그는 면도기를 내려놓으며 크게 말했다.

"준비를 해야지."

그는 재빠른 걸음으로 욕실을 나와 다시 거실로 왔다.

"준비는 되었다."

그는 이렇게 말하고 수화기를 들었다.

"다고미입니다."

목소리가 갈라져 헛기침을 했다.

잠시 침묵이 흘렀다. 그러더니 땅에 떨어져 오랫동안 마른 낙엽이 바스락거리듯 희미하고 건조한 목소리가 들렸다.

"안녕하십니까. 저는 신지로 야타베입니다. 샌프란시스코에 도착했습니다."

"무역대표부를 대표해 환영합니다. 얼마나 기쁜지 모르겠군요. 몸은 괜찮으십니까?"

다고미가 말했다.

"좋습니다, 다고미 씨. 언제 만날까요?"

"당장 뵙죠. 30분이면 됩니다."

다고미는 멀리 놓인 침실 시계를 보며 몇 시인지 알아내려 애썼다.

"바이네스 씨와 함께 보시죠. 연락을 해야 합니다. 조금 늦어질 수도 있지만……."

"그럼 두 시간 뒤로 할까요?"

야타베가 말했다.

"그러시죠."

다고미는 고개를 숙이며 말했다.

"니폰타임스 빌딩에 있는 선생 사무실에서 봅시다."

다고미는 다시 한 번 고개를 숙였다.

딸칵. 야타베는 전화를 끊었다.

바이네스 씨가 좋아하겠군. 다고미는 생각했다. 통통하고 맛난 연어 꼬리를 던져주면 기뻐 날뛰는 고양이처럼 말이지. 그는 수화기를 내려놓았다가 다시 들고 재빨리 아비라티 호텔로 전화를 걸었다.

"시련은 끝났습니다."

바이네스가 잠이 덜 깬 채 전화를 받자 다고미가 말했다.

바이네스의 목소리에서 잠기운이 순식간에 사라졌다.

"왔습니까?"

"제 사무실. 10시 20분입니다. 그럼."

다고미는 전화를 끊고 다시 욕실로 뛰어가 면도를 마쳤다. 아침 먹을 시간은 없었다. 사무실에 도착한 뒤에 램지를 시켜 준비하면 된다. 셋이 함께 아침을 즐길 수도 있다. 다고미는 면도를 하며 세 사람이 함께 할 멋진 아침식사를 생각했다.

바이네스는 잠옷 바람으로 전화기 앞에 서서 이마를 문지르며 생각하고 있었다. 그사이를 못 참고 요원과 접촉했다니 부끄럽군. 하루만 더 참았더라면…….

크게 해가 될 건 없었다. 하지만 오늘 다시 백화점에 찾아가야 했다. 내가 나타나지 않는다면? 연쇄반응이 일어날 수도 있다. 저쪽에서 내가 살해당했다고 생각할 수도 있다. 그러면 나를 찾아 나설 것이다.

상관없어. 그가 왔으니까. 드디어. 기다림은 끝났다.

바이네스는 서둘러 욕실로 가 면도할 준비를 했다.

다고미는 만나는 순간 분명히 그를 알아볼 거야. 바이네스는 생각했다. 이제 '야타베 씨'라는 가면은 던져버려도 돼. 사실 우리 모두 가면을 벗어도 되지. 위장은 필요 없어.

바이네스는 면도를 끝내자마자 샤워를 했다. 물이 쏟아지는 동안 그는 목청껏 노래를 불렀다.

"늦은 시간 말 달리는 자 누구냐?
밤과 바람을 뚫고.
그것은 아버지,
아이를 안은 아버지."

이제는 아마 보안국도 어쩌지 못하겠지. 그는 생각했다. 무슨 일인지 알아낸다고 해도. 그러니 걱정은 집어치워도 되겠군. 적어도 쓸데없는 걱정들은 말이지. 내 안위같이 시시한 일은 걱정하지 않아도 돼.

하지만 나머지 모든 건, 이제 겨우 시작이야.

11

샌프란시스코 주재 영사인 후고 라이스가 오늘 아침 처음으로 해야 할 일은 예기치 못한데다 괴로운 일이었다. 사무실에 도착해보니 손님 하나가 먼저 와 기다리고 있었다. 덩치가 크고 얽은 얼굴에 턱이 억세게 생긴 중년의 사내는 시꺼멓고 헝클어진 눈썹을 잔뜩 모은 채 못마땅하다는 표정을 짓고 있었다. 사내가 일어나더니 당원끼리 사용하는 인사를 건네며 중얼거리듯 말했다.

"하일."

라이스도 답례를 했다.

"하일."

그는 속으로 끙 하며 신음을 냈지만 겉으로는 아무렇지도 않은 듯 웃음을 지었다.

"크로이츠 폼 메레 지부장님! 놀랍군요. 안으로 들어가시죠."

라이스는 사무실로 통하는 문을 열면서 부영사는 어디 간 건지, 누가 이 친구를 안으로 들였는지 궁금해했다. 어쨌거나 이미 와 있으니 달리 어찌할 도리가 없었다.

라이스의 뒤를 따르던 크로이츠 폼 메레는 양손을 시커먼 모직 외투 주머니에 꽂은 채 말했다.

"들어보시오, 영사. 방첩국 친구를 찾아냈소. 루돌프 베게너라는 자 말이오. 우리가 감시하던 옛 방첩국 접선 장소에 그가 나타났소."

크로이츠 폼 메레는 커다란 금니를 드러내며 킬킬거렸다.

"그래서 그자의 뒤를 밟아 호텔까지 알아냈지."

"잘하셨군요."

라이스는 자신에게 온 우편물이 책상 위에 놓여 있는 걸 발견했다. 페르데후프는 근처에 있는 것 같았다. 보안국 지부장이 여기저기 기웃거리지 못하도록 안쪽 사무실 문을 잠그고 딴 데로 피해 있는 게 틀림없었다.

"중요한 일이오."

크로이츠 폼 메레가 말했다.

"그래서 칼텐부르너 장관에게 알렸소. 최우선으로 말이야. 지금 당장이라도 베를린에서 지시가 내려올 수도 있소. 베를린의 쓰레기 같은 것들이 일을 엉망으로 처리하지만 않으면 말이지."

크로이츠 폼 메레는 영사 책상에 자리를 잡고 앉더니 코트 주머니에서 두툼한 서류철을 꺼내 펼치며 입을 놀렸다.

"가명은 바이네스. 스웨덴 사업가나 판매업자 또는 제조업 관계자로 위장했소. 아침 8시 10분에 일본 관리로부터 전화를 받았고 10시 20분에 그 일본 놈 사무실에서 약속을 잡았소. 지금 전화 건 녀석을 찾아내는 중이지. 30분만 있으면 알아낼 수 있을 거요. 여기로 내게 결과를 보고하라고 했지."

"그렇군요."

라이스가 말했다.

"어쩌면 그자를 체포할 수도 있소."

크로이츠 폼 메레가 말을 이었다.

"체포하면 당연히 다음 루프트한자 로켓에 태워 본국으로 보내야지. 하지만 일본 놈들이나 새크라멘토 정부가 항의하며 막으려고 나설 수도 있소. 만일 그렇다면 항의 대상은 당신일 거요. 어쩌면 견디기 어려울 정도로 압력을 가할 수도 있소. 특고과 녀석들이 떼를 지어 공항으로 몰려올 수도 있지."

"아예 눈치채지 못하도록 할 수는 없습니까?"

"너무 늦었소. 놈은 이미 약속장소로 향하고 있으니까. 어쩌면 약속장소에 있는 걸 체포해야 할 수도 있소. 만나는 도중에 뛰어들어서 체포하고 빼내는 거지."

"별로 마음에 안 드는 방식이군요."

라이스가 말했다.

"만일 상대가 일본의 고위관료라면 어떻게 할 겁니까? 혹시 바로 지금 샌프란시스코에 일본 천황의 특사가 와 있을지도 모르는 일입니다. 일전에 그런 소문이 돌기도 했고……."

크로이츠 폼 메레가 끼어들었다.

"상관없소. 어차피 놈은 독일 국민이니까. 제3제국 법률에 따라야겠지."

제3제국 법률이 어떤지는 우리 모두 잘 알지. 라이스는 속으로 생각했다.

"특수요원들을 준비해두었소. 솜씨 좋은 자들로 다섯 명."

크로이츠 폼 메레는 킬킬거렸다.

"바이올린 연주자처럼 생긴 자들이지. 차분한 수도사처럼 생긴 자들. 감정이 풍부하게 생겼소. 신학생들이라고 해도 믿을 거요. 그들이 현장에 들어가는 거야. 일본 놈들은 무슨 현악사중주 연주자들이 온 줄 알거요."

"현악오중주겠죠."

라이스가 말했다.

"그렇지. 그들이 바로 건물로 들어가는 거요. 옷까지 그럴듯하게 차려입고 말이야."

그는 라이스 영사를 흘깃 바라보았다.

"바로 영사처럼 말이오."

고맙군. 라이스는 속으로 생각했다.

"뻔히 보이도록 움직이는 거요. 벌건 대낮에 말이지. 베게너라는 자를 둘러싸는 거야. 마치 뭔가 상의하는 것처럼. 중요한 전갈을 가져온 사람들처럼."

크로이츠 폼 메레는 라이스 영사가 우편물을 뜯어보는 동안에도 계속 웅얼거리듯 말했다.

"폭력을 쓸 필요도 없겠지. 그냥 '베게너 씨, 함께 가주시죠. 무슨 말인지 아시죠?'라고 말하면 되니까. 그리고 척추에다 침을 꽂아서 약물을 주입하는 거지. 몸을 살짝 마비시키는 거요."

라이스는 고개를 끄덕였다.

"듣고 있소?"

"물론이죠."

"그리고 데리고 나오는 거요. 자동차로. 우리 사무실로 끌고 오는 거지. 일본 놈들이 난리를 치겠지. 하지만 끝까지 정중하게 하는 거요."

크로이츠 폼 메레는 의자에 앉은 채 과장된 동작으로 일본 사람처럼 고개를 숙여 인사를 해 보였다.

"일본 놈들은 '우리를 속이다니 너무 하시는군요, 크로이츠 폼 메레 씨. 어쨌든 안녕히 가십시오, 베게너 씨'라고 하겠지."

"바이네스 씨라고 하겠죠. 가명을 쓰고 있지 않겠습니까?"

라이스가 말했다.

"바이네스가 맞소. '안타깝지만 여기서 헤어져야겠군요. 남은 이야기는 다음에 만나서 하시죠'라고 하겠군."

라이스의 책상에 놓인 전화기가 울렸다. 크로이츠 폼 메레는 농담을 멈췄다.

"아마 내 전화일 거요."

그가 수화기를 잡으려고 했지만, 라이스가 얼른 다가가 먼저 전화를 받았다.

"라이스입니다."

익숙하지 않은 목소리였다.

"영사님, 여기는 노바스코샤* 국제전화국입니다. 베를린에서 긴급으로 걸려온 대륙간 전화입니다."

"알았소."

라이스가 말했다.

"잠시만 기다리십시오, 영사님."

희미하게 잡음이 들렸다. 그러다 또 다른 여자 교환수 목소리가 들렸다.

"관저입니다."

"네, 여기는 노바스코샤의 국제전화국입니다. 제3제국 샌프란시스코 주재 H. 라이스 영사 전화입니다. 지금 영사께서 대기하고 있습니다."

"기다리세요."

한참을 기다리며 라이스는 한 손으로 우편물을 뒤적거렸다. 크로이츠 폼 메레는 늘어지다시피 앉아 그를 바라보고 있었다.

"영사, 시간을 빼앗아 미안하네."

남자 목소리. 라이스는 온몸의 피가 갑자기 멈추는 듯했다. 세련되고 부드럽게 흘러나오는 저음의 목소리가 귀에 익었다.

"나, 괴벨스 박사네."

"네, 총통 각하."

맞은편에 앉은 크로이츠 폼 메레는 슬며시 웃음을 지었다. 하

----

* 캐나다 동남부의 반도.

지만 그도 긴장했는지 입은 꽉 다문 모습이었다.

"하이드리히 장군이 전화를 해달라고 하더군. 샌프란시스코에 방첩국 요원이 있다지. 이름은 루돌프 베게너. 그자와 관련해서 보안국에 전적으로 협조해주게. 자세하게 이야기해줄 시간이 없군. 어쨌든 그들이 자네 사무실을 마음대로 이용할 수 있도록 해주게. 대단히 고맙네."

"알겠습니다, 총통 각하."

라이스가 말했다.

"잘 있게, 영사."

독일 총통이 전화를 끊었다.

크로이츠 폼 메레는 라이스가 수화기를 내려놓는 모습을 뚫어져라 보았다.

"내 말이 맞소?"

라이스는 어깨를 으쓱했다.

"틀림없는 것 같군요."

"우리가 베게너를 독일로 강제로 데려갈 수 있게 허가증을 써주시오."

라이스는 펜을 꺼내 허가증을 쓰고 서명한 다음 보안국 지부장에게 내밀었다.

"고맙소."

크로이츠 폼 메레가 말했다.

"자, 만일 일본 놈들이 전화를 걸어와 항의한다면……."

"그건 그때 얘기하시죠."

크로이츠 폼 메레는 라이스를 바라보았다.

"분명히 항의할 거요. 우리가 베게너라는 자를 붙잡아 오면 15분도 안 되서 여기로 몰려오겠지."

광대가 농담을 늘어놓는 듯한 기색은 싹 사라지고 없었다.

"현악오중주고 뭐고 없겠군요."

라이스가 말했다.

크로이츠 폼 메레는 대답하지 않았다.

"오늘 오전 중으로 붙잡아 올 테니 준비하시오. 일본 놈들에게는 그자가 호모나 위조꾼이라고 둘러대시오. 본국에서 큰 죄를 저질러 수배당한 자라고 말이지. 정치범으로 체포했다는 말은 하지 말고. 어차피 일본 놈들은 우리 법률 가운데 90퍼센트는 알지도 못하니까 말이야."

"내가 해야 할 일은 잘 압니다."

라이스가 짜증이 나서 말했다. 나를 따돌렸군. 그는 속으로 생각했다. 언제나 그랬던 것처럼. 총통 관저에 연락할 줄이야. 나쁜 자식들.

손이 부들부들 떨렸다. 괴벨스 박사의 전화라니. 그래서 그런가? 권력자에게 기가 눌렸나? 아니면 이 빌어먹을 경찰 놈들에 둘러싸인 신세가 분해서 그런가? 이들은 날이 갈수록 힘이 강해진다. 이미 괴벨스를 수중에 넣은 것이다. 제국은 그들이 좌지우지한다.

하지만 내가 어쩔 수 있겠는가? 누가 뭘 어쩔 수 있단 말인가?

라이스는 체념하고 말았다. 그냥 협조하는 편이 낫지. 지금은

293

이자와 적이 되어서는 안 되지. 어쩌면 이자는 본국에서 벌어지는 상황까지 마음대로 조종할 수 있을지 모른다. 자신을 적대시하는 모든 이들을 잘라낼 수 있을지도 모를 일이다.

"알겠습니다. 이번 일은 말씀하신 대로 중요하군요, 지부장 각하. 지부장께서 이 간첩인지 배신자인지 하는 자를 얼마나 빨리 찾아내느냐에 독일제국의 안전이 달려 있는 것 같습니다."

라이스 스스로 선택한 단어들이지만 본인이 듣기에도 민망했다. 하지만 크로이츠 폼 메레는 기분이 좋은 것 같았다.

"고맙소, 영사."

"지부장께서 우리 모두를 구한 겁니다."

그러자 크로이츠 폼 메레는 우울하게 말했다.

"글쎄, 아직 체포한 건 아니니까. 일단 기다려봅시다. 얼른 연락이 왔으면 좋겠군."

"일본인들은 제가 맡겠습니다."

라이스가 말했다.

"아시겠지만 저도 경험이 아주 많으니까요. 그들이 항의한다면……."

"장황하게 말할 것 없소. 생각 좀 해야겠군."

크로이츠 폼 메레는 라이스의 말허리를 잘랐다. 총통 관저에서 걸려온 전화에 신경이 쓰이는 모양이었다. 그도 이제는 압박을 느끼고 있었다.

만에 하나 그자를 놓치면 너도 목이 달아나는 거야, 하고 후고 라이스 영사는 생각했다. 너나 나나 언제든 내쫓긴 채 길거리에서 만날 수 있어. 너라고 나보다 더 안전하지는 않아.

사실, 여기저기서 조금씩 시간을 끌어 당신을 곤란하게 만들수는 없나 알아봐도 괜찮을 거야, 지부장 각하. 꼭 집어 말할 수는 없지만 부정적인 영향이 미치게 하는 거지. 예를 들어 일본인들이 항의하러 나를 찾아오면 베게너라는 자를 루프트한자어느 편에 태워 보낼 예정인지 슬쩍 흘리거나, 아니면 그들을 경멸하는 눈빛으로 대해 더 화나게 만드는 거야. 그렇게 하면독일은 황인종과 진지하게 대화하지 않는다는 걸 대놓고 드러낼 수 있지. 그들을 자극하기는 쉬워. 일본인들이 화가 머리 꼭대기까지 난다면 직접 괴벨스에게 연락할 수도 있을걸.

가능성은 여러 가지다. 내가 적극적으로 협조하지 않는다면보안국은 베게너라는 자를 데리고 태평양연안연방을 빠져나가지 못해. 약점만 제대로 알아낸다면…….

나를 따돌리는 자들은 질색이야. 라이스 영사는 계속 생각했다. 불쾌하기 이를 데 없어. 너무 신경이 쓰여서 잠을 잘 수가없어. 잠을 제대로 못 자면 일을 제대로 할 수 없지. 그러니 이문제를 바로잡는 게 독일에 대한 내 의무야. 만일 맞은편에 앉은 저질 야만인 녀석이 본국으로 돌아가 어딘지 모를 경찰서로좌천당해 보고서나 쓰게 된다면 밤낮으로 마음이 편하겠군.

문제는 시간이 없다는 거야. 내가 어떻게 할지 결정하는 사이…….

전화가 울렸다.

이번에는 크로이츠 폼 메레가 손을 내밀어 수화기를 잡았다.

라이스 영사는 막지 않았다.

"여보세요."

크로이츠 폼 메레가 수화기에 대고 말했다. 그는 잠시 아무 말도 안 하고 귀를 기울였다.

벌써? 라이스는 생각했다.

하지만 보안국 지부장은 수화기를 내밀었다.

"당신 전화요."

라이스는 속으로 안도의 숨을 내쉬며 전화를 받았다.

"어디 학교 교사라는 것 같소. 교실 벽에 걸 오스트리아 경치가 담긴 포스터를 줄 수 있는지 궁금하다는군."

크로이츠 폼 메레가 말했다.

오전 11시가 되어가는 시간, 로버트 칠던은 가게를 닫고 걸어서 폴 가소우라의 사무실로 향했다.

다행히 폴은 한가했다. 그는 칠던을 정중하게 맞이하더니 차를 대접했다.

"오래 방해는 않겠습니다."

칠던은 차를 마시며 말했다. 폴의 사무실은 작지만 현대적이고 수수하게 꾸며져 있었다. 벽에는 멋진 복제화 한 점이 걸려 있었다. 목계*가 그린 호랑이 그림은 13세기의 걸작이었다.

"언제든 환영입니다, 로버트."

---

* 牧谿. 송나라 말 원나라 초의 승려 화가.

폴의 목소리에서 어쩐지 냉담한 기색이 느껴졌다.

공연한 생각인지도 몰랐다. 칠던은 찻잔 너머로 조심스럽게 상대방의 얼굴을 살폈다. 분명히 친절한 얼굴이었다. 하지만…… 뭔가 변했다는 걸 느낄 수 있었다.

"부인께서 제가 드린 유치한 선물이 마음에 들지 않으셨나 봅니다."

칠던이 말했다.

"무안하게 되었군요. 하지만 선물을 드릴 때 설명했듯이, 뭔가 새롭고 시도해보지 않았던 것이라서 평가가 제대로 이루어지지 않았습니다. 적어도 장사에만 빠져 있는 사람한테는 어려운 일이죠. 그러니 두 분이 저보다는 그런 물건을 훨씬 더 잘 평가하실 겁니다."

"집사람은 실망하지 않았소, 로버트. 내가 그 장신구를 아예 전해주지 않았으니까 말입니다."

폴은 책상으로 손을 뻗어 작고 하얀 상자를 꺼냈다.

"받은 채로 사무실에 두었죠."

눈치챘군. 칠던은 생각했다. 약삭빠른 자 같으니. 부인에게 이야기도 하지 않았어. 그럼 그걸로 끝이지. 칠던은 상황을 알아차렸다. 화를 내며 날뛰거나 않았으면 좋겠군. 부인을 유혹하려 했다면서 몰아붙일 수도 있지.

나를 파멸시킬 수도 있어. 칠던은 속으로 말했다. 조심스럽게 차를 홀짝거리는 그의 얼굴에는 아무 표정도 없었다.

"그래요? 재미있군요."

칠던은 부드럽게 말했다.

폴은 상자를 열더니 핀을 꺼내 살펴보기 시작했다. 손으로 들고 빛을 비춰보고 이리저리 뒤집어보기도 했다.

"사업상 아는 몇 사람에게 이 물건을 보여주었습니다. 나처럼 미국 골동품이나 일반적인 예술 작품, 미학적 가치가 있는 물건을 좋아하는 사람들이죠."

폴은 로버트 칠던을 바라보았다.

"물론 이런 물건은 모두 처음 본다고 하더군요. 설명해주신 것처럼 이렇게 현대적인 작품은 지금까지 알려진 바가 없으니까요. 그때 이 물건들에 대해 독점 판매권을 갖고 있다고 말한 걸로 기억합니다."

"네, 그렇습니다."

칠던이 말했다.

"이걸 본 사람들 의견이 궁금합니까?"

칠던은 고개를 숙여 보였다.

"모두 웃더군요."

폴이 말했다.

칠던은 아무 말도 하지 못했다.

"하지만 나도 당신이 이걸 가져와 보여주던 날, 속으로 몰래 웃었습니다. 당신이 워낙 진지하게 나왔기 때문에 우습지만 당연히 속으로 감추어야 했던 겁니다. 내가 왠지 어정쩡한 반응을 보였던 걸 분명히 기억하실 겁니다."

칠던은 고개를 끄덕였다.

핀을 자세히 살피며 폴은 말을 계속 이어나갔다.

"그런 반응은 누구나 쉽게 알아차릴 수 있죠. 여기, 아무 모양도 남지 않을 때까지 녹았던 금속 조각이 있습니다. 아무것도 표현하지 않습니다. 그 어떤 의도적인 디자인도 없죠. 무정형 그 자체라고 할 수 있습니다. 혹자는 이렇게 말할 수도 있습니다. 형식을 제거한 단순한 내용물 자체라고 말이죠."

칠던은 고개를 끄덕였다.

"하지만 며칠 살펴보다 보니 왜 그런지 논리적으로는 설명할 수 없지만 감정적으로 이 물건에 끌리더군요. 왜 그럴까요? 지금도 나는 독일의 심리학 테스트처럼 내 마음을 이 물건에 투영하지는 않아요. 여전히 모양이나 형식은 내게 전혀 보이지 않습니다. 하지만 어떻게 된 일인지 '도'가 느껴집니다. 아시겠습니까?"

폴은 칠던에게 손짓을 해보였다.

"균형미가 있어요. 이 물건에 깃든 기운이 안정되어 있습니다. 편안해요. 말하자면 이 물건은 우주의 평온함을 담았다고 할 수 있습니다. 우주에서 떨어져 나왔고, 그래서 항상성을 갖게 된 겁니다."

칠던은 고개를 끄덕이고 핀을 바라보았다. 하지만 폴이 무슨 말을 하는지는 알아들을 수가 없었다.

"이 물건에는 '간소함'이 없습니다. 있을 수가 없죠. 하지만……."

폴은 손톱 끝으로 핀을 건드렸다.

299

"로버트, 이 물건은 '오悟(깨달음)'를 지니고 있습니다."

"옳으신 말씀 같습니다."

칠던은 '오'가 뭔지 기억해내려 애썼다. 일본어가 아니었다. 중국어였다. '지혜'일 거야. '이해'라는 뜻이거나. 어쨌든 굉장히 좋은 뜻이야.

"만든 이의 손에 '오'가 있었고, 그가 이 물건에 '오'가 흘러들게 한 겁니다."

폴이 말했다.

"어쩌면 만든 사람은 이 물건을 통해 충분히 만족했을 겁니다. 이건 완벽합니다, 로버트. 이걸 가만히 보고 있으면 우리는 '오'를 더 많이 얻을 수 있습니다. 예술이 아니라 신성한 물건에서 느끼는 평온한 감정을 경험합니다. 히로시마의 한 신사가 기억납니다. 중세시대 어느 성인의 정강이뼈를 모시는 곳이죠. 하지만 이건 공예품이고 그건 유물입니다. 이건 지금 살아 있는데 비해 그건 그저 남아 있는 것에 지나지 않죠. 당신이 지난번에 와서 이 물건을 주고 간 다음, 나는 깊은 생각을 거쳐 이 물건에서 역사성과 상반되는 의미의 가치를 찾아냈습니다. 이미 아셨는지도 모르겠지만, 나는 아주 깊이 감동받았습니다."

"네."

칠던이 말했다.

"여기에는 역사성이 없고, 마찬가지로 예술적, 심미적 가치도 없습니다. 하지만 뭔가 영묘한 가치가 있습니다. 놀라운 겁니다. 오히려 보잘것없고 작고 쓸모없어 보이기에, 바로 그런 이

유 때문에 이 물건은 '오'를 품게 됩니다, 로버트. 왜냐하면 '오'
는 대개 눈길을 가장 적게 끄는 장소에서 발견되기 때문입니
다. 기독교에서 흔히 말하는 '건축가가 버린 돌'과 같은 거죠.
사람들은 오래된 지팡이나 길가에 버려진 녹슨 맥주 캔에서
'오'를 인식하는 경험을 얻곤 합니다. 하지만 그런 경우 '오'는
경험하는 사람 속에 존재합니다. 종교적 경험이죠. 하지만 이
물건을 보면 장인은 물건에 내재하는 '오'를 발견했을 뿐만 아
니라 그 '오'를 물건에 심어 넣었습니다."

폴은 고개를 들었다.

"내가 하는 말을 잘 아시겠습니까?"

"네."

칠던이 말했다.

"달리 말하면, 이 물건은 전혀 새로운 세계를 보여줍니다. 아
무런 형식도 없으니 예술이라 부를 수도 없고, 그렇다고 종교
도 아닙니다. 뭘까요? 쉬지 않고 거듭 고민했지만 도저히 알 수
가 없습니다. 이런 물건을 표현하는 말은 도저히 존재하지 않
는 것 같습니다. 그러니 당신 말이 옳겠죠, 로버트. 이 물건은
진정으로 새로운 겁니다."

진짜 물건이지. 칠던은 생각했다. 확실한 진짜 물건. 그 말뜻
은 알겠어. 하지만 나머지 이야기들은……

"이런 생각을 하고 나서, 전에 이 물건을 구경한 사람들을 다
시 불렀습니다. 그리고 지금 한 것처럼 자청해서 열심히 설명
했습니다. 돌려 말하지 않고 있는 그대로 말입니다. 이런 얘기

를 할 때는 예의범절을 버려야 할 수도 있습니다. 깨달음 자체를 전달해야 하는 필요성이 그만큼 크니까요. 나는 사람들이 귀를 기울이기를 바랐습니다."

폴 같은 일본인이 다른 사람들에게 자신의 생각을 강요했다는 걸 칠던은 도무지 믿을 수가 없었다.

"결과는 아주 낙관적이었습니다. 그들은 강요에 못 이겨 내 생각을 받아들일 수도 있었습니다. 하지만 그들은 내가 설명한 걸 이해했어요. 그러니 설명할 가치가 있었죠. 그 일을 마치고 나는 쉬었습니다. 그게 끝입니다, 로버트. 난 지쳤어요."

그는 핀을 다시 상자에 넣었다.

"이제 내가 할 일은 끝났습니다. 힘이 다 빠졌어요."

그는 칠던에게 상자를 건네주었다.

"이건 선생께 드린 겁니다."

칠던은 불안해하며 말했다. 지금껏 겪었던 어떤 상황과도 달랐다. 고귀한 신분의 일본인이 받은 선물을 한없이 칭찬하고 다시 돌려주다니. 무릎이 떨리는 걸 느꼈다. 어째야 할지 알 수가 없었다. 그는 얼굴을 붉힌 채 일어서서 소매만 쓰다듬었다.

폴은 차분하게 말했다. 매몰차게 느껴질 정도였다.

"로버트, 더 용기를 갖고 현실과 마주 서야 합니다."

칠던이 얼굴이 하얗게 질린 채 머뭇거리며 말했다.

"도대체 무슨 일인지……."

폴이 일어서더니 그를 마주 보고 섰다.

"조심하세요. 당신이 해내야 할 일입니다. 당신은 이 물건과 같은 것들을 독점 판매할 수 있습니다. 게다가 당신은 전문가죠. 잠시 혼자가 되어보세요. 주역에게 길을 물으면서 생각을 해봐요. 그런 다음 어떻게 진열할지, 광고와 판매 전략은 어떻게 할지 연구해요."

칠던은 입을 딱 벌리고 폴을 바라보았다.

"그러면 길이 보일 겁니다. 이런 물건을 유행시키려면 어떻게 해야 하는지 말이죠."

칠던은 소스라치게 놀랐다. 이 사람은 지금 내게 에드 프랭크 귀금속을 널리 알릴 사명이 있다고 말하는 거군! 괴상하고 노이로제에 걸린 일본인의 세계관. 폴 가소우라의 시각에서 그것은 이 장신구와 정신적, 사업적으로 최고의 관계를 맺는 것에 다름 아닌 것이다.

가장 끔찍한 건 폴의 권위적인 의견이 바로 일본인이 지닌 문화와 전통의 한가운데에서 비롯되었다는 점이다.

의무로군. 칠던은 쓸쓸한 생각이 들었다. 일단 한번 받아들이면 평생을 붙어서 떨어지지 않을 수도 있다. 무덤 속까지도. 폴은 어찌 된 일인지 스스로 만족스러울 정도로 의무에서 벗어났다. 하지만 칠던의 의무는 애석하게도 도저히 끝이 없을 것 같았다.

정신들이 나갔군. 칠던은 속으로 중얼거렸다. 예를 들어보자. 저들은 깊은 도랑에 빠져 다친 사람을 보고도 일단 돕기 시작하면 생겨날 의무 때문에 아예 도와주지 않는다. 그걸 뭐라고들 하는가? '전형적'이라고 하겠다. 영국 구축함을 복제하라고

하면 어떻게 해서든지 보일러에 때운 자국까지 흉내 내는 종족에게 기대할 만한 모습이랄까.

폴은 칠던에게서 눈을 떼지 않았다. 다행스럽게도 칠던은 오래전부터 자신이 느끼는 감정을 있는 그대로 드러내지 않고 억누르는 버릇이 있었다. 그는 아무렇지도 않은 듯 무관심한 표정을 지었다. 이런 상황에 딱 들어맞는 얼굴이었다. 얼굴에 쓴 가면을 스스로 느낄 수 있었다.

이거 참 끔찍하군, 하고 칠던은 생각했다. 재앙이야. 차라리 내가 그의 부인을 유혹하려 했다고 생각해주는 편이 낫겠어.

베티. 이제 그녀가 이 핀을 볼 가능성은 조금도 없었다. 그가 원래 세웠던 계획은 날아가버렸다. '오'는 성적 관심과 공존할 수 없다. 그것은 폴이 말한 대로 유물처럼 엄숙하고 거룩한 것이니까.

"내가 그들에게 당신 연락처를 나누어주었습니다."

폴이 말했다.

"네?"

다른 생각에 빠졌던 칠던이 물었다.

"당신 명함 말입니다. 그래야 그들이 찾아가서 다른 물건들을 살펴볼 테니까요."

"알겠습니다."

"한 가지 더 있습니다. 이 물건을 살펴본 사람들 가운데 한 명이 자기 사무실에서 사업 이야기를 전반적으로 나누고 싶어하더군요. 여기 그 사람 이름과 주소를 적어두었습니다."

폴은 칠던에게 접어둔 종이쪽지를 내밀었다.

"그 사람은 함께 사업하는 동료들과 함께 이야기를 듣고 싶어합니다. 대규모로 무역을 하는 수입상이죠. 특히 남미 쪽으로요. 라디오, 카메라, 망원경, 녹음기 같은 겁니다."

칠던은 넘겨받은 종이를 들여다보았다.

"물론 아주 대량으로 거래합니다. 아마 수십만 개 단위일 겁니다. 아주 낮은 단가로 물건을 생산하는 기업들과 거래합니다. 거래처는 모두 임금이 낮은 동양에 있죠."

"그분이 왜……."

칠던이 입을 열었다.

"이런 물건은 말이죠……."

폴은 다시 핀이 담긴 상자를 잠깐 들어 올렸다. 그는 뚜껑을 닫더니 상자를 다시 칠던에게 건네주었다.

"대량생산도 가능합니다. 금속이든 플라스틱이든 말이죠. 주형을 사용하면 됩니다. 얼마든지 원하는 양을 생산할 수 있죠."

칠던이 한참 생각하다가 물었다.

"'오'는 어떻게 되는 겁니까? 그렇게 대량으로 생산해도 '오'가 남아 있을까요?"

폴은 아무 말도 하지 않았다.

"그분을 만나볼까요?"

칠던이 물었다.

"네."

폴이 말했다.

"왜죠?"

"부적입니다."

칠턴은 그를 멍하니 바라보았다.

"행운을 비는 부적이죠. 몸에 지니는 겁니다. 상대적으로 가난한 사람들이 말이죠. 남미와 동양에는 그런 부적을 안 파는 곳이 없습니다. 아시다시피 사람들 대다수가 여전히 마법을 믿고 사는 곳이니까요. 주술이나 묘약 같은 것 말입니다. 시장이 아주 크다고 하더군요."

폴은 표정이 나무처럼 딱딱했고 목소리는 단조로웠다.

칠턴은 아주 천천히 입을 열었다.

"아주 큰돈을 벌 수 있을 것처럼 들리는군요."

폴은 고개를 끄덕였다.

"당신의 생각인가요?"

칠턴이 물었다.

"아닙니다."

폴은 그 말만 하고는 입을 다물었다.

당신 상사로군. 칠턴은 생각했다. 이 물건을 본 윗사람이 그 수입상을 아는 거야. 그 상사—또는 당신에게 영향력을 행사할 수 있는 사람, 누군가 당신을 좌지우지할 수 있는, 돈 많고 힘 있는 사람—가 수입상에게 연락을 했어.

그래서 내게 이 물건을 돌려준 거로군. 칠턴은 알아차렸다. 당신은 이 일에 끼고 싶지 않은 거야. 하지만 마찬가지로 당신은 내가 아는 걸 알아. 내가 이 주소를 찾아가서 수입상을 만나

306

리라는 것. 그래야 한다는 것. 달리 도리가 없지. 수익의 일정 부분을 받고 디자인을 빌려주거나 팔아넘겨야겠지. 수입상과 나는 뭔가 계약을 맺어야 할 거야.

당신하고는 상관없어. 전혀. 이런 나를 제지하거나 다른 의견을 낸다면 그건 심술밖에 안 되지.

"굉장한 부자가 될 기회입니다."

폴이 말했다. 그는 냉정한 표정으로 앞만 보고 있었다.

"별난 아이디어여서 좀 놀랐습니다. 예술품으로 행운을 비는 부적을 만든다니 도저히 상상할 수가 없군요."

칠던이 말했다.

"평상시 다루던 분야가 아니라서 그런 겁니다. 당신은 소수만이 즐기는 것들에 심혈을 기울여왔어요. 나 역시 마찬가지입니다. 내가 말한, 곧 당신 가게를 찾아갈 사람들 역시 그렇습니다."

"당신이 저라면 어떻게 하시겠습니까?"

칠던이 물었다.

"능력 있는 수입상이 제안한 가능성을 얕잡아보지 마십시오. 아주 빈틈없는 사람이거든요. 당신과 나는 세상에 못 배운 사람이 얼마나 많은지 의식하지 못합니다. 그들은 주형으로 만들어낸 똑같은 물건에서 기쁨을 얻을 수 있습니다. 그에 비해 우리는 아주 특별하거나 뭔가 희귀한 것, 소수만 소유한 걸 갖고 있어야만 직성이 풀립니다. 물론 믿을 수 있는 진짜라야 하죠. 베낀 것이거나 모조품이 아닌 것 말입니다."

그는 여전히 칠던 뒤쪽으로 텅 빈 공간을 응시하며 말했다.

"수십만 개씩 똑같이 만들어낸 물건은 안 되죠."

이자가 우연히 진상을 안 건 아닐까? 칠던은 궁금해졌다. 내 가게와 비슷한 곳마다 파는 역사적인 물건들이—그가 수집한 수많은 개인 소장품들은 말할 것도 없고— 대부분 가짜라는 걸. 그가 하는 이야기에 그런 암시가 깔린 것 같다. 마치 비꼬는 척하면서 숨겨진 뜻을 전하는 것처럼, 겉보기와 전혀 다른 메시지를 전달하고 있다. 주역으로 점을 칠 때 느끼던 애매함. 사람들이 말하는 동양 정신의 특징.

칠던은 이런 생각이 들었다. 이자는 사실 이런 말을 하고 있어. 어느 쪽이지, 로버트? 하고. 주역에서 말하는 '소인'인가, 아니면 훌륭한 조언들이 의미하는 다른 사람인가? 여기서 결정해야 해. 이쪽 또는 다른 쪽 길을 택해서 움직여야 해. 양쪽으로 갈 수는 없어. 이제 선택의 순간이야.

'군자'라면 어느 길로 가야 할까? 로버트 칠던은 스스로 물었다. 적어도 폴 가소우라의 말에 따른다면 말이다. 지금 우리 앞에 있는 건 오랜 세월 쌓인 성스러운 지혜가 아니다. 이건 그저 젊은 일본인 사업가이자 한 인간의 의견일 뿐이다.

하지만 뭔가 요점은 있다. 폴이 말했던 '오'다. 이 상황에서 '깨달음'이란, 아무리 마음에 들지 않는다고 해도 현실은 수입상이 원하는 방향으로 향하는 게 틀림없다는 사실이다. 우리가 의도했던 바는 아쉽게 되었지만, 주역에서 말하듯 우리는 적응해야 한다.

그리고 그렇게 된다고 해도, 원제품은 내 가게에서 여전히 팔

수 있다. 예를 들면 폴의 친구인 전문가들에게.

"고민이 심하신가 보군요. 그런 상황이라면 누구든 혼자 있고 싶을 겁니다."

폴은 사무실 출입문 쪽으로 움직였다.

"이미 결심했습니다."

폴의 눈이 반짝거렸다.

고개를 숙이며 칠던이 말했다.

"조언을 따르겠습니다. 당장 가서 수입상이라는 분을 뵙겠습니다."

그는 폴이 건네준 종이쪽지를 들어 보였다.

이상하게도 폴은 기뻐하는 것 같지 않았다. 그는 푸념하듯 중얼거리고는 자기 책상으로 돌아갔다. 일본인들은 끝까지 감정을 드러내지 않는군. 칠던은 생각했다.

"사업 문제를 도와주셔서 정말 감사합니다."

칠던은 떠날 채비를 하며 말했다.

"언젠가 꼭 보답하지요. 잊지 않겠습니다."

하지만 젊은 일본인은 여전히 아무 반응이 없었다. 정말이로군. 칠던은 생각했다. 자주 하는 얘기지만, 이해할 수 없는 자들이야.

출입문까지 칠던을 배웅하면서도 폴은 여전히 깊은 생각에 잠겨 있었다. 그러더니 불쑥 이렇게 말했다.

"미국 장인들은 이 물건을 손으로만 만든 거죠? 일일이 사람 손으로만 말입니다."

"네, 처음 디자인할 때부터 광내는 일까지요."

"선생! 이 물건을 만든 사람들이 협조하겠습니까? 내가 보기에 그들은 전혀 다른 방향을 기대했을 것 같습니다."

"설득할 수 있으리라 생각하고 제안해보겠습니다."

칠던이 말했다. 그가 생각하기엔 큰 문제가 아닌 것 같았다.

"네, 그러시겠죠."

폴이 말했다.

로버트 칠던은 그의 말투에 섞인 뭔가에 갑자기 마음이 쓰였다. 뭔가 애매하지만 이상하게 강조하는 듯한 느낌. 그것은 이내 그를 훑고 지나갔다. 애매함은 아무 의심 없이 사라지고, 칠던은 알아차렸다.

말할 것도 없었다. 그의 눈앞에서 벌어지고 있는 모든 상황은 미국인의 수고를 잔인하게 묵살하고 있었다. 세상에, 그는 비꼬는 말을 있는 그대로 받아들인 것이다. 내가 동의하게 하고, 한 걸음씩 오솔길을 따라 걸어서 이 결론에 이르게 만든 거로군. 미국인의 수공품을 그저 쓰레기 같은 행운 부적의 모형으로 만들었어.

이게 바로 일본인들이 지배하는 방식이야. 노골적으로 접근하지 않고 미묘하고 정교하게, 그리고 세월이 가도 변함없이 교활한 방식으로.

빌어먹을! 우리는 이들에 비하면 야만인이야. 칠던은 깨달았다. 이렇게 냉정한 추론을 거치면 우리는 늘 얼간이가 되고 말아. 폴은 우리 예술이 쓸데없다고 말한 적이 없어. 적어도 내게 말하지는 않았지. 그는 내가 그 말을 꺼내도록 한 거야. 그리고 마지막으로 역설적인 건 내가 꺼낸 말을 그가 유감스러워한다는 거야. 내 입에서 흘러나온 진실한 이야기를 들으며 희미하고 세련된 태도로 안타까워한 거야.

이자가 나를 무너뜨렸어. 칠던은 하마터면 소리 내어 말할 뻔했지만 다행스럽게도 생각에 그칠 수 있었다. 예전처럼 자신의 생각을 내면세계, 저 멀리 비밀스러운 혼자만의 장소에 붙들어둘 수 있었다. 나와 내 동포들을 무시했어. 하지만 어쩔 도리가 없군. 이걸 되갚아줄 길은 없어. 우리는 패했고, 우리의 패배는 이런 식으로 막연하고 어렴풋해서 제대로 인식할 수도 없으니까. 사실 우리가 패했다는 걸 알려면 우리는 한 단계 더 진화해야 해.

일본인들이 지배자로 알맞다는 걸 보여주는 데 무슨 증거가 더 필요할까? 칠던은 웃고 싶어졌다. 심지어 감사하는 마음마저 들었다. 그래, 마치 잘 가려 뽑은 일화를 듣는 기분이야. 기억에 넣어둬야 한다. 나중에 다시 떠올려 생각하고, 나아가 다른 이에게 들려주기 위해서. 누구에게 들려주지? 그게 문제군. 들려주기에는 너무 개인적인 이야기다.

폴의 사무실 구석에 쓰레기통이 있었다. 저기에 버리자! 칠던은 생각했다. 이놈의 물건, '오'가 담겼다는 장신구 조각을.

할 수 있을까? 내던져버릴 수 있어? 폴의 눈앞에서 상황을 끝낼 수 있을까?

살짝 던질 수도 없군. 칠던은 핀이 든 상자를 손에 쥐면서 생각했다. 그래서는 안 돼. 일본인 친구를 다시 만날 생각이라면.

빌어먹을 놈들. 그들의 영향력에서 벗어날 수가 없어. 충동을 있는 그대로 발산할 수가 없어. 자발적 감정이 모두 쭈그러들어버려…… 아무 말 할 필요가 없는 폴은 칠던을 뚫어져라 보고만 있었다. 그는 존재하는 것만으로도 충분했다. 올가미로 내 양심을 옭아맸군. 작은 상자에 달린 보이지 않는 끈은 내 손과 팔을 거쳐 영혼에까지 이어져 있어.

너무 오래 이들과 가까이 붙어살았어. 이제 달아나 백인들 틈에서 백인들이 사는 방식으로 살기에는 너무 늦었어.

로버트 칠던은 말했다.

"폴……."

아픈 사람처럼 갈라진 목소리가 새어 나왔다. 전혀 스스로 조절할 수가 없었다.

"네, 로버트."

"폴, 저는…… 자존심이 상했습니다."

실내가 빙빙 돌았다.

"왜죠, 로버트?"

걱정스러워하는 듯하지만 냉정한 말투. 자신과는 상관없다는 태도.

"폴. 잠깐만."

칠던은 장신구 상자를 잡았다. 땀이 묻어 끈적거렸다.

"나는…… 이 작품이 자랑스럽습니다. 쓰레기 같은 부적은 고려하지 않겠습니다. 거절합니다."

이번에도 젊은 일본인 사내는 아무 반응을 보이지 않았다. 그저 듣고 있다는 태도로 귀를 기울이고만 있었다.

"고맙긴 합니다만."

로버트 칠던이 말했다.

폴은 고개를 숙였다.

로버트 칠던도 고개를 숙였다.

"이걸 만든 사람들은 미국의 자랑스러운 예술가들입니다. 나도 포함해서 말입니다. 그러니 싸구려 부적에 관한 제안은 우리에 대한 모욕입니다. 사과해주시기 바랍니다."

믿을 수 없이 오랜 침묵이 이어졌다.

폴이 칠던을 살펴보았다. 한쪽 눈썹이 치켜 올라가더니 얇은 입술이 움찔거렸다. 웃는 걸까?

"사과하세요."

칠던이 말했다. 거기까지였다. 더 몰고 갈 수는 없었다. 칠던은 이제 그냥 멍하니 기다렸다.

아무 일도 일어나지 않았다.

제발. 칠던은 생각했다. 날 도와줘.

"오만하게 강요한 걸 용서하십시오."

폴이 손을 내밀며 말했다.

"좋습니다."

로버트 칠던이 말했다.

두 사람은 악수를 했다.

칠던의 가슴이 차분하게 가라앉았다. 견뎌냈어. 모두 끝났어.

신의 은총이 필요한 순간에 정확히 내려왔어. 다음에는 이번 같지 않을 거야. 다시 한 번 감히 내 운을 시험할 수 있을까? 그럴 수는 없겠지.

칠던은 어쩐지 울적했다. 잠깐이지만 수면 위로 떠올라 멀리까지 내다본 것 같군.

인생은 짧아. 칠던은 생각했다. 예술, 아니 인생이 아닌 건 모두 길고 끝없이 뻗어 있다. 콘크리트로 된 벌레처럼. 평평하고 하얗지만, 그 위로 길이 나지 않아 아직 다져지지 못한 콘크리트. 나는 그 위에 서 있다. 하지만 이제 아니야. 칠던은 에드 프랭크 귀금속에서 만든 핀이 담긴 작은 상자를 다시 코트 주머니에 챙겨 넣었다.

12

램지가 말했다.

"야타베 씨가 오셨습니다."

램지가 사무실 한쪽 구석으로 물러서자, 호리호리하고 나이 많은 한 신사가 안으로 들어섰다.

다고미가 악수를 청하며 말했다.

"만나 뵙게 되어 영광입니다."

늙어서 가볍고 연약해진 손이 잡혔다. 다고미는 손에 힘을 주지 않고 얼른 놓았다. 까딱 잘못하면 손을 부러뜨리겠어, 하고 생각했다. 노신사의 얼굴을 확인하고는 안심했다. 단호하고 논리적인 기운이 서린 모습이었다. 정신이 흐린 기색은 전혀 보이지 않았다. 오래되고 안정적인 전통 전체를 명료하고 확실하게 전달하는 인상이었다. 나이든 사람이 드러낼 수 있는 최고의 특징⋯⋯. 그 순간 다고미는 상대가 전임 참모총장 데테키 장군임을 알아보았다.

다고미는 허리를 깊이 숙였다.

"각하."

"저쪽 사람은 어디 있나?"

데테키 장군이 말했다.

"서둘러 오는 중입니다. 거의 다 왔습니다. 직접 호텔로 연락했습니다."

다고미는 정신을 차릴 수가 없었다. 허리를 숙여 인사하기 위해 몇 걸음 뒤로 물러선 그는 다시 고개를 들지도 못했다.

장군은 자리를 잡고 앉았다. 노신사의 정체를 알 리 없는 램지가 앉을 곳을 안내하며 도왔지만 달리 경의를 표하지는 않았다. 다고미는 얼른 맞은편 의자에 앉았다.

"늦어지는군. 유감스럽지만 어쩔 수 없지."

장군이 말했다.

"그렇습니다."

다고미가 말했다.

10분이 지났다. 두 사람 모두 말을 꺼내지 않았다.

"죄송합니다만, 시키실 일이 없으면 나가보겠습니다."

마침내 램지가 말했다.

다고미가 고개를 끄덕이자 램지는 사무실 밖으로 사라졌다.

"차를 드릴까요, 각하?"

다고미가 말했다.

"괜찮네."

"각하, 솔직히 두렵습니다. 왠지 이 회의에서 뭔가 좋지 않은 일이 벌어질 것 같습니다."

장군은 고개를 기울였다.

"제가 바이네스 씨를 직접 맞았고, 집에 초대해 접대하기도 했습니다. 그 사람은 자신이 스웨덴인이라고 했습니다. 하지만 조사를 해보니 분명히 독일의 고위관료 같습니다. 왜 이 말씀을 드리느냐 하면……."

"계속하게."

"감사합니다. 각하, 그 사람이 이번 회의에 매달리는 걸로 봐서는 제3제국의 소요 사태와 관련이 있지 않나 하는 생각이 듭니다."

다고미는 또 다른 사실 하나를 언급하지 않았다. 그건 바로 장군이 원래 약속된 시간에 나타나지 않았다는 걸 자신이 알고 있다는 점이었다.

"자네는 지금 내게 뭔가를 일러주는 게 아니라 슬며시 떠보고 있군."

장군의 잿빛 눈동자가 반짝거리며 아버지 같은 눈빛을 보였다. 악의는 조금도 찾아볼 수 없었다.

다고미는 장군의 비난을 받아들였다.

"각하, 제가 이 자리에 끼게 된 건 단순히 나치의 염탐꾼을 헷갈리게 하기 위해서입니까?"

"당연하지. 지금까지 꾸며온 가짜 상황을 유지하는 게 좋을 거야. 바이네스 씨는 스톡홀름에서 온 기업 대표로 순수한 사업가야. 그리고 나는 야타베 신지로이고."

그리고 나는 다고미지. 다고미는 속으로 생각했다. 그건 진짜야.

"나치는 분명히 바이네스 씨의 일거수일투족을 면밀히 감시했을 거야."

장군은 양손을 무릎에 얹고 똑바로 앉은 채 말했다. 마치 멀리 떨어진 곳에서 끓이는 고깃국 냄새를 맡는 사람 같다고 다고미는 생각했다.

"하지만 그의 위장 신분을 깨뜨리려면 적법한 절차를 밟아야 하겠지. 그게 바로 위장 신분을 유지하는 진정한 이유야. 속이기 위한 게 아니라고. 혹시 정체가 드러났을 때 독일에 정식 절차를 요구하기 위해서지. 예를 들어 그들이 바이네스 씨를 체포하게 되더라도 그냥 총으로 쏴버리고 끝낼 수는 없게 된 거야. 만일 바이네스 씨가 가공의 신분으로 오지 않았더라면 그렇게 해버릴 수 있겠지만 말이야."

"알겠습니다."

다고미가 말했다. 일종의 게임인 셈이군. 하지만 이들은 나치의 사고방식을 잘 알아. 그러니 알아서 잘하겠지.

책상 위에서 인터폰이 울렸다. 램지의 목소리였다.

"바이네스 씨가 오셨습니다. 안으로 모실까요?"

"그러게."

다고미가 큰소리로 말했다.

문이 열리더니 말끔하게 차려입은 바이네스가 안으로 들어섰다. 몸에 잘 맞는 옷을 빳빳하게 다려 입었고, 표정은 침착해 보였다.

데데키 장군이 일어서서 바이네스를 맞았다. 다고미도 함께 일어섰다. 세 사람은 서로 고개를 숙였다.

"각하, 저는 제3제국 해군 방첩국의 R. 베게너 대위입니다. 저는 저 자신과 이름을 밝힐 수 없는 여러 사람을 대신할 뿐 독일 정부의 그 어떤 부서나 기관과도 상관이 없습니다."

바이네스가 장군에게 말했다.

"베게너 선생, 당신이 어떤 식으로든 독일 정부의 어떤 부서도 대표하지 않는다는 걸 알고 있소. 나 역시 비공식 자격으로 왔소. 단지 과거 군 요직에 있었던 덕분에 당신이 전해주는 이야기를 듣고 싶어하는 도쿄의 몇몇 사람들과 접촉할 수 있을 뿐이오."

기묘한 대화로군. 다고미는 생각했다. 하지만 불쾌하지는 않았다. 뮤지컬처럼 보이기도 했다. 어쩐지 기운이 나는 안도감까지 느껴졌다.

세 사람은 자리에 앉았다.

"본론으로 바로 들어가겠습니다."

바이네스가 말했다.

"각하와 각하께서 접촉할 수 있는 분들에게 독일이 '민들레 작전'을 진행 중이라는 걸 알려드립니다."

"네."

장군이 고개를 끄덕였다. 마치 예전에도 들어봤다는 듯한 태도였다. 하지만 다고미 생각에 장군은 바이네스가 얼른 이야기를 더 들려주기를 바라는 것처럼 보였다.

"민들레 작전은 로키산맥연방과 미합중국 사이 국경에서 벌어지는 사건으로 시작합니다."

바이네스가 말했다.

장군은 살짝 웃음을 지으며 고개를 끄덕였다.

"공격을 받은 미합중국 군대가 보복을 위해 국경을 넘고 근처에 주둔하고 있는 로키산맥연방 정규군과 교전을 벌입니다. 미합중국 부대는 중서부지방의 상세한 부대 배치도를 갖고 있습니다. 여기까지가 첫 번째 단계입니다. 두 번째 단계는 독일이 이 분쟁에 관해 성명을 내는 것입니다. 미국을 돕기 위해 독일 국방군 가운데 자원자로 편성한 공수부대를 파병합니다. 하지만 이건 위장에 불과합니다."

"그렇군."

장군은 귀를 기울였다.

"민들레 작전의 기본 목적은 이렇습니다. 바로 일본 본도에 아무런 사전 예고 없이 대규모 핵 공격을 가하는 겁니다."

바이네스는 말을 마치고 입을 다물었다.

"황실은 물론 본도를 지키는 군대와 일본제국의 해군, 민간인, 산업, 자원을 모두 쓸어버리려고 하는군. 해외 자산은 독일이 흡수해버리고 말이야."

데데키 장군이 말했다.

바이네스는 아무 말도 하지 않았다.

"다른 건?"

장군이 물었다.

바이네스는 무슨 말을 해야 할지 모르는 것 같았다.

"시기 말이오."

장군이 말했다.

"모든 게 바뀌었습니다. 보르만의 서거 때문입니다. 적어도 제 추측으로는 그런 것 같습니다. 저는 지금 방첩국과 연락이 닿지 않고 있습니다."

바이네스가 말했다.

"계속 말씀하시오, 베게너 씨."

장군이 얼른 말했다.

"저희는 일본 정부가 제3제국 국내 문제에 개입하기를 바랍니다. 적어도 저는 그렇게 제안하고자 여기 왔습니다. 독일 내에는 민들레 작전을 지지하는 집단이 존재합니다. 그렇지 않은 집단도 있죠. 보르만 총통의 서거로 작전에 반대하는 쪽이 집권하기를 바라는 마음입니다."

"하지만 당신이 여기 와 있는 사이 보르만 총통이 사망했고 정치적 환경은 변했소. 이제 괴벨스 박사가 독일 총통이 되었지. 격변은 끝났소."

장군은 잠시 말을 멈췄다가 물었다.

"괴벨스 박사가 속한 집단에서는 민들레 작전을 어떻게 보고 있소?"

"괴벨스 박사는 민들레 작전을 지지합니다."

바이네스가 말했다.

다고미는 두 사람이 눈치채지 못하도록 눈을 감았다.

"반대파는 누구요?"

데테키 장군이 물었다.

"보안국 장관인 하이드리히입니다."

바이네스의 목소리가 들렸다.

"뜻밖이로군. 미심쩍기도 하고. 지금 하는 말은 제대로 된 정보요, 아니면 당신과 당신이 속한 집단의 시각이요?"

데테키 장군이 물었다.

"지금 일본이 점령하고 있는 동양 지역은 외무성이 맡을 겁니다. 로젠베르크 쪽 사람들이 총통의 명을 직접 받아 통치합니다. 작년 수뇌부 사이에서 여러 번 격론을 거친 사항입니다. 제가 당시 의사록 사본을 갖고 있습니다. 보안국에서 통치권을 달라고 요구했지만 받아들여지지 않았습니다. 그들은 대신 화성, 달, 금성 등 우주 식민지를 받았습니다. 그 세 곳이 보안국의 영토가 될 것입니다. 이런 식으로 권력 분담이 결정되자 보안국은 온힘을 다해 우주계획을 추진하고 대신 민들레 작전은 반대했습니다."

바이네스가 말했다.

"당파 싸움이로군. 서로 견제하는 거야. 지도자의 술수지. 그러면 아무도 지도자 자리에 도전하지 않으니까."

데테키 장군이 말했다.

"맞습니다."

바이네스가 말했다.

"그래서 제가 여기 와서 개입을 요청하는 겁니다. 아직은 개입할 틈이 있습니다. 상황이 아직 유동적이기 때문입니다. 괴벨스 박사가 체제를 공고히 다지려면 몇 달은 걸릴 겁니다. 일단 보안국을 장악해야 합니다. 어쩌면 하이드리히와 친위대와 보안국의 고위 지도자를 처형해야 할지도 모릅니다. 일단 그렇게 되면……."

"지금 우리더러 독일 보안국을 지원하라는 건가?"

데데키 장군이 끼어들어 말했다.

"독일 사회에서 가장 악질 기관인 보안국을?"

"그렇습니다."

바이네스가 말했다.

"천황 폐하께서는 그런 정책을 절대로 허락하지 않으실 거요. 독일 친위대, 검은 셔츠 무대, 해골부대, 요새 시스템……이 모두가 그분에게는 악한 존재기 때문이지."

데데키 장군이 말했다.

악이라. 다고미는 속으로 생각했다. 그렇다. 우리는 우리 목숨을 살리려고 악의 세력이 권력을 잡도록 도와야 하는가? 그것이 우리가 처한 세속적 상황의 역설이란 말인가?

이런 딜레마는 도저히 감당해낼 수가 없군. 다고미는 속으로 중얼거렸다. 이렇게 도덕적으로 애매한 상황에서 행동을 취해야 하다니. 모든 게 혼란스러운 상황. 이런 상황에 도道는 존재하지 않는다. 빛과 어둠, 그림자와 물체가 뒤섞인 혼란.

"독일에서 수소폭탄을 갖고 있는 건 국방군뿐입니다."

바이네스가 말했다.

"친위대도 수소폭탄을 사용한 적은 있지만 국방군의 감독을 받았습니다. 보르만이 총통으로 있을 때는 경찰기관이 절대로 핵무장을 할 수 없도록 했습니다. 민들레 작전 역시 모든 지휘는 독일 국방군 최고사령부에서 맡게 됩니다."

"그건 알고 있소."

데테키 장군이 말했다.

"친위대의 도덕적 기준은 국방군보다 훨씬 더 흉포합니다. 하지만 힘은 더 약하죠. 우리는 오직 현실적이고 실제적인 권력관계를 생각해야 합니다. 도덕적 판단은 필요 없습니다."

"그렇습니다. 현실주의자가 되어야 합니다."

다고미가 소리를 내어 말했다.

바이네스와 데테키 장군이 그를 바라보았다.

장군은 바이네스에게 말했다.

"어떻게 하라는 거요? 이곳 태평양연안연방의 보안국 책임자와 접촉해 협상하라는 거요? 이름이 뭔지도 모르겠지만 왠지 역겨운 친구일 것 같군."

"이곳 지부장은 아무것도 모릅니다."

바이네스가 말했다.

"이곳 보안국 지부장은 브루노 크로이츠 폼 메레라는 자로 구시대적 인물입니다. 얼간이 같은 자죠. 베를린에서는 아무도 그에게 정보를 주려고 하지 않습니다. 그저 일상 업무나 처리하고 있죠."

"그럼 어쩌라는 거요?"

장군의 목소리에서 노기가 느껴졌다.

"이곳 영사? 아니면 도쿄 주재 독일 대사?"

회담은 깨지겠군. 다고미는 생각했다. 아무리 중대한 문제가 걸려 있더라도 말이야. 나치가 벌이는 투쟁과 음모가 가득한, 가공할 정신병자들의 늪으로 들어갈 수는 없어. 우리는 도저히 적응하지 못해.

"조심스럽게 접근해야 합니다."

바이네스가 말했다.

"중개자를 여럿 거쳐야 합니다. 제3제국 영토 밖 중립국에 있으면서 하이드리히와 가까운 사람. 아니면 도쿄와 베를린을 자주 오가는 사람이 좋겠죠."

"생각해둔 사람이라도 있소?"

"이탈리아 외무장관 치아노 백작입니다. 똑똑하고 믿을 수 있고 아주 용감한 분이죠. 국제 이해관계 증진에 온 힘을 쏟아붓고 있기도 합니다. 하지만 보안국 쪽과는 전혀 연결 고리가 없습니다. 하지만 그 밖에 독일의 다른 사람들과 접촉할 기회는 있을 겁니다. 크루프 같은 기업체일 수도 있고 슈파이델 장군 또는 무장친위대에 속한 사람일 수도 있습니다. 무장친위대는 그나마 덜 광적이어서 독일 사회에서 주류에 가깝습니다."

"당신이 소속된 방첩국에서 당신을 통해 하이드리히와 접촉하는 건 소용없는 거요?"

"친위대는 저희를 잡아먹지 못해 안달입니다. 그들은 지난 20년 동안 당의 승인을 받아 우리를 완전히 없애려는 활동을 계속해오고 있습니다."

"당신 역시 그들로부터 위협받고 있는 것 아니요? 내가 알기로 보안국은 이곳 태평양연안연방에서 활발하게 활동한다던데."

데데키 장군이 말했다.

"활발하지만 솜씨는 좋지 않습니다. 외무성의 라이스가 실력이 좋지만 그 사람은 보안국과 사이가 좋지 않습니다."

바이네스가 말했다.

"아까 말한 회의록 사본을 넘겨주시오. 우리 쪽 정부에 보고하겠소. 독일에서 벌어졌다는 논쟁을 포함해 어떤 내용이든 좋소. 그리고……."

데데키 장군은 곰곰이 생각했다.

"증거. 객관적 증거가 필요하오."

"지당하신 말씀입니다."

바이네스가 말했다. 그는 코트 주머니에 손을 넣더니 납작한 은색 담뱃갑을 꺼냈다.

"담배마다 모두 속에 마이크로필름이 들었습니다."

그는 담뱃갑을 데데키 장군에게 건넸다.

"담뱃갑은 어떻게 할 거요? 그냥 넘겨주기에는 너무 귀한 물건처럼 보이는군."

장군이 담뱃갑을 살피며 말하더니 안에서 담배를 꺼내려 했다. 바이네스는 웃으며 말했다.

"함께 가져가십시오."

"고맙소."

장군도 웃음을 지으며 담뱃갑을 코트 주머니에 넣었다.

책상 위 인터폰이 울렸다. 다고미가 버튼을 눌렀다.

램지의 목소리였다.

"건물 로비에 독일 보안국 사람들이 쳐들어왔습니다. 건물을 장악하려 합니다. 빌딩 경비원들과 몸싸움을 벌이고 있습니다."

멀리서 사이렌 소리가 들렸다. 사무실 창문 아래 도로에서 들리는 소리였다.

"미군 헌병과 샌프란시스코 일본 헌병들이 오고 있습니다."

"고맙네, 램지. 차분하게 보고하다니 아주 잘했어."

다고미가 말했다. 바이네스와 데데키 장군은 긴장한 채 귀를 기울였다.

"보안국 놈들이 여기 도착하기 전에 모두 해치울 수 있을 겁니다."

다고미는 램지에게 말했다.

"엘리베이터 전원을 차단해."

"네, 알겠습니다."

인터폰이 끊어졌다.

"기다려야겠습니다."

다고미가 말했다. 그는 책상 서랍을 열고 티크로 짠 상자를 꺼냈다. 상자를 열자 안에서 1860년대 남북전쟁 당시 사용하던 콜트 44구경 권총이 완벽하게 보존된 상태로 나왔다. 수집가들이 보물로 여길 만한 물건이었다. 다고미는 화약과 탄알을 꺼내 권총을 장전하기 시작했다. 바이네스와 데데키 장군은 눈이 휘둥그레진 채 그를 바라보았다.

"개인적으로 수집한 물건 가운데 하나입니다."

다고미가 말했다.

"시간이 날 때마다 멋들어지게 총을 뽑아서 쏘는 연습을 꽤나 했죠. 다른 애호가들과 모여서 겨룰 때도 결코 뒤지지 않았습니다. 지금까지 제대로 사용해본 적은 없습니다만."

다고미는 권총을 제대로 쥐더니 사무실 출입문 쪽을 겨누었다. 그리고 앉아서 기다렸다.

프랭크 프링크는 지하 작업장 작업대에 앉아 있었다. 반쯤 완성된 은귀고리를 시끄럽게 돌아가는 연마기에 대고 문지르는 중이었다. 겉에 바른 도료가 가루가 되어 안경에 튀었고 손톱과 손이 까매졌다. 달팽이 껍데기처럼 나선형인 귀고리가 마찰로 뜨거워졌지만 프랭크는 더욱 힘껏 연마기에 대고 문질렀다.

"너무 광내지 마."

에드 매카시가 말했다.

"그냥 튀어나온 부분만 문질러. 깊이 팬 곳은 그냥 둬도 돼."

프랭크가 툴툴거렸다.

"은제품은 너무 광을 내지 않아야 시장성이 더 좋다고. 은으로 만든 건 아무래도 좀 오래되어 보여야 하니까."

시장성 좋아하네. 프랭크는 생각했다.

그들은 지금까지 상품을 전혀 못 팔았다. 지금까지 총 다섯 군데 소매상을 찾아갔지만 아메리칸 예술 공예품 상사에 위탁한 물건 말고는 단 하나도 팔리지 않았다.

한 푼도 못 벌 거야. 프랭크는 속으로 생각했다. 계속 장신구를 만들어내지만 그냥 작업장에 쌓아둘 뿐이잖아.

귀고리의 나사가 연마기 천에 걸렸다. 귀고리가 프랭크의 손에서 휙 빠져나가더니 바닥에 떨어졌다. 프랭크는 연마기를 멈췄다.

"좀 조심해."

에드가 용접을 하다가 말했다.

"젠장, 콩알만 한데 어떻게 해. 잡을 수가 없다고."

"어쨌든 주위."

모든 게 엉망이로군. 프랭크는 생각했다.

"왜 그래?"

얼른 귀고리를 줍지 않는 프랭크를 보고 에드가 말했다.

"돈을 버려가며 헛수고하고 있어."

프랭크가 말했다.

"안 만들면 못 팔잖아."

"만들거나 못 만들거나 전혀 팔지 못하잖아."

"이제 겨우 다섯 군데 가봤어. 찾아가볼 곳은 엄청 많아."

"하지만 분위기라는 게 있잖아. 그 정도면 뻔하지."

"공연한 소리 마."

"공연한 소리가 아니야."

"그래서?"

"이제 폐품으로라도 팔아넘길 사람을 찾아야지."

"좋아. 그럼 그만두자고."

에드가 말했다.

"그래."

"나는 혼자서라도 할 거야."

에드는 용접봉을 다시 들었다.

"그럼 물건은 어떻게 나눌 거야?"

"몰라. 어떻게 되겠지."

"내 몫은 돈으로 줘."

프랭크가 말했다.

"말도 안 돼."

"600달러만 줘."

프랭크가 머릿속으로 계산하고 말했다.

"안 돼. 물건들 절반 가져가."

"모터도 절반 줄 거야?"

두 사람은 아무 말도 하지 않았다.

"세 군데만 더 가보자."

에드가 말했다.

"그러고 나서 다시 얘기해보자고."

그는 마스크를 쓰더니 팔찌에 놋쇠 장식을 붙이기 시작했다.

프랭크는 작업대에서 일어섰다. 달팽이 껍데기 모양 귀고리를 미완성품 상자에 다시 집어 넣었다.

"나가서 담배 좀 피우고 올게."

그는 지하실을 가로질러 계단으로 향했다.

잠시 뒤 그는 손가락 사이에 담배를 끼운 채 건물 밖 보도에 서 있었다.

모두 끝났어. 그는 속으로 말했다. 점을 쳐볼 필요도 없어. 순간의 기운을 느낄 수 있어. 냄새가 나. 실패의 냄새.

이유가 뭔지는 모르겠군. 어쩌면 이론적으로야 계속 해나갈 수 있을지도 모르지. 다른 도시의 가게들을 찾아다니며. 하지만…… 뭔가 잘못됐어. 아무리 노력하고 재주를 부려도 바꿀 수가 없어.

정말 이유를 알고 싶어. 그는 생각했다.

하지만 알 수 없겠지.

어떻게 했어야 했지? 뭘 만들어야 했던 거야?

우리는 순간의 기운을 거슬렀어. '도'를 거슬렀지. 흐름을 거꾸로 탄 거야. 그리고 이제…… 파경. 쇠퇴인가.

우리는 '음'에 눌렸어. 빛은 꽁지만 보여주고는 다른 곳으로 가버렸지.

그저 받아들이는 수밖에 없어.

프랭크는 건물 처마 밑에 서서 마리화나 담배를 서둘러 피우며 오가는 차들을 멍하니 바라보고 있었다. 그런데 평범해 보이는 중년 백인 남자 한 명이 다가왔다.

"프링크 씨? 프랭크 프링크?"

"맞습니다."

프랭크가 말했다.

사내는 접은 서류와 신분증을 꺼내들었다.

"샌프란시스코 경찰국에서 나왔소. 체포영장을 갖고 있소."

사내는 이미 프랭크의 팔을 붙들고 있었다. 상황은 이미 끝난 뒤였다.

"왜 이래요?"

프랭크가 물었다.

"사기죄야. 아메리칸 예술 공예품 상사의 칠던 씨."

형사는 프랭크를 끌고 갔다. 사복을 입은 다른 형사 한 명이 더 나타나 다른 쪽 팔을 붙잡았다. 형사들은 아무런 표시도 없는 승용차 쪽으로 그를 끌고 갔다.

지금 운명이 우리에게 원하는 게 이거로군. 프랭크는 차에 올라타 두 형사 사이에 앉으며 생각했다. 문이 쾅 닫혔다. 정복을 차려입은 세 번째 형사가 자동차를 몰아 차량들의 흐름 속으로 끼어들었다. 이런 개자식들에게 우리는 복종해야 하는 거로군.

"변호사 있나?"

형사 하나가 물었다.

"없습니다."

프랭크가 대답했다.

"경찰서에 가면 변호사 목록을 줄 거야."

"고맙습니다."

332

프랭크가 말했다.

"돈은 어떻게 했지?"

잠시 뒤 카니 거리에 있는 경찰서 주차장에 차를 세우는 사이 형사 하나가 물었다.

"다 썼습니다."

"전부?"

프랭크는 대답하지 않았다.

형사는 고개를 저으며 웃었다.

차에서 내리면서 다른 형사 한 명이 프랭크에게 말했다.

"본명이 핑크지?"

핑크는 공포에 빠졌다.

"핑크라. 유태인 놈이군."

형사는 커다란 회색 서류철을 꺼냈다.

"유럽에서 피난 왔잖아."

"저는 뉴욕에서 태어났습니다."

프랭크 프링크가 말했다.

"나치를 피해 도망쳐 나왔어. 그게 무슨 뜻인지 아나?"

프랭크는 팔을 뿌리치고 주차장을 가로질러 뛰었다. 형사 셋이 소리를 질렀다. 주차장 입구에서 그는 정복 차림의 무장경관들이 차를 타고 앞을 가로막고 있다는 걸 알아차렸다. 경찰관들이 웃어 보였고, 그 가운데 한 명이 총을 들고 차에서 내려 그의 팔목에 수갑을 채웠다.

얇은 금속이 살과 뼈를 파고들었다. 경찰관은 프랭크의 손목을 비틀어 잡고 그가 달아났던 곳으로 다시 끌고 갔다.

"독일로 돌아가."

형사 한 명이 그를 바라보며 말했다.

"저는 미국인입니다."

프랭크가 말했다.

"넌 유태인이야."

그를 위층으로 끌고 가면서 형사 하나가 말했다.

"이 친구 여기서 입건하나?"

"아니야."

다른 형사가 말했다.

"독일 영사관으로 넘겨야지. 그쪽에서 독일 법률로 처리하겠지."

결국 변호사 목록 따위는 볼 일도 없었다.

20분 동안 다고미는 꼼짝도 하지 않은 채 책상에 앉아 권총을 쥐고 문을 겨누고 있었다. 바이네스는 사무실 안을 서성거렸다. 노장군은 곰곰이 생각하더니 수화기를 들고 샌프란시스코 주재 일본 대사관에 전화를 걸었다. 하지만 카엘레마쿨레 남작과는 연결이 되지 않았다. 직원 말로는 시외에 나가 있다고 했다.

데데키 장군은 태평양 너머 도쿄에 장거리전화를 신청하고 기다리는 중이었다.

"육군대학과 상의해보겠소."

그는 바이네스에게 설명했다.

"육군대학이라면 이곳 주변에 있는 일본 부대와 연결해줄 수 있을 거요."

그는 별로 불안해하지 않는 것 같았다.

그럼 몇 시간 기다리면 풀려나겠군. 다고미는 속으로 생각했다. 어쩌면 항공모함에 있던 일본 해병이 기관총과 박격포로 무장하고 달려올지도 몰라.

공식 통로를 통해 일을 도모하는 건 마지막 결과를 얻는 면에서는 아주 효과적이다. 하지만 유감스럽게도 시간이 오래 걸린다. 우리가 있는 건물 아래층에서는 검은 셔츠를 입은 깡패 녀석들이 직원들을 두들겨 패고 있다.

하지만 다고미 자신이 할 수 있는 일은 별로 없었다.

"독일 영사관에 연락해보면 어떨까요."

바이네스가 말했다.

그 말을 들은 다고미는 에프레이키언 양에게 녹음기를 갖고 들어오라고 지시하는 자신의 모습이 머릿속에 떠올랐다. H. 라이스 영사에게 보낼 항의서한 내용을 불러주는 것이다.

"다른 전화로 라이스 영사에게 전화를 걸 수 있습니다."

다고미가 말했다.

"부탁합니다."

바이네스가 말했다.

다고미는 한 손으로 44구경 권총을 쥔 채 책상 위에 달린 버튼을 눌렀다. 비밀 통화를 위해 다른 사람들 모르게 가설해둔 전화기가 나타났다.

다고미는 독일 영사관 전화번호를 돌렸다.

"안녕하십니까. 어디시죠?"

사무적이고 바쁜 것 같은 사내의 목소리는 억양이 강했다. 분명히 직급이 낮은 사람이었다.

"라이스 영사 각하를 바꿔주시오. 급한 일이오. 나는 일본제국 무역대표부의 다고미요. 빨리 연결해주시오."

다고미는 간단명료하고 준엄한 목소리로 말했다.

"네. 잠시 기다려주시겠습니까?"

한참 동안 아무 소리도 나지 않았다. 어디론가 연결되는 기계음조차 들리지 않았다. 그냥 수화기를 들고 있군. 다고미는 이렇게 생각했다. 시간을 끌고 있어. 북유럽인들이 늘 하는 짓이지.

다고미는 다른 전화기를 들고, 기다리는 데데키 장군과 서성대는 바이네스에게 말했다.

"예상했던 대로 저를 피하는 것 같습니다."

마침내 독일 영사관 직원 목소리가 다시 들렸다.

"오래 기다리게 해서 죄송합니다, 다고미 씨."

"아, 괜찮소."

"영사께서는 회의 중입니다. 하지만……."

다고미는 전화를 끊었다.

"정말이지 시간 낭비로군요."

다고미는 혼란스러워졌다. 또 어디에 전화를 하지? 특고과에도 이미 연락했다. 부두에 있는 헌병대에도 소식을 전했다. 그들에게 전화하는 건 소용없는 짓이다. 베를린에 직접 전화를 해? 독일 총통 괴벨스에게? 아니면 나파에 있는 일본제국군 공군 기지에 연락해서 항공기로 빠져나가게 해달라고 할까?

"보안국 지부장 크로이츠 폼 메레에게 전화를 걸겠습니다."

다고미는 소리 내어 말했다.

"그리고 따끔하게 항의를 하겠습니다. 소리를 지르고 욕을 해주죠."

그는 샌프란시스코 전화번호부에 엉뚱한 가짜 이름으로 올라 있는 보안국 사무실에 전화를 걸었다. 전화번호부에는 '루프트한자 공항터미널 주요화물 처리반'이라고 되어 있었다. 전화 신호가 가는 사이 다고미가 말했다.

"미친놈처럼 욕이나 퍼붓겠습니다."

"한번 멋지게 해보게."

데데키 장군이 웃으며 말했다.

다고미가 들고 있는 수화기에서 독일인의 목소리가 들렸다.

"누구시죠?"

나보다 더 간단명료하게 전화를 받는군. 다고미는 생각했다. 하지만 그대로 밀고 나가기로 했다.

"얼른 말씀하세요."

상대가 채근하듯 말하자 다고미는 크게 소리를 질렀다.

"너희 살인자와 변태 새끼들을 체포해서 재판에 회부할 것을 명한다. 입에 담기도 어려울 정도로 미쳐 날뛰는 금발 짐승들 같으니. 내가 누군지 알아? 일본제국의 고문이야. 5초만 기다렸다가 법적 절차고 뭐고 해병대 돌격부대를 보내 불꽃을 내뿜는 소이탄으로 도륙을 내주마. 문명세계의 수치 같은 놈들."

상대편에서 전화를 받은 사내가 흥분한 듯 더듬거렸다.

다고미는 바이네스를 향해 한쪽 눈을 감아 보였다.

"우리는 전혀 모르는 일입니다."

보안국 사내가 말했다.

"거짓말!"

다고미가 소리를 질렀다.

"그럼 우리도 어쩔 수 없다."

그는 수화기를 쾅 내려놓았다.

"이래 봐야 별 소용없을 겁니다."

그는 바이네스와 데데키 장군에게 말했다.

"그래도 어쨌든 해가 되지는 않겠죠. 가능성은 적지만 보안국에도 분명히 겁을 먹는 녀석들이 있을 겁니다."

데데키 장군이 입을 열었다. 하지만 그 순간 사무실 출입문에 뭔가 부딪히는 소리가 났다. 장군은 하던 말을 멈추었다. 문이 벌컥 열렸다.

건장한 백인 사내 둘이 나타났다. 둘 다 소음기가 달린 권총을 들고 있었다. 그들은 바이네스를 찾아냈다.

"저기 있다."

한 사내가 말했다. 그들은 바이네스에게 다가서기 시작했다.

책상에 앉은 다고미가 콜트 44구경 골동품 권총을 겨누고 방아쇠를 당겼다. 보안국 사내 한 명이 바닥에 쓰러졌다. 다른 사내는 소음 권총을 다고미 쪽으로 돌려 응사했다. 총소리는 들리지 않았다. 총구에서 살짝 연기가 풍기는 모습이 보였고 총탄이 옆을 스치며 지나는 소리가 들렸다. 다고미는 경이로운 속도로 공이치기를 연속해 뒤로 당겨가며 쏘고 또 쏘았다.

보안국 사내의 턱이 부서졌다. 뼛조각과 살점이 튀고 깨진 이가 날아갔다. 입에 맞았군. 다고미는 알아차렸다. 끔찍한 곳을 맞았어. 더구나 아래에서 위쪽으로 맞았다면 더욱더. 턱이 사라진 보안국 사내의 눈에는 여전히 생명의 기운, 아니 그와 비슷한 것이 조금 남아 있었다. 아직도 나를 바라보는군, 하고 다고미는 생각했다. 그 순간 눈에서 빛이 사라지더니 보안국 사내가 총을 떨어뜨리며 쓰러져 짐승 같은 소리를 냈다.

"소름끼치는군."

다고미가 말했다.

열린 출입문으로 더는 보안국 사람들이 나타나지 않았다.

"끝난 것 같군."

한참 만에 데데키 장군이 말했다. 다고미는 3분간에 걸쳐 지루한 재장전 작업을 마치고는 책상 위에 놓인 인터폰 버튼을 눌렀다.

"구급대원을 보내게. 괴한이 중상을 입었어."

인터폰에서는 잡음 말고는 아무 대답도 들리지 않았다.

바이네스가 몸을 숙이더니 사내들의 권총 두 자루를 주웠다. 한 정을 장군에게 건네주고 나머지 한 정은 자신이 챙겼다.

"이제 놈들을 쓸어버려야겠군요. 무적의 3인조가 말입니다."

다고미는 조금 전처럼 자세를 잡고 앉아 콜트 44구경 권총을 겨누며 말했다.

복도에서 누군가 소리를 질렀다.

"독일 괴한들은 항복하라."

"이미 처리했다."

다고미가 소리쳤다.

"죽었거나 죽어가는 중이야. 얼른 와서 확실하게 확인해."

니폰타임스 빌딩의 경비원 여러 명이 조심스럽게 모습을 드러냈다. 일부는 폭동에 대비해 건물에 비치된 도끼나 소총, 최루가스탄을 들고 있었다.

"이건 중대 사안입니다."

다고미가 입을 열었다.

"새크라멘토의 태평양연안연방 정부는 독일제국에 즉시 전쟁을 선포할 수 있습니다."

그는 권총에서 총알을 빼냈다.

"어쨌든 이제 끝났군요."

"그들은 범행을 부인할 겁니다."

바이네스가 말했다.

"뻔한 수법이죠. 이미 여러 번 전력이 있습니다."

그는 소음기가 달린 권총을 다고미의 책상 위에 내려놓았다.

"일본에서 만든 겁니다."

농담이 아니었다. 정말 일본제였다. 일본에서 만든 최고급품 권총이었다. 다고미는 권총을 유심히 들여다보았다.

"게다가 국적도 독일이 아닙니다."

바이네스가 말했다. 그는 쓰러진 백인 가운데 죽은 자의 지갑을 꺼내 뒤지고 있었다.

"이곳 연방 시민입니다. 산호세에 사는군요. 보안국과 연결할 만한 건 없습니다. 이름은 잭 샌더스."

그는 지갑을 바닥에 툭 던졌다.

"강도 사건으로 몰겠군요."

다고미가 말했다.

"우리 금고를 노렸다는 거겠군요. 정치적 의도는 없고 말이죠."

그는 비틀거리며 자리에서 일어섰다.

어쨌든 암살인지 납치인지 모를 보안국의 시도는 실패로 끝났다. 하지만 이것으로 끝날 것인지는 알 수 없었다. 어쨌든 그들은 바이네스가 누구인지, 그리고 그가 왜 왔는지 정확히 파악하고 있었다.

"전망이 밝지 않군요."

다고미가 말했다.

그는 이런 상황에서 점괘가 도움이 되지 않을까 생각했다. 어쩌면 주역이 그들을 보호해줄지도 몰랐다. 그들에게 경고를 주고 조언을 해주며 방패막이가 되어줄 수도 있었다.

그는 여전히 꽤 불안한 마음으로 산가지 49개를 꺼냈다. 전체적인 상황이 혼란스럽고 이례적이라고 판단했다. 인간의 머리로는 풀어낼 수가 없었다. 5천 년 동안 인류가 힘을 합쳐 쌓아온 지식으로만 가능했다. 독일이라는 전체주의 사회는 불완전한 생명체를 닮았고, 자연히 생겨난 생명체에 비해 형편없었다. 무의미한 것들이 뒤섞이며 더욱 형편없는 상태가 되고 말았다.

다고미는 생각했다. 이곳 보안국 지부는 베를린의 수뇌부와 전혀 조화되지 못하는 정책의 도구가 되어 움직인다. 독일이라는 복합체의 감각기능은 어디에 있는가? 도대체 독일은 누구인가? 누구였던가? 인생을 살아가는 동안 습관적으로 마주치는 문제들에 대한 악몽 같은 풍자를 낱낱이 분해하는 것 같군.

주역이 길을 내줄 것이다. 아무리 나치 독일처럼 기이한 혈통의 괴수라도 주역이라면 정체를 밝혀낼 수 있을 것이다.

심난한 표정으로 손에 움켜쥔 나뭇가지들을 다루는 다고미를 지켜보면서 바이네스는 그가 얼마나 심하게 고민했는지 알아챌 수 있었다. 바이네스는 생각했다. 사람 두 명을 죽이거나 불구로 만든 일이 그에게는 그저 끔찍한 사건이기만 한 것은 아닌 게로군. 그는 도무지 이해할 수가 없는 거야.

뭐라고 말해야 그를 위로할 수 있을까? 그는 나를 위해 방아쇠를 당겼다. 그러니 여기 쓰러진 두 생명에 대한 책임은 내게 있고, 나는 그걸 받아들인다. 그는 그렇게 생각했다.

데데키 장군이 바이네스에게 다가오더니 차분한 목소리로 말했다.

"저 친구가 절망에 빠진 걸 당신도 알아차렸군. 당신도 봤다시피 저 친구는 불교 집안에서 자란 게 틀림없소. 정식 불교도는 아니더라도 영향은 받았겠지. 불교는 어떤 경우에도 생명을 빼앗아서는 안 된다고 하지. 모든 생명은 신성하니까 말이오."

바이네스는 고개를 끄덕였다.

"평정을 되찾을 거요."

데테키 장군이 말을 이었다.

"시간이 지나면. 지금 당장은 자신의 행동을 보고 이해할 수 있는 관점이 없소. 주역이 도움이 될 거요. 외적인 생각의 틀을 제공해주겠지."

"알겠습니다."

바이네스가 말했다. 그는 생각했다. 기독교에서 말하는 '원죄'라는 생각의 틀 역시 그에게 도움이 될 수 있겠군. 다고미가 그런 말을 들어나 봤는지 의심스럽긴 하지만. 우리는 모두 잔인하거나 폭력적이거나 악한 행동을 저지르도록 저주받은 운명이다. 그게 바로 고대부터 내려오는 요인에 따른 우리 운명이야. 업보지.

다고미는 한 사람을 살리기 위해 두 명을 죽여야 했다. 논리적이고 정신이 균형 잡힌 사람이라면 도저히 이해하지 못한다. 다고미처럼 친절한 사람이라면 그런 현실이 다가오리라고 암시하는 것만으로도 머리가 돌아버릴 수 있다.

그럼에도 가장 중요한 것은 지금이 아니다, 하고 바이네스는 생각했다. 내 죽음이나 두 보안국 사내들의 죽음도 아니지. 중요한 건 아직 일어나지 않은 미래의 상황이다. 여기서 벌어진 일들은 나중에 어떤 일이 벌어지느냐에 따라 정당화되기도 하고 그러지 못하기도 한다. 우리가 수백만 명의 생명, 일본 전체를 죽음에서 구해낼 수 있을까?

하지만 산가지를 만지는 저 사내는 그런 걸 생각하지 못한다. 그에게는 지금, 실제로 벌어진 일들, 자기 사무실 바닥에 쓰러져 죽었거나 죽어가는 독일인 사내 두 명이야말로 실체가 있는 현실이기 때문이다.

데데키 장군이 옳았다. 시간이 지나면 다고미에게도 관점이 생기겠지. 그러지 못하면 그는 정신병의 그늘로 숨어들어 희망도 없는 혼란 속에서 영원히 다른 곳으로 눈을 돌린 채 살지도 모른다.

우리도 사실 그와 다르지 않아. 바이네스는 생각했다. 우리도 똑같은 혼란을 겪고 있어. 그러니 안타깝게도 우리는 다고미를 도와줄 수가 없지. 그저 기다릴 수밖에. 그가 굴복하지 않고 마침내 균형을 회복하기를.

13

두 사람은 덴버에서 세련되고 현대적인 상점가를 찾았다. 줄리아나가 보기에 옷값은 입이 떡 벌어지게 비쌌지만 조는 별로 신경 쓰는 것 같지 않았다. 아니, 아예 비싼지 어쩐지도 모르는 듯했다. 줄리아나가 옷을 고르면 조가 돈을 냈고, 그러면 두 사람은 다시 다른 가게로 향했다.

줄리아나는 천천히 이것저것 입어보고 한참을 고민하며 고르기를 거듭하다가 늦은 오후가 되어서야 가장 중요한 이브닝 드레스를 샀다. 가볍게 부푼 짧은 소매가 달리고 가슴이 깊이 파인 연푸른색 드레스는 이탈리아 제품이었다. 줄리아나는 그런 드레스를 입은 모델 사진을 유럽 패션잡지에서 본 적이 있었다. 올해 가장 유행하는 스타일이라는 그 옷을 사느라 조는 거의 200달러를 내야 했다.

줄리아나는 드레스에 어울리는 구두 세 켤레와 나일론 스타킹 여러 켤레, 모자 여러 개, 신상품으로 나온 검은색 수제 가죽 백을 추가로 샀다. 이탈리아제 드레스가 가슴이 너무 깊이 파여서 가슴 아랫부분만 감싸는 새 브래지어도 필요했다. 드레스를 입고 옷가게에 있는 커다란 거울 앞에 서서 보니 가슴이 너무 심하게 드러나 허리를 굽히는 것도 불안할 지경이었다. 하지만 여자 점원이 새로 나온 '하프 브라'는 끈이 없어도 절대로 벗겨지지 않는다며 걱정하지 말라고 했다.

간신히 젖꼭지만 가렸군. 줄리아나는 탈의실에 들어가 거울을 보며 생각했다. 그것도 간신히 1밀리미터 차이로 가렸어. 게다가 새 브래지어도 꽤 비쌌다. 점원 말로는 수입품인데다 수제여서 그렇다고 했다. 점원은 반바지와 수영복, 타월지로 만든 비치가운 같은 제품도 가져와 권했다. 하지만 조가 갑자기 서두르는 바람에 두 사람은 가게에서 나왔다.

조가 물건들을 자동차에 싣는 사이 줄리아나가 말했다.

"나, 멋지게 보일 것 같지 않아?"

"그래."

조는 온통 다른 곳에 정신이 팔린 것 같았다.

"특히 파란색 드레스가 예뻐. 아벤젠을 찾아갈 때 그걸 입어. 알았어?"

마지막 말이 마치 명령처럼 날카로웠다. 줄리아나는 그의 말투에 깜짝 놀랐다.

"12나 14 사이즈로 주세요."

줄리아나는 다음 옷가게로 들어서며 말했다. 여자 점원이 웃음 띤 얼굴로 상냥하게 그들을 맞이하고는 옷이 걸린 진열장으로 안내했다. 줄리아나는 또 무슨 옷이 더 필요할지 생각했다. 살 수 있을 때 많이 사놓는 게 좋다. 그녀는 모든 옷들을 한꺼번에 훑어보았다. 블라우스, 치마, 스웨터, 바지, 코트. 그래, 코트야.

"조, 긴 코트가 있어야겠어. 천으로 된 것 말고."

두 사람은 독일에서 수입한 합성섬유 코트로 의견을 모았다. 그나마 덜 비싸고 천연 모피보다 오래 입을 수 있기 때문이다. 하지만 줄리아나는 실망스러웠다. 그녀는 기분을 내려고 장신구를 살펴보았다. 하지만 죄다 따분한 모양을 한 싸구려들로 상상력이나 독창성이라고는 보이지 않았다.

"귀금속 장신구를 좀 사야겠어."

줄리아나는 조에게 말했다.

"귀고리라도. 아니면 파란 드레스에 어울리는 핀이라도."

그녀는 조를 데리고 보석상으로 향했다.

"그리고 당신 옷도. 당신이 필요한 물건들도 사야지."

그제야 조의 옷 생각이 나자 미안한 마음이 들었다.

줄리아나가 장신구를 구경하는 사이 조는 이발소에 들러 머리를 깎았다. 30분 뒤 다시 나타난 조를 보고 줄리아나는 깜짝 놀랐다. 머리를 엄청나게 짧게 깎은 데다 염색까지 하고 돌아왔기 때문이다. 머리가 금발이 되니 같은 사람인지 알아보기 어려울 정도였다. 세상에, 왜 이러는 거지? 그녀는 조를 멍하니

보며 생각했다.

"이탈리아 놈 신세가 지겨워서 그랬어."

조는 어깨를 으쓱하며 말했다. 남성복 상점에 들어가 그가 입을 옷을 사는 동안, 줄리아나는 그 이야기를 더는 하지 않으려 애썼다.

조가 입을 옷으로는 듀폰 사에서 내놓은 새 합성섬유인 데이크론으로 만든 멋진 양복을 골랐다. 그리고 새 양말과 속옷, 코가 뾰족한 멋진 구두 한 켤레도 샀다. 이제 뭘 사지? 줄리아나는 생각했다. 셔츠다. 그리고 넥타이도. 그녀는 점원과 함께 프렌치소매가 달린 하얀 셔츠 두 벌과 프랑스제 넥타이 여러 개, 그리고 은으로 만든 커프스단추 한 벌을 골랐다. 조를 위한 쇼핑은 겨우 40분 만에 끝났다. 줄리아나는 자기 물건을 살 때와 비교해 너무 간단해 깜짝 놀랐다.

양복은 몸에 맞게 고쳐야겠어, 하고 그녀는 생각했다. 하지만 조는 또 서두르기 시작하더니 독일 국립은행 지폐로 물건 값을 치러버렸다. 그래, 그게 빠졌지. 줄리아나는 새 지갑이 필요하다는 데 생각이 미쳤다. 결국 그녀와 점원이 검은 악어가죽 지갑을 하나 고르는 걸로 쇼핑을 마쳤다. 두 사람은 상점을 나와 차로 돌아왔다. 오후 4시 30분이었고 쇼핑은—조에게 필요한 것들을 뜻하는 거라면—끝났다.

"허리를 조금 줄이지 않아도 괜찮겠어?"

조가 차를 몰아 덴버 시내로 향하는 차량들 사이로 끼어들 때 줄리아나가 물었다.

"양복은……."

"됐어."

조가 퉁명스럽고 차가운 목소리로 대답하는 바람에 줄리아
나는 깜짝 놀랐다.

"왜 그래? 내가 너무 많이 사서 그래?"

그래서 그럴 거야. 그녀는 속으로 말했다. 내가 돈을 너무 많
이 썼어.

"치마 몇 벌은 환불해도 돼."

"저녁이나 먹자고."

"이런, 세상에. 뭘 잊었는지 알았어. 잠옷을 안 샀어."

줄리아나가 큰소리로 말했다.

조는 무서운 표정으로 그녀를 노려보았다.

"예쁜 새 잠옷을 사주고 싶지 않아? 그래야 새로운 분위기
로……."

"됐어. 그건 그만두고 저녁 먹을 곳이나 찾아봐."

조가 고개를 저으며 말했다.

줄리아나는 전혀 흔들리지 않고 말했다.

"우선 호텔에 가서 방부터 얻자. 그래야 옷을 갈아입지. 새 옷
을 입고 저녁 먹으러 가는 거야."

정말 좋은 호텔로 가는 게 좋을 거야. 줄리아나는 속으로 생
각했다. 그렇지 않으면 모두 끝이야. 아무리 여기까지 왔더라
도 말이지. 덴버에서 저녁 먹기에 가장 좋은 곳이 어디인지 호
텔에서 물어보는 거야. 그리고 일생에 한 번 볼 수 있을 정도로

멋진 쇼를 하는 최고의 나이트클럽 이름도 알아두는 것이지. 동네 연예인 같은 사람들 말고 엘리너 페레즈나 월리 벡처럼 유럽에서 온 유명한 사람들을 보고 싶어. 그런 독일 UFA 영화사 소속 대스타들이 덴버에 지금 와 있다는 것 정도는 나도 알아. 광고를 봤거든. 그 정도가 아니라면 그만둘래.

좋은 호텔을 찾으러 다니는 동안 줄리아나는 옆에 앉은 조를 자꾸 흘끔거리며 보았다. 머리가 짧은 금발로 바뀌고 새 옷을 입으니 딴사람 같았다. 이쪽이 더 나은가? 잘 모르겠다. 나까지 머리를 새로 하면 우리는 전혀 다른 사람들이 될 거야. 무無에서 창조된 거지. 아니, 돈에서 창조된 거야. 그래도 미장원에는 꼭 들러야 해. 그녀는 속으로 말했다.

둘은 덴버 시내에서 우아하고 규모가 큰 호텔을 찾아냈다. 유니폼을 입은 현관 안내인이 주차를 대신 해줬다. 줄리아나는 바로 이런 걸 원했다. 밤색 제복을 갖춰 입은 벨보이—사실 보이라기보단 다 큰 사내지만—가 재빨리 다가와 두 사람의 짐과 가방을 받아들었다. 조와 줄리아나는 카펫이 깔리고 차양을 드리운 넓은 계단을 걸어 올라가 유리와 마호가니로 된 문을 열고 로비로 들어가기만 하면 그만이었다.

로비 양쪽으로 꽃집과 선물가게, 과자점, 우체국, 항공예약 데스크가 보였다. 데스크와 엘리베이터 주위로는 투숙객들이 북적거리고 커다란 화분들이 즐비했다. 그리고 발밑에는 두툼하고 부드러운 카펫…… . 줄리아나는 호텔 냄새를, 많은 사람이 오가는 활발한 분위기를 만끽했다. 호텔 식당과 칵테일 라운지,

스낵바가 있는 곳을 안내하는 네온사인이 여기저기 반짝거리며 빛났다. 로비를 가로질러 프런트로 가는 내내 계속 둘러봐도 다 보지 못할 지경이었다.

심지어 서점도 보였다.

줄리아나는 조가 숙박부를 작성하는 사이 살짝 빠져나와 혹시 메뚜기 책을 살 수 있을까 싶어 서점에 들렀다. 책은 있었다. 깔끔한 새 책이 잔뜩 쌓여 있을 뿐만 아니라 대단히 인기를 끄는 주요 작품이라고 쓰인 포스터까지 붙어 있었다. 물론 독일이 통치하는 지역에서는 금지된 책이라는 내용도 적혀 있었다. 웃음을 띤 중년 여인이 유난스럽게 친절하게 굴며 그녀를 맞았다. 책값은 거의 4달러나 되었다. 만만치 않은 금액이었지만 줄리아나는 새로 산 백에서 독일 지폐를 꺼내 책값을 치르고는 다시 조가 있는 곳으로 돌아왔다.

짐을 들고 앞서 가던 호텔 직원은 그들을 엘리베이터에 태워 2층으로 안내했다. 조용하고 카펫이 깔린 아늑한 복도를 지나 숨이 막힐 정도로 멋진 방에 도착했다. 호텔 직원이 문을 대신 열고 모든 짐을 들여놓은 다음 창문 햇빛 가리개와 조명을 조절해주었다. 조가 팁을 건네자 직원은 문을 닫고 사라졌다.

모든 게 줄리아나가 바라던 대로 되어가고 있었다.

"덴버에 얼마나 있을 거야?"

그녀는 침대 위에서 가방을 푸는 조에게 물었다.

"샤이엔에 가기 전까지?"

조는 아무 대답이 없었다. 그는 자신의 가방 속에 든 물건들에 온 정신을 쏟고 있었다.

"하루나 이틀?"

줄리아나는 새로 산 코트를 벗으며 말했다.

"사흘 정도 있으면 안 돼?"

"오늘 밤에 갈 거야."

조가 고개를 들며 대답했다.

처음에는 무슨 말인지 알아듣지 못했다. 그리고 무슨 말인지 알아들은 다음에도 조의 말을 믿을 수가 없었다. 줄리아나는 조를 노려보았다. 조 역시 단호하면서도 조롱하는 듯한 표정으로 그녀를 바라보았다. 얼마나 힘을 주었는지 있는 대로 찡그린 표정이었다. 누가 그런 표정을 하는 건 줄리아나도 태어나 처음 봤다. 조는 꼼짝도 하지 않았다. 그는 양손에 가방에서 꺼낸 옷가지를 들고 허리를 숙인 채 마치 몸이 마비된 것처럼 가만히 있었다.

"저녁 먹고 나서."

그가 말했다.

줄리아나는 뭐라고 말해야 할지 알 수가 없었다.

"그러니까 돈을 잔뜩 주고 산 그 파란 드레스를 입어. 엄청나게 좋은 제품이라 당신이 마음에 든다던 그거 말이야. 내 말 알겠어?"

조는 셔츠 버튼을 풀기 시작했다.

"난 면도하고 뜨거운 물로 샤워 좀 해야겠어."

마치 엄청나게 멀리 떨어진 곳에서 무슨 기구라도 써서 말하는 것처럼 기계적인 목소리였다. 조는 홱 돌아서서 뻣뻣한 걸음걸이로 욕실로 향했다.

줄리아나는 어렵게 이야기를 꺼냈다.

"오늘 가기에는 너무 늦었어."

"아니야. 5시 반이면 저녁 먹을 수 있어. 늦어도 6시면 되겠지. 샤이엔까지는 2시간에서 2시간 반이면 갈 수 있어. 그러면 겨우 8시 30분이야. 많이 늦어도 9시라고 치자고. 미리 전화를 걸어서 아벤젠에게 우리가 간다고 말하는 거야. 상황을 설명하면서 말이야. 그러면 오히려 깊은 인상을 받겠지. 장거리전화니까. 덴버에 하루 묵으러 온 거라 곧 서부로 돌아가야 한다고 하면 돼. 하지만 워낙 책을 재밌게 읽었기 때문에 샤이엔까지 차를 몰고 오늘밤에라도 찾아가고 싶다고 말해. 어렵겠지만 혹시……"

줄리아나가 조의 말을 끊었다.

"왜?"

줄리아나는 눈에 눈물이 차오르고 자신도 모르게 두 주먹을 불끈 움켜쥐었다. 마치 어렸을 때처럼. 턱이 덜덜 떨렸고, 말은 하고 있었지만 자기 목소리가 제대로 들리지 않았다.

"오늘 밤에 아벤젠을 찾아가 만나고 싶지 않아. 난 안 갈래. 아예 가고 싶지 않아. 내일도. 그냥 여기서 구경이나 할래. 그런다고 약속했잖아."

그렇게 말하는 사이 두려움이 다시 밀려와 가슴을 짓눌렀다. 그와 함께 있으면 아무리 즐거운 순간에조차 기이하고 걷잡을

353

수 없는 공포가 좀처럼 사라지지 않았다. 공포는 최대치까지 솟아올라 그녀를 사로잡았다. 공포에 질린 그녀의 얼굴이 바르르 떨리는 모습은 조가 쉽게 알아차릴 수 있을 정도로 두드러졌다.

"얼른 다녀와서 나중에 구경하면 되잖아."

말투는 누그러졌지만 낭송이라도 하는 듯 여전히 삭막한 목소리였다.

"싫어."

"파란 드레스를 입어."

조는 들고 온 짐들을 뒤지더니 결국 가장 큰 상자에서 파란 드레스를 찾아냈다. 그는 조심스럽게 끈을 풀고 드레스를 꺼내 침대 위에 똑바로 펼쳐놓았다. 전혀 서두르지 않았다.

"알았어? 아주 멋져 보일 거야. 잘 들어. 아주 비싼 스카치위스키를 한 병 사서 가져가자고. 배트 69로 말이야."

프랭크, 도와줘. 줄리아나는 속으로 외쳤다. 뭔가 알 수 없는 일에 빠져버리고 말았어.

"당신이 생각하는 것보다 훨씬 멀어."

줄리아나가 말했다.

"지도를 봤어. 정말 늦은 시간에나 도착할 거야. 11시나 어쩌면 자정이 넘을지도 몰라."

"얼른 옷을 안 입으면 죽여버릴 거야."

조가 말했다.

줄리아나는 눈을 감으며 킥킥 웃었다. 그동안 훈련해온 게 이

354

렇게 현실이 되었군. 그녀는 생각했다. 이제 알 수 있겠지. 그가 나를 죽일 수 있을까? 아니면 내가 그의 목덜미 신경을 눌러 불구로 만들까? 하지만 그는 영국 특공대원과 싸웠다고 했어. 이런 상황을 오래전에 이미 겪은 사람이야.

"유도로 나를 던져버릴 수도 있다는 걸 알아. 하지만 못 할 수도 있지."

조가 말했다.

"그냥 던지는 거 아니야. 평생 불구로 만들어주지. 정말 할 수 있어. 나는 서부에서 살다 왔거든. 시애틀에서 일본 놈들에게 배웠지. 샤이엔에 가고 싶으면 혼자 가. 나는 여기 남을래. 억지로 끌고 갈 생각 말아. 당신이 두려우니까 어떻게든 할 거야."

줄리아나의 목소리가 갈라졌다.

"만일 다가오면 어떻게든 싸워보겠어."

"이런, 그만둬. 그 빌어먹을 드레스나 입어! 이게 도대체 무슨 일이야? 죽인다느니 불구를 만든다니 무슨 헛소리를 하는 거냐고. 내가 원하는 건 그저 저녁을 먹고 나면 고속도로를 달려 나와 함께 이 책을 쓴 친구를 만나러 가서……."

누군가 문을 두드렸다.

조가 가만히 다가가 문을 열었다. 제복을 입은 직원이 복도에서 있었다.

"프런트에서 신청하신 세탁 서비스입니다."

"아, 네."

조는 침대로 가 새로 산 하얀 셔츠들을 모두 들고 가 호텔 직원에게 건네주었다.

"30분 뒤에 가져올 수 있습니까?"

"네, 세탁이 아니라 다리기만 하면 되니까요. 30분 안에 충분히 됩니다."

조가 문을 닫자 줄리아나가 말했다.

"새로 산 셔츠는 다려야 입을 수 있다는 걸 어떻게 알았어?"

조는 아무 말 없이 어깨만 으쓱했다.

"나는 잊고 있었어. 여자라면 뻔히 아는 건데……. 상자에서 꺼낼 때 보니 잔뜩 구겨져 있었지."

"나도 젊었을 때는 잘 차려입고 나가서 놀곤 했거든."

"호텔에 세탁 서비스가 있다는 건 어떻게 알았어? 나도 몰랐는데. 당신 머리 정말 자르고 염색한 거야? 원래 금발인데 가발을 쓰고 있던 것 같아. 그렇지 않아요?"

이번에도 조는 어깨만 으쓱했다.

"당신은 트럭 운전수로 위장한 독일 보안국 요원이 틀림없어. 북아프리카에서 싸운 적도 없지? 당신은 아벤젠을 죽이러 여기 왔어. 안 그래? 이제 알겠어. 내가 멍청했지."

그녀는 온몸이 바짝 말라 시들어가는 기분이었다.

조는 한참 만에 대답했다.

"북아프리카에서는 정말 싸웠어. 파르디가 이끄는 포병부대는 아니었지만. 브란덴부르크 부대 소속이었지. 독일 국방군 특수부대 말이야. 영국군 사령부에 잠입했어. 그게 무슨 차이가 있겠어. 어차피 끔찍한 꼴은 수없이 봤는데. 카이로에도 갔었어. 훈장도 받고 표창장도 받았지. 하사였어."

"그 만년필도 무기인 거야?"

조는 대답하지 않았다.

"폭탄이군."

줄리아나가 곧바로 눈치를 채고 소리 내어 말했다.

"위장 폭탄이 틀림없어. 누군가 손을 대면 터지겠지."

"아니야."

조가 말했다.

"당신이 본 건 2와트짜리 송수신기야. 무전으로 연락을 유지해야 하거든. 계획이 바뀔 수도 있으니까. 베를린은 정치 상황이 하루가 다르게 변할 수 있는 곳이지."

"실제 행동에 옮기기 전에 그걸로 확인하겠지. 확실하게."

그는 고개를 끄덕였다.

"당신은 이탈리아인이 아니야. 당신은 독일인이야."

"스위스 사람이지."

"내 남편은 유태인이야."

줄리아나가 말했다.

"당신 남편이 뭐든 신경 안 써. 내가 원하는 건 당신이 저 드레스를 입고 저녁 먹으러 나갈 준비를 하는 거야. 머리도 어떻게든 좀 하고 말이야. 미장원에 들렀으면 좋았을 텐데. 호텔 미장원은 아직 열었을지 몰라. 내가 셔츠를 기다리며 샤워하는 동안 다녀와도 돼."

"그를 어떻게 죽일 거지?"

"제발 새로 산 드레스 입어, 줄리아나. 내가 전화해서 미장원에 갈 수 있나 물어볼 테니까."

조는 전화기가 있는 곳으로 다가갔다.

"왜 나를 데려가려는 거지?"

조가 다이얼을 돌리며 말했다.

"아벤젠에 대해서 자세히 조사했는데, 그 친구 가무잡잡하고 음탕하게 생긴 여자를 좋아하는 것 같더군. 정확히 말하면 중동이나 지중해 출신 여자 말이야."

조가 수화기에 대고 말하는 사이 줄리아나는 침대로 가 누웠다. 그녀는 눈을 감고 한쪽 팔을 얼굴에 올렸다.

"지금 미장원 열었다는군."

조가 전화를 끊으며 말했다.

"지금 당장 가서 머리할 수 있대. 2층에 있다니까 지금 내려가."

조는 뭔가를 내밀었다. 눈을 떠보니 독일 화폐였다.

"이걸로 머리를 해."

"여기 누워 있을래. 제발."

조는 날카로운 호기심과 걱정이 드러나는 얼굴로 그녀를 바라보았다.

"시애틀도 대화재만 없었더라면 샌프란시스코 같았을 거야."

줄리아나가 말했다.

"오래된 목조건물과 벽돌 건물이 많고 샌프란시스코처럼 언덕이 많아. 그곳에는 전쟁 전부터 오랫동안 일본 놈들이 들어와 살았어. 놈들은 아주 오래전부터 따로 상점가와 주택까지 갖추고 모여 살았어. 항구 도시였지. 나는 작고 늙은 일본 놈한테서 유도를 배웠어. 그때 어떤 배 타는 사람이랑 살면서 처음 유도를 배우기 시작했어. 이초야스 미노루라고, 늘 조끼를 입고 넥타이를 매고 다녔지. 체형이 요요처럼 동그랬어. 어떤 일본인의 사무실 2층에서 도장을 운영했어. 문에는 옛날식으로 금색 글씨를 새겼고, 치과 비슷하게 대기실도 있었어. 《내셔널지오그래픽》잡지를 비치해놓는 곳 말이야."

조가 허리를 숙이더니 그녀의 팔을 잡아당겨 일으켜 앉혔다. 그리고 팔로 그녀의 몸을 받쳤다.

"왜 그래? 아픈 거야?"

그는 줄리아나의 얼굴을 자세히 살폈다.

"죽을 것 같아."

"불안해서 그래. 늘 그런 것 아냐? 호텔 약국에 가서 진정제를 좀 가져오지. 페노바르비탈 어때? 우리 오늘 오전 10시 이후에 아무것도 안 먹었다고. 괜찮을 거야. 아벤젠 집에 가면 아무것도 할 필요 없어. 그냥 나랑 같이 서 있기만 하면 돼. 얘기는 내가 할게. 그냥 웃으면서 나랑 그 친구한테 살갑게만 굴면 돼. 그 친구 곁에서 대화를 나눠서 딴 데 가지 않고 우리 옆에 있게 하면 돼. 그자가 당신을 보면 분명히 우리더러 들어오라고 할 거야. 가슴이 깊게 파인 이탈리아제 드레스까지 입었으니 말이야. 당신 같은 여자라면 나라도 들어오라고 할 거야."

"화장실에 가야겠어. 토할 것 같아. 제발."

줄리아나는 조의 손길을 뿌리치려 애썼다.

"토한다니까. 놔."

조가 팔을 놓자 그녀는 방을 가로질러 화장실로 향했다. 그리고 들어가 문을 닫았다.

할 수 있어. 그녀는 생각했다. 일단 불을 켰다. 눈이 부셨다. 눈을 가늘게 떴다. 찾아낼 수 있어. 약장을 뒤져보니 호텔에서 제공하는 면도날 세트와 비누, 치약이 나왔다. 그녀는 새 면도날 포장을 뜯었다. 한쪽에만 날이 있군. 그래. 매끈하고 검푸른 빛이 도는 새 면도날이었다.

샤워기에서 물이 쏟아졌다. 그녀는 샤워기 아래에 섰다. 맙소사. 옷도 그대로 입은 채였다. 옷이 엉망이 되었다. 옷이 온통 몸에 들러붙었고 머리칼은 흠뻑 젖었다. 그녀는 겁에 질린 채 비틀거리다 쓰러지듯 손을 더듬거리며 물줄기 밖으로 빠져나왔다. 스타킹에서 물방울이 떨어지고…… 그녀는 울기 시작했다.

조가 들어가 보니 줄리아나는 세면대 옆에 서 있었다. 물에 젖어 엉망이 된 옷은 이미 벗은 뒤였다. 그녀는 벌거벗은 채 서서 한 팔을 벽에 기댄 채 서 있었다.

"맙소사."

조가 들어온 걸 눈치챈 줄리아나가 말했다.

"어떻게 해야 할지 모르겠어. 옷을 버렸어. 이거 순모인데."

그녀는 벗어서 쌓아둔 옷가지를 가리키며 말했다.

조는 놀란 표정이었지만 더할 나위 없이 차분하게 말했다.

"글쎄, 어차피 입을 옷도 아니니까 괜찮아."

조는 푹신한 호텔 수건으로 그녀의 몸을 닦은 다음, 다시 따뜻하고 카펫이 깔린 방으로 데려갔다.

"속옷 입어. 뭐라도 좀 걸치라고. 미용사를 이리로 올라오라고 해야겠군. 손님이 올라오라면 올라와야지."

조는 다시 수화기를 들고 다이얼을 돌렸다.

"무슨 약 가져왔어?"

전화를 끊은 조에게 줄리아나가 물었다.

"깜박했네. 약국에 전화를 다시 해야겠어. 아니야, 잠깐만. 나한테도 약이 있어. 넴뷰탈이나 뭐 그런 거."

조는 서둘러 여행가방 앞으로 가더니 뒤지기 시작했다.

조가 노란 캡슐 두 개를 건네자 줄리아나가 말했다.

"먹으면 죽는 거야?"

그녀는 어색한 자세로 약을 받았다.

"뭐?"

그의 얼굴이 실룩거렸다.

썩을 놈의 아랫도리. 줄리아나는 생각했다. 말라비틀어질 사타구니.

"아니, 혹시 멍해지는 그런 약인가 했어."

줄리아나는 조심스럽게 말했다.

"아니야. 독일에서 올 때 받아온 약이야. 나도 잠이 안 올 때 먹지. 물 한잔 갖다 줄게."

조가 얼른 뛰어갔다.

면도날. 줄리아나는 생각했다. 나는 면도날을 삼켰어. 이제 내 아랫도리를 영원히 찢고 있어. 벌이야. 유태인과 결혼한 몸으로 게슈타포 암살자를 껴안고 뒹군 벌. 눈에서 눈물이 하염없이 흘렀다. 내가 저지른 모든 죄들. 파멸이야.

"가."

줄리아나는 일어서며 말했다.

"미용실에 가야겠어."

"옷도 안 입었잖아!"

조는 그녀를 주저앉힌 다음 팬티를 입히려 했지만 잘 되지 않았다.

"머리를 어떻게 하긴 해야 하는데."

조는 절망적인 목소리로 말했다.

"망할 년은 왜 안 오는 거야?"

줄리아나가 느릿느릿 괴로운 목소리로 입을 열었다.

"머리칼은 곰을 창조하고 곰은 벌거벗은 몸의 반점을 지운다. 가죽을 벗기지만, 갈고리에 걸어둘 가죽은 없다. 신이 내린 갈고리. 머리칼hair, 듣는다hear, 망할 년hur*—."

약 기운이 돈다. 아마 테레빈산 성분이겠지. 두 개의 알약이 녹아 섞여 단언컨대 위험하고 가장 부식성이 강한 용액이 되어 나를 영원히 좀먹겠지.

그녀를 내려다보던 조의 얼굴이 핼쑥했다. 나를 파악하고 있어. 줄리아나는 생각했다. 내가 찾아낼 수 없는 기계로 내 마음

---

* 독일어 hure에서 따옴.

을 읽는 거야.

"알약 때문에 어지럽고 정신이 오락가락해."

"당신 약 안 먹었어."

조는 주먹을 꼭 쥔 그녀의 손을 가리켰다. 줄리아나는 자신이 여전히 알약을 손에 쥐고 있다는 걸 깨달았다.

"당신 머리가 어떻게 된 것 같군."

조가 말했다. 그는 무슨 불활성물질 덩어리라도 된 것처럼 무겁고 느려 보였다.

"단단히 병이 났군. 못 가겠어."

"병원엔 안 가도 돼. 괜찮을 거야."

줄리아나는 웃음을 지으려 애썼다. 제대로 웃었는지 확인하려고 조의 얼굴을 살폈다. 아무리 생각해도 내 말이 헛소리로 들리는 모양이군.

"아벤젠 집에는 못 가겠군. 어쨌든 지금은 아니야. 내일 가지. 내일이면 괜찮아질 거야. 내일 다시 생각하자. 그럴 수밖에 없어."

"화장실에 또 가도 돼?"

조는 다른 생각을 하는지 듣는 둥 마는 둥 고개를 끄덕였다. 그녀는 다시 화장실로 가 문을 닫았다. 약장에는 면도날이 있다. 줄리아나는 면도날을 오른손으로 쥐었다. 다시 밖으로 나왔다.

"안녕, 갈게."

줄리아나가 말했다.

그녀가 복도로 나가는 문을 열자 조는 소리를 지르며 거칠게 그녀를 잡았다.

휙.

"끔찍해. 꼭 이렇게 손을 댄다니까. 정신 차려야지."

소매치기를 대비해야 해. 밤마다 돌아다니는 좀도둑들은 확실히 다룰 수 있어. 좀 전에 왔던 놈은 어디 갔지? 목을 손으로 누르고 춤을 추는군.

"비켜. 큰코다치기 싫으면 내 앞을 막지 말라고. 아무리 내가 여자라도 말이야."

줄리아나는 손에 면도날을 쥔 채 문을 열었다. 조는 바닥에 주저앉아 양손으로 목 옆 부분을 누르고 있었다. 일광욕하는 자세 같군.

"안녕."

줄리아나는 밖으로 나가 문을 닫았다. 따뜻하게 카펫을 깐 복도.

하얀 작업복을 입은 여자가 콧노래를 부르며 고개를 숙인 채 작업용 수레를 밀고 다가왔다. 여자는 멍하니 방 번호들을 확인하면서 줄리아나 앞까지 와서는 고개를 들자마자 눈이 휘둥그레지고 입이 딱 벌어졌다.

"이런, 아가씨. 완전히 취했네요. 지금 머리를 만질 때가 아니에요. 얼른 안으로 들어가서 옷 입어요. 호텔에서 쫓겨나기 전에. 이런, 세상에."

여자가 방문을 열어주었다.

"남자분에게 부탁해서 술 좀 깨게 해달라고 해요. 룸서비스에

364

말해서 뜨거운 커피를 올려 보내라고 부탁해드리죠. 자, 얼른 다시 방으로 들어가요."

줄리아나를 방 안으로 밀어 넣더니 여자는 쾅 소리가 나게 문을 닫았다. 수레가 멀어지는 소리가 들렸다.

미용사였군. 줄리아나는 그제야 깨달았다. 아래를 보니 그녀는 몸에 아무것도 걸치지 않은 상태였다. 여자의 말이 옳았다.

"조, 이렇게는 못 간대."

줄리아나는 침대 위에서 자신의 가방을 찾아 열고 옷가지를 모두 꺼냈다. 속옷을 입고 블라우스와 치마 그리고 굽이 낮은 신발을 신었다.

"그래서 다시 들어왔어."

그녀는 빗을 찾아서 재빠른 동작으로 머리를 빗었다.

"큰일 날 뻔했어. 여자가 바로 문밖에 서서 노크하려던 참이었어."

몸을 일으킨 그녀는 거울 앞에 섰다.

"이러면 좀 나은가?"

옷장 문에 달린 거울 앞에서 줄리아나는 이리저리 몸을 돌리고 발끝으로 서기도 하며 자세히 살펴보았다.

"너무 당혹스러워. 무슨 짓을 하는 건지도 모르겠어. 당신이 내게 엉뚱한 걸 준 게 분명해. 뭔지 모르지만 그걸 먹으니 속이 가라앉지 않고 뒤집혔어."

조가 여전히 바닥에 앉아 목 옆 부분을 움켜쥔 채 말했다.

"잘 들어. 아주 훌륭했어. 내 대동맥을 잘라버렸잖아. 목을 지나는 동맥을 말이야."

줄리아나는 입을 손으로 가리며 킥킥거렸다.

"이런, 세상에. 당신 정말 이상해. 단어를 제대로 알고 쓰는 게 없다니까. 대동맥은 가슴 속에 있는 거고, 당신이 말하는 건 경동맥이야."

"손을 떼면 2분 만에 피가 다 빠져서 죽고 말 거야. 당신도 알잖아. 그러니 좀 도와줘. 의사에게 연락을 하든지 구급차를 좀 불러줘. 무슨 말인지 알아? 일부러 이런 거야? 그랬겠지. 좋아. 전화를 하든지 누구 좀 불러와."

줄리아나가 한참 생각하다가 말했다.

"일부러 그랬어."

"그래. 어쨌든 사람 좀 불러줘. 나 좀 살려달라고."

"직접 가."

"이미 피가 새고 있어."

조의 손가락 사이로 솟은 피가 손목까지 흘러내려 있었다. 떨어진 피가 바닥에 고였다.

"움직일 수가 없어. 가만히 있어야 해."

줄리아나는 새로 산 코트를 입고 새로 산 수제품 가죽 백을 닫고 가방과 옷을 담은 종이가방들을 들 수 있는 만큼 들었다. 특히 파란색 이탈리아제 드레스가 든 커다란 상자를 조심스럽게 챙겼다. 그녀는 방문을 열고 조를 돌아보았다.

"내려가다가 프런트에 말해줄 수도 있어."

"그래."

조가 말했다.

"좋아. 사람들에게 말해줄게. 캐넌시티 아파트로 나를 찾아오지는 말아. 그리로 돌아가지 않을 테니까. 일이 이렇게 되긴 했지만 독일 지폐는 내가 대부분 챙겼으니 나는 괜찮을 거야. 안녕. 미안해."

줄리아나는 문을 닫고 복도를 따라 가방과 상자들을 든 채 최대한 빨리 걸었다.

엘리베이터에서 잘 차려입은 중년의 사업가와 부인이 줄리아나를 도와주었다. 그들은 옷이 담긴 가방과 상자들을 나누어 들고 로비까지 따라와 그녀 대신 호텔 직원에게 건네주었다.

"감사합니다."

줄리아나는 두 사람에게 말했다.

로비에 있던 직원이 그녀의 가방과 상자들을 호텔 밖 인도까지 옮겨주었고, 줄리아나는 그곳에서 어떻게 하면 주차해둔 차를 찾을 수 있는지 물어보았다. 잠시 뒤 그녀는 호텔 지하주차장에서 직원이 자신의 스튜드베이커 승용차를 꺼내 오기를 기다렸다. 백 속에는 잔돈이 종류별로 들었다. 그녀는 직원에게 팁을 건네고 나서 전조등을 켜고 노란 조명이 비추는 경사로를 따라 광고 네온사인이 번쩍이는 어두운 지상으로 올라섰다.

제복을 입은 호텔 도어맨이 그녀의 짐을 트렁크에 실어주었다. 그의 진심 어린 미소가 마음에 든 줄리아나는 호텔을 떠나면서 그에게 두둑하게 팁을 주었다. 아무도 그녀를 제지하지 않는다는 게 놀라웠다. 심지어 눈썹 한번 찡그리는 사람도 없었다. 조가 돈을 낼 거라고 생각하나 보네. 아니면 방을 얻을 때 이미 돈을 치렀다고 생각하거나.

신호등에 걸려 서 있던 줄리아나는 바닥에 쭈그리고 앉았을 조에게 의사를 보내달라는 말을 프런트에 전하지 않은 게 기억났다. 조는 이제 세상이 끝날 때까지, 또는 내일 언젠가 청소를 하러 누군가 나타날 때까지 기다려야 했다. 돌아가는 게 낫겠어. 그녀는 생각했다. 아니면 전화를 해주던가. 일단 공중전화 있는 곳에서 차를 세우자.

바보짓이야. 전화를 걸 만한 곳을 찾으며 차를 몰던 줄리아나는 그런 생각이 들었다. 한 시간 전만 해도 누가 상상이나 했어? 방을 얻었을 때, 쇼핑을 하던 때……. 거의 모든 게 원래 계획대로였다. 옷을 차려입고 저녁식사를 하러 나갈 뻔했다. 어쩌면 나이트클럽에 갔을지도 모른다. 다시 눈물이 쏟아졌다. 운전하는 동안 눈물이 코를 타고 흘러내려 블라우스에 떨어졌다. 미리 주역으로 점을 쳐봤더라면 좋았을 텐데. 주역은 앞을 내다보고 내게 경고했을 거야. 왜 점을 쳐보지 않았지? 언제든 물어볼 수 있었는데. 여행하는 도중이든 아예 떠나기 전이든 점을 쳐볼 수 있었어. 줄리아나는 자신도 모르게 신음 소리를 내기 시작했다. 그런 울음소리는 자기 입에서 단 한 번도 나온 적 없었다. 두려운 생각에 아무리 이를 악물어도 도무지 울음을 멈출 수가 없었다. 마치 울부짖는 것처럼 섬뜩한 노랫소리가 코를 통해 울려 나왔다.

줄리아나는 차를 세우고 시동을 켠 채 코트 주머니에 손을

넣고 몸을 부르르 떨었다. 맙소사. 비참한 기분이었다. 이런 일
도 다 벌어지는군. 그녀는 차에서 내려 트렁크에서 옷가방을
꺼냈다. 뒷자리에 앉아 가방을 열고 옷가지 속을 뒤져 검은 색
책 두 권을 찾아냈다. 승용차 시동을 걸어둔 채 뒷자리에 앉아
창문으로 비치는 백화점 불빛에 의지해 로키산맥연방 동전 세
개를 던지기 시작했다. 어떻게 해야 하죠? 줄리아나는 그렇게
물었다. 뭘 해야 할지 알려주세요. 제발.

　42번 '익益' 괘. 2, 3, 4 그리고 맨 위가 변효였다. 그러니 결국
43번 '쾌快' 괘로 바뀌고 있었다. 그녀는 걸신들린 사람처럼 점
사를 읽으면서 이어지는 여러 단계의 의미들을 모아 이해하려
애썼다. 맙소사, 정말이지 정확하게 상황을 그리고 있어. 이것
역시 기적이야. 지금까지 벌어졌던 모든 일들이 그녀 눈앞에
청사진 속 그림처럼 펼쳐졌다.

　　가는 바가 있으면 이로우며
　　큰 강을 건너는 데 이롭다.

　여기서 머물지 않고 어디론가 떠나 뭔가 중요한 일을 한다는
얘기였다. 이제 효사를 읽을 차례다. 줄리아나는 내용을 읽어
내려가기 시작했다.

　　비싼 거북점도 어긋남이 없으니,
　　계속 참고 견디면 좋은 운이 온다.

왕이 나가 신을 뵌다.

세 번째 효인 6의 점사를 본 줄리아나는 어지러워졌다.

불행한 일을 통해 부유해진다.
스스로 진심이라면 부끄럽지 않다.
어느 쪽에도 치우치지 말고
증표를 들고 가 왕자에게 고하라.

왕자는…… 아벤젠을 뜻한다. 증표란 새로 산 그의 책이다.
불행한 일. 주역은 그녀에게 무슨 일이 있었는지 알고 있다. 조
인지 누군지 모를 사람과 겪은 끔찍한 사건. 그녀는 네 번째 나
온 6에 관한 효사를 읽었다.

어느 쪽에도 치우치지 않고
왕자에게 가 고하면,
그가 뒤따를 것이다.

조가 내 뒤를 쫓는다고 해도 나는 꼭 가야 해. 줄리아나는 마
지막 변효인 9에 관한 효사를 걸신들린 듯 읽었다.

지나치게 자신만 위하지 말라.
심지어 공격하는 자도 생긴다.

마음을 세워 항상 같게 하지 못하면

흉하다.

오, 맙소사. 이건 게슈타포의 암살자들 얘기야. 조 아니면 그와 비슷한 다른 누군가가 찾아가 아벤젠을 죽인다는 거야. 그녀는 재빨리 43번 점괘의 점사를 찾았다.

누군가 어전御前으로 나아가

반드시 문제를 알려야 한다.

위험을 진실하게 고해야 한다.

자신이 속한 마을에서 알려야 한다.

무기에 의지하는 건 바람직하지 않다.

뭔가 행동에 옮기는 편이 바람직하다.

결국 호텔로 돌아가 조를 해치워도 소용이 없어. 어차피 다른 자가 또 올 테니까. 주역이 다시 한 번 단호히 말하는 거야. 내게 아무리 위험하다더라도 샤이엔으로 가서 아벤젠에게 경고하라고. 반드시 그에게 진실을 전해야 해.

줄리아나는 책을 덮었다.

다시 운전석에 앉은 줄리아나는 차를 몰고 도로로 나섰다. 이내 덴버 시내에서 빠져나와 북쪽으로 향하는 고속도로를 달리기 시작했다. 엔진에서 덜덜거리며 이상한 소리가 나고, 운전대와 좌석이 흔들리고 사물함에 있는 온갖 물건이 덜거덕거릴 정도로 빨리 달렸다.

토트 박사와 고속도로는 정말 고맙지 뭐야.* 줄리아나는 어둠 속에서 오직 자신의 전조등 불빛과 차선만을 따라 달리며 생각했다.

밤 10시가 되었지만 타이어가 말썽을 부리는 바람에 그녀는 샤이엔에 도착하지 못했다. 결국 멈춰 서서 밤을 보낼 곳을 찾을 수밖에 없었다.

앞에 보이는 고속도로 출구 표지판에 '그릴리 5마일'이라는 글씨가 보였다. 내일 아침에 다시 움직여야지. 몇 분 뒤 줄리아나는 그릴리의 중심가를 천천히 달리고 있었다. '빈방 있음' 간판이 반짝이는 모텔 몇 군데가 눈에 띄었으니 문제 될 것은 없었다. 오늘 밤 아벤젠에게 꼭 전화를 걸어서 내가 가고 있다고 말해야겠어. 줄리아나는 그렇게 마음먹었다.

차를 세우고 녹초가 되어 내렸다. 다리를 펼 수 있어 기뻤다. 아침 8시부터 온종일 도로 위에서 지낸 셈이었다. 마침 가까이에 24시간 영업하는 잡화점이 보였다. 그녀는 코트 주머니에 손을 넣은 채 그리로 걸어갔다. 잠시 뒤 줄리아나는 공중전화 박스에 들어가 문을 닫고 교환수에게 샤이엔의 전화번호를 묻고 있었다.

아벤젠의 집 전화번호는 다행히도 전화번호부에 나와 있었다. 줄리아나가 25센트짜리 동전을 넣자 교환수가 전화를 연결

---

* 토트 박사는 아우토반을 설계, 제작한 인물이기도 하다.

해주었다.

"여보세요."

어떤 여자가 얼른 전화를 받았다. 활발하고 즐거운 듯한 젊은 여자 목소리였다. 나이가 그녀와 비슷한 것 같았다.

"아벤젠 부인? 아벤젠 씨와 통화할 수 있을까요?"

줄리아나가 말했다.

"누구시죠?"

"그분 책을 읽었는데요, 콜로라도 주 캐넌시티에서 온종일 차를 몰고 왔습니다. 지금 그릴리에 있어요. 오늘 밤에 댁에 도착할 수 있을 것 같았는데 뜻대로 안 되었어요. 그래서 내일쯤 아벤젠 씨를 뵐 수 있는지 궁금해서 전화드렸어요."

잠시 뒤 아벤젠 부인은 여전히 즐거운 것 같은 목소리로 대답했다.

"네, 오늘은 너무 늦었네요. 우리는 일찍 잠자리에 들거든요. 혹시 남편을 만나야 하는 특별한 이유가 있나요? 요즘 아주 바쁘게 일하고 있어서요."

"만나서 이야기를 하고 싶어요."

자신이 듣기에도 생기가 없고 딱딱한 목소리였다. 그녀는 멍하니 공중전화 박스의 벽을 바라볼 뿐 달리 할 말이 떠오르지 않았다. 온몸이 쑤시고 바짝 마른 입안에서 쓴맛이 났다. 바깥을 내다보니 잡화점 주인이 카운터에서 어린아이들에게 밀크셰이크를 건네주고 있었다. 그녀도 뭔가 사서 마시고 싶었다. 아벤젠 부인이 하는 말은 귀에 들어오지 않았다. 그저 뭔가 상큼하고 차가운 음료와 치킨 샐러드 샌드위치 같은 게 먹고 싶었다.

"호손은 일하는 시간이 불규칙해요."

아벤젠 부인은 빠르고 명랑한 목소리로 말했다.

"혹시 내일 여기 오신다고 해도 약속드릴 수 있는 건 없어요. 그이가 온종일 일에 빠져 있을 수도 있어서요. 그러니 혹시라도 출발하시기 전에……."

"네."

줄리아나는 얼른 대답했다.

"시간을 낼 수만 있다면 그이는 분명히 잠시 이야기를 나누고 싶어할 거예요. 하지만 혹시 못 만나게 되거나 만나더라도 오래 이야기 나누지 못한다고 실망하지 않으셨으면 좋겠어요."

"우리는 그분 책을 읽고 감동했어요. 지금 책을 갖고 있어요."

줄리아나가 말했다.

"그러시군요."

아벤젠 부인은 부드러운 목소리로 대답했다.

"덴버에 들러 쇼핑을 하는 바람에 시간이 오래 걸리고 말았어요."

아니야. 줄리아나는 생각했다. 모든 게 바뀌었어. 이제 상황은 달라.

"잘 들으세요. 저더러 샤이엔에 가라는 점괘가 나왔어요."

"오, 이런."

아벤젠 부인은 점괘가 무슨 뜻인지 아는 것처럼 대답했지만

374

아직 사태가 심각하다는 걸 눈치채지는 못한 것 같았다.

"어떤 점괘인지 말씀드리죠."

줄리아나는 공중전화 부스에 주역을 갖고 갔다. 전화기 아래 달린 선반 위에 책을 펼치고 열심히 뒤적거렸다.

"잠시만요."

그녀는 자신이 낸 점괘의 점사가 적힌 곳을 찾아 아벤젠 부인에게 읽어주기 시작했다. 그녀가 마지막 효사, 그러니까 누군가 그를 깨뜨리고 불운이 온다는 구절을 읽자, 아벤젠 부인이 뭐라고 소리를 질렀다.

"네?"

줄리아나는 읽기를 멈추고 물었다.

"계속하세요."

아벤젠 부인이 말했다. 목소리가 좀 더 긴장하고 날카로워진 게 느껴졌다.

위험하다는 내용이 포함된 43번 점괘의 점사를 읽은 뒤에는 침묵이 흘렀다. 아벤젠 부인도 줄리아나도 아무 말이 없었다.

"그럼 내일 꼭 뵙기를 기대하겠습니다."

아벤젠 부인이 마침내 말했다.

"그리고 성함을 좀 알려주시겠어요?"

"줄리아나 프링크예요. 감사합니다, 아벤젠 부인."

교환수가 끼어들더니 시간이 다 되었다고 일러주었다. 줄리아나는 전화를 끊고 백과 주역을 챙겨서 밖으로 나와 잡화점 카운터로 향했다.

샌드위치와 콜라를 주문한 뒤 자리에 앉아 담배를 피우던 줄리아나는 믿기지 않는 공포가 밀려오는 가운데 깨달았다. 그녀가 덴버의 호텔 방에 남겨두고 온 게슈타포인지 보안국 소속 뭔지 모를 조 치나델라에 관해서 아벤젠 부인에게 전혀 얘기하지 않았다는 것을. 도대체 믿을 수가 없었다. 잊었어! 그녀는 속으로 말했다. 기억조차 하지 못했어. 어떻게 그럴 수가 있지? 돌았나 봐. 나는 끔찍할 정도로 멍청하고 정신 나간 바보야.

그녀는 다시 전화를 걸려고 잠시 백을 뒤지며 동전을 찾았다. 아니야. 그녀는 의자에서 일어서며 생각했다. 오늘 밤에 전화를 또 할 수는 없어. 그냥 두자. 빌어먹을. 너무 늦었어. 피곤하기도 하고, 아벤젠 부부도 이제는 잠들었을 거야.

줄리아나는 치킨 샐러드 샌드위치를 먹고 콜라를 마셨다. 그리고 차를 몰고 가장 가까운 모텔로 가 방을 얻은 뒤 덜덜 떨며 침대 속으로 기어들어갔다.

14

다고미 노부스케는 생각했다. 답은 없어. 이해할 수도 없어. 아무리 점괘를 내봐도. 하지만 그럼에도 나는 하루하루 살아가야만 해.

어디 작은 은신처를 찾는 거야. 어쨌든 숨어서 살아야지. 나중에 시간이 흐른 뒤에…….

어찌됐든 그는 아내에게 인사를 건네고 집을 나섰다. 하지만 오늘 그는 여느 때처럼 니폰타임스 빌딩으로 향하지 않았다. 기분전환을 좀 해보면 어떨까? 금문교 공원까지 차를 몰고 가서 동물원과 수족관을 구경해? 즐거워하는 것 말고는 아무 생각 없는 녀석들이나 보러 갈까?

시간. 자전거택시를 타고 가더라도 오래 걸리는 곳이니 생각할 시간도 많아질 테지. 그렇게 말할 수 있는지 모르겠지만.

하지만 나무들과 동물원은 인간과 너무 동떨어졌다. 나는 인간으로서의 삶을 움켜쥐고 있어야 해. 이번 일 때문에 나는 어린애가 되어버렸어. 그게 좋았을지도 모르지만. 좋게 만들 수 있었어.

자전거택시는 카니 거리를 따라 샌프란시스코 시내로 달렸다. 케이블카를 타자. 다고미는 갑자기 그런 생각을 했다. 깨끗하다 못해 거의 눈물이 솟을 것 같은 아름다움. 1900년에 사라져야 했지만 이상하게도 여전히 남아 있는 케이블카를 보니 행복한 기분이 들었다.

다고미는 자전거택시에서 내려 인도를 따라 가장 가까운 케이블카 선로 쪽으로 걸었다.

어쩌면 죽음의 악취를 풍기는 니폰타임스 빌딩으로 다시는 돌아갈 수 없을지도 몰라. 다고미는 생각했다. 내 경력은 끝나버리겠지만, 그래도 괜찮아. 무역대표부에서 후임자를 찾아내겠지. 하지만 나 다고미는 여전히 걷고, 존재하고, 모든 상황을 자세히 기억하고 있다. 그러니 달라진 건 없어.

어떤 상황에서든 전쟁, 즉 민들레 작전은 우리 모두를 휩쓸어버릴 것이다. 우리가 무엇을 하든 상관없다. 우리의 적은 지난번 전쟁에서 동맹국으로 함께 싸웠던 자들이다. 그게 우리에게 무슨 도움이 되었나? 어쩌면 우리는 놈들에 맞서 싸웠어야 했는지도 모른다. 아니면 놈들 적인 미국, 영국, 러시아를 도와 그들이 지게 했어야 했다.

어디를 봐도 희망은 없다.

수수께끼 같은 미래에 대한 예언. 어쩌면 주역은 비탄에 빠진 인간 세상을 버렸는지도 모른다. 성현들이 우리 곁을 떠나고 있다.

이제 우리만 남은 순간에 다다른 것이다. 전처럼 도움을 받을 수가 없다. 어쩌면 그것도 괜찮을 수 있어. 다고미는 생각했다. 아니면 좋은 상황이 될 수도 있지. 그래도 여전히 우리는 도道를 찾아야 해.

그는 캘리포니아스트리트 케이블카에 올라타 종점까지 갔다. 마지막에는 펄쩍 뛰어내려 케이블카가 나무로 만든 회전대에서 반대편으로 방향을 바꾸는 걸 도와주기까지 했다. 여느 때였다면 그런 행동은 그가 이 도시에서 얻은 경험 가운데 가장 의미가 컸을 것이다. 하지만 지금은 그것마저 시들했다. 좀더 정확히 말하자면 공허했다. 다른 어느 곳보다 이곳이 썩었기 때문이다.

물론 그는 다시 케이블카에 올라타 돌아왔다. 하지만…… 형식상 절차야. 다고미는 아까와는 반대 순서로 지나가는 도로와 건물들, 차량 행렬들을 보며 깨달았다.

그는 스톡턴 근처에서 내리려고 자리에서 일어섰다. 막 케이블카에서 내리려는데 차장이 그를 불렀다.

"가방 가져가셔야죠."

"고맙소."

가방을 케이블카에 두고 나왔다. 손을 뻗어 차장에게서 가방을 건네받은 그는 덜컹대며 다시 출발하는 케이블카에 대고 고개를 숙였다. 이 가방에는 아주 귀한 물건이 들었지, 하고 다고미는 생각했다. 가격을 매길 수 없을 정도로 귀한 콜트 44구경 권총이 안에 들었다. 혹시 보안국 요원이 복수심에 불타올라 내게 개인적으로 앙갚음을 하려고 들지도 모르니 이제 손이 쉽게 닿는 곳에 늘 총을 갖고 다녀야 한다. 사람 일은 모르는 거니까. 그러나 지금껏 벌어진 모든 상황에도 불구하고, 다고미는 이렇게 새로운 습관을 갖는 게 지나친 반응인 것 같았다. 너무 연연해하면 안 돼. 다고미는 가방을 들고 걸으며 속으로 말했다. 강박 공포증. 하지만 그는 도무지 벗어날 수가 없었다.

나는 총을 손에 쥐고 있지만, 사실은 총이 나를 쥐고 있지. 다고미는 생각했다.

나는 즐거워하던 태도를 잃은 걸까? 그는 스스로 물었다. 내가 지난날 저지른 행동의 기억 때문에 모든 천성이 타락하는 걸까? 권총이라는 물건에 대한 태도만이 아니라 모든 수집품이 타격을 입는 건가? 내 인생에서 중요한 물건들인데…… 아, 나는 어디서 그런 즐거움을 다시 얻을 수 있을까.

자전거택시를 불러 탄 그는 운전수에게 몽고메리 가에 있는 로버트 칠던의 가게로 가자고 했다. 어디 한 번 확인해봐야지. 자발적인 내 행동과 이어진 단 하나의 실마리. 어쩌면 불안해지는 내 마음을 가라앉힐 좋은 방법이 있을지도 몰라. 좀 더 역사성이 강한 물건과 권총을 교환하는 거야. 내게 이 총의 역사는 너무 주관적이야. 그것도 전혀 좋지 않은 방향으로. 하지만 그건 내게만 해당하는 거야. 이 총에서 그런 경험을 느낄 수 있는 사람은 나 말고는 아무도 없어. 오직 내 정신 속에서만 가능한 일이니까.

내게 자유를 주자. 그렇게 마음먹은 다고미는 신이 났다. 권총이 없으면 모든 것은 과거의 구름처럼 사라질 것이다. 모든 일은 단지 내 정신 속에만 있는 게 아니라 역사성 이론에서 늘 말하듯이 권총에도 들어 있으니까. 권총과 나 사이에는 동일성이 있는 거지!

칠던의 가게에 도착했다. 이곳에서 여러 가지를 샀지. 다고미는 운전수에게 돈을 치르며 생각했다. 회사에서 필요한 물건도 사고 개인적으로 사기도 했어. 그는 가방을 들고 재빨리 안으로 들어갔다.

칠던은 계산대에 서 있었다. 천으로 뭔가 물건을 닦아 광을 내고 있었다.

"다고미 씨."

칠던은 고개를 숙여 인사하며 말했다.

"칠던 씨."

다고미도 고개를 숙였다.

"정말이지 깜짝 놀랐습니다."

칠던은 광을 내던 물건을 내려놓았다. 그리고 계산대 뒤에서 나와 다고미 쪽으로 다가왔다. 뻔한 인사들이 서로 오갔다. 하지만 다고미는 칠던이 평소와는 뭔가 다르다는 걸 눈치챘다. 전보다 차분하달까. 조금 더 나은 사람이 된 것 같았다. 칠던은 늘 조금 날카로운 목소리로 시끄럽게 떠들곤 했었다. 불안한 사람처럼 이 얘기 했다 저 얘기 했다 하기도 했다. 하지만 사람이 변하는 건 어쩌면 불길한 징조일 수도 있다.

"칠던 씨."

다고미는 가방을 계산대 위에 올려놓고 지퍼를 열며 말했다.

"몇 년 전에 구입한 물건을 교환하고 싶소. 교환도 하는 걸로 기억하고 있습니다만."

"그럼요."

칠던이 말했다.

"물건 상태에 따라 다르기는 합니다만."

칠던은 조심스럽게 상대를 바라보았다.

"콜트 44구경 권총이오."

다고미가 말했다.

두 사람은 아무 말 없이 계산대 위 티크 상자에 든 권총과 탄알 몇 개가 비어 있는 탄약함을 보고만 있었다.

칠던의 태도가 좀 더 차가워졌다. 그렇군. 다고미는 깨달았다. 뭐, 그렇다면 좋다.

"관심이 없으시군요."

다고미가 말했다.

"네, 없습니다."

칠던은 딱딱한 목소리로 말했다.

"강요할 생각은 없소."

다고미는 몸에 힘을 줄 수가 없었다. 굴복이로군. 음의 기운, 적응하고 받아들이려는 마음이 나를 지배하려는 것 같아. 내가 두려운 건……

"죄송합니다, 다고미 씨."

다고미는 고개를 숙여 보이고 총과 탄알, 상자를 챙겨 다시 가방에 넣었다. 운명. 나는 이 권총을 지녀야만 한다.

"무척 실망하신 것 같습니다."

칠던이 말했다.

"알아차리셨군요."

다고미는 당황스러웠다. 누구나 알게끔 마음속을 드러냈던가? 그는 어깨를 으쓱했다. 틀림없이 그랬을 것이다.

"이 물건을 다른 걸로 바꾸고 싶은 특별한 이유라도 있으십니까?"

칠던이 말했다.

"아닙니다."

다고미는 다시 한 번 자신의 내면을 감추었다. 예전에 그랬던 것처럼.

칠던은 머뭇거리다 입을 열었다.

"혹시 저희 가게에서 구입하신 물건이 맞는지……. 저는 이제 그런 물건을 취급하지 않습니다."

"확실합니다. 하지만 상관없어요. 원하시는 대로 하시오. 기분이 나쁘거나 하지는 않습니다."

다고미가 말했다.

"최근에 새로 들어온 물건을 보여드리겠습니다. 잠깐 시간 있으십니까?"

칠던이 말했다.

다고미는 오래전처럼 가슴이 두근거리는 느낌이었다.

"뭔가 특이한 거라도 있습니까?"

"이리 오십시오."

칠던은 가게를 가로질러 반대편 진열장으로 향했다. 다고미는 그의 뒤를 따랐다.

잠긴 유리 진열장 안에 검은 벨벳으로 덮인 선반이 보였다. 그 위에는 금속으로 만든 작은 소용돌이 모양 장식품이 보였다. 어떤 모양이 존재한다기보다는 어떤 모양을 암시하는 듯했다. 다고미는 허리를 굽히고 자세히 들여다보다가 묘한 감정에 사로잡혔다.

"오시는 손님마다 열심히 보여드리고 있습니다. 이게 어떤 물건인지 아십니까?"

로버트 칠던이 말했다.

"장신구처럼 보이는군요."

다고미가 물건들 가운데 핀을 보고 말했다.

"이것들은 미국 제품입니다. 물론 그렇죠. 하지만 오래된 물건이 아닙니다."

다고미가 고개를 들었다.

"새로운 물건이라는 겁니다."

로버트 칠던의 하얗다 못해 어딘가 칙칙한 얼굴이 열정으로 흔들렸다.

"우리나라의 새로운 삶이라는 거죠. 작고 영원한 씨앗의 형태로 시작하는 겁니다. 아름다움의 씨앗이죠."

관심을 보여야 할 것 같다는 생각에 다고미는 몇 가지 장신구를 손에 들고 한참 동안 자세히 살펴보았다. 그래, 뭔가 새로운 것이 장신구들에 생명을 불어 넣는군. 도의 법칙이 여기서 입증되는군. 음의 기운이 모든 곳을 덮었을 때, 가장 깊은 어둠 속에서 처음으로 움트는 빛이 갑자기 모습을 드러낸다. 우리 모두 그런 모습에 익숙하다. 지금 여기서 내 눈으로 보듯이 예전에도 목격한 적이 있다. 하지만 내게 이 물건들은 그저 잡동사니일 뿐이야. 여기 있는 로버트 칠던 씨처럼 넋을 잃고 보게 되지는 않는군. 안타까운 일이야. 우리 둘 다에게. 하지만 어쩔 수 없는 일이야.

"정말 아름답군요."

다고미는 장신구를 내려놓으며 말했다. 칠던은 힘찬 목소리로 말했다.

"선생님, 그렇게 당장에 생기지는 않습니다."

"네?"

"마음속에 새로운 관점이 생겨나는 것 말입니다."

"당신은 완전히 달라졌군요. 나도 그럴 수 있으면 좋겠소. 나는 그러지 못하니까."

다고미는 고개를 숙여 인사를 했다.

"다음에 또 뵙죠."

칠던은 가게 문 앞까지 따라 나와 배웅하며 말했다. 다고미는 칠던이 다른 물건을 보여주려고 하지도 않았다는 사실을 깨달았다.

"당신이 지나치게 확신하고 있지 않나 의구심이 듭니다. 너무 지나치게 밀어붙이는 것 같기도 하고 말이죠."

다고미가 말했다.

칠던은 움츠러들지 않았다.

"죄송합니다. 하지만 제가 옳습니다. 저는 이 물건들 속에 웅크리고 있는 미래의 싹을 정확히 느낍니다."

"그렇다고 합시다. 하지만 당신네 앵글로색슨족의 열광은 내마음은 흔들지 못하는군요."

그럼에도 다고미는 새로운 희망이 생기는 걸 확실히 느꼈다. 마음속에서 자신만의 희망이 새로 생겨났다.

"안녕히 계십시오."

다고미는 고개를 숙였다.

"일간 다시 뵙겠습니다. 당신의 예언이 어찌 되었는지 확인해볼 수도 있겠지요."

칠던은 아무 말 없이 고개를 숙였다.

다고미는 콜트 44구경 권총이 든 가방을 들고 가게를 떠났다. 나는 가게에 찾아올 때와 똑같은 모습으로 떠난다. 여전히 뭔가를 찾고 있다. 내가 세상으로 돌아가기 위해 필요한 무엇인가는 여전히 찾아내지 못했다.

내가 만일 저 이상하고 뭔지 모를 물건을 하나 산다면? 그걸 지니고 열심히 들여다보고 생각한다면……. 나중에 그 물건을 통해 돌아가는 길을 찾아낼 수 있을까? 그럴 것 같지는 않다.

저 물건들은 칠던에게나 어울리지 내게는 어울리지 않아.

하지만 누구든 자신의 길을 찾아낼 수 있다는 건……. 그 말은 도가 존재한다는 뜻이다. 비록 나는 그것에 도달하지 못한다고 해도.

저 친구가 부럽군.

다고미는 돌아서서 다시 가게로 향했다. 칠던은 아직 가게로 들어가지 않고 문가에 서서 다고미를 바라보고 있었다.

"그거 하나 삽시다. 아무거나 당신이 골라주시오. 믿음이 가지는 않지만 지금은 지푸라기라도 잡고 싶은 심정입니다."

다고미는 칠던을 따라 다시 가게로 들어가 유리 진열장 앞에 섰다.

"믿는 건 아닙니다. 이 물건을 갖고 다니면서 정해진 시간마다 볼 겁니다. 예를 들면 이틀에 한 번씩, 이런 식으로요. 두 달이 지난 뒤에도 별로 마음이 생기지 않으면……."

"다시 가져오시면 전액 환불해드리죠."

칠던이 말했다.

"감사합니다."

다고미가 말했다. 기분이 나아졌다. 가끔은 무엇이든 시도해봐야 하는 거라고 생각했다. 그건 부끄러운 일이 아니다. 오히려 지혜로운 행동이며 상황을 인식했다는 증거다.

"이 물건이 선생님을 차분하게 만들어드릴 겁니다."

칠던이 말했다. 그는 은으로 만든 조그만 삼각형에 구멍 뚫린 물방울 모양 장식들이 달린 걸 꺼내주었다. 아래쪽은 검은

387

색이고 위로는 환하고 밝은 색이 가득했다.

"감사합니다."

다고미가 말했다.

자전거택시를 탄 다고미는 포츠머스 광장으로 향했다. 카니
거리의 경사진 곳에 있는 그 작은 공원에서는 경찰서가 내려다
보인다. 그는 햇빛이 비치는 벤치에 앉았다. 비둘기들이 먹을
걸 찾아 보도 위로 이리저리 돌아다녔다. 다른 벤치에도 추레
하게 보이는 사내들이 앉아 신문을 읽거나 졸고 있었다. 여기
저기 잔디밭에 누워 푹 잠든 것 같은 사람들도 보였다.

다고미는 주머니에서 칠던의 가게 이름이 새겨진 종이봉투
를 꺼냈다. 그는 벤치에 앉은 채 양손으로 종이봉투를 들고 잠
시 햇빛을 만끽했다. 그러고는 봉투를 열고 새로 산 물건을 꺼
내 좁은 잔디밭과 오솔길이 있고 늙은이들이 모여 있는 공원에
서 혼자 살펴보기 시작했다.

그는 은으로 구불구불하게 만든 물건을 들어올렸다. 오후의
햇빛 속에서, 그 물건은 시리얼 상자를 모아서 보내면 상품으
로 받는 싸구려 장신구나 잭암스트롱 확대거울처럼 보였다. 아
니야. 그는 자세히 들여다보았다. 인도의 브라만들이 말하는
'옴'이다. 모든 것을 포착하고 있는, 쪼그라든 점. 크기와 모양,
모두가 암시를 준다. 그는 계속해서 열심히 물건을 살폈다.

칠던이 예언한 대로 이 물건이 다르게 보일까? 5분. 10분. 앉
아 있을 수 있을 때까지 버텨주겠어. 시간, 애석하게도 우리는

그걸 하찮게 여기곤 하지. 내가 들고 있는 이건 뭔가? 아직 시간이 남았을 때 알아보자.

미안하다. 다고미는 장신구를 보며 속으로 말했다. 우리는 늘 일어서서 행동하라고 압력을 받지. 그는 애석해하며 장신구를 챙겨 다시 가방에 넣기 시작했다. 마지막으로 희망을 갖고 보는 거야. 그는 온 마음을 다해 다시 장신구를 세심히 살펴보았다. 마치 아이처럼. 그는 속으로 말했다. 순수함과 믿음을 가진 척해보는 거야. 바닷가에서 조개껍데기를 주워 닥치는 대로 귀에 대보는 아이처럼. 윙윙거리는 소리에서 바다의 지혜를 듣는 아이처럼.

지금 다고미의 경우에는 눈이 귀를 대신한다. 내 안으로 들어가 무슨 일이 벌어진 건지, 그게 무슨 의미인지, 왜 그런 건지 알려다오. 하나의 유한한 장신구 속에 응축된 의미를.

너무 많은 걸 물었는지 아무 대답도 없군.

"들어봐."

다고미는 소리를 낮추어 장신구를 향해 말했다.

"넌 언제든 환불할 수 있어."

낡아서 말을 듣지 않는 시계처럼 세게 흔들어보면 어떨까? 다고미는 위아래로 장신구를 흔들었다. 아니면 아주 아슬아슬한 게임에서 주사위를 던지는 것처럼? 내면에 숨은 신을 깨우는 거야. 혹시라도 신이 잠들었을지도 모르니. 아니면 여행을 떠났을 수도 있지. 예언자 엘리야의 신랄한 풍자를 자극하면서. 어쩌면 신이 뭔가를 찾고 있는지도 몰라. 다고미는 은으로 만든 장신구를 손으로 꼭 쥐고 다시 흔들었다. 큰 목소리로 신을 부르며. 또 다시 상세히 살폈다.

요 쬐그만 녀석. 너는 속이 비었구나. 다고미는 생각했다.

녀석에게 욕을 하고 겁을 주는 거야, 하고 그는 속으로 중얼거렸다.

"인내심이 바닥나고 있어."

그는 조그맣게 말했다.

이제 어쩌지? 시궁창에 던져버려? 입김을 불어보고 흔들고 다시 입김을 불어본다. 내가 게임에서 이기게 해줘.

그는 웃었다. 따뜻한 햇볕 아래서 이런 어리석은 짓에 열중하다니. 누구든 이 꼴을 보면 구경났다고 하겠군. 그는 죄지은 사람처럼 주위를 살펴보았다. 하지만 그를 본 사람은 없다. 노인들은 졸고 있다. 그나마 안심이 되는군.

이제 해볼 건 다 해봤다는 생각이 들었다. 빌어도 보고 깊게 생각도 해봤다. 협박도 해보고 한참을 철학적으로 접근해보기도 했다. 더 해볼 게 뭐가 있을까?

여기 머물 수는 없다. 장신구는 나를 거부했다. 혹시 나중에 또 기회가 있을지도 모른다. 하지만 극작가 W. S. 길버트가 작품에서 말했듯이 '그런 기회는 다시 오지 않는다'. 정말 그런가? 나는 그렇다고 느낀다.

내가 어릴 때는 어린아이처럼 생각했다. 하지만 이제 어린아이 같은 모습은 남아 있지 않다. 이제는 다른 영역으로 찾아 들어가야 한다. 나는 이 물건에 새로운 방식으로 접근해야 한다.

과학적인 방식이어야 한다. 모든 걸 논리적으로 분석해 철저히 연구해야 한다. 고전적인 아리스토텔레스학파의 실험적인 방식으로 말이다.

그는 차 소리나 다른 소음이 들리지 않게 손가락으로 오른쪽 귓구멍을 막았다. 그리고 은으로 만든 삼각형 장신구가 마치 조개껍데기라도 되는 것처럼 왼쪽 귀에 바짝 가져다 댔다.

아무 소리도 들리지 않았다. 바다가 으르렁거리는 소리―실제로는 몸속에서 피가 뛰는 소리지만―조차 나지 않았다.

그렇다면 다른 어떤 감각으로 수수께끼를 풀 수 있을까? 청각은 아무 소용이 없는 것 같았다. 다고미는 눈을 감고 장신구를 손으로 이리저리 만지기 시작했다. 촉각도 소용없었다. 손가락의 감촉으로는 아무것도 알 수 없었다. 후각. 장신구를 코 가까이 가져와 냄새를 맡았다. 희미하게 풍기는 금속성 냄새. 하지만 아무런 의미도 파악할 수 없었다. 미각. 입을 벌리고 장신구가 과자라도 되는 것처럼 살짝 집어 넣었다. 물론 깨물지는 않게 조심했다. 그저 딱딱하고 차가운 물건일 뿐, 아무 의미도 찾을 수 없었다.

다시 손바닥 위에 올려놓았다.

다시 시각으로 돌아왔다. 눈은 그리스식 우선순위로 감각기관 가운데 최고다. 삼각형 장신구를 이리 돌리고 저리 돌리며 자세히 보았다. 가능한 한 모든 방향에서 물건을 살펴보았다.

뭐가 보이지? 그는 스스로 물었다. 오랫동안 참아가며 애써 관찰한 결과는 뭘까? 이 물건 속에서 나와 맞서는 진실의 실마리는 무엇일까?

내놔. 그는 삼각형 은 장신구에게 말했다. 신비로운 비밀을 토해내봐.

깊은 곳에서 끄집어낸 개구리 같군. 다고미는 개구리를 손에 꼭 쥔 채 생각했다. 깊고 축축한 구멍 속에 뭐가 있는지 말하라는 명령을 받은 개구리. 하지만 개구리는 꼼짝도 하지 않는다. 그저 아무 말 없이 돌이나 흙, 광물이 되어버린 것처럼. 죽은 것처럼. 무덤 속 세계에서나 익숙한 단단한 물질로 되돌아와 있었다.

금속은 땅에서 나지. 다고미는 장신구를 자세히 살피며 생각했다. 깊은 땅속에서. 그쪽 세계에서 가장 낮고 빽빽한 곳. 트롤과 동굴의 영역인 땅속은 축축하고 늘 어둡다. 가장 우울한 면을 지닌 음의 세계. 쓰러져 썩어가는 시체들의 세상. 배설물의 세상. 죽은 존재가 모두 모여 켜켜이 쌓인 채 분해되어가는 곳. 불변의 존재들로 채워진 악령의 세계. 과거의 시간들.

하지만 그때, 삼각형 은 장신구가 햇빛을 받아 반짝거렸다. 빛을 반사했다. 불이군. 다고미는 생각했다. 축축하거나 어두운 물체가 전혀 아니야. 무겁지도 지치지도 않았고, 생명력으로 고동치고 있어. 양의 기운을 띤 높은 영역. 우아한 천상세계. 예술품에 어울린다. 그래, 그건 예술가의 영역이다. 어둡고 조용한 땅속에서 광물을 캐내 하늘의 빛을 받아 반짝거리는 형태로 만드는 것.

죽은 자를 다시 살려냈다. 시체는 불타는 듯한 모습으로 바뀌었다. 과거는 미래에 무릎을 꿇었다.

어느 쪽이냐? 다고미는 은 장신구에게 물었다. 어둡고 죽어 있는 음인가, 밝고 살아 있는 양인가? 은 장신구는 그의 손바닥 안에서 춤추며 눈부시게 반짝거렸다. 눈을 가늘게 뜬 그에게 보이는 건 그저 불꽃이 어른거리는 모습뿐이었다.

음의 몸체와 양의 정신. 금속과 불꽃의 일체화. 내면과 외면. 내 손바닥에 작은 우주가 있다.

이 물건이 표상하는 공간은 무엇인가? 천국을 향한 수직 상승인가. 아니면 시간의 수직 상승? 변하기 쉬운 것들로 이루어진 빛의 세계로. 그렇다. 이 물건은 자신의 영혼을 쏟아내고 있다. 바로 빛이다. 그리고 나는 온통 사로잡혔다. 눈길을 돌릴 수가 없다. 꼼짝할 수 없게 최면을 걸듯 반짝거리는 표면을 보고 사로잡혀버렸다. 이제는 내 마음대로 떠날 수도 없다.

이제 내게 말해봐. 다고미는 장신구에게 말했다. 이제 너는 나를 옭아맸어. 눈이 부시도록 깨끗하고 하얀 빛, 티베트 『사자死者의 서書』에 나오는 사후세계에서나 보이는 빛의 목소리를 듣고 싶군. 하지만 죽을 때까지 기다릴 필요는 없다. 이미 썩어가는 내 생명력이 새로운 자궁을 찾아 헤매고 있으니까. 무시무시하고 자비로운 신들. 우리는 그들을 지나칠 것이다. 그리고 연기를 내뿜는 빛도. 그리고 성교 중인 남녀도. 이 빛 말고 다른 모든 것들을 지나칠 것이다. 나는 두려움 없이 맞설 준비가 되었다. 흠칫 물러서지 않는 나를 보라.

업보의 뜨거운 바람이 나를 몰고 가는 게 느껴진다. 나는 여전히 여기 있는데. 내가 해온 훈련은 적중했다. 이 깨끗하고 하얀 빛을 보고 절대 물러서서는 안 된다. 그랬다가는 다시 한 번 탄생과 죽음의 순환 고리에 들게 되어 다시는 자유도 알지 못하고 영영 해탈하지도 못할 것이다. 그리고 환상의 베일이 다시 눈앞을…….

빛이 사라졌다.

그는 손에 들고 있는 건 그런저런 삼각형 은 장신구였다. 그림자가 해를 가리고 있었다. 다고미는 고개를 들었다.

키가 크고 푸른색 제복을 입은 경찰관이 벤치 옆에 서서 웃고 있었다.

"뭐죠?"

다고미가 깜짝 놀라며 물었다.

"그냥 퍼즐 하시는 거 보는 겁니다."

경찰관이 오솔길을 따라 걸으며 말했다.

"퍼즐이라. 이거 퍼즐 아니오."

다고미가 말했다.

"그거 서로 엉킨 걸 떼어내는 퍼즐 아닙니까? 우리 애는 그런 거 잔뜩 가지고 있어요. 어떤 건 어렵더군요."

경찰관은 그렇게 말하며 멀어져갔다.

다고미는 생각했다. 망쳤군. 열반에 다다를 기회였는데. 사라졌어. 저 백인종 야만인, 원시인 양키놈 때문에. 저 인간 같지도 않은 녀석은 내가 유치한 애들 장난감을 갖고 노는 줄 알았군.

벤치에서 몸을 일으킨 다고미는 비틀거리며 몇 걸음 걸었다. 마음을 가라앉혀야 해. 끔찍하고 수준 낮은 인종차별적 욕설은 도움이 되지 않아.

가슴속에서 믿을 수 없이 열정이 솟는군. 다고미는 공원을 걷기 시작했다. 계속 움직이자. 그는 속으로 말했다. 움직임 속의 카타르시스.

그는 공원 언저리에 이르렀다. 카니 거리의 인도였다. 잔뜩 밀린 차량들 때문에 시끄러웠다. 다고미는 인도 끄트머리에서 멈추어 섰다.

자전거택시가 보이지 않았다. 그는 인도를 따라 걷기 시작해 사람들 틈으로 들어섰다. 자전거택시는 정작 필요할 때면 보이지 않는다.

세상에, 저건 뭐지? 그는 멈춰 서서 멍하니 입을 벌리고 스카이라인 위에 보이는 흉물스럽고 기이한 구조물을 바라보았다. 마치 악몽 속에 등장하는 롤러코스터처럼 보이는 것이 시야를 가로막았다. 금속과 시멘트로 된 거대한 건축물이 공중에 떠 있다.

다고미는 구겨진 양복을 입고 지나가는 비쩍 마른 사내를 붙잡았다.

"저게 뭐죠?"

그는 손으로 가리키며 물었다.

사내는 씩 웃었다.

"끔찍하지 않습니까? '엠바카데로 프리웨이'입니다. 저것 때문에 경치가 엉망이 되었다고 하는 사람들이 많죠."

"처음 봅니다."

다고미가 말했다.

"운이 좋으시군요."

사내는 그렇게 말하더니 사라졌다.

이건 미친 꿈이야, 하고 다고미는 생각했다. 깨어나야 해. 오늘 자전거택시는 다들 어디 간 거지? 그는 발걸음을 빨리하기 시작했다. 전체 풍경이 연기가 자욱한 듯 흐릿한 것이 무덤 속 세계 같았다. 뭔가 타는 냄새. 흐릿한 잿빛 건물들, 보도, 이상하리만치 바쁜 사람들. 자전거택시는 여전히 보이지 않았다.

"택시!"

그는 바쁜 걸음으로 걸으며 소리 질렀다.

희망이 없군. 자동차와 버스들뿐이야. 자동차들도 모두 커다랗고 거친 분쇄기같이 눈에 익지 않은 모양이다. 그는 눈길을 돌려 앞만 보고 걸었다. 내 시지각에 전에 없이 지독한 장애가 온 거야. 불안감 때문에 공간감각마저 이상해졌어. 지평선이 일그러져 보였다. 아무 예고 없이 심한 난시가 온 것 같았다.

잠깐 한숨을 돌려야 해. 바로 앞에 초라한 간이식당이 보였다. 안에는 백인들뿐인데 모두 우물거리며 뭔가 먹고 있다. 다고미는 나무로 된 문을 밀고 안으로 들어갔다. 커피 냄새. 다고미는 한쪽 구석에서 괴상한 주크박스가 쏟아내는 음악 소리에 인상을 찌푸리고는 카운터로 다가갔다. 백인들이 의자를 죄다 차지하고 앉아 있었다. 다고미가 소리를 질렀다. 백인 몇 명이 고개를 들었다. 하지만 아무도 자리에서 일어나지 않았다. 아무도 그에게 의자를 양보하지 않았다. 그들은 그저 다시 우물거리며 먹기 시작했다.

"앉아야겠다고!"

다고미는 바로 앞에 앉은 백인의 귀에 대고 크게 고함을 질렀다.

백인 사내는 커피가 담긴 머그잔을 내려놓더니 말했다.

"말조심해, 쪽발이 새끼."

다고미는 다른 백인들을 바라보았다. 모두 적의에 찬 눈으로 그를 보고 있었다. 아무도 일어서려 하지 않았다.

사후세계다. 다고미는 생각했다. 뜨거운 바람이 어딘지 모르는 곳으로 나를 데려간다. 이건 환상이야. 무슨 환상이지? 영혼이 이걸 견딜 수 있을까? 그럴 수 있다. 『사자의 서』를 보면 미리 알 수 있다. 죽고 나서도 다른 이들을 감지할 수 있지만 그들은 우리를 적대적으로 대한다. 모든 이는 각자 혼자다. 어느 쪽을 봐도 도움을 받을 수 없다. 끔찍한 여행. 고통과 재탄생으로 이어지는 세계는 혼란에 빠져 달아나려는 영혼을 언제든지 받아들일 준비가 되어 있다. 망상들.

허둥지둥 간이식당을 빠져나왔다. 뒤에서 문짝들이 앞뒤로 흔들렸다. 그는 다시 인도 위에 섰다.

여기가 어디지? 내가 살던 세계나 공간, 시간이 아니다.

삼각형 은 장신구가 나를 혼란에 빠뜨렸어. 나는 나를 지탱하던 기둥을 잃고 빈 공간에 서 있다. 아무리 노력해도 소용없다. 영원한 교훈이다. 인간은 자신의 지각을 무시하려고 한다. 왜일까? 안내인이나 표지판도 없이 완전히 길을 잃고 헤매기 위해서?

꿈꾸는 기분. 주의를 집중하는 기능이 저하되고 의식이 몽롱해진다. 세상이 무의식의 내용과 완전히 뒤섞여 상징적이고 전형적인 모습으로만 보인다. 마치 최면에 걸린 몽유병 환자 같다. 이 끔찍한 그림자 속 활강을 멈추어야 한다. 그리고 정신을 다시 집중해 자아의 중심을 되찾아야 해.

그는 주머니에 손을 넣어 삼각형 은 장신구를 만지작거렸다. 없다. 공원 벤치에 가방과 함께 두고 왔다. 큰일이다.

몸을 숙이고 뒤로 돌아 인도를 따라 공원으로 뛰었다.

공원에서 졸던 부랑자들이 오솔길을 따라 허둥지둥 다가오는 그를 놀란 눈으로 바라보았다. 저기, 저 벤치다. 그 위에 아직 가방이 그대로 놓여 있다. 삼각형 은 장신구는 보이지 않았다. 여기저기 뒤졌다. 있다. 잔디밭에 떨어져서 잘 보이지 않았다. 그가 화가 나 던져버린 그곳이었다.

다고미는 헐떡거리며 벤치에 다시 앉았다.

다시 삼각형 은 장신구에 집중하자. 한숨 돌린 다고미는 속으로 말했다. 열심히 들여다보며 수를 세는 거야. 열을 센 다음 깜짝 놀랄 만큼 크게 소리를 지르자. 예를 들면 '잠 깨'라든지.

멍청한 백일몽이야. 그는 생각했다. 때 묻지 않은 진짜 어린 시절보다는 어딘가 건전하지 못한 경쟁심이 가득했던 청소년기처럼 느껴진다. 아무튼 그 정도가 내게는 적당하다.

모든 게 내 잘못이다. 칠턴이나 물건을 만든 장인의 의도는 관계가 없다. 비난해야 하는 건 내 욕심이다. 누구도 이해하라고 강요할 수 없다.

그는 천천히 큰소리로 수를 세다가 벌떡 자리에서 일어섰다.

"빌어먹을, 이렇게 멍청해서야."

그는 날카롭게 외쳤다.

안개가 개었나?

주위를 둘러보았다. 퍼진 안개가 많이 가라앉은 느낌이었다. 이제야 성 바오로의 어휘 선택이 얼마나 예리했는지 알 것 같다……. 유리 너머로 어슴푸레하게 보인다는 건 비유가 아니라 시각적 뒤틀림을 통찰력 있게 언급한 것이다. 우리는 진정 난시인 눈으로 세상을 본다. 근본적인 의미에서 그렇다. 우리의 공간과 시간, 우리의 정신에서 만들어낸 창조물들. 이런 것들이 순간적으로 흔들리기 때문이다. 마치 종이에 극심한 장애가 생긴 것처럼.

가끔 우리는 균형감각을 모두 잃은 채 괴상한 모습으로 기울기도 한다.

다고미는 다시 벤치에 앉아 은 장신구를 코트 주머니에 넣고 가방을 무릎 위에 놓았다. 이제 내가 꼭 해야 하는 일은 가서 그 불길한 건축물이 아직 보이는지 확인하는 일이다. 그거 이름이 뭐라고 했지? 그래, 엠바카데로 프리웨이.

그러나 그는 두려웠다.

그렇다고 여기 마냥 앉아 있을 수는 없어. 그는 생각했다. 해야 할 일이 쌓였다.

딜레마.

작은 중국인 소년 두 명이 재잘거리며 지나가고 있었다. 비둘기들이 푸드덕 날았다. 아이들이 잠시 멈추어 섰다.

다고미는 주머니에 손을 넣으며 아이들을 불렀다.

"얘들아, 이리 좀 와봐."

아이들이 머뭇거리며 다가왔다.

"여기 동전을 주마."

다고미가 동전을 던져주자 아이들이 바싹 다가왔다.

"카니 거리에 가서 혹시 자전거택시가 있는지 보고 와서 내게 말해주렴."

"갔다 오면 또 돈 주실 거예요?"

아이 하나가 말했다.

"그래. 하지만 본 대로 말해야 해."

다고미가 말했다.

아이들은 길을 따라 달려갔다.

자전거택시가 없으면……. 그건 외딴 곳으로 가서 자살하라는 계시다. 그는 가방을 힘껏 움켜쥐었다. 아직 권총이 들어 있다. 어려울 것 없다.

아이들은 금세 돌아왔다.

"여섯 대요! 세어봤는데 여섯 대였어요."

한 아이가 소리 질렀다.

"제가 본 건 다섯 대였어요."

400

다른 녀석이 헉헉대며 말했다.

"진짜 자전거택시였니? 운전수가 페달을 밟아서 가는 건지 봤어?"

다고미가 말했다.

"네."

아이들이 합창하듯 말했다.

아이들에게 10센트짜리 동전을 하나씩 주었다. 아이들은 인사를 하고는 달려가버렸다.

사무실로 돌아가 일하자. 다고미는 생각했다. 그는 벤치에서 일어나 가방 손잡이를 잡았다. 할 일이 있어. 다시 뻔한 하루로 돌아가는 거야.

그는 다시 오솔길을 따라 인도로 향했다.

"택시!"

자동차들 사이에서 자전거택시가 모습을 드러냈다. 인도 옆으로 와 멈춘 운전수는 거무스름한 얼굴이 번질거렸고 가슴이 아래위로 들썩였다.

"네, 선생님."

"니폰타임스 빌딩으로 갑시다."

다고미가 자전거택시에 올라 편하게 자리를 잡고 앉으며 말했다.

자전거택시 기사는 힘차게 페달을 밟으며 다른 택시와 자동차들 사이로 달렸다.

다고미는 정오가 조금 못 되어 니폰타임스 빌딩에 도착했다. 그는 로비에서 교환수에게 지시해 위쪽 사무실에 있는 램지와 전화를 연결했다.

"다고미일세."

전화가 연결되자 그가 말했다.

"안녕하십니까. 이제야 안심이 되는군요. 10시가 되어도 출근을 하지 않으셔서 걱정스러워 댁으로 전화를 드렸습니다. 그런데 사모님 말씀으로는 어디론가 나가셨다고 하더군요.

"사무실은 정리가 끝났나?"

다고미가 물었다.

"아무 흔적도 남지 않았습니다."

"틀림없겠지?"

"믿으셔도 됩니다."

대답에 만족한 다고미는 전화를 끊고 엘리베이터로 향했다.

위로 올라가 사무실에 들어선 다고미는 잠시 주위를 둘러보았다. 눈에 띄지 않게 곁눈질로 살폈다. 아래에서 들은 대로 아무 흔적도 없었다. 안심이 되었다. 직접 보지 않고는 도무지 알 수 없을 것이다. 바닥에 깔린 나일론 타일에 들러붙은 역사성은……

램지가 사무실에서 기다리고 있었다.

"용감한 행동을 하셨다면서 이 아래 타임스 사에서도 칭송이 자자합니다. 기사로도 났는데……"

램지는 다고미의 표정을 보더니 입을 다물었다.

"급한 문제부터 처리하지. 데데키 장군은? 야타베 씨 행세를 하던 분 말이야."

다고미가 말했다.

"비밀리에 비행기를 타고 도쿄로 가셨습니다. 여기저기 미끼를 뿌려 움직임이 드러나지 않도록 했습니다."

램지는 행운을 비는 뜻으로 손가락 두 개를 꼬아 보였다.

"바이네스 씨는 어떻게 되었는지 말해주게."

"모르겠습니다. 안 계실 때 잠시 슬그머니 들르셨는데, 이야기는 나누지 않았습니다."

램지가 머뭇거리며 덧붙였다.

"독일로 돌아간 것 같습니다."

"본국으로 돌아가는 편이 훨씬 낫겠지."

다고미는 혼잣말처럼 말했다. 상황이 어떻든, 지금 더 걱정스러운 쪽은 노장군이다. 그리고 그건 내가 어쩔 수 있는 일이 아니야. 다고미는 생각했다. 나와 내 사무실. 그들은 이곳에서 나를 이용했다. 당연하고도 옳은 일이었다. 나는 그들의…… 뭐랄까? 두 사람의 보호막이었을까?

나는 진실을 감추는 가면이다. 내 뒤에서는 엿보는 눈들을 피해 실제 상황이 진행된다.

이상하군. 그는 생각했다. 중요한 부분은 가끔 그저 종이 껍데기에 지나지 않을 때가 있다. 그것만 이해할 수 있어도 작은 깨달음을 얻는다. 환각의 계획에 담긴 전체적인 목적을 가늠할 수만 있다면. 경제의 법칙. 가치 없는 것은 존재하지 않는다.

심지어 실제가 아닌 것일지라도. 참으로 웅장한 일이 진행되고 있군.

에프레이키언 양이 불안한 표정으로 나타났다.

"저, 로비에서 연락이 왔습니다."

"침착해요."

다고미가 말했다. 시간의 흐름이 우리를 재촉하는군.

"독일 영사가 와 있습니다. 만나 뵙고 싶어합니다."

에프레이키언은 다고미를 보다가 램지를 보고 다시 다고미 얼굴을 보았다. 그녀의 얼굴은 부자연스러울 정도로 창백했다.

"사람들 말로는 이른 오전에도 왔다는데, 그때는 안 계셔서……."

다고미는 손을 저어 그녀의 말을 막았다.

"램지. 영사 이름이 뭐였지?"

"후고 라이스 남작입니다."

"이제야 기억나는군."

흠, 어쨌든 칠던이 권총을 다른 물건으로 바꾸어주지 않은 게 내게 도움이 된 건 분명하군.

다고미는 가방을 든 채로 사무실을 나와 복도로 향했다.

복도에는 덩치가 조금 있고 잘 차려입은 백인이 한 명 서 있었다. 짧게 자른 오렌지색 머리칼에 반짝거리는 검은색 옥스퍼드 구두. 등을 곧게 세운 자세. 그리고 여성적으로 보이는 상아 파이프. 틀림없이 영사였다.

"라이스 씨?"

다고미가 말했다.

독일인이 고개를 숙였다.

"이전에는 저와 문서나 전화 등으로 업무를 진행하셨죠. 하지만 얼굴은 이렇게 처음 뵙는군요."

"영광입니다."

라이스가 다고미에게 다가서며 말을 이었다.

"아무리 상황이 짜증스럽고 괴롭더라도 말입니다."

"글쎄요."

다고미가 말했다.

독일인은 눈썹을 추켜세웠다.

"죄송합니다. 말씀하신 상황 때문에 제가 조금 정신이 없군요. 누군가는 진흙으로 빚어 만든 존재의 유약함이라고 결론 내릴지도 모르겠군요."

"끔찍한 일입니다."

라이스가 고개를 흔들며 입을 열었다.

"제가 처음에……."

"설명을 시작하시기 전에 먼저 드릴 말씀이 있습니다."

다고미가 말했다.

"그러시죠."

"제가 직접 당신네 보안국 요원 두 명을 총으로 쏘았습니다."

다고미가 말했다.

"샌프란시스코 경찰이 불러서 갔었습니다."

라이스는 기분 나쁜 냄새를 풍기는 담배연기를 주위로 뿜어

대며 말했다.

"몇 시간 동안 카니 거리에 있는 경찰서와 시신 안치소를 돌아다녔습니다. 그리고 당신네 사람들이 담당 경찰관에게 제출한 진술서를 읽어봤습니다. 처음부터 끝까지 끔찍하더군요."

다고미는 아무 말 없이 듣기만 했다.

"하지만 그 괴한들이 독일과 연관이 있다는 주장은 근거가 없습니다."

라이스는 계속 이야기했다.

"제가 알기에는 사건 전체가 정신 나간 일이더군요. 정말이지 아주 적절하게 행동하셨다고 봅니다. 다고리 씨."

"다고미입니다."

"아무튼 악수를……."

영사는 손을 내밀며 말했다.

"이 문제는 다시 거론하지 않기로 신사답게 합의하십시다. 별 가치도 없는 일입니다. 특히 말도 안 되는 기사 하나가 군중심리에 불을 붙일 수 있는 이런 심각한 시기에는 양국의 이익에 손상을 가져올 수 있습니다."

"그럼에도 제 영혼은 죄책감을 느끼고 있습니다. 라이스 씨, 피라는 건 잉크처럼 쉽게 지워지지 않는 거니까요."

다고미가 말했다.

독일 영사는 영 입장이 곤란한 모양이었다.

"용서를 간절히 바라는 마음입니다."

다고미가 말했다.

"하지만 영사께서 저를 용서해주실 수는 없죠. 아마 그럴 수 있는 사람은 어디에도 없을 겁니다. 오래전 매사추세츠 주의 성직자였던 코튼 매더의 유명한 일기를 읽어보려고 합니다. 듣기로는 죄책감과 지옥의 불 이야기 등이 담겼다고 하더군요."

독일 영사는 다고미의 얼굴을 똑바로 바라보며 급히 담배를 피웠다.

"알려드릴 것이 있습니다."

다고미가 말했다.

"지금 귀국은 그 어느 때보다 비열한 짓을 하려고 합니다. 혹시 주역의 감괘坎卦를 아십니까? 일본 관리가 아닌 개인으로서 분명히 말씀드립니다. 두려워서 심장이 아플 지경입니다. 과거에 없던 피바람이 다가오고 있습니다. 하지만 지금도 당신은 보잘것없고 이기적인 이익이나 목적을 추구하고 있습니다. 경쟁기관인 보안국을 속이려는 겁니까, 네? 당신이 크로이츠 폼 메레를 곤경에 몰아 넣는 사이……."

말을 이을 수가 없었다. 가슴이 조여왔다. 어릴 때와 비슷해. 다고미는 생각했다. 어머니에게 신경질을 부릴 때면 도지곤 하던 천식.

"지병입니다."

다고미는 라이스에게 말했다. 라이스는 이제 담배를 끈 상태였다.

"아주 오랫동안 앓던 병인데, 당신네 나라 지도자들의 무모한 행위에 관한 이야기를 어쩔 수 없이 들은 날부터 아주 끔찍한 지경이 되어버렸습니다. 어쨌거나 완치될 가능성은 전혀 없습니다. 당신도 마찬가지 신세입니다. 제대로 기억하고 있는지 모르겠지만 코튼 매더의 말을 빌리자면 이렇습니다. '참회하라!'"

독일 영사는 쉰 목소리로 말했다.

"제대로 기억하시는 겁니다."

그는 고개를 끄덕이며 떨리는 손으로 새 담배에 불을 붙였다.

사무실에서 램지가 서류 같은 걸 들고 나왔다. 그리고 아무말 없이 서서 숨을 고르려고 애쓰는 다고미에게 다가갔다.

"영사께서 와 계신 동안 처리하시죠. 영사관 직무와 관련된 일상 절차입니다."

다고미는 램지가 내미는 서류를 반사적으로 받아 들고 흘깃 내려다보았다. 20-50번 서식이었다. 독일제국이 태평양연안연방 주재 대리인인 후고 라이스 영사를 통해 지금 샌프란시스코 경찰국에서 신병을 보호하고 있는 중죄인을 넘겨달라며 보낸 문서였다. 이름이 프랭크 핑크라는 유태인은 독일제국 법률에 따라 1960년 6월로 소급하여 독일 시민이라고 했다. 독일 법률의 적절한 보호를 받기 위해, 어쩌고저쩌고. 다고미는 서류를 다시 한 번 훑어보았다.

"펜 여기 있습니다."

램지가 말했다.

"서명하시면 독일 정부와 관련된 일은 끝입니다."

램지는 혐오감이 담긴 눈으로 영사를 보며 다고미에게 펜을 내밀었다.

"아니야."

다고미가 말했다. 그는 일단 서류를 램지에게 돌려주었다. 그러더니 다시 서류를 낚아채듯 가져가 아래쪽에 '훈방. 샌프란시스코 무역대표부. 1947년 군사협정 참조. 다고미'라고 갈겨썼다. 다고미는 서류 사본 한 장을 독일 영사에게 넘겨주고 또 다른 사본과 원본을 램지에게 건네주었다.

"안녕히 가십시오, 라이스 씨."

다고미는 고개를 숙였다.

독일 영사도 고개를 숙였다. 굳이 서류 내용을 보려고 하지도 않았다.

"앞으로는 우편이나 전화, 전신 등 매개수단을 이용해 처리해주시기 바랍니다. 직접 오시지 말고 말입니다."

다고미가 말했다.

"지금 당신은 내 능력으로 어쩔 수 없는 상황을 책임지라고 요구하고 있습니다."

독일 영사가 말했다.

"허튼소리. 이게 내 대답입니다."

다고미가 말했다.

"이건 제대로 배운 사람이 일하는 방식이 아닙니다."

영사가 말을 이었다.

"상황을 온통 불쾌하고 보복적인 쪽으로 몰아가시는군요. 이런 일은 개인적인 감정이 배제되도록 단순하고 형식적으로 처리해야 합니다."

그는 담배를 복도 바닥에 던지고는 돌아서서 성큼성큼 걸었다.

"그 냄새나는 담배도 가져가시오."

다고미가 작은 소리로 중얼거렸지만 영사는 이미 모퉁이를 돌아 사라진 뒤였다.

"어린애같이 굴었어."

다고미는 램지에게 말했다.

"자네한테 역겹고 유치한 모습을 보여주고 말았군."

그는 비틀거리며 자신의 사무실로 돌아가기 시작했다. 그런데 숨을 전혀 쉴 수가 없었다. 왼쪽 팔을 따라 통증이 느껴지는 동시에 커다란 손바닥이 갈비뼈를 짓누르는 느낌이 들었다. 저절로 신음이 나왔다. 눈앞에 카펫은 보이지 않고 그저 빨간 불꽃이 춤추며 솟는 모습만 보였다.

도와줘, 램지. 다고미는 말했다. 하지만 입에서는 아무 소리도 나오지 않았다. 제발. 다고미는 손을 뻗고 비틀거렸다. 하지만 아무것도 잡히지 않았다.

그는 바닥에 쓰러지면서 코트 주머니 속에 든 삼각형 은 장신구를 움켜쥐었다. 칠던이 꼭 사라고 권했던 물건이다. 나를 구해주지 않았군. 다고미는 생각했다. 도움이 되지 않았어. 그렇게 애썼는데.

그는 양손과 무릎을 짚으며 바닥에 고꾸라졌다. 코가 바닥에 닿다시피 한 채 숨을 헐떡거렸다. 램지가 소리를 지르며 뛰어왔다. 평정을 찾아야 해, 하고 다고미는 생각했다.

"심장에 문제가 조금 생긴 것 같군."

다고미는 간신히 말했다.

여러 사람이 다고미에게 달려들어 그를 소파 위로 옮겼다.

"침착하세요."

누군가 그에게 말했다.

"아내에게 연락해주게."

다고미가 말했다.

금세 구급차 소리가 들렸다. 주변이 한층 부산스럽다. 사람들이 분주히 오갔다. 누군가 그에게 겨드랑이까지 담요를 덮어주고 넥타이와 옷깃을 풀었다.

"이제 좀 낫군."

다고미가 말했다. 편하게 누워 움직이지 않으려고 애썼다. 어쨌거나 경력은 이걸로 끝이군. 독일 영사는 분명히 그냥 넘어가지 않을 것이다. 무례한 행위라며 항의하겠지. 어쨌든 일은 끝났다. 할 수 있는 건 다 했다. 나머지는 도쿄 그리고 독일 파벌들이 알아서 할 일이다. 어쨌든 내 힘이 미치지 않는 싸움이다.

나는 그저 플라스틱 산업과 관련된 일이라고 생각했다. 고급 주형을 팔러 오는 사업가. 주역이 예언을 하고 실마리를 주었지만…….

"셔츠를 벗겨요."

누군가 소리를 질렀다. 아마 이 건물 전담의사일 것이다. 상당히 권위적인 어투다. 다고미는 웃음을 지었다. 어투가 모든 걸 결정한다.

이게 대답이 될까? 다고미는 궁금했다. 신제라는 유기체의 신비. 몸은 스스로 알고 있다. 멈출 시간이다. 아니 부분적으로 멈출 시간. 내가 묵인해야 하는 목적.

주역이 마지막으로 말한 건 무엇이었지? 죽은 사내와 죽어가는 사내가 쓰러져 있는 사무실에서 찾아본 점괘였다. 61번. '내면의 진리'. 점사에 등장하는 돼지와 물고기는 생물 가운데 가장 똑똑하지 못한 것들이다. 이해시키기 어려운 존재. 그게 나였어. 주역이 말하는 존재는 나다. 나는 절대로 모든 걸 이해할 수 없을 것이다. 그게 그런 생물들의 특성이다. 아니면 지금 내게 벌어지는 일이 '내면의 진리'인 걸까?

기다리자. 알게 될 거야. 어느 쪽인지.

양쪽 모두일지도 모른다.

그날 저녁식사를 마치고 나자, 경찰관 하나가 프랭크 프링크가 갇힌 방으로 찾아와 문을 열어주더니 밖으로 나가 들어올 때 맡긴 물건을 찾아가라고 했다.

잠시 뒤 프랭크는 카니 거리에 있는 경찰서 밖 인도에서 바삐 오가는 사람들 사이에 서 있었다. 버스들과 경적을 울려대는 자동차들, 고함을 질러대는 자전거택시 운전수들이 보였다. 바람이 쌀쌀했다. 건물들마다 그림자를 길게 드리웠다. 프랭크는 잠시 멍하니 서 있었지만 이내 자신도 모르게 교차로 횡단보도를 지나는 많은 사람들 사이로 섞여들었다.

별 이유도 없이 체포당했던 거야. 그는 생각했다. 아무 목적도 없었어. 놓아줄 때도 마찬가지였어.

경찰관들은 아무 말도 해주지 않고 그저 옷가지와 지갑, 시계, 안경, 그 밖에 개인 소지품이 든 가방을 내줬다. 그리고 바로 다른 취객을 상대하느라 바빴다.

기적이야. 그는 생각했다. 나를 이렇게 풀어주다니. 뭔지 모를 요행이지. 원래대로 하자면 나는 독일행 비행기에 올라타 가스실로 향하고 있었을 거야.

아직도 믿을 수가 없었다. 체포된 일도 풀려난 일도. 현실 같지 않았다. 그는 문을 닫은 상점들 앞을 지나 바람에 날리는 쓰레기를 밟으며 이리저리 돌아다녔다.

새 삶이군. 다시 태어난 것 같아. 지옥에서 다시 태어나는 것처럼. 지옥은 지옥이지.

누구에게 감사해야 하지? 기도라도 해야 하나?

누구에게 기도하지?

이해할 수 있으면 좋겠군. 그는 속으로 그렇게 말하며 모두가 바쁘게 움직이는 저녁, 네온사인과 요란한 술집 출입문이 즐비한 그랜트 거리를 따라 움직였다. 어떻게 된 일인지 알고 싶다. 알아야 해.

하지만 그는 결코 알지 못하리라는 걸 스스로 알았다.

그냥 기뻐하자. 그리고 계속 살아가는 거야.

그는 마음 한구석에서 선언하듯 말했다. 그리고 에드에게 돌아가는 거야. 지하 작업장으로 돌아가는 길을 찾아야 해. 내 손으로 장신구를 만들던 곳, 내가 떠났던 곳에서 다시 시작하는 거야. 아무 생각 없이 일하자. 올려다보거나 이해하려 애쓰지 말고. 바쁘게 지내야 해. 물건들을 만들어내야 해.

어두워진 도시를 한 구역씩 지날 때마다 발걸음이 급해졌다. 그가 속했던 확고하고 이해할 수 있는 장소로 될 수 있는 한 빨리 돌아가기 위해 몸부림쳤다.

작업장에 도착해 보니, 에드 매카시는 긴 의자에 앉아 저녁을 먹고 있었다. 샌드위치 두 조각, 보온병에 든 차, 바나나 한 개에 쿠키 몇 개가 저녁이었다. 프랭크는 문가에 서서 숨을 몰아쉬었다.

마침내 에드가 기척을 느끼고 뒤를 돌아보았다.

"죽은 줄 알았어."

그는 음식을 씹어서 꿀꺽 삼키더니 다시 한 입 베어 물었다.

에드는 긴 의자 옆에 작은 전기난로를 켜두었다. 프랭크는 난로 앞에 쭈그리고 앉아 손을 녹였다.

"다시 보게 되어 다행이네."

에드가 말했다. 그는 프랭크의 등을 두 번 두드리고는 다시 샌드위치를 먹기 시작했다. 더는 아무 말도 하지 않았다. 들리는 소리라고는 전기난로의 팬이 돌아가는 소리와 에드가 음식 씹는 소리뿐이었다.

프랭크는 코트를 의자 위에 걸쳐 두고 절반쯤 완성한 은제품들을 들고 작업대로 향했다. 굴대에 연마용 양모를 끼우고 모터를 켰다. 프랭크는 연마기에 연마제를 바르고 안구보호용 마스크를 착용하고는 의자에 자리를 잡고 앉아 아직 완성하지 못한 제품들을 차례로 연마기에 대고 문지르기 시작했다.

15

루돌프 베게너 대위는 이제 의료자재 도매상인 콘라드 골츠라는 이름으로 여행하고 있었다. 그는 루프트한자 ME9-E 로켓 창밖을 내다보았다. 정말 빠르군. 그는 생각했다. 약 7분 뒤면 템펠호프 공항에 도착한다.

내가 뭘 해냈는지 모르겠군. 그는 점점 크게 보이는 땅덩어리를 보며 생각했다. 이제 데데키 장군에게 달렸다. 그가 본도에서 뭘 할 수 있느냐에 달렸어. 그래도 어쨌든 그들에게 정보를 전달한 셈이다. 우리는 최선을 다했어.

하지만 낙관할 만한 근거는 없어. 어쩌면 일본인들에게 독일의 국내 정치 상황을 바꿀 방안이 전혀 없을 수도 있으니까. 이제 괴벨스 정부가 들어섰고, 아마도 계속 버텨낼 거야. 일단 안정을 되찾으면 분명히 민들레 작전에 대해 논의할 것이다. 그

415

리고 지구의 또 다른 주요 지역이 파괴되고 사람들이 학살당하겠지. 그것도 광적인 이상 때문에.

결국 나치가 온 세계를 멸망시킨다면? 불모의 잿더미로 만든다면? 그들은 그럴 수 있다. 수소폭탄을 갖고 있으니까. 분명히 그들은 그렇게 할 것이다. 그들이 궁극적으로 바라는 건 '신들의 황혼'이다. 어쩌면 그들은 인류 모두가 최후의 대학살을 맞는 상황을 진정으로 바라는지도 모른다. 그리고 실제로 그렇게 되도록 애쓰고 있는지도 모른다.

그럼 뭐가 남지? 미친 짓 같은 3차 세계대전? 전쟁이 일어나면 세상의 모든 생명이 멸종할까? 우리 손으로 지구를 죽음의 행성으로 만드는 건 언제일까?

믿을 수가 없었다. 지구의 모든 생명이 파괴된다고 해도 어딘가에 우리가 알지 못하는 생명이 살아남을 것이다. 우리가 사는 세상만이 전부일 리가 없다. 우리에게 보이지 않는 세상이 여럿 존재하는 것이 분명하다. 그저 우리가 인식하지 못하는 지역이나 차원에 존재할 뿐이다.

증명할 수는 없지만, 논리적이지는 않지만, 그렇게 믿고 있어. 그는 속으로 말했다.

스피커에서 방송이 흘러나왔다.

"승객 여러분께 안내말씀 드립니다."

착륙할 때가 된 모양이군. 분명히 보안국 녀석들이 기다리고 있겠지. 문제는 어느 쪽 당파에 속한 자들이 나오느냐다. 괴벨스? 하이드리히? 친위대 장관인 하이드리히가 아직 살아 있다고 가정하자. 내가 이 로켓에 타고 있는 동안 그는 체포되어 총살당했을 수도 있다. 전체주의 사회에서 권력 이양 시기에는 모든 일이 빠르게 진행된다. 나치 독일에서는 늘 제거할 사람들 명단을 만들고 들여다본다.

몇 분 뒤 로켓이 착륙하자 그는 벌떡 일어나 외투를 걸치고 출입문 쪽으로 움직이기 시작했다. 앞뒤로 긴장한 모습의 승객들이 줄지어 섰다. 이번에는 그 젊은 나치 예술가가 보이지 않는군. 지난번에 바보 같은 얘기로 나를 괴롭혔던 로체는 타지 않았어.

정복을 차려입은 항공사 직원 하나가 승객들이 착륙장으로 내리는 걸 하나하나 도와주고 있었다. 베게너 눈에 그의 복장이 마치 독일군 원수元帥처럼 보였다. 착륙장에 검은 셔츠를 입은 사람들 몇 명이 모여 서 있었다. 나를 맞으러 왔나? 베게너는 로켓에서 천천히 걸어 나오기 시작했다. 조금 더 떨어진 곳에서 사람들이 승객들을 기다리며 손을 흔들고 소리를 지르고 있었다. 어린아이들도 몇 명 보였다.

검은 셔츠를 입은 사내들 가운데 한 명, 금발에 얼굴이 넙데데하고 눈이 부리부리한 사내가 재빨리 베게너에게 다가왔다. 무장친위대 기장을 단 사내는 목이 긴 부츠의 뒷굽을 소리 나게 모으며 한쪽 손을 들어 경례를 했다.

"죄송합니다만, 방첩국 소속 베게너 대위 아니십니까?"

사내는 독일어로 물었다.

"죄송합니다. 저는 콘라드 골츠라고 제약회사에 다니는 사람입니다."

베게너는 그냥 자리를 떠나려 했다.

검은 셔츠에 마찬가지로 무장친위대 기장을 단 사내 둘이 다가왔다. 베게너는 원래 가려던 방향으로 움직이고 있었지만 세 명이 그를 둘러싸는 바람에 느닷없이 붙잡힌 셈이 되어버렸다. 무장친위대 두 명은 풍성한 코트 속에 기관단총을 숨기고 있었다.

"당신 베게너 맞잖아."

공항 건물로 들어서자 사내 가운데 하나가 말했다.

베게너는 아무 말도 안 했다.

"차를 대기시켜 놓았소."

사내가 계속 말했다.

"우리는 당신이 로켓에서 내리는 즉시 친위대 하이드리히 장관에게 데려오라는 명령을 받았소. 하이드리히 장관은 제프 디트리히와 함께 경호사단 사령부에 계시오. 당신이 군이나 당의 다른 인사와 접촉하지 못하게 하라는 특별지시가 있었소."

그럼 총살을 당하지는 않겠군. 베게너는 속으로 생각했다. 하이드리히는 죽지 않고 안전한 곳에 피신한 채 괴벨스 정권에 맞서 자신의 위치를 강화하려 애쓰고 있다.

어쩌면 괴벨스 정권은 결국 무너질지도 몰라. 베게너는 대기하고 있던 친위대의 승용차에 오르면서 생각했다. 무장친위대의 소규모 부대가 야간에 갑자기 이동한다. 총통 집무실을 지키던 병력이 교체된다. 베를린의 각 경찰서마다 갑자기 무장한 보안국 요원들이 쏟아져 나와 사방으로 흩어진다. 방송국이 점령되고 전기가 끊기고 공항도 폐쇄된다. 어두운 가운데 시내에서 기관총 소리가 울린다.

하지만 그게 무슨 상관인가? 괴벨스 박사가 자리에서 쫓겨나고 민들레 작전이 중단된들 뭐가 달라진단 말인가? 검은 셔츠를 사내들과 당은 그대로 있을 테고, 꼭 동양이 아니더라도 어딘가를 파괴하려는 계획은 사라지지 않을 것이다. 화성이든 금성이든.

다고미가 견디지 못할 만도 하지. 그는 생각했다. 우리 삶의 끔찍한 딜레마지. 무슨 일이 벌어지든 더할 나위 없는 불행이라는 것. 그럼 뭐 하러 아등바등한단 말인가? 선택할 이유는 뭐란 말인가? 어느 쪽을 골라도 마찬가지라면······.

그래도 우리는 지금까지 그랬던 것처럼 분연히 전진한다. 하루 또 하루. 지금 당장 우리는 민들레 작전을 분쇄하고 있다. 훗날 또 다른 순간에 우리는 보안국을 없애려 애쓸 것이다. 하지만 모든 걸 한꺼번에 해결할 수는 없다. 모든 일에는 순서가 있다. 조금씩 풀어나가는 과정이다. 우리는 각 단계마다 선택을 함으로써 마지막 순간을 결정하기에 이른다.

베게너는 생각했다. 희망을 갖는 수밖에. 그리고 노력하는 거야.

어딘가 다른 세상에서는 다를 수도 있겠지. 더 나을 수도 있다. 깔끔하고, 좋고 나쁜 선택이 명확하게 구분될 수도 있다. 그 세상은 이렇게 모호하게 뒤섞인 상태, 얽히고설킨 상태를 풀

적절한 수단도 없는, 그런 모습이 아닐 것이다.

우리가 사는 곳은 우리가 바라는 이상적인 세계, 인식이 용이하기 때문에 도덕적 행동도 수월하게 이루어지는 그런 세계가 아니다. 그런 세계에서는 옳고 그름을 명백하게 인식할 수 있으니 별 노력 없이도 옳은 행동을 할 수 있겠지.

승용차는 베게너 대위를 뒤에 태우고 출발했다. 그의 양쪽에는 무릎에 기관단총을 올려놓은 검은 셔츠들이 앉았다. 다른 검은 셔츠 한 명은 운전석에 앉았다.

지금 이런 상황도 속임수라면? 베게너는 빠른 속도로 베를린 시내를 달리는 승용차에 앉아 생각했다. 이들은 나를 경호사단 사령부에 있는 하이드리히 친위대 장관에게 데려가는 것이 아니다. 당 교도소로 데려가 고문하다가 결국 죽일지도 모른다. 하지만 이건 내가 고른 길이다. 나는 독일로 돌아오는 걸 선택했다. 방첩국 사람들을 만나 보호받기 전에 붙잡힐 수도 있는 상황을 선택한 것이다.

죽음은 어느 순간에나 어느 곳에서나 열린 길이다. 그리고 우리는 언젠가 자신의 의사와 관계없이 그 길로 간다. 아니면 모든 걸 포기하고 고의로 그 길을 선택하거나. 그는 베를린의 주택들이 스쳐 지나는 모습을 바라보았다. 내 동포들. 그는 생각했다. 우리 다시 만났구나.

그는 보안국 사내 세 명에게 말했다.

"어떻게 되어가고 있소? 최근에 정치 상황에 뭔가 변화가 있소? 나는 몇 주 멀리 나가 있었소. 실은 보르만 총통이 서거하기 전에 떠났지.”

오른쪽에 앉은 사내가 대답했다.

“당연히 괴벨스 박사를 지지하는 흥분한 군중이 잔뜩 모여 지지를 표현했소. 그들 덕분에 괴벨스 박사가 자리를 차지했지. 하지만 사람들이 제정신을 차린다면 거짓말과 주문으로 대중을 흥분시키는 방식에 집착하는 절름발이 선동 정치가를 지지하고 싶지는 않을 거요.”

“알겠소.”

베게너가 대답했다.

내분이 낳는 증오는 여전하군. 베게너는 생각했다. 어쩌면 씨앗이 바로 그 속에서 자라고 있는지도 모른다. 그들은 결국 서로를 잡아먹을 테고, 우리 가운데 일부는 세상 여기저기 살아남겠지. 그렇게 남은 사람들로도 다시 한 번 모든 걸 세우고 희망을 품고 몇 가지 어렵지 않은 계획을 세우기에는 충분할 것이다.

오후 1시에 줄리아나 프링크는 와이오밍 주 샤이엔에 도착했다. 시내의 상가 근처로 간 그녀는 거대하고 낡은 기차역 건너편 담배 가게에 들러 석간신문 두 부를 샀다. 길가에 차를 세운 그녀는 신문 속에서 자신이 찾던 기사를 발견했다.

끔찍한 난자로 끝난 휴가

경찰은 덴버의 프레지던트 가너 호텔의 고급 객실에서 남편을 잔인하게 난자한 혐의로 캐넌시티에서 온 조 치나델라의 부인을 뒤쫓고 있다. 호텔 관계자에 따르면, 치나델라 부인이 호텔을 떠나기 직전에 부부싸움이 있었으며, 아주 비극적인 상황까지 이르렀던 것 같다고 한다. 객실에서는 면도날이 발견되었으며, 그것은 아이러니하게도 호텔에서 고객 편의를 위해 제공한 것이었다. 치나델라 부인은 면도날을 살해 흉기로 사용한 것으로 보인다. 치나델라 부인은 30세가량으로 얼굴이 거무스름하고 미인이며 날씬하고 멋지게 차려입은 모습이라고 한다. 목이 베인 시체를 발견한 사람은 시어도어 페리스라는 호텔 직원으로, 그는 그보다 30분 앞서서 치나델라의 셔츠를 가지러 방에 갔었으며 나중에 다린 셔츠를 들고 방에 다시 갔다가 소름끼치는 광경을 목격했다. 경찰에 따르면 객실 내부에는 서로 몸싸움을 한 흔적이 남아 있고 격렬한 언쟁이 오간 것으로 추정되는 ......

죽었다는 말이로군. 줄리아나는 신문을 접으며 생각했다. 그리고 경찰은 내 이름도 제대로 파악하지 못했어. 내가 누군지 모르고 나에 관해 아무것도 알아내지 못했어.

줄리아나는 불안한 마음이 많이 가라앉자 적당한 모텔이 나타날 때까지 차를 몰고 달렸다. 모텔에 도착한 그녀는 차에 있던 짐을 모두 들고 방으로 올라갔다. 이제 서둘 필요는 없어. 그녀는 속으로 생각했다. 저녁까지 기다렸다가 아벤젠이 사는 곳으로 가도 돼. 그러면 새로 산 드레스를 입을 수도 있겠군. 대낮에 그런 옷을 입고 찾아가면 안 되겠지. 저녁식사 전에는 그런 정식 드레스를 입지 않으니까.

그러면 그 전에 책을 모두 읽을 수 있겠군.

그녀는 모텔 방에서 편안하게 옷을 갈아입고 라디오를 켜고 모텔 식당에서 가져온 커피를 마셨다. 그리고 가지런하게 정리된 침대에 몸을 기대고 덴버의 호텔 서점에서 산 깨끗한 새 책을 펼쳤다.

저녁 6시 15분에 그녀는 책을 모두 읽었다. 조는 책을 끝까지 읽었을까? 궁금했다. 책에는 그가 이해한 것보다 훨씬 많은 내용이 담겨 있었다. 아벤젠이 말하고 싶었던 것은 무엇일까? 그가 만들어낸 가상세계는 전혀 아니다. 이걸 이해한 사람은 나뿐인가? 틀림없이 그럴 것 같다. 나 말고『메뚜기는 무겁게 짓누른다』라는 책을 진정으로 이해한 사람은 없다. 사람들은 그저 이해했다고 생각할 뿐이다.

줄리아나는 여전히 조금 떨리는 손으로 책을 가방에 넣고 코트를 입은 다음 방에서 나와 저녁 먹을 곳을 찾기 시작했다. 공기는 상쾌했고, 샤이엔의 표지판과 불빛들은 꽤나 멋졌다. 한 술집 앞에서 눈이 검은 인디언 처녀 두 명이 싸우고 있었다. 줄리아나는 구경을 하느라 발걸음을 늦췄다. 수없이 많은 자동차들이 도로를 이리저리 오가며 반짝거렸다. 풍경은 전체적으로 쾌활하고 기대감에 차 있었다. 마치 뭔가 행복하고 중요한 행사를 기다리는 것처럼 보였다. 따분하고 오래되고 낡고 버려진 상태로 되돌아가려는 기색은 느껴지지 않았다.

줄리아나는 고급 프랑스 식당에서 맛있게 저녁을 먹었다. 하얀 코트를 입은 남자가 손님의 차를 대신 주차해주고 테이블마다 커다란 와인글라스에 촛불을 밝혀두었고 버터를 네모난 모양이 아니라 동그랗고 흰 대리석 조각처럼 떠서 내는 그런 곳이었다. 식사를 마치고 시간이 남아서 천천히 걸어서 모텔까지 돌아왔다. 이제 독일 지폐도 거의 다 쓰고 없었지만 그녀는 신경 쓰지 않았다. 중요하지 않았기 때문이다. 그녀는 모텔 방문을 열며 생각했다. 그는 우리가 사는 세상에 관해 말한 거야. 지금 우리를 둘러싼 세상. 그녀는 방에 들어와서 다시 라디오를 켰다. 그는 우리가 세상을 있는 그대로 보기를 바라. 나는 그렇게 하고 있어. 시간이 가면 갈수록 더욱더.

상자에 든 파란 이탈리아제 드레스를 꺼내 침대 위에 조심스럽게 펼쳤다. 망가진 곳은 하나도 보이지 않았다. 솔질을 해서 보푸라기만 떼면 될 것 같았다. 하지만 다른 상자들을 열어보던 줄리아나는 자신이 새로 산 '하프 브라'를 모두 덴버에 두고 왔다는 것을 알아차렸다.

"빌어먹을."

줄리아나는 의자에 깊숙이 몸을 묻고 앉으며 말했다. 그녀는 담배에 불을 붙이고 한참 동안 앉아서 담배를 피웠다.

어쩌면 일반 브래지어와 함께 입을 수도 있을 것 같았다. 그녀는 블라우스와 치마를 벗고 드레스를 입어보았다. 하지만 브래지어의 끈은 물론 컵의 윗부분이 겉으로 드러나 입을 수 없을 것 같았다. 아니, 어쩌면 아예 브래지어를 안 입고 가도 될지 몰라. 몇 년 동안 그런 짓을 해본 적은 없었다. 고등학교 시절 가슴이 무척이나 작던 시절이 머릿속에 떠올랐다. 그때는 가슴이 커지지 않아 걱정을 하기도 했다. 하지만 이제는 성숙해진 데다 유도까지 해서 가슴둘레가 38인치나 된다. 그럼에도 그녀는 브래지어를 입지 않고 드레스를 입은 다음 욕실에서 의자 위에 올라서 약장 거울로 자신의 모습을 비춰보았다.

드레스를 입은 모습은 정말 아름다웠지만 너무 위험했다. 담배를 끄거나 음료수를 집으려고 허리를 조금이라도 굽히면 대재앙이 일어날 것이다.

그래, 핀! 브래지어 없이 드레스를 입고 앞섶을 모아서 가리면 된다. 보석함에 든 물건을 모두 침대 위에 쏟아놓고 핀만 따로 골라냈다. 프랭크나 결혼 전에 다른 남자들로부터 받아서 몇 년 동안 지니던 오래된 것들과 덴버에서 조가 새로 사준 것들이었다. 그래, 은으로 만든 멕시코제 작은 말 모양 핀이면 되겠군. 그녀는 드레스에서 핀을 꽂을 정확한 위치를 찾아냈다. 이렇게 해서 결국 드레스를 입을 수 있게 되었다.

이제 아무리 작은 일이라도 뜻대로 되기만 하면 좋아. 너무 많은 일이 잘못 돌아갔어. 어쨌거나 멋진 계획 가운데 남은 게 너무 없군.

줄리아나는 머리가 반짝거릴 때까지 정성들여 빗었다. 이제는 구두와 귀고리를 정하는 일만 남았다. 그러고 나면 새로 산 코트를 입고 새로 산 수제 가죽 백을 들고 가면 된다.

고물 스튜드베이커를 몰고 가는 대신 모텔 주인에게 부탁해 택시를 불렀다. 모텔 사무실에서 택시를 기다리던 줄리아나는 갑자기 프랭크에게 전화를 해야겠다는 생각이 들었다. 왜 그런지 모르겠지만 문득 그래야겠다는 생각이 들었다. 안 될 건 뭐야? 그녀는 속으로 물었다. 수신자부담으로 전화해도 괜찮을 것이다. 프랭크는 그녀 목소리를 다시 듣는다는 생각에 깜짝 놀라 기꺼이 전화비를 내겠다고 할 것이다.

줄리아나는 사무실 책상 뒤에 서서 수화기를 귀에 대고 장거리전화 교환수가 전화를 연결하느라 여기저기 호출하는 소리를 즐거운 마음으로 들었다. 멀리서 샌프란시스코의 교환수가 샌프란시스코 전화번호를 부르는 소리가 나더니 뭔가 시끄러운 잡음이 연속적으로 들리고 마침내 벨소리가 울렸다. 기다리면서 택시가 도착하는지 살펴보았다. 올 때가 다 되었는데. 줄리아나는 생각했다. 하지만 기다려주겠지. 기다리는 동안에도 요금은 올라가니까 오히려 그걸 더 바랄 거야.

"전화를 안 받습니다."

한참 뒤에 샤이엔의 교환수가 말했다.

"나중에 다시 연결해보고……."

"아니에요."

줄리아나는 고개를 흔들며 말했다. 그냥 한번 해보려던 것뿐인데, 뭐.

"제가 여기 없을 거예요. 고마워요."

그녀는 전화를 끊었다. 모텔 주인은 혹시라도 전화비가 모텔

426

에 청구되지 않나 걱정스러운지 근처에 서 있었다. 줄리아나는 재빨리 사무실 밖으로 나가 시원하고 어두운 인도에 서서 택시를 기다렸다.

자동차들 속에서 반짝거리는 새 택시 한 대가 다가와 그녀 앞에서 멈춰 섰다. 문이 열리고 운전수가 얼른 내리더니 차 뒤로 돌아서 문을 열어주러 왔다.

잠시 뒤 줄리아나는 호화로운 택시 뒷좌석에 앉아 샤이엔 시내를 가로질러 아벤젠의 집을 향해 달리고 있었다.

아벤젠의 집은 불이 환하게 켜 있고 밖에서도 음악과 사람들 목소리가 들렸다. 겉면에 회반죽을 바른 1층 건물로 주변에는 관목과 넝쿨장미로 가득 찬 넓은 정원이 딸렸다. 넓은 돌을 깐 길을 따라 걸으며 그녀는 생각했다. 내가 정말 들어갈 수 있을까? 여기가 '높은 성'인가? 온갖 소문과 이야기는 다 뭐지? 이곳저곳 잘 가꾼 평범한 집에 지나지 않았다. 심지어 주차장으로 이어지는 긴 시멘트 진입로에는 아이들이 타는 세발자전거도 한 대 보였다.

혹시 성만 같고 이름은 다른 사람의 집일까? 샤이엔의 전화번호부에서 알아낸 주소를 보고 찾아온 곳이다. 전화번호는 전날 밤 그릴리에서 연락했던 것과 같았다.

줄리아나는 현관 앞 계단을 올라 벨을 눌렀다. 반쯤 열린 문 사이로 거실이 보였다. 사람들이 꽤 많이 서 있었다. 창문에는 블라인드가 달렸고 피아노와 벽난로, 책장이 보였다. 멋지게 꾸몄네. 그녀는 속으로 생각했다. 파티라도 하고 있나? 하지만 정장을 차려입은 사람들은 보이지 않았다.

헝클어진 머리에 열세 살쯤 되어 보이고 티셔츠와 청바지를 입은 소년이 문을 활짝 열었다.

"누구시죠?"

"여기가 아벤젠 씨 댁이죠? 지금 바쁘신가요?"

소년은 안쪽에 있는 누군가에게 큰소리로 말했다.

"엄마, 아빠 찾는 손님 오셨어요."

아이 옆으로 붉은 기가 도는 갈색 머리의 여자가 나타났다. 나이는 서른다섯 살 정도. 줄리아나는 강렬하게 빛나는 잿빛 눈동자와 자신감 넘치고 멈추지 않는 미소를 보고 상대가 캐롤라인 아벤젠임을 알아보았다.

"어젯밤에 전화한 사람이에요."

줄리아나가 말했다.

"아, 네. 어서 오세요."

여자의 미소가 더 커졌다. 치아가 완벽할 정도로 가지런하고 하얬다. 아일랜드 사람이군. 줄리아나는 속으로 생각했다. 아래턱의 윤곽이 저렇게 여성스러우려면 아일랜드인의 피가 섞이는 수밖에 없다.

"백과 코트는 이리 주세요. 딱 좋은 시간에 오셨네요. 친구 몇 명이 와 있거든요. 정말 아름다운 드레스네요. 케루비니의 디자인 아닌가요?"

그녀는 줄리아나를 데리고 거실을 가로질러 침실로 향했다.

그리고 줄리아나의 소지품을 다른 사람들 물건과 나란히 침대 위에 올려놓았다.

"남편은 여기 어디 있을 거예요. 키가 크고 안경 끼고 올드패션드 칵테일을 마시는 사람이에요."

안주인의 총명해 보이는 눈빛이 줄리아나를 향했다. 줄리아나는 입술이 떨렸다. 우리 두 사람은 서로 잘 이해하고 있어. 그녀는 깨달았다. 정말 놀랍지 않아?

"멀리서 차를 몰고 왔어요."

줄리아나가 말했다.

"그랬군요. 아, 그이가 저기 있네요."

캐롤라인은 줄리아나를 데리고 다시 거실로 안내했다. 거실에는 남자 여럿이 모여 있었다.

"여보, 이리 와봐요. 여기 계신 독자분이 당신이랑 몇 마디라도 꼭 이야기를 나눠봤으면 하신대요."

한 사내가 무리에서 빠져나와 술잔을 들고 다가왔다. 키가 상당히 큰 검은 곱슬머리 사내였다. 피부는 거무스름했고 보라색이나 갈색인 것 같은 눈은 안경 뒤에서 아주 부드럽게 보였다. 천연섬유로 만든 비싼 맞춤양복을 입었는데, 아마도 영국제 순모인 것 같았다. 주름 하나 잡히지 않은 양복 때문에 넓고 강건한 어깨가 더욱 강조되어 보였다. 줄리아나는 지금껏 그런 양복은 본 적이 없었다. 그녀는 자신도 모르게 넋을 잃은 채 아벤젠을 바라보았다.

"프링크 부인은 콜로라도 주 캐넌시티부터 줄곧 차를 몰고 오셨대요. 당신 만나서 메뚜기 책에 대해서 이야기하시려고."

캐롤라인이 말했다.

"요새처럼 꾸미고 사시는 줄 알았어요."

줄리아나가 말했다. 호손 아벤젠은 허리를 약간 숙이고 그녀를 바라보며 깊은 생각에 잠긴 웃음을 지었다.

"네, 그랬죠. 하지만 엘리베이터에서까지 조심해야 하는 상황이 되다 보니 공포증이 생기고 말았습니다. 처음 공포증에 빠졌을 때는 상당히 취해 있었어요. 내 기억과 사람들 말에 따르면 나는 엘리베이터 안에서 일어서기를 거부하고 주저앉아 있었습니다. 왜 그러느냐고 물었더니 예수님이 엘리베이터 케이블을 끌어올리기 때문에 끝까지 올라갈 거라고 했답니다. 그래서 절대로 일어서지 않겠다고 말이죠."

줄리아나는 이해할 수 없었다.

캐롤라인이 설명을 하기 시작했다.

"이이는 처음 만났을 때부터 나한테 마침내 예수님을 보면 일어서지 않고 바닥에 앉겠다고 했어요."

찬송가 얘기군. 줄리아나는 기억이 났다.

"그럼 그래서 '높은 성'을 포기하시고 이런 마을로 이사를 오신 거군요."

"마실 걸 좀 드릴까요."

아벤젠이 말했다.

"좋아요. 하지만 올드패션드 칵테일은 아니었으면 해요."

줄리아나는 이미 음식이 차려진 탁자를 흘긋 봐두었다. 위스키 여러 병, 오르되브르, 유리잔, 얼음, 체리, 얇게 썬 오렌지 등이 놓여 있었다. 그녀는 탁자로 향했고 아벤젠도 따라왔다.

"그냥 위스키 온더록스로 할게요. 늘 그렇게 마시죠. 주역을 아세요?"

줄리아나가 물었다.

"아니오."

아벤젠은 그녀를 위해 마실 걸 만들며 대답했다.

줄리아나가 깜짝 놀라 다시 물었다.

"'변화의 책'을 몰라요?"

"모릅니다."

아벤젠은 같은 말을 되풀이하며 술잔을 내밀었다.

"손님을 놀리지 마세요."

캐롤라인이 말했다.

"저는 선생님 책을 읽었어요. 사실은 오늘 저녁에 다 읽었죠. 어떻게 그런 걸 다 알았죠? 선생님이 쓰신 전혀 다른 세상 말이에요."

아벤젠은 아무 말도 없었다. 그는 손등으로 윗입술을 문지르며 그녀의 뒤쪽을 보며 찡그리고 있었다.

"주역을 사용하지 않으셨나요?"

줄리아나가 물었다.

아벤젠은 그녀를 바라보았다.

"농담이나 장난은 하지 말아주세요. 재치 넘치게 말하려 들지 말고 있는 그대로 얘기해주세요."

431

아벤젠은 입술을 깨물고 바닥을 멍하니 내려다보았다. 그러고는 양팔로 자신의 몸을 감싸 안더니 몸을 앞뒤로 흔들었다. 주변에 있던 다른 사람들이 일제히 조용해졌고, 줄리아나는 그들의 태도가 달라졌다는 걸 알아차렸다. 줄리아나가 한 말 때문에 기분이 나빠진 것 같았다. 하지만 그녀는 자기 말을 취소하거나 얼버무리고 싶지 않았다. 그러려는 시늉도 하지 않았다. 그 정도로 중요한 일이었다. 아벤젠으로부터 진실을 듣지 못한다는 사실을 받아들이기에는 너무 먼 길을 왔고 너무 많은 일을 겪었다.

"그건 대답하기 어려운 질문입니다."

마침내 아벤젠이 말했다.

"그렇지 않아요."

줄리아나가 말했다.

이제 실내에 있는 모든 사람이 조용해졌다. 그들은 모두 캐롤라인과 호손 아벤젠 곁에 선 줄리아나를 바라보고 있었다.

"미안합니다. 당장은 대답할 수 없네요. 이 정도로 참아주셔야겠습니다."

"그럼 왜 그 책을 쓰셨죠?"

줄리아나가 물었다.

그러자 아벤젠이 손에 든 술잔으로 가리키며 물었다.

"드레스에 핀은 왜 달았죠? 불변의 세계에서 위험한 영혼들이 접근하는 걸 막으려는 건가요? 아니면 그저 옷이 벌어지지 않도록 꽂아둔 건가요?"

"왜 엉뚱한 이야기를 하시죠? 제가 물어본 건 무시하시고 아무 상관도 없는 말씀을 하시네요. 유치해요."

줄리아나가 말했다.

"모든 사람에겐 자신만의 비밀이 있습니다."

아벤젠이 말했다.

"당신은 당신 비밀이 있고 나도 나름대로의 비밀이 있죠. 내 책을 읽었다면 본 그대로 받아들여야 합니다. 내가 스스로 본 걸 있는 그대로 받아들이는 것처럼."

그는 다시 한 번 술잔을 들어 줄리아나를 가리켰다.

"나는 당신 옷이 감추고 있는 몸이 진짜인지 아니면 철사와 석고, 스펀지로 만든 건지 궁금해하지 않습니다. 인간의 본성을 신뢰하려면 그래야 하고, 대부분 그렇게들 살지 않나요?"

이제 허둥거리면서 짜증을 내는군. 줄리아나는 생각했다. 아까처럼 공손하지도, 주인 노릇을 하려고 하지도 않아. 옆으로 살짝 보이는 캐롤라인 역시 짜증스럽고 굳은 표정이었다. 입술을 굳게 다물었고 얼굴에 웃음기라고는 보이지 않았다.

"책에서 선생님은 빠져나가는 길을 보여주셨어요. 그거야말로 의도하신 게 아니었나요?"

줄리아나가 말했다.

"나가는 길이라."

아벤젠은 묘한 말이라는 듯 되풀이해 말했다.

"제게 많은 걸 해주셨어요. 이제 저는 세상에 두려워할 게 없다는 걸 알아요. 바랄 것도, 미워하거나 막을 것도 없죠. 피해

달아날 것도, 추구할 것도 없어요."

아벤젠은 술잔을 흔들면서 줄리아나를 지그시 바라보았다.

"세상에는 가치 있는 게 무척이나 많습니다. 내 생각이지만 말이죠."

"선생님이 마음속으로 무슨 생각을 하는지 이해해요."

줄리아나가 말했다. 줄리아나가 남자에게서 그런 표정을 보는 것은 이미 오래전부터 익숙한 일이었다. 하지만 여기서 그런 표정을 봤다고 화가 나지는 않았다. 이제 더는 예전 같은 기분이 들지 않았다.

"게슈타포가 가진 자료에 선생님은 저 같은 여자에게 매력을 느낀다고 적혀 있대요."

아벤젠은 표정이 살짝 바뀌더니 말했다.

"게슈타포는 1947년에 없어졌습니다."

"그럼 보안국이라고 하죠. 이름이야 뭐든 상관없어요."

"설명 좀 해주실래요?"

캐롤라인이 딱딱한 목소리로 물었다.

"설명해드리죠. 저는 보안국 사람과 함께 차를 몰고 덴버에 왔어요. 그자들은 언젠가 여기에 나타날 거예요. 두 분은 그들이 찾지 못할 곳으로 가야 해요. 이렇게 뻔히 보이는 곳에서 저 같은 사람이 아무렇게나 들어오게 놔두면 안 돼요. 다음에 다른 사람이 차를 몰고 나타나면, 그때는 저 같은 사람이 나서서 막을 수 없을 거예요."

"방금 '다음에 다른 사람'이라고 말하더군요."

아벤젠은 잠시 생각하는 눈치더니 말을 이었다.

"함께 덴버까지 왔다던 사람은 어떻게 됐죠? 왜 함께 오지 않은 겁니까?"

"제가 목을 베어버렸어요."

줄리아나가 말했다.

"정말 대단하군요. 생전 처음 보는 여자가 나타나 이런 이야 기를 들려주다니 말입니다."

아벤젠이 말했다.

"안 믿으시나요?"

그는 고개를 끄덕였다.

"당연히 믿습니다."

그는 수줍은 듯 부드럽고 쓸쓸하게 웃었다. 그녀를 믿지 못하 겠다는 생각은 전혀 떠올리지 않는 것 같았다.

"고맙습니다."

그가 말했다.

"몸을 숨기세요."

줄리아나가 말했다.

"아시다시피 몸을 피해보기도 했습니다. 책표지를 읽으셨으 면 아실 테지만……. 온통 무기를 설치하고 전기 철조망까지 달았죠. 아직도 극도로 조심하고 있는 것처럼 보이려고 일부러 그런 내용을 책표지에 쓴 겁니다."

그의 목소리는 지치고 메마르게 들렸다.

"무기 정도는 가지고 다닐 수 있잖아요."

캐롤라인이 말했다.

"언젠가 당신이 초대해서 이야기를 나누던 상대가 총을 꺼내 당신을 쓰러뜨리겠죠. 나치의 전문가가 와서 앙갚음을 할 거예요. 그때도 당신은 아마 지금처럼 철학이나 내세우고 있겠죠. 빤히 보여요."

"어차피 그들이 마음만 먹으면 피할 도리가 없어요."

아벤젠이 말했다.

"전기 철조망이나 '높은 성'이 있든 없든 말이지."

운명론에 푹 빠지셨군, 하고 줄리아나는 생각했다. 스스로 파멸을 감수하고 있어. 당신 책 속에서 세상을 보는 법도 마찬가지였다는 거 알아요?

"주역 점괘로 책을 쓴 거죠? 안 그래요?"

줄리아나가 말했다.

"진실을 알고 싶습니까?"

아벤젠이 말했다.

"진실을 알고 싶고, 제게는 그럴 권리가 있어요. 제가 한 일도 있으니까요. 안 그래요? 무슨 말인지 아시잖아요."

줄리아나가 대답했다.

"주역은 내가 책을 쓰는 내내 깊이 잠자고 있었습니다. 내 작업실 한쪽 구석에서 말이죠."

아벤젠의 눈에는 장난스러움이라고는 보이지 않았다. 그의 표정은 다른 어느 때보다 더욱 우울하고 진지해졌다.

"말씀드려요."

캐롤라인이 말했다.

"이분 말이 옳아요. 당신을 위해 한 일이 있는 한 알 권리가 있다고요."

그녀는 줄리아나에게 말했다.

"제가 말씀드리죠. 프링크 부인. 이이는 하나씩 선택을 해나갔어요. 수천 번이나 그랬죠. 한 줄씩 쓸 때마다 그렇게 했어요. 역사적 시대. 주제. 인물. 줄거리. 여러 해가 걸렸어요. 심지어는 이 책이 얼마나 성공할지 묻기도 했어요. 엄청난 성공을 거둔다는 점괘가 나왔어요. 이이가 글을 쓴 이후로 진짜 성공한 건 처음이었죠. 그러니 부인의 말씀은 옳아요. 자세히 아시는 걸 보니 부인께서도 주역을 상당히 자주 사용하시나 보네요."

"왜 주역으로 소설을 쓰게 되었는지 궁금하네요. 그건 물어보지 않으셨나요? 그리고 왜 독일과 일본이 전쟁에서 지는 이야기를 쓴 걸까요? 왜 다른 이야기가 아니라 하필이면 그런 줄거리였을까요? 주역이 지금까지 그랬던 것처럼 우리에게 직접 말하지 못한 게 무엇이었을까요? 뭔가 다른 점이 있는 게 분명해요. 그렇게 생각하지 않으세요?"

줄리아나가 말했다.

호손 아벤젠과 캐롤라인은 아무 말이 없었다.

"나는 오래전에 주역과 저작권을 놓고 나름대로 합의를 했습니다. 만일 내가 주역에게 왜 메뚜기 소설을 썼느냐고 물어보면 결국 내 몫을 주역에게 넘겨야만 합니다. 그걸 물어보는 건 내가 타자치는 것 말고는 아무것도 안 했다는 증거니까요. 하

지만 내가 아무것도 안 했다는 건 사실도 아니고 적절한 표현
도 아닙니다."

아벤젠이 한참 만에 말했다.

"당신이 직접 안 묻겠다면 내가 물어볼래요."

캐롤라인이 말했다.

"당신이 물어볼 말이 아니야."

아벤젠이 말했다.

"이분이 물어보도록 하지."

그는 줄리아나에게 말했다.

"부인의 정신세계는 어딘가 묘합니다. 스스로 알고 있나요?"

"주역이 어디 있죠? 제 것은 모텔에 두고 온 차에 있어서요.
혹시 빌려주시지 않는다면 돌아가서 가져오지요."

줄리아나가 말했다.

아벤젠은 돌아서서 어디론가 향했다. 줄리아나와 캐롤라인
은 그의 뒤를 따라 사람들 사이를 지나 닫혀 있는 문으로 다가
갔다. 아벤젠은 문 안으로 혼자 들어갔다. 다시 밖으로 나온 그
의 손에 표지가 검은 책 두 권이 들려 있었다.

"나는 산가지를 사용하지 않습니다. 요령이 없어서 자꾸 떨
어뜨려요."

아벤젠이 줄리아나에게 말했다.

줄리아나는 구석에 놓인 커피 테이블에 자리를 잡고 앉았다.

"종이와 연필이 필요해요."

손님 한 명이 줄리아나에게 종이와 연필을 가져다주었다. 모

438

든 사람이 가까이 다가와 줄리아나와 아벤젠 부부 주위에 둥글게 서서 지켜보았다.

"큰 소리로 질문해도 됩니다. 모두 비밀은 없는 사이니까요."

아벤젠이 말했다.

"주역에게 묻습니다. 왜 『메뚜기는 무겁게 짓누른다』라는 책을 썼습니까? 우리는 뭘 배워야 합니까?"

줄리아나가 큰 소리로 말했다.

"질문하는 방식이 당황스러울 정도로 미신을 받드는 것 같군요."

아벤젠이 말했다. 하지만 그는 줄리아나가 동전을 던지는 모습을 지켜보기 위해 웅크리고 앉았다.

"얼른 해봐요. 나는 보통 이걸 사용합니다."

그는 가운데 구멍이 뚫린 중국 엽전을 줄리아나에게 건네주었다.

줄리아나는 동전을 던지기 시작했다. 그녀는 차분했고 본래 자신의 모습 그대로였다. 동전을 던질 때마다 아벤젠이 결과를 종이에 적었다. 줄리아나가 동전을 여섯 번 던지고 나자 그는 자신이 쓴 걸 내려다보며 말했다.

"상괘는 손巽이고 하괘는 태兌군."

"표를 보지 않고도 어떤 괘인지 아세요?"

"그렇소."

아벤젠이 말했다.

"중부中孚괘. '내면의 진실'이죠. 저도 책을 보지 않아도 알아요. 그리고 이게 무슨 의미인지도 알죠."

줄리아나가 말했다.

아벤젠이 고개를 들더니 줄리아나를 뚫어져라 바라보았다. 이제는 거의 성난 표정에 가까웠다.

"그러면 내 책이 진실이라는 겁니까?"

"그래요."

줄리아나가 말했다.

아벤젠이 화를 내며 말했다.

"독일과 일본이 전쟁에서 졌다고요?"

"그래요."

아벤젠은 책을 덮고 벌떡 일어섰다. 아무 말도 하지 않았다.

"선생님이 외면하려고 해도 소용없어요."

줄리아나가 말했다.

한참 동안 그는 생각에 잠겼다. 줄리아나는 그의 눈빛이 공허해지는 걸 알아차렸다. 자신의 내면을 들여다보고 있다고 줄리아나는 생각했다. 자기 자신에게 사로잡혔어. 그러더니 그의 눈이 다시 빛났다. 그는 툴툴거리듯 다시 입을 열었다.

"아무것도 확신할 수가 없군."

아벤젠이 말했다.

"믿으세요."

줄리아나가 말했다.

그는 아니라며 고개를 저었다.

"믿지 못하시겠어요? 정말로요?"

"책에 사인해드릴까요?"

아벤젠이 물었다.

줄리아나도 자리에서 일어섰다.

"저는 가야겠어요. 정말 감사해요. 즐거운 저녁 시간을 방해해서 죄송합니다. 들어오게 해주셔서 고마웠어요."

줄리아나는 캐롤라인과 아벤젠 앞을 지나 둥글게 모여선 사람들 사이를 뚫고 옷과 백을 둔 침실로 향했다.

코트를 걸치고 있는데 뒤에서 아벤젠이 나타났다.

"당신이 어떤 존재인지 알아요?"

그는 옆에 선 캐롤라인을 보고 섰다.

"이 여자는 다이몬이야. 땅속에 사는 작은 정령이지."

그는 손을 들어 눈썹을 문질렀다. 그러면서 안경이 약간 비뚤어졌다.

"다이몬은 지치지 않고 땅위를 돌아다녀."

그는 안경을 제대로 고쳐 썼다.

"단순히 본능에 따라 행동해. 그냥 자신을 드러내는 거지. 일부러 여기 모습을 드러내고 해를 끼치려는 게 아니야. 그냥 날씨처럼 벌어지는 현상일 뿐이야. 나는 이 여자가 와줘서 기뻐. 이 여자가 주역에서 찾아낸 사실에 유감은 없어. 이 여자도 여기 와서 무슨 일을 하게 될지, 뭘 알아내게 될지 몰랐어. 내 생각에 우리는 모두 운이 좋아. 그러니까 화내지 말자고. 알았지?"

"끔찍할 정도로 분위기를 망쳐놓았잖아요."

캐롤라인이 말했다.

"현실은 그런 거지."

441

아벤젠은 줄리아나에게 손을 내밀며 덧붙였다.

"덴버에서 해준 일은 고맙습니다."

줄리아나는 아벤젠과 악수를 했다.

"안녕히 계세요. 부인이 말하는 대로 하세요. 적어도 무기를 갖고 다니세요."

"아닙니다. 그 문제라면 오래전에 마음먹은 게 있어요. 그런 걸로 신경 쓰지 않을 겁니다. 언제든 주역에 기댈 수 있으니까요. 특히 밤에 불안해질 때면 그렇죠. 그런 상황도 그리 나쁘지만은 않아요."

아벤젠은 살짝 웃었다.

"사실 내가 더 걱정하는 건 딱 하나입니다. 몰려들어서 귀를 기울인 채 얘기를 듣던 사람들이 집에 있는 술을 전부 마셔버리지나 않을까 하는 거죠. 우리가 이야기하고 있는 사이에 말입니다."

그는 돌아서서 술잔에 넣을 새 얼음을 가지러 탁자가 있는 곳으로 향했다.

"여기서 떠나면 이제 어디로 갈 거죠?"

캐롤라인이 말했다.

"모르겠어요."

그 문제는 별로 신경이 쓰이지 않았다. 나도 아벤젠과 조금 비슷한 게 틀림없어, 하고 줄리아나는 생각했다. 아무리 중요한 문제라도 별로 걱정스럽지가 않아.

"어쩌면 남편에게 돌아갈지도 몰라요. 아까 통화해보려고 하기도 했거든요. 다시 전화를 걸어볼 수도 있죠. 막상 나중에는 어떨지 모르지만."

"당신이 우리에게 해준 일도 있고 여기 와서 한 말도 있지만⋯⋯."

"제가 아예 나타나지 않았으면 좋았을 거라고 생각하시겠죠."

줄리아나가 말했다.

"당신이 호손의 목숨을 구했다면, 그런 생각을 하는 내가 정말 끔찍한 사람이겠죠. 하지만 나는 무척 화가 났어요. 나는 당신이나 호손이 한 말을 온전하게 알아들을 수가 없어요."

"정말 이상하군요."

줄리아나가 말했다.

"저는 당신들이 진실을 듣고 화낼 거라고는 전혀 예상하지 않았거든요."

진실. 죽음만큼이나 끔찍한 진실. 하지만 찾기는 더욱 힘들다. 나는 운이 좋아. 줄리아나는 생각했다.

"저는 두 분도 저처럼 즐거워하고 흥분할 줄 알았어요. 그거야말로 착각이었지만요, 그렇죠?"

줄리아나가 웃어 보이자, 조금 뒤에 아벤젠 부인도 간신히 웃는 표정을 지었다.

"어쨌든 좋은 밤 보내세요."

잠시 뒤 줄리아나는 계단을 내려와 돌이 깔린 마당을 가로질러 거실에서 비치는 환한 불빛 아래를 지나 깜깜한 보도 위로 걸어갔다.

그녀는 아벤젠의 집을 돌아보지 않고 계속 걸었다. 그리고 도로 이쪽저쪽을 보며 그녀를 다시 모텔로 데려다줄, 움직이고 밝고 살아 있는 택시나 승용차가 보이는지 살폈다.

『높은 성의 사내』는 필립 K. 딕이 1961년 집필에 착수해 다음 해에 출간한 장편으로, 호평을 받긴 했지만 큰 인기를 얻지는 못했습니다. 하지만 1963년 SF 문학상 가운데 최고의 권위를 자랑하는 휴고상 최우수 장편상을 받았습니다. 필립 K. 딕은 1961년 세 번째 아내인 앤의 수공예 보석상에서 잠시 일했으며, 같은 해 『주역』을 처음으로 접한 뒤로 20여 년간 주역의 점괘를 참고하며 살았다고 합니다. 작가의 실제 생활은 이 책에서도 여러 가지 형태로 드러납니다. 심지어 이 책의 줄거리 일부는 『주역』으로 얻은 점괘를 참고하기도 했다고 합니다.

소설의 배경은 흥미롭게도, 제2차 세계대전에서 독일과 일본, 이탈리아가 동맹한 세력이 승리해 세계를 독일과 일본이 양분하다시피 한 가상 상황입니다. 줄거리는 사실상 일본의 점령지인 미국 서부지역에서 각양각색의 주인공들이 살아가며 겪는 이야기들이 서로 얽히고설키며 흘러갑니다.

로버트 칠던은 패전국이 된 미국의 시민으로, 샌프란시스코에서 미국의 골동품들을 모아 주로 일본인들에게 판매하며 살

445

아가는 사람입니다. 그의 고객으로 등장하는 일본인 다고미는 미국 점령지를 관할하는 일본 무역대표부의 고위관리로, 정체를 숨기고 미국으로 잠입하는 독일 첩보원을 만나는 역할을 맡습니다.

또 다른 주인공 프랭크 프링크는 유태인의 피를 이어받은 미국인 참전 군인으로, 공장에서 일하다 일자리를 잃은 뒤 동료와 함께 맞춤 귀금속을 만들어 파는 공장을 차리게 됩니다. 그의 전처 줄리아나는 남편을 떠나 혼자 살고 있었지만, 암살 임무를 띠고 이탈리아인 행세를 하며 그녀에게 접근한 조라는 사내와 어울리며 엉뚱한 상황에 휘말립니다.

소설은 크게 이 네 명을 중심으로 그들과 주변 사람들의 이야기를 통해 연합군이 패하고 독일과 일본이 나누어 지배하는 세계의 다양한 모습을 그리고 있습니다. 그런데 소설 속 다양한 사람들은 모두 호손 아벤젠이라는 베일에 싸인 작가가 쓴 소설 『메뚜기는 무겁게 짓누른다』를 접합니다. 『메뚜기는 무겁게 짓누른다』라는 소설의 내용은 바로 우리가 알고 있는, 1945년 이후 실제로 진행된 현대사와 비슷한 세상을 가상으로 다룹니다. 가상 소설 속 가상 소설인 셈입니다. 히틀러는 전범으로 체포당해 형장의 이슬로 사라지고 미국이 앞장서서 세계를 이상향으로 이끌고 있는 세상.

소설 속에서, 현실은 가상이 되고 가상은 현실이 됩니다. 마치 필립 K. 딕이 거울을 들여다보고 세상을 그린 것만 같습니다. 거울 속 인물은 나와 똑같지만 왼팔은 오른팔로 오른쪽 눈은 왼쪽 눈으로 보이는 것처럼 말입니다. 미국이 제2차 세계대전이 끝난 뒤 군정을 거치면서 일본과 우리나라 등에 정치, 경제, 문화적으로 큰 영향을 미친 것처럼, 『높은 성의 사내』라는 소설 속 가상의 세상에서는 일본이 미국에 무역대표부라는 기관을 설치해 사실상 그들을 지배합니다. 일본인들은 고작 몇백 년도 되지 않는 미국의 역사에 관심을 보이며 백 년 전에 쓰던 권총 같은 물건이나 심지어 수십 년 전 만화책, 시계 따위 물건들을 수집합니다. 짧은 역사를 가진 미국 문화가 음악, 영화, 음식을 통해 세계를 장악한 것과 반대로 소설 속에서는 수천 년 전 중국에서 집대성된 『주역』으로 점을 치는 문화가 일본을 거쳐 미국인들의 마음과 생활을 지배합니다. 그 밖에도 작가는 일본인에게 무조건 굽실거리거나 일본 여인을 보고 욕정을 품지만 감히 어쩌지도 못하는 백인 주인공의 모습, 자유의 나라였던 미국에서 유태인임이 들통나 독일로 끌려갈까 봐 안절부절못하는 인간의 모습을 심리적으로 상세히 그려냅니다. 거울처럼 모든 걸 있는 그대로 보여주지만 거울 속에서처럼 좌우가 바뀐 세상은 실제로는 어디에도 존재하지 않는다는 사실에 기분이 묘합니다.

특히 서양인들이 우리에게 더 가까운―실제로 자세히 아는 사람은 별로 없을 것 같습니다만― 문화인 주역으로 점을 쳐서 의사결정을 내리거나 또 그 해석에 매달리는 모습은 자못 흥미로웠습니다. 하지만 원문에 등장하는 주역의 내용, 즉 뽑아낸 점괘의 내용을 일컫는 괘사卦辭 그리고 점괘를 구성하는

여섯 효爻(양 또는 음을 나타내는 가로획)가 뜻하는 바인 효사
爻辭는 한문을 영어로 번역한 것이어서 다시 한글로 옮기면서
어딘가 아쉬움을 느낄 수밖에 없었음을 이 자리를 빌려 밝힙
니다.

남명성

1928   필립 킨드리드 딕. 12월 16일 일리노이 주 시카고의 자택에
        서 쌍둥이 누이인 제인 샬럿 딕과 함께 예정일보다 6주 일찍
        태어났다. 아버지 조셉 에드거 딕은 제1차 세계대전에 참전
        했다가 제대 후 농무부에서 일했다. 어머니 도로시 킨드리드
        딕은 공문서를 검열하는 비서였으며, 만성 신부전증을 앓고
        있어서 쌍둥이들에게 수유를 하기가 힘들었고 의사의 도움
        도 제대로 받지 못했다. 그래서 쌍둥이들은 둘 다 발육 상태
        가 좋지 않았다.

1929   1월 26일, 심각한 탈수 증세와 영양실조에 시달리던 갓난
        애들을 서둘러 병원으로 데려갔지만 누이는 병원으로 가
        던 중 사망했다. 그는 체중 5파운드*가 될 때까지 인큐베이
        터 신세를 지게 된다(쌍둥이 누이의 죽음에 괴로워하던 그
        는 훗날 이렇게 기술했다. "누이는 살기 위해, 나는 누이를
        살리기 위해 발버둥을 친다, 영원히……. 그녀는 내게는 전
        부나 다름없다. 나는 늘 내 누이와 헤어지는 동시에 함께해
        야 하는 저주를 받았다"). 아버지에게 샌프란시스코로 전근
        해도 좋다는 농무부의 허락이 떨어졌다. 가족은 콜로라도
        주 포트 모건으로 휴가를 떠났고, 그는 어머니 도로시와 함
        께 현지 친척의 집에 머물며 아버지의 전근 절차가 끝나기
        를 기다렸다. 누이는 포트 모건 공동묘지에 묻혔다. 가족은
        캘리포니아의 베이지역에 있는 소살리토로 이사했고, 퍼닌

---

* 2.3킬로그램

슐러*로 옮겼다가 마지막에는 앨러미다에 자리를 잡았다.

1930   아버지가 네바다 주 리노에 위치한 국가부흥청(NRA) 서부
지부 국장으로 승진한다. 가족은 버클리에 정착했고, 아버지
는 주중에는 리노에 머물며 직장과 가정을 오갔다.

1931   캘리포니아 대학의 아동 복지 연구소가 운영하는 실험적인
탁아소에 다녔다. 기억력과 언어능력 및 손의 협응력 테스트
에서 높은 점수를 받았다. 음악적 재능이 뛰어나다는 칭찬도
듣게 되었다.

1933-34   어머니가 이혼을 요구하면서 부모가 별거에 들어간다. 그는
어머니와 외갓집에서 외조부모 및 매리언 이모와 함께 살게
되었다. 어머니가 정규직을 얻으면서 집에 남겨지게 된 그는
'미마Meemaw'라는 애칭으로 부르던 외할머니의 자상한 보
살핌을 받으며 진보적인 성격이 강한 브루스태틀록 스쿨 부
설 유치원을 다녔다. 매리언 이모는 신경쇠약으로 가끔 병원
에 입원하기도 했지만 그를 무척 귀여워했다.

1935-37   부모의 이혼 절차가 마무리되면서 어머니를 따라서 워싱턴
D.C.로 이사했다. 아버지는 재혼했다. 이 시기부터 천식과
심계 항진증을 앓기 시작했다. 기숙학교로 보내라는 의사의
권유를 받고 행동장애를 가진 아동들을 위한 컨트리데이 스
쿨로 보내졌다. 그곳에서 처음으로 구토 공포증을 경험하며,
사람들 앞에서는 음식을 삼키지도, 먹지도 못하게 되었다.
6개월 뒤 귀가 조치를 받고 처음으로 심리치료사를 만난다.
프렌즈 퀘이커 데이 스쿨을 다니다가 2학년 때 공립학교

---

* 샌프란시스코 반도.

로 전학했다. 학교에서는 소외감 때문에 힘들어했고 이것
은 곧잘 무단결석으로 이어졌다("그 후에는 내가 혐오하는
학교에 가는 일을 제외하면 딱히 하는 일이 없는 시기가 오
래 계속되었다. 기껏해야 수집한 우표들을 만지작거리거나
…… 구슬치기, 딱지치기, 볼로배트bolo bats, 당시 갓 출판
되기 시작한 코믹북 읽기 같은 남자아이들의 놀이를 하는
정도였다……"). 자연스럽게 우러나오는 마음의 평화와 감
정이입을 체험한 것도 이 시기였다. 그는 훗날 인터뷰에서
이 경험을 어린 시절의 '사토리*'라고 표현했다. 어머니의 격
려를 받고 처음으로 글쓰기를 시작한 것도 이 무렵이었다.

1938   어머니와 함께 버클리로 돌아갔다. 3년 동안 만나지 못했던
아버지를 찾아갔다. 새로 전학한 공립학교에서 자신을 '짐
딕'이라고 소개하지만 곧 다시 필립이라는 이름을 사용했다.
지역 소식과 연재만화를 실은 개인 신문인《더 데일리 딕The
Daily Dick》을 만들었다.

1940-43 고전 음악과 오페라에 열중하기 시작했고, 평생 그 열정을
가슴에 품고 살았다. 『어린 왕자』와 『호빗』, 『곰돌이 푸』 및
『오즈』 시리즈를 읽었다.《어스타운딩》《어메이징》《언노운》
등의 SF 잡지를 발견하고 열심히 모으기 시작했다. 이 잡지
들의 내용을 본떠 그림을 그리고 글을 썼다. 독학으로 타자
치는 법을 익혔고, 라디오 방송으로 접한 제2차 세계대전 소
식을 들으며 친구들과 전황에 대해 곧잘 토론을 벌였다. 두
번째 개인 신문인《진실The Truth》을 만들면서 연재만화의
주인공으로 '미래 인간Future-Human'을 등장시켰다("자신
의 초超 과학기술을 인류의 복지를 위해 사용하고, 미래의

---

* Satori. 일어로 '깨달음'을 의미함.

암흑가에 맞서는 인물"이었다). 지금은 소실된 첫 번째 소설 『소인국으로의 귀환Return to Liliput』을 완성했다.《버클리 가제트》지에 정기적으로 단편소설과 시를 기고했다. 가필드 공립 중학교와 오하이 시에 위치한 기숙사제 사립 고등학교인 캘리포니아 예비 학교를 다녔다. 정서장애를 극복하기는 여전히 어려웠지만, 급우들에게 정신의학과 심리 테스트에 관한 해박한 지식을 피력하기도 했다(1974년에 딸 로라에게 보낸 편지에서 그는 이렇게 쓰고 있다. "어떤 의미에서는, 학교에 적응을 잘하면 잘할수록 나중에 현실 세계에 적응할 수 있는 확률은 도리어 낮아진다고 할 수 있어. 그러니까 네가 학교에 제대로 적응을 못하면 못할수록, 나중에 학교에서 자유로워진 뒤에 마주치는 현실에 더 잘 대처할 확률이 높아진다고도 할 수 있겠지. 그런 날이 정말로 온다면 말이야. 아마 나는 군대에서 말하는 '안 좋은 태도'를 갖고 있는지도 모르겠구나. 제대로 하든지, 아니면 포기하든지 양자택일하라는 뜻인데, 나는 언제나 그만두는 쪽을 택했어"). 광장공포증과 공황장애로 인한 발작이 더 심해졌다.

1944-47   버클리 고등학교에 입학했다. 독일어를 배우고 칼 구스타프 융의 저서를 읽기 시작했다. 곧잘 현기증 발작을 일으켜 앓아눕곤 했다. 샌프란시스코의 랭글리 포터 클리닉에서 매주 융 학파의 심리분석가에게 치료를 받았지만 결국은 그 분석가를 철두철미하게 경멸하기에 이르렀다. 유니버시티 라디오에 판매원으로 취직했으나, 나중에 아트 뮤직으로 옮겼다. 두 곳 모두 음반, 악보, 전자기기 등을 판매하고 수리도 해주는 음악 상점이었다. 이 두 가게의 소유주인 허브 홀리스는 카리스마 넘치는 까다로운 인물이었는데, 딕에게는 멘토이자 아버지 같은 존재가 되었다(홀리스는 훗날 딕의 소설에 자주 등장하는 전제적이지만 따스한 마음을 가진 '보스'

의 모델이 된다). 홀리스 밑에서 일하는 동안 딕의 불안장애는 많이 나아졌지만, 학교에만 가면 악화되는 통에 마지막 1년 과정은 집에서 개인 교습을 받으며 마쳐야 했다. 같은 해 가을이 되자 집에서 나와 로버트 던컨, 잭 스파이서, 필립 라만티어 같은 작가들과 함께 창고를 개조한 공동주택으로 이사를 갔다. 대부분 동성애자로, 작가 특유의 보헤미안적 삶을 즐기던 룸메이트들은 딕의 독자적인 지적 성장의 원천이 되었다. 딕은 버클리 대학에 잠시 다니며 철학을 전공했지만 의무적으로 참가해야 하는 ROTC 훈련을 혐오했다. 광장공포증은 더욱 악화되었고, 11월에는 결국 자퇴를 하고 말았다. 훗날 그는 ROTC 훈련 도중 소총 분해결합을 거부했다는 이유로 퇴학당했다고 주장했다.

1948-49   아트 뮤직의 매니저는 여성 경험이 전무하다는 것을 알고 가게의 지하방에서 젊은 여성과 잠자리를 함께 할 수 있는 기회를 마련해준다. 재닛 말린과 알게 되고, 서둘러 결혼해 버클리의 아파트로 이사한다. 갈등으로 점철되었던 6개월 동안의 서투른 결혼 생활은 연말이 되기 전에 이혼으로 끝이 난다. 아버지와 다시 재회하고, 지금은 소실된 장편 『어스셰이커The Earthshaker』를 간간이 집필하기 시작했다.

1950   6월에 두 번째 아내인 클리오 애퍼스털리디스와 결혼한다. 버클리의 프란시스코 거리에 작은 집을 장만했고, 마지막으로 아버지를 만났다. 작문 교사이자 범죄소설과 SF 분야에서 편집자와 평론가로 활동하던 앤서니 바우처(앤서니 화이트)와 조우했고 그의 영향을 받아 다수의 SF 단편을 쓰기 시작했다(훗날 딕은 바우처를 평하며 "성숙한 어른, 그것도 분별 있고 교육받은 어른도 SF를 즐길 수 있다는 사실을 깨닫게 해준 인물"이라고 회고하기도 했다). 당시 딕은 지독한 가난

에 허덕였다(훗날 출간된 단편집 『황금 사나이The Golden Man』의 1980년도 판 서문에서 딕은 이렇게 술회했다. "럭키 도그 애완동물상점에서 파는 말고기는 동물 사료로 팔던 것이었다. 그러나 클리오와 나는 그걸 먹었다. 정말 궁핍했다……").

1951-52　《판타지 앤드 사이언스 픽션》지에 처음으로 팔린 단편 「루그Roog」로 데뷔한다. 홀리스에 대한 신의를 저버렸다는 이유로 아트 뮤직에서 해고당했다. 잡지 《플래닛 스토리즈》에 단편 「워브는 그 너머에 머문다Beyond Lies the Wub」를 게재하고, 스콧 메러디스 출판 에이전시와 전속 계약을 맺는다. 최초의 사실주의적 소설인 『거리에서 들리는 목소리 Voices from the Street』(2007)와 『메리와 거인Marry and the Giant』(1987)을 집필했지만 생전에는 출간되지 못했다(훗날 딕은 이렇게 술회했다. "나는 1951년 11월에 처음으로 단편을 팔았고, 이것들은 1952년에 처음으로 잡지에 실렸다. 고등학교를 졸업할 무렵에는 꾸준히 글을 쓰면서 잇달아 장편을 탈고했지만 물론 하나도 팔리지 않았다. 나는 버클리에 살고 있었고, 주위 환경은 문학을 하기에 안성맞춤이었다. 주류 문학을 하는 소설가들은 얼마든지 있었고, 베이지역에 사는 지극히 유망한 전위적 시인들과도 교류했다. 모두들 나더러 글을 쓰라고 권했지만, 꼭 그걸 팔아야 한다고 격려한 사람은 아무도 없었다. 그러나 나는 책을 팔고 싶었고, SF 소설도 쓰고 싶었다. 나의 궁극적인 꿈은 주류 문학적 소설과 SF 양쪽을 쓰는 것이었다").

1953-54　최초의 SF 장편인 『태양계 제비뽑기Solar Lottery』(1955)와 『존스가 만든 세계The World Jones Made』(1956)를 판타지 소설 『우주 꼭두각시The Cosmic Puppets』(1957) 및 리

얼리즘 소설인 『함께 모여라Gather Yourselves Together』
(1994)와 함께 에이전시에 팔았다. 음반 가게인 '터퍼와 리
드'에서 잠시 일하던 중 공황장애와 광장공포증이 재발했고,
폐소공포증까지 겪었다. 공포증과 우울증 치료제로 처방받
은 암페타민을 복용하기 시작했다. 수십 편의 단편을 썼고
그중 대다수를 잡지에 파는 데 성공했다. 딕은 가장 다작을
하는 SF 작가 중 한 사람이 되었다(1953년 한 해 동안에만
무려 30편의 작품이 펄프 잡지*에 실렸다). FBI 수사관 두 명
이 방문해서 점잖게 그를 심문한다. 이 사건을 계기로 그는
평생 동안 감시당하고 있다는 생각을 품게 되었다. SF 작가
로 이름을 알리는 것에 대한 모호한 저항감과, 사람들 앞에
나서기를 두려워하는 광장공포증에 시달리면서도 난생 처음
으로 SF 컨벤션에 참가해서 A. E. 밴 보그트를 만났다. 보그
트의 소설은 딕의 초기 SF 소설들에 큰 영향을 미쳤다. 단편
고료와 아내가 이런저런 시간제 일을 해서 번 돈으로 주택
융자금을 갚고, 짧은 기간이나마 재정적인 안정을 누렸다.
매리언 이모가 세상을 떠나자 딕의 어머니는 매리언의 남편
인 조 허드너와 결혼하고, 조카인 여덟 살배기 쌍둥이를 입
양했다.

1955   장편 데뷔작인 『태양계 제비뽑기』가 에이스 북스에서 페이
          퍼백 단행본으로 출간되었다. 첫 번째 단편집 『한 줌의 암흑
          A Handful of Darkness』도 리치&코원 출판사에 의해 영국
          에서 간행된다. 딕은 같은 해 『농담을 한 사내The Man Who
          Japed』(1956)와 『하늘의 눈Eye in the Sky』(1957)을 집필
          했다.

---

* pulp magazine. 갱지를 사용한 선정적인 싸구려 잡지.

1956-57 　주류 문단의 인정을 받기 위한 노력의 일환으로 일반 소설인 『조지 스타브로스의 시간A Time for George Stavros』(소실됨) 『언덕 위의 순례자Pilgrim on the Hill』(소실됨), 『시스비 홀트의 깨진 거품The Broken Bubble of Thisbe Holt』(1988), 『좁은 땅에서 빈둥거리며Puttering About in a Small Land』(1985)를 집필했다. 클리오와 두 번의 자동차 여행을 하면서 동쪽으로는 아칸소 지방까지 둘러보았다. 『한 줌의 암흑』 증보판인 『변수 인간 외The Variable Man and Other Stories』가 에이스 북스에서 페이퍼백 단행본으로 출간되었다. 스콧 메러디스 출판 에이전시와 잠시 결별했지만 곧 재계약했다.

1958 　딕은 처음으로 자신의 사실주의적 모티프를 SF 소설에 접목했고, 그 결과물인 『어긋난 시간Time Out of Joint』이 리핀코트 출판사에서 출간되었다. 그의 소설 중에서는 최초의 하드커버였으며, SF 소설이 아니라 스릴러를 의미하는 '위협에 관한 소설Novel of Menace'로 홍보되었다. 일반 소설인 『밀튼 럼키의 구역에서In Milton Lumky Territory』(1985)와 『니콜라스와 히그Nicholas and the Higs』(소실됨)를 집필했다. 단편인 「포스터, 넌 죽었어!Foster, You're Dead」가 소비에트 연방에서 무단으로 잡지에 실린 것을 알게 되었다. 이를 계기로 소련 과학자 알렉산드르 톱치예프와 편지로 아인슈타인의 상대성 이론에 관해 의견을 주고받았고, 이 편지들은 CIA에게 노출되었다(딕은 1970년대에 정보자유법에 의거해 공개 요청을 보낸 뒤에야 이 사실을 알았다). 9월에 클리오와 마린 카운티의 포인트 러예스 스테이션으로 이사했다. 10월에 앤 루빈스타인이라는 미망인을 만나 격정적인 사랑에 빠졌고, 12월에는 클리오에게 이혼을 요구했다.

1959	클리오는 이혼 후 포인트 러예스 스테이션을 떠나 버클리로 돌아갔다. 딕은 앤과 함께 살며 그녀의 세 딸(헤티, 제인, 텐디)의 의붓아버지가 되었다. 이들은 가금류와 양을 키우며 아이들의 양육비 명목으로 세인트루이스에 사는 앤의 전남편 가족들이 보내준 돈으로 생계를 꾸려갔다. 앤의 정신과 의사에게서 상담을 받기 시작했는데, 이는 1971년까지 간헐적으로 이어졌다. 만우절에 멕시코의 엔세나다에서 앤과 결혼했다. 돈을 벌기 위해 초기 중편 중 두 편을 장편 SF로 개작했다. 이것들은 1960년에 각각 『미래 의사Dr. Futurity』와 『불카누스의 망치Vulcan's Hammer』라는 제목으로 에이스 북스의 '더블 시리즈*'로 출간되었다. 일반 소설인 『허풍선이 과학자의 고백Confessions of a Crap Artist』(1975)을 집필했다. 이 소설은 클리오와의 이혼, 그리고 앤과의 연애에서 대부분의 소재를 얻었으며, 크노프사와 하코트사 양쪽에서 출간될 뻔했지만 결국 성사되지는 못했다. 그러나 그 과정에서 딕의 작가적 능력에 주목한 하코트 출판사는 차기 일반 소설의 선불금을 지불했다. 앤이 임신을 했고, 딕은 암페타민의 일종인 서모자이드린을 계속 복용했다.
1960	2월 25일에 첫아이인 로라 아처 딕이 태어났다. 하코트 출판사에서 일반 소설을 내고자 하는 희망은 결국 이루어지지 못했다. 편집자가 휴가를 간 사이에 출판사가 합병을 하면서, 딕이 쓴 『모두 똑같은 이를 가진 사내 The Man Whose Teeth Were All Exactly Alike』(1984)와 『조지 스타브로스의 시간』을 개작한 작품인 『오클랜드의 험프티 덤프티 Humpty Dumpty in Oakland』(1986)의 출간을 제대로 추진하지 못했기 때문이었다. 가을이 되자 앤이 또 임신을 했

---

* Ace Double. 두 작가의 각기 다른 작품을 앞뒤로 뒤집어 묶은 페이퍼백 시리즈.

지만 경제적으로 더 궁핍해지는 것을 두려워했던 앤은 딕의 반대에도 불구하고 아이를 낙태했다.

1961   앤의 수공예 보석상에서 잠깐 일을 했다. 변화를 다룬 중국의 고전인 『역경I Ching』을 발견하고, 향후 20년 동안 그 점괘를 참고하며 살아갔다. 딕은 자신이 '움막'이라고 부르던 곳에 틀어박혔다. 타자기와 전축, 그리고 책들이 있는 이 오두막에서 그는 『높은 성의 사내The Man in the High Castle』의 집필에 착수했다. 플롯의 일부는 『역경』의 점괘를 참조했다.

1962   『높은 성의 사내』는 퍼트넘 출판사에서 스릴러물로 출간되었고 호평을 받았지만 판매는 부진했다. 그러자 퍼트넘 출판사는 사이언스 픽션 북클럽에 판권을 팔았다. 딕은 장편 『당신을 합성해드립니다We Can Build You』를 집필했는데, 이는 1969년에서 1970년 사이에 《어메이징》지에 「A. 링컨, 시뮬라크럼A. Lincoln, Simulacrum」이란 제목으로 연재되었다. 같은 해에 집필한 『화성의 타임슬립Martian Time-Slip』은 1963년 잡지 《월드 오브 투모로우》에 '우리는 모두 화성인All We Marsmen'이란 제목으로 연재되었다(훗날 딕은 이렇게 회고했다. "『높은 성의 사내』와 『화성의 타임슬립』을 통해 나는 실험적인 주류 소설과 SF 사이의 간극을 줄였다고 생각한다. 어느 날 갑자기 작가로서 하고 싶었던 일을 다 할 수 있는 길을 찾은 기분이었다").

1963   7월에 스콧 메러디스 출판 에이전시에서 팔리지 않는다는 이유로 10여 편 이상의 주류 소설을 돌려보냈다. 돈이 궁해진 나머지 그는 앤의 집을 담보로 레코드 가게를 시작할 것을 고려했다. 9월에는 『높은 성의 사내』가 SF 문학상 중 최

고의 권위를 자랑하는 휴고상 최우수 장편상을 받았다. 그
러나 결혼 생활은 악화일로를 걸었다. 딕은 친구들에게 아
내가 자기를 죽이려 한다고 주장했다. 오랫동안 부부 싸움
을 하다가 앤을 로스 정신병원으로 보냈고, 앤은 랭글리 포
터 클리닉에서 2주간 치료를 받는 데 동의했다. 결혼이 깨지
는 것을 막기 위해 두 사람은 미국 성공회 예배에 참석하기
시작했다. 딕은 이곳에서 세례를 받았다. 딕의 팬이었던 매
런 해켓은 친구의 주선으로 딕을 만났다. 그녀와 그녀의 의
붓딸들도 성공회 신도였다. 딕은 암페타민을 연료 삼아『닥
터 블러드머니, 혹은 폭탄이 터진 뒤 우리는 어떻게 살아남
았나Dr. Bloodmoney, or How We Got Along After the
Bomb』(1965),『타이탄의 게임 플레이어The Game-Players
of the Titan』(1963년, 에이스 북스에서 출간),『시뮬라크
라The Simulacra』(1964),『작년을 기다리며Now Wait for
Last Year』(1966)를 탈고했고,『알파성의 씨족들Clans of
the Alphane Moon』(1964)과『우주의 균열The Crack in
Space』(1966)을 쓰기 시작했다. 집필실이 있는 오두막으로
걸어가면서 그는 하늘에서 기괴한 가면을 쓴 인간 얼굴의 환
영幻影을 보았다. 훗날 그는 이 체험을 장편『파머 엘드리치
의 세 개의 성흔The Three Stigmata of Palmer Eldritch』
(1965)에 녹여내었다.

1964   버클리를 방문하는 일이 잦아졌다.『파머 엘드리치의 세 개의
성흔』을 탈고한 후 3월에 출판 에이전시에 넘겼다. 3월 9일
이혼 소송을 제기하고 잠시 어머니 집에서 살았다. 베이지
역의 활기찬 SF 팬덤에 합류해서 폴 앤더슨, 매리언 짐머 브
래들리, 론 굴라트와 레이 넬슨 같은 작가들을 만났다.『높은
성의 사내』의 속편을 쓰기 시작했다가 포기했다.『우주의 균
열The Crack In Space』,『잽건The Zap Gun』(같은 해『프

로젝트 플로셰어Project Plowshare』라는 제목으로 잡지에 연재되었고 1967년에 출간됨), 『끝에서 두 번째의 진실The Penultimate Truth』을 탈고했으며, 『텔레포트되지 않은 사내The Unteleported Man』(1966)를 쓰기 시작했다. SF 작가 아브람 데이비슨의 아내로 당시 그와 별거 중이었던 그래니아 데이비슨(훗날 '그래니아 데이비스'로 소설 출간)과 연애 편지를 교환했다. 7월에는 운전 도중 차가 전복되는 바람에 큰 부상을 입고 심각한 우울증을 겪으면서 집필 의욕을 상실했다. 오클랜드에서 열린 세계 SF 컨벤션에 참석했다. 마약이 횡행했던 집회였다. 친구인 잭과 마고 뉴컴 부부가 오클랜드에 있는 딕의 자택을 방문했다. 12월이 되자 그는 매런 해켓의 의붓딸인 21살의 낸시 해켓에게 구애를 시작했다 ("네가 나를 위해 우리 집으로 들어왔으면 좋겠어. 안 그런다 면 나는 머리가 돌아버려서 점점 더 약을 찾게 될 거고……결국 아무런 글도 쓸 수 없을 거야. 나에겐 자극과 영감을 줄 수 있는 네가 필요해.")

1965   3월에 낸시 해켓과 함께 살기 시작했다. 가정 생활을 시작하 며 다시 집필을 하기 시작했고 고질적인 광장공포증 역시 부활했다. 딕은 LSD를 두 번 복용하고 불편한 환영을 경험했 다("나는 '그'를 맥동하고, 격렬하고, 마구 진동하는 존재로서 지각했다. 복수심에 불타는 위압적인 존재, 마치 형이상학적 인 IRS*요원처럼 회계 감사를 요구하는 존재라고나 할까"). 팬진**인 《라이트하우스》에 실린 에세이 「마약, 환영 그리고 실체에 대한 탐색Drugs, Hallucinations, and the Quest for Reality」에서 그는 다음과 같이 술회했다. "사람들은 환각에

---

* Internal Revenue Service. 미 국세청.
** fanzine. 팬이 발행하는 잡지.

매달릴 필요가 없다. 착란으로 몸을 망치는 길은 하나만 있는 것이 아니므로."『텔레포트되지 않은 사내』를 완성하고, 캘리포니아의 미국 성공회 주교인 제임스 파이크[*]와 돈독한 우정을 쌓았다. 파이크가 비서로 채용한 낸시의 의붓어머니인 매런 해킷은 파이크의 숨겨진 정부情婦였다. 딕은 파이크와의 대화를 통해 신학적 고찰과 초기 크리스트교의 기원에 관한 연구에 심취하기 시작했다. 낸시와 함께 산 라파엘로 이사했다. 레이 넬슨과 공동으로『가니메데 혁명The Ganymede Takeover』(1967)을 썼고,『거꾸로 도는 세계 Counter-Clock World』(1967)의 집필을 시작했다.

1966   『거꾸로 도는 세계』를 탈고하고『안드로이드는 전기양의 꿈을 꾸는가?Do Androids Dream of Electric Sheep?』(1968)와『유빅Ubik』(1969), 아동 SF인『농부 행성의 글리멍The Glimmung of Plowman's Planet』(1988년에 영국에서『닉과 글리멍Nick and the Glimmung』이라는 제목으로 출간됨)을 썼다. 7월에 낸시와 결혼했다. 딕은 회의적이었지만, 파이크 주교와 매런 해킷, 낸시와 함께 영매가 주최하는 세앙스[**]에 참석했다. 이 모임의 목적은 자살한 파이크의 아들인 짐과 접촉하기 위한 것이었다.『작년을 기다리며』와『텔레포트되지 않은 사내』,『우주의 균열』이 출간되었다.

1967   3월 15일에 둘째 딸 이솔더(이사) 프레이어 딕이 태어났다. 텔레비전 드라마〈침략자The Invaders〉의 구성 원고를 썼지만 팔리지 않았다.『거꾸로 도는 세계』,『잽건』,『가니메데 혁명』이 페이퍼백으로 출간되었다. 6월에 낸시의 의붓어

---

[*] James A. Pike(1913~1969).
[**] séance. 교령회. 죽은 사람들의 영혼과 통교하려는 사람을 중심으로 한 모임.

머니 매런 해켓이 자살했다. IRS가 딕에게 체납된 세금과 벌금 및 이자의 납부를 요구하면서 이미 심각했던 가계 재정난이 한층 더 악화되었다. 단편 「부조父祖의 신앙Faith of Our Fathers」이 할런 엘리슨이 편집한 SF 앤솔러지 『위험한 비전 Dangeros Visions』에 실렸다. 서문에서 엘리슨은 딕이 LSD에 의한 환각 상태에서 이 단편을 썼다고 주장했지만, 이것은 딕의 고의적인 오도誤導에 의한 것이었다.

1968 잡지 《램파츠》 2월호에 실린 '작가와 편집자에 의한 전쟁세 반대운동' 청원서에 서명하면서 IRS와의 갈등이 심화되었다. 낸시와 함께 '마약 SF 컨벤션Drug Con'이라는 이명異名을 얻은 베이컨*에 참가했다. 그곳에서 로저 젤라즈니를 처음으로 만났다. 젤라즈니와는 훗날 장편 『분노의 신Deus Irae』(1976)을 공동 집필하게 된다. 『안드로이드는 전기양의 꿈을 꾸는가?』의 초판이 하드커버로 출간되었다. 이 작품의 영화 판권도 팔렸다. 『은하의 도기 수리공Galactic Pot-Healer』(1969)과 『죽음의 미로A Maze of Death』(1970)를 집필했다. 딕의 오랜 멘토였던 앤서니 바우처가 사망한다. 활자화되지는 않았지만 다음과 같은 자기소개 글을 썼다. "……기혼자이며, 두 딸과 젊고 신경질적인 아내와 함께 살고 있다……. 처음에는 스카를라티**, 다음에는 제퍼슨 에어플레인***, 그다음에는 〈신들의 황혼Götterdämmerung〉에 귀를 기울이며 대부분의 시간을 보내며, 이것들을 어떻게든 한데 엮어보려고 시도하고 있다. 각종 공포증에 시달리고 있다……. 채권자들에게 엄청난 빚을 지고 있지만 갚을 돈이 없다. 경고. 이 작자에게 돈을 빌려주지 말 것. 돈뿐만 아니라 당신의

---

* BayCon. 샌프란시스코 베이지역에서 개최되는 SF, 판타지 컨벤션.
** Giuseppe Domenico Scarlatti(1685~1757). 이탈리아 작곡가.
*** Jefferson Airplane. 1965년 결성된 미국의 사이키델릭 록 그룹.

약까지 훔치려 들 것이다."

1969 『프로릭스 8에서 온 친구들Our Friends from Frolix 8』(1970)을 썼다.『은하의 도기 수리공』이 페이퍼백으로,『유빅』이 하드커버로 출간되었다. 몬트리올의 한 호텔에서 거행된 존 레넌과 오노 요코의 평화를 위한 '침대 시위bed-in'에 참석한 티모시 리어리*의 전화를 받았다. 리어리는 레넌과 오노에게 수화기를 넘겼고, 이들은『파머 엘드리치의 세 개의 성흔』에 감탄했다며 영화화하고 싶다는 희망을 전했다. 저널리스트인 폴 윌리엄스의 방문을 받았다. 처방받은 약물, 특히 리탈린의 복용량이 크게 늘면서 결혼 생활에도 금이 가기 시작했다. 암페타민을 강박적으로 복용한 나머지, 췌장염과 초기 신부전증 증세로 응급실 신세를 진다. 예수가 역사 인물로서 존재했다는 증거를 찾기 위해 이스라엘로 탐사 여행을 떠났던 파이크 주교가 9월에 유대 사막에서 사망했다.

1970 『흘러라 내 눈물, 경관은 말했다Flow My Tears, the Policeman Said』(1974)를 쓰기 시작했다. 평소의 집필 습관과는 달리 3월과 8월 사이에 여러 번 고쳐 썼다. 낸시의 동생 마이클 해켓이 아내와의 이혼 소송 중에 딕의 집으로 와서 눌러앉았다. 딕은 환각제인 메스칼린을 복용한 후 찬란한 사랑의 비전[幻影]을 체험했고,『흘러라 내 눈물, 경관은 말했다』에 이를 투영했다. 7월에는 당국에 푸드 스탬프**를 신청했다. 중단편집『보존 기계The Preserving Machine』가 출간되었고,『프로릭스 8에서 온 친구들』이 페이퍼백 단행본으로,『죽음의 미로』가 하드커버로 출간되었다. 9월에 낸시가 딸인 이

---

* Timothy Leary(1920~1996) 미국의 심리학자. LSD와 카운터컬처 옹호자로 유명하다.
** food stamp. 저소득자용 식량 배급권.

463

사를 데리고 집을 떠나면서 다량의 약물—거리에서 구입한 불법 마약까지 포함한—과 암페타민의 기운을 빌린 밤샘 토론, 편집증, 보헤미안적 너저분함으로 점철된 친구들과의 공동 생활 시대를 시작했다. 글은 거의 쓰지 않았고, 『흘러라 내 눈물, 경관은 말했다』를 가끔 개고하는 정도였다. 10월에는 톰 슈미트가 합류했다(11월에 쓴 편지에서 딕은 이렇게 술회했다. "다들 각성제를 복용하고 있고, 다들 죽을 거야······. 하지만 앞으로 몇 년은 더 살겠지. 사는 동안은 지금 모습 그대로 살 거야. 어리석게, 맹목적으로. 토론하고, 함께 시간을 보내고, 농담을 나누고, 서로 의지하면서 말이야").

1971   『흘러라 내 눈물, 경관은 말했다』의 미완성 원고를 엉망진창이 된 일상으로부터 지키기 위해서 변호사에게 맡겼다. 젊은 히피와 폭주족, 중독자들이 딕의 집에 드나들자 마이클 해켓이 떠났다. 5월에 한 친구가 딕을 스탠포드 대학병원의 정신과 병동에 입원시켰다. 8월이 되자 마린 제너럴 정신병원과 로스 정신과 클리닉 양쪽에서 치료를 받았다. 자신이 FBI나 CIA의 감시를 받고 있다고 주장하며, 총을 구입한 것도 이 시기의 일이었다. 11월에는 도둑이 들어 집이 크게 부서졌다. 서류 캐비닛은 누군가에 의해 폭파되었고, 창문과 문은 박살이 났으며, 개인 서신 및 재정 관련 서류들이 도난당했다(침입자의 정체에 관해 딕은 오랫동안 숱한 추측을 했다. 정부 요원, 종교 광신도, 블랙 팬서*, 심지어는 자기 자신까지 의심했다). 딕은 결국 이 집을 포기했다.

1972   2월에 캐나다 밴쿠버에서 열린 SF 컨벤션의 주빈으로 참가했다. 그곳에서 연설한 「안드로이드와 인간」은 호평을 받았

---

* Black Panther. 흑인 해방을 주장하는 미국의 극좌 과격파 조직.

고, 딕은 캐나다에 머무르겠다는 의사를 밝혔다. 그러나 얼마 지나지 않아 밴쿠버에 환멸을 느끼고 또 다른 장소를 물색했다. 오레곤 주 포틀랜드에 있는 어슐러 K. 르 귄에게 편지를 써서 방문해도 될지 타진했다. 캘리포니아 주립대학 풀러턴 캠퍼스의 윌리스 맥넬리 교수에게 풀러턴이 살 만한 곳인지 문의했다(이 시점부터 편지를 쓰는 일이 급격하게 늘어났으며, 이 경향은 죽을 때까지 계속되었다. 르 귄 외에도 제임스 팁트리 주니어, 스타니스와프 렘, 존 브루너, 노먼 스핀래드, 토마스 디시, 브라이언 올디스, 로버트 실버버그, 시어도어 스터전과 필립 호세 파머 등의 동료 작가들과 정기적으로 편지를 주고받았다). 3월에 처음으로 자살 시도를 했다. 주로 헤로인 중독자들을 위한 시설인 X-컬레이 재활센터에 입원해서 공격적 집단 요법*에 참여했다. 몇십 년 동안이나 처방을 받아 남용해오던 암페타민을 끊었다. 맥넬리 교수와 학생들이 오렌지 카운티로 그를 초청하는 편지를 보내왔다. 딕은 풀러턴에 정착해서 일련의 룸메이트들과 함께 살았다. 젊은 친구들이 많이 생겼는데, 그중에는 작가 지망생인 팀 파워스도 있었다. 맥넬리는 딕에게 객원 강사 자리를 알선하고 풀러턴 캠퍼스의 도서관에 다량의 딕 관련 서류를 보관했다. 개인 서신과 꿈에 관련된 글들을 모아 『검은 머리의 소녀The Dark-Haired Girl』 작업을 했다(1988년에 증보판으로 출간되었다). 그해 출판된 『필립 K. 딕 걸작선The Best of Philip K. Dick』의 작품 선정을 도왔다. 7월에는 18세의 레슬리(테사) 버스비를 만나 곧 동거에 들어갔다. 9월에는 로스앤젤레스 SF 컨벤션에 참가했다. 10월이 되자 낸시 해킷과의 이혼 소송을 마무리 짓기 위해 테사와 함

---

* confrontational group therapy. 매우 공격적인 분위기를 통해 고의적으로 환자들을 압박하는 정신 요법의 일종. 주로 약물 중독자들의 치료에 쓰인다.

께 마련 카운티로 여행을 떠났다. 낸시는 이사의 단독 양육권을 획득했다. 스타니스와프 렘과 편지를 주고받았고, 렘은 『유빅』의 폴란드어 번역을 주선했다. 『흘러라 내 눈물, 경관은 말했다』를 완성하고, 단편 「시간비행사들을 위한 조촐한 선물A Little Something for Us Tempunauts」을 썼다.

1973   다시 꾸준히 글을 쓰기 시작했다. 2월에서 4월까지 『어둠 속의 스캐너A Scanner Darkly』(1977)를 썼다. BBC와 프랑스의 다큐멘터리 작가들과 인터뷰를 가졌다. 4월에 테사와 결혼했고, 7월 25일에 아들 크리스토퍼 케니스 딕이 태어났다. 당시 박사 과정을 밟고 있었던 장 피에르 고랭이 그를 방문해 프랑스 평론가들이 텔레비전에서 그를 노벨상 수상자로 추천했다는 사실을 알렸다. 런던의 《데일리 텔레그래프》지와 인터뷰를 했다. 돈 문제와 건강 문제에 계속 시달렸다. 유나이티드 아티스트 영화사에서 『안드로이드는 전기양의 꿈을 꾸는가?』의 영화 판권을 매입했다.

1974   2월에 하드커버로 출간된 『흘러라 내 눈물, 경관은 말했다』는 『높은 성의 사내』이래 가장 좋은 평을 받으며 휴고상과 네뷸러상 후보에 올랐고, 1975년도 존 W. 캠벨 기념상을 수상했다. 《램파츠》청원서에 서명했던 딕은 혹시 당국으로부터 불이익을 받지는 않을지 우려하며 4월의 납세 기간이 오는 것을 두려워했다. 2월에 사랑니 발치 수술을 받으며 소듐 펜토탈*을 투여받았는데, 이때 일련의 강렬한 환영을 경험했다. 이 환영은 3월 내내 계속되면서 한층 강도를 더해 갔고, 4월이 되자 간헐적으로 나타나다가 점점 약해졌다. 이때 받은 여러 계시는 각양각색의 선하고 악한 종교적, 정치

─────────────
* sodium pentothal. 전신 및 국소 마취제의 상품명.

적 영향―신, 그노시스파 기독교도들, 로마 제국, 파이크 주교, KGB 등을 포함하지만 이것이 전부는 아니었다―의 산물로 치부되었지만, 딕은 남은 생애 동안 그 의미를 해석하는 데 골몰하며 많은 시간을 보낸다. "내가 『성스러운 침입 The Divine Invasion』(1981)을 쓴 뒤로는 단 한 마디도 하지 않았다. 내게 들리는 계시는 구약성서에서 '신의 영혼'을 의미하는 루아Ruah의 목소리였다. 그것은 여성의 목소리로 말했고, 메시아 예언에 관련된 얘기를 늘어놓는 경향이 있었다. 한동안은 그것의 인도를 받았다. 고등학교 시절부터 가끔 그 목소리를 듣곤 했다. 위기가 닥치면 뭔가 다시 내게 말해줄 것이다……." 딕은 '2-3-74'라고 부르게 된 것에 관한 사변적인 해설을 쓰기 시작했다. 대부분 손으로 쓴 이 난삽한 원고는 8천여 장에 달했다. 훗날 딕은 이 원고에 『주해서Exegesis』라는 제목을 붙였다(전체 원고는 미출간 상태이며 읽으려는 사람도 거의 없지만, 사후에 발췌본이 출간되었다). 메러디스 출판 에이전시와 결별했다가 일주일도 되지 않아 다시 계약을 맺고『흘러라 내 눈물, 경관은 말했다』의 출판 계약을 더블데이에서 DAW로 이전하는 데 동의했다. 심각한 고혈압과 경미한 뇌졸중으로 의심되는 증세로 5일 동안 입원했다. 프랑스 영화감독인 장 피에르 고랭이 다시 찾아와서 그가 각본을 쓰는 조건으로『유빅』의 영화화 판권을 일괄 지급하는 계약을 맺었다. 딕은 한 달 만에 『유빅』의 각본을 썼다(영화화는 되지 않았지만, 각본은 1985년에 출간되었다). 〈블레이드 러너〉라는 제목으로 영화화된『안드로이드는 전기양의 꿈을 꾸는가?』를 각색하던 시나리오 작가들의 방문을 받았다. 《롤링스톤스》지의 폴 윌리엄스와 인터뷰를 했다. 1971년에 겪었던 주거 침입 사건에 관한 상세한 회고와 분석이 주된 내용을 이뤘다.

467

1975	어깨 부상으로 수술을 받은 후 진행 중이던 장편 『발리시스템 A Valisystem A』에 관한 메모를 휴대용 녹음기로 녹음했지만 2주 만에 다시 타이프라이터로 집필하기 시작했다(이 소설은 결국 사후 출간된 『앨버무스 자유 방송Radio Free Albemuth』(1985)과 1981년에 출간된 『발리스Valis』 두 소설로 분할되었다). 《뉴요커》지는 1월호와 2월호의 '토크 오브 더 타운Talk of the Town' 란에 연속 인터뷰 기사를 싣고 딕을 '우리가 가장 좋아하는 SF 작가'라 칭했다. 1월과 2월에 마지막으로 타오르는 듯한 비전[啓示]을 체험했다. 그노시스주의, 조로아스터교, 불교에 관한 책들을 열독하고 밤마다 『주해』를 집필했다. 장편 『허풍선이 과학자의 고백』을 출간했다. 이것은 딕이 쓴 초기의 사실주의적 작품 중에서 유일하게 생전에 출간된 것이다. 만화가인 아트 슈피겔만의 방문을 받았다. 딕은 옛 친구이자 영국 성공회의 사제 훈련을 받고 있던 도리스 소우터에게 점점 사랑을 느꼈다. 5월에 도리스가 암이라는 진단을 받았다. 할런 엘리슨과 사이가 틀어졌다. 공동 저자인 로저 젤라즈니와 함께 『분노의 신』을 완성했다. 외국어 판의 출간으로 생겨난 인세 수입이 비교적 많아졌다. 외국에서 들어온 인세 덕에 잠시 풍족한 삶을 누리며 중고 스포츠카와 브리태니커 백과사전을 구입했지만, 몇 달 지나지 않아 그의 우상이자 멘토인 로버트 하인라인에게 돈을 빌리는 신세가 되었다. 『어둠 속의 스캐너』의 수정 작업을 끝냈다. 11월에 《롤링스톤스》에 실린 특집 기사에서 로큰롤 평론가인 폴 윌리엄스가 딕을 '우주 최고의 SF 마인드를 가진 인물'로 평했다.
1976	도리스 소우터에게 청혼했지만 거절당했다. 그녀는 딕의 집안과 얽히고 싶어 하지 않았다. 2월에 크리스토퍼가 탈장으로 입원했다. 2월 말 딕과 테사는 별거했다. 그러고 나서 몇

시간도 지나지 않아 딕은 여러 방법을 동시에 동원해 자살을 시도했다. 오렌지 카운티 메디컬 센터에 수용되었다가 곧 정신병동으로 보내져 14일 동안 감시를 받으며 격리되었다. 테사가 잠시 집으로 돌아왔지만 딕은 곧 그녀와의 관계를 청산하고 도리스와 함께 산타아나의 아파트로 이사를 갔다. 그곳에서 그는 남은 인생을 보냈다(도리스와는 플라토닉한 관계를 유지했다). 5월에 밴텀 출판사에서 복간을 목적으로 『파머 엘드리치의 세 개의 성흔』, 『유빅』, 『죽음의 미로』 판권을 매입했고, '2-3-74'를 토대로 집필 중인 소설 『발리시스템 A』의 선금을 지불했다. 9월에 도리스는 그의 옆집으로 이사하기로 결정했다. 다시 우울증이 도지면서 자살 충동에 대한 두려움 때문에 딕은 10월에 세인트 조셉 병원의 정신 병동에 입원했다. 연말에는 밴텀의 편집장이 『발리시스템 A』를 조금 수정해줄 것을 요구했지만 딕이 원본 전체를 대폭 수정하는 바람에 『발리스』라는 다른 소설이 탄생했다(1976년에 그가 출판사에 보낸 『발리시스템 A』는 1985년에 『앨버무스 자유 방송』으로 출간되었다). 『분노의 신』이 출간되었다.

1977   처음으로 혼자 사는 것에 적응하기 시작했다. 테사와 크리스토퍼는 정기적으로 딕을 찾아왔다. 2월에 테사와의 이혼이 마무리되었다. 『어둠 속의 스캐너』가 출간되었고, 팀 파워스와의 우정은 절정에 달했다. 훗날 SF 작가로 입신하게 될 파워스와 K. W. 지터, 제임스 블레이록과 정기적으로 저녁을 함께 보냈다. 파워스와 지터에게 그가 본 '2-3-74' 비전에 관해 자세히 얘기하고 토론을 벌였다. 이 두 친구는 딕이 구상 중이던 자서전적 색채가 짙은 장편 『발리스』의 등장인물들의 모델이 된다. 『유빅』, 『파머 엘드리치의 세 개의 성흔』과 『죽음의 미로』가 복간되면서 《롤링스톤스》지의 격찬을 받았고, 딕은 동시대인들에 의해 매우 중요한 미국 작가로

인정받는다. 4월에 32세의 사회사업가인 조안 심슨을 만나서 오렌지 카운티에서 3주 동안 함께 지낸다. 그 후 심슨을 따라 소노마로 가서 여름 동안 잠시 머물렀다. 딕은 우울증으로 인한 격렬한 발작에 시달렸다. 프랑스의 메스Metz 문학 축제에 주빈으로 초빙받아 출국했다. 해외여행을 감행한 것은 공포증에 대한 승리를 의미했다. 그곳에서 강연한 「만약 이 세상이 끔찍하다고 생각하면, 다른 세상들로 가보라」는 종교적 색채가 짙었던 데다가 동시통역 문제가 겹쳐서 청중을 당혹케 했다. 귀국한 뒤에는 캘리포니아 북부에 뿌리를 내리고 사는 것을 거부한 탓에 심슨과 헤어졌다. 『주해서』의 집필을 계속했다. 단편 「도매가로 기억을 팝니다We Can Remember It For You Wholesale」의 영화 판권을 팔았다 (이 작품은 훗날 〈토탈 리콜Total Recall〉(1990)이라는 제목으로 개봉되었다).

1978　　　밴텀에서 나올 『발리스』의 수정 작업이 늦어졌다. 대신 『주해서』를 집필했다. 8월에 어머니가 세상을 떴다. 배다른 딸들인 로라와 이사가 처음으로 만났고 딕은 이 만남에 감격했다. 9월이 되자 '2-3-74' 체험을 담을 적절한 소설적 구조를 모색하면서 『주해서』에 이렇게 썼다. "나의 장편―및 단편들―은 지적―개념적―인 미로이다. 그리고 나는 우리가 놓인 상황을 파악하기 위해 지적인 미로에서 헤매고 있다. ……왜냐하면 현 상황 자체가 출구를 찾을 수 없는 미로이기 때문이다……." 메러디스 출판 에이전시의 새 담당자 러셀 갤런이 딕이 낸 장편들의 재간을 적극적으로 추진하고, 논픽션을 한 편 써보라고 권유한 덕분에 상당히 고무되었다. 이 권유가 계기가 되어 『발리스』를 위한 효율적인 접근 방법이 떠올랐다. 11월이 되자 2주에 걸쳐 『발리스』를 썼고, 갤런에게 이 책을 헌정했다.

1979   딸 로라와 이사가 여러 번 방문했다. 『어둠 속의 스캐너』가 프랑스의 메스 문학 축제에서 대상을 수상했다. 『주해서』집필에 심혈을 기울였고, 자신의 가장 중요한 작품이 될지도 모른다는 언급을 했다. 러셀 갤런은 딕의 신작 단편들을 잡지《플레이보이》나《옴니》같은 높은 고료를 주는 시장에 내놓았다. 갤런이 오렌지 카운티를 방문했을 때 마침내 두 사람은 직접 만났다. 그러나 딕이 평소 버릇대로 밤새도록 얘기를 나누자 갤런은 녹초가 되었다. 임대 아파트 건물이 조합주택으로 개조되면서 딕은 자기가 살던 아파트를 매입했지만 옆집의 도리스 소우터는 자금을 마련하지 못하고 부득이 다른 곳으로 이사했다. 도리스가 떠나가자 딕은 크게 고뇌했다. 도리스에 대한 자신의 애착을 투영한 「공기의 사슬, 에테르의 그물Chains of Air, Webs of Aether」이라는 단편을 썼다. 단편 「두 번째 변종Second Variety」의 영화 판권이 팔렸다(1995년에 〈스크리머스Screamers〉라는 제목으로 개봉되었다).

1980   「공기의 사슬, 에테르의 그물」을 포함해 『발리스』의 속편으로 간주되는 『성스러운 침입』을 3월 말에 탈고했다. 『주해서』의 집필은 계속했지만 연말까지는 별다른 저술 활동을 하지 않았다. 몇몇 장편소설의 아우트라인을 구상했지만 결국 쓰지는 못했다. 더 이상 환영을 통해 영감을 받지 못할지도 모른다는 불안에 시달리다가 11월 말에 급작스러운 계시를 받았다. 이 계시를 통해 그는 『주해서』의 집필을 중단해야 한다는 결론을 내렸다. 5페이지에 달하는 결말부의 우화를 완성했고, 12월 2일에 '엔드End'라는 단어를 타이프로 친 다음 표제 페이지를 작성했다(이 페이지에는 『변증법: 신과 사탄, 그리고 예고되고 제시된 신의 최후의 승리/필립 K. 딕/주해서/Apologia Pro Mia Vita*』라고 쓰여 있다). 열흘

뒤에 참지 못하고 강박적으로 『주해서』의 집필을 재개한다.

1981   2월에 『발리스』가 출간되었다. 깊은 우정을 쌓았던 르 귄과 크게 다투었지만 금세 화해했다. 에너지가 고갈되었다는 생각에 다이어트를 시작하고 체중을 많이 줄었다. 리들리 스콧 감독이 『안드로이드는 전기양의 꿈을 꾸는가?』를 햄프턴 팬처와 데이비드 피플스의 각본으로 영화화한 〈블레이드 러너〉의 제작에 착수했다. 영화화에 대한 딕의 반응은 환호와 경멸 사이를 오락가락했다. 투자자 측에서는 영화 대본을 소설화하기를 원했지만, 러셀 갤런은 딕이 쓴 원작 쪽이 영화와 함께 출간되어야 한다고 주장했다(결국 『안드로이드는 전기양의 꿈을 꾸는가?』는 영화와 같은 제목으로 1982년에 재간되었다). 사이먼＆슈스터 출판사의 편집장이었던 데이비드 하트웰이 일반 소설과 SF 소설을 한 권씩 써달라는 제안을 했고, 딕은 이 제안을 받아들여 4월과 5월에 『티모시 아처의 환생The Transmigration of Timothy Archer』을 썼다. 이 책은 제임스 파이크 주교의 죽음을 둘러싸고 일어난 사건들을 소설화한 것으로, 1963년에 메러디스 에이전시에서 그가 쓴 주류 소설을 거부한 이래 처음으로 쓴 비非 SF였다. 딕은 6월에 갤런에게 보낸 편지에서 자신의 비 장르 작품들이 빛을 보지 못했던 것은 "나의 작가 인생에서는 비극—그것도 너무나도 오랫동안 계속된 비극—이었네"라고 술회했다. 두 달 후 SF 차기작인 『한낮의 올빼미The Owl in Daylight』를 구상하면서 그는 이렇게 썼다. "SF를 계속 쓸 작정이야. 그건 내 천직이니까……." 그러나 딕은 기력이 고갈되어 글을 쓸 수 없다는 사실을 알게 되었다. 9월 17일 밤에는 '타고르Tagore'라고 불리는 구세주의 환영을 보았다. 딕은 이 사람이 실존 인

---

* 라틴어로 '나의 삶을 위한 변론'을 의미한다.

물이며 실론*에 살고 있다고 확신했고, 그에게서 지시를 받고 있다고 느꼈다. 다시 가정을 꾸릴 수 있을까 하는 희망에서 테사와의 재결합을 고려했다. 11월에는 〈블레이드 러너〉 초기 편집본의 특수 효과 영상 시사회에 초대받았다. 메스 문학 축제에도 재차 초빙을 받고 여행 계획을 세우기 시작했다. 그렉 릭맨과 일련의 인터뷰를 하기 시작했고, 릭맨에게 자신의 공식 전기작가가 되어달라고 부탁했다. 『한낮의 올빼미』에 관한 (완전히 상이한) 두 개의 아우트라인을 작성했다.

1982   미래의 부처인 마이트레야**의 세상이 도래한다는 영국의 신비주의자 벤자민 크림의 예언에 심취한다. 릭맨의 인터뷰는 계속되었고, 딕은 영적인 문제에 대해 불안감과 피로감을 느끼고 있다고 토로했다. 도리스 소우터의 친구인 그웬 리가 대학 리포트를 쓰기 위해 딕을 인터뷰했다. 아마 그의 생애 마지막이었을 이 인터뷰에서 딕은 『한낮의 올빼미』의 세부적인 사항들에 대해 밝혔지만, 결국 쓰지 못했다. 2월 18일에 자신의 아파트에 홀로 있던 딕은 뇌졸중으로 쓰러져 의식을 잃었다. 이웃 사람들에 의해 발견되어 병원에서 의식을 되찾았지만 말을 할 수 없었고, 몸의 왼쪽이 마비되었다. 3월 2일 딕은 뇌졸중 발작 재발과 심부전으로 인해 병원에서 숨을 거뒀고, 콜로라도 주 포트 모건의 공동묘지에 잠들어 있는 쌍둥이 누이 제인 곁에 나란히 묻혔다. 『티모시 아처의 환생』은 그의 사후에 출간되었으며, 5월에 개봉된 〈블레이드 러너〉는 딕에게 헌정되었다. '필립 K. 딕 상'이 제정되었다. 이는 미국에서 처음부터 페이퍼백 단행본 형태로 출간되는 뛰어난 SF 장편을 선정해서 매년 수여하는 상이다.

---

* Ceylon. 현 스리랑카.
** 미륵보살. 불교의 보살.

■ 장편소설

1955	『Solar Lottery』
1956	『The World Jones Made』
	『The Man Who Japed』
1957	『Eye in the Sky』
	『The Cosmic Puppets』
1959	『Time Out of Joint』
1960	『Dr. Futurity』(에이스 더블판)
	『Vulcan's Hammer』(에이스 더블판)
1962	『The Man in the High Castle』(휴고상 수상)
1963	『The Game-Players of Titan』
1964	『The Penultimate Truth』
	『Martian Time-Slip』
	『The Simulacra』
	『Clans of the Alphane Moon』
1965	『The Three Stigmata of Palmer Eldritch』
	『Dr. Bloodmoney, or How We Got Along After the Bomb』
1966	『Now Wait for Last Year』
	『The Crack in Space』
	『The Unteleported Man』(에이스 더블판)
1967	『The Zap Gun』
	『Counter-Clock World』
	『The Ganymede Takeover』(레이 넬슨 공저)
1968	『Do Androids Dream of Electric Sheep?』

1969	『Galactic Pot-Healer』
	『Ubik』
1970	『A Maze of Death』
	『Our Friends from Frolix 8』
1972	『We Can Build You』
1974	『Flow My Tears, the Policeman Said』(존 W. 캠벨 기념상 수상)
1975	『Confessions of a Crap Artist』(일반소설)
1976	『Deus Irae』(로저 젤라즈니 공저)
1977	『A Scanner Darkly』(영국 SF협회상 수상)
1981	『VALIS』
	『The Divine Invasion』(『VALIS』의 속편)
1982	『The Transmigration of Timothy Archer』
1984	『The Man Whose Teeth Were All Exactly Alike』
1985	『Radio Free Albemuth』
	『Puttering About in a Small Land』(일반소설)
	『In Milton Lumky Territory』(일반소설)
1986	『Humpty Dumpty in Oakland』(일반소설)
1987	『Mary and the Giant』(일반소설)
1988	『The Broken Bubble』(일반소설)
	『Nick and the Glimmung』(아동SF)
1994	『Gather Yourselves Together』(일반소설)
2004	『Lies, Inc.』(『The Unteleported Man』의 개정증보판)
2007	『Voices From the Street』(일반소설)

Twilight판. 『The Collected Stories of Philip K. Dick, 1, Beyond Lies the Wub』과 동일)

『We Can Remember It for You Wholesale』(Citadel Twilight판. 『The Collected Stories of Philip K. Dick, 2, Second Variety』에서 단편 「Second Variety」를 「We Can Remember It for You Wholesale」로 대체)

1991 『The Minority Report』(Citadel Twilight판. 『The Collected Stories of Philip K. Dick, 4, The Days of Perky Pat』과 동일)

『Second Variety』(Citadel Twilight판. 『The Collected Stories of Philip K. Dick, 3, The Father-Thing』에 단편 「Second Variety」 추가)

1992 『The Eye of the Sibyl』(Citadel Twilight판. 『The Collected Stories of Philip K. Dick, 5, The Little Black Box』에서 단편 「We Can Remember It for You Wholesale」을 제외)

1997 『The Philip K. Dick Reader』(『Second Variety』의 단편 3편을 영화화된 단편 3편으로 대체)

2002 『Minority Report』(영국 Gollancz판)

『Selected Stories of Philip K. Dick』

2003 『Paycheck』(2004년 출간. 영국 Gollancz판)

『Paycheck and 24 Other Classic Stories by Philip K. Dick』(Citadel Twilight판. 『The Short Happy Life of the Brown Oxford』와 동일)

2006 『Vintage PKD』(장편 발췌. 단편, 에세이, 서간 포함)

2009 『The Early Work of Philip K. Dick, I: The Variable Man & Other Stories』

『The Early Work of Philip K. Dick, II: Breakfast at Twilight & Other Stories』

■ 논픽션, 서간집

1988　『The Dark Haired Girl』(에세이, 시, 편지 모음)
1991　『The Selected Letters of Philip K. Dick』, 1974
1993　『The Selected Letters of Philip K. Dick』, 1975~1976
　　　『The Selected Letters of Philip K. Dick』, 1977~1979
1994　『The Selected Letters of Philip K. Dick』, 1972~1973
1996　『The Selected Letters of Philip K. Dick』, 1938~1971
2009　『The Selected Letters of Philip K. Dick』, 1980~1982

높은 성의 사내

초판 1쇄 펴낸날 2011년 9월 10일
초판 13쇄 펴낸날 2026년 1월 28일

지은이 | 필립 K. 딕
옮긴이 | 남명성
펴낸이 | 김영정

펴낸곳 | 폴라북스
등록번호 | 제22-3044호
주소 | 06532 서울시 서초구 신반포로 321 (잠원동, 미래엔)
전화 | 02-2017-0280
팩스 | 02-516-5433
홈페이지 | www.hdmh.co.kr

ISBN 978-89-93094-35-0 04840
세트 978-89-93094-31-2